W9-DEW-637

DIARIO DE UNA MENTIROSA

Patry Francis

Diario de una mentirosa

Traducción de Eduardo G. Murillo

Umbriel Editores

Argentina • Chile • Colombia • España
Estados Unidos • México • Uruguay • Venezuela

Título original: *The Liar's Diary*
Editor original: Dutton, New York
Traducción: Eduardo G. Murillo

Aribau, 142, pral. – 08036 Barcelona
www.umbrieleditores.com

ISBN: 978-84-89367-61-6
Depósito legal: B. 15.050 - 2009

Fotocomposición: Ediciones Urano, S.A.
Impreso por Romanyà Valls, S.A. – Verdaguer, 1 – 08786 Capellades (Barcelona)

Impreso en España – *Printed in Spain*

Para mi madre, Eleanor Heney Doody,
posiblemente la mejor persona del mundo.

Y en memoria de mi padre, Richard Doody,
que vivió cada día con entusiasmo
y siempre volvía a casa con una gran historia.

1

Se habló tanto de la nueva profesora de música antes de su llegada que su aparición fue casi decepcionante. Sin embargo, pronto averigüé que Ali Mather jamás permitía que nada la eclipsara, ni siquiera la publicidad que la precedía. El primer día de clase, arrugó la nariz cuando un estudiante la llamó señora Mather. «Por favor, llámame Ali», dijo. Bien, no es de extrañar que nuestro director, Simon Murphy, corrigiera su actitud de inmediato. El segundo día de clase, las palabras SEÑORA MATHER aparecieron en enormes letras mayúsculas en su pizarra. Ali sonrió con ironía y se corrigió: los estudiantes debían llamarla *señora* Mather, tal como solicitaba el *señor* Murphy. Al final de su breve discurso, no obstante, era evidente que en la atmósfera de nosotros-contra-ellos que impregnaba con frecuencia el colegio, Ali era uno de *ellos*. Aunque tuvieran que llamarla señora Mather.

Como secretaria del colegio, yo fui la primera en verla el día que se estrenaba. Debía rondar la cuarentena, pero pasó delante del mostrador de recepción con tal energía que estuve a punto de confundirla con una estudiante. Tal vez debido al pelo que caía sobre sus hombros en ondas fluidas, o a los tejanos que exhibía en desafío al código indumentario. Pero, sobre todo, creo que fue su entusiasmo, un ímpetu que prácticamente despedía chispas mientras recorría el pasillo.

—Una mañana maravillosa, ¿verdad? —dijo sonriente.

—Sí, estupenda —contesté desde detrás de mi mesa, mientras me preguntaba qué clase de persona tenía la audacia de calificar de «maravilloso» un día nublado y húmedo en exceso para estar encerrado en un colegio.

Avery Small, el conserje que a menudo estaba demasiado resacoso para murmurar algo más que un «hola», salió del cuarto de los suministros y se apoyó sobre su escoba.

—Ya lo creo que hace un día estupendo —dijo en dirección a Ali, mientras una sonrisa se abría paso en su rostro—. El mejor que he visto desde hace tiempo.

Su tono lascivo era inconfundible, así como la mirada clavada en su culo.

—¿No tienes trabajo que hacer? —le recriminé con acritud—. ¿Como limpiar un charco de vómitos o algo por el estilo?

Pero Ali miró hacia atrás y exhibió su sonrisa más radiante. La mujer era la generosidad personificada.

Avery rezongó mientras se alejaba con su escoba. Entretanto, yo me quedé inmóvil en el vestíbulo y miré a la nueva profesora como hipnotizada. El estuche de su violín se balanceaba provocativamente al ritmo de su paso. Era un objeto viejo y baqueteado, impropio de un músico profesional. Me recordó los estuches mellados que los chicos llevaban al instituto los miércoles cuando iban a dar clase de instrumentos de cuerda. Pero no era en esos estudiantes en quienes estaba pensando mientras contemplaba aquel estuche de violín que se balanceaba como un metrónomo al ritmo personal de Ali. No, al verlo, algo se había despertado en mi interior, en un lugar casi prohibido para mí.

Cerré los ojos y vi a mi hermano dando grandes zancadas por la casa, balanceando su gastado estuche de violín. *Eh, J.J., ¿estás en casa?*, llamaba cuando entraba, y golpeaba la puerta de mi dormitorio. ¿Cuánto tiempo había pasado desde la última vez que me llamaron J.J., el mote que utilizaba mi familia?

De improviso mis ojos se llenaron de lágrimas. ¿Qué estaba haciendo? ¡Era el primer día de clase, por el amor de Dios! Me enderecé y sequé mi cara, mientras me preguntaba qué demonios me había pasado. Hacía veinticuatro años que mi hermano había muerto, y ya casi nunca pensaba en él. Ni en mis padres, fallecidos poco después. Oh, sí, les echaba de menos y todo eso, pero pensar en el pasado no servía de nada. Mi marido, Gavin, me lo había enseñado.

De pronto, Ali Mather se detuvo, dio media vuelta y me miró, casi como si me hubiera leído la mente. Debieron ser imaginaciones mías, pero tuve la impresión de que sus ojos reflejaban mi propia tristeza y confusión. Pero por encima de todo, aquellos ojos me miraban con una comprensión casi extraordinaria. Una vez más, reprimí el ridículo impulso de estallar en lágrimas en el edificio del instituto. Por suerte, la profesora de música se volvió y continuó andando hacia el aula antes de que me pusiera en ridículo por completo.

De todos modos, por algún motivo inexplicable, me sentía afectada. Durante el resto del día, cada vez que miraba hacia el pasillo por donde Ali había desaparecido, veía a mi hermano deambular por la casa con su violín, seguido por la voz de mi madre: *Una hora de práctica, Jimmy, sólo te pido eso.*

¿Cuántas tardes le había perseguido para que practicara? Si hubiera sabido lo pronto que moriría, lo pronto que morirían todos, tal vez le habría dejado en paz. Exhalé un profundo suspiro.

En cuanto terminé de anotar las ausencias consignadas en las hojas de asistencia, encontré una excusa para abrir la carpeta donde guardaba las solicitudes. Lo primero que averigüé sobre la nueva profesora de música fue que «Ali» era el diminutivo de Alice. Alice Christine Mather. Edad: cuarenta y seis años. *¡Cuarenta y seis años!* Admito que tuve que mirar su fecha de nacimiento tres veces antes de creerlo. Incluso consulté los datos de su instituto y su licenciatura universitaria. Pero era correcto. Ali tenía cuarenta y seis años, nueve más que yo.

Bajo ESTADO CIVIL había escrito con lápiz «separada», como si aquello fuera a cambiar de un momento a otro. Sabía todo acerca de su marido gracias a las habladurías que recorrían nuestra pequeña ciudad a la velocidad de un virus desagradable. La mitad de las mujeres de la ciudad creía que Ali les había robado a George Mather. Nadie lo diría si lo mirabas ahora, pero cuando ejercía la abogacía en la calle Mayor, el marido de Ali había encendido las fantasías de muchas féminas mientras recorría las calles con sus trajes oscuros y la melancólica mirada de sus ojos azules. Con pinta de distraído y nariz ganchuda, George Mather no era un guapo convencional, sino el espécimen más raro: un buen hombre. La gente decía que su habilidad en los tribunales sólo se veía superada por una compasión dispensada por igual a víctima y acusado.

Todas esas fantasías sobre nuestro perturbador abogado terminaron bruscamente cuando una hermosa violinista llegó a la ciudad para tocar en un concierto en Howell College y hechizó a nuestro soltero de oro. Después de casarse con Ali, George sufrió un cambio radical. Un día, en la sala del tribunal, se volvió de repente hacia su propio cliente, y dijo que nunca más volvería a representar a gente tan descaradamente culpable. Después arrojó con elegancia su maletín al cubo de la basura y salió de la sala, más libre que cualquier acusado recién declarado inocente.

Cuando George decidió volver a la universidad para licenciarse en filosofía, y entraba encorvado en las aulas con los trajes arrugados que tan bien le quedaban en las salas de los tribunales, el anhelo que había despertado en otro tiempo se transformó en compasión. Quienes creían conocer a George Mather estaban seguros de a quién debían culpar de aquel nuevo comportamiento errático: a su extravagante esposa, la violinista cuyos frecuentes viajes impedían que se la viera a menudo por la ciudad.

Bajo PERSONA DE CONTACTO, Ali no había apuntado a su devoto marido, sino a Jack Butterfield, otro nombre conocido en Bridgeway. El apuesto Jack Butterfield era el propietario del concesionario Saab, y se creía que había convencido con su encanto de que compraran coches que no deseaban a más mujeres que cualquier otro vendedor del estado. También estaba «separado», si yo no recordaba mal. Al describir su relación, Ali había escrito «amigo personal íntimo».

Todavía seguía contemplando aquellas palabras provocadoras, cuando Simon Murphy entró. Devolví a su sitio el expediente al instante, y cerré el cajón metálico con tal celeridad que casi me pillé una uña recién manicurada. Por suerte, Simon no es suspicaz. Sólo pensaba en su café, que por primera vez en ocho años me había olvidado de preparar. Mientras llenaba la cafetera, me reprendí por el peligro que había corrido. En realidad, no era necesario fisgonear en los archivos, pues las habladurías eran tan baratas y abundantes como las pizzas gomosas de la cafetería.

No tuve que esperar mucho para saciar mi curiosidad. Aquel día, en el comedor, ocupé mi asiento habitual con el profesor de manualidades, Brian Shagaury. Nuestra mesa se encontraba en un rincón tranquilo, lejos de los cotilleos. Ambos detestábamos que se etiquetara a los estudiantes de alborotadores u holgazanes sin más ni más. Me sentía particularmente incómoda cada vez que oía reprender a un estudiante. No lograba evitar preguntarme qué dirían de mi hijo Jamie cuando yo no estuviera delante.

—Alerta de contaminación atmosférica —dijo Brian cuando me senté frente a él con mi bandeja. Era nuestro código para las calumnias que pasaban por chismorreos sin malicia en el comedor. Pronto resultó demasiado evidente que la agraciada no era otra que Ali Mather, quien estaba comiendo en el césped, justo al otro lado de la ventana. A su lado, Adam Belzner, uno de los estudiantes más brillantes del instituto y un músico dotado, estaba tumbado sobre la hierba y la escuchaba embelesado. Debió decir algo bastante divertido, porque Ali echó hacia atrás la cabeza y rió, de manera que su cabello rojodorado destelló. Pensé en lo gris que había sido la mañana hasta aquel instante, y me pregunté si el sol había salido porque Ali Mather lo había ordenado.

—Mírala con esos tejanos. ¿Se habrá enterado de que existen regulaciones en materia de indumentaria? —bufó Eleanor Whitfield. Daba clases de álgebra desde tiempo inmemorial, y los estudiantes decían en broma que ya utilizaba los mismos tres vestidos de punto cuando había dado clase a sus padres—. Al menos, podría haberse puesto algo presentable su primer día de clase.

Fue entonces cuando Nora Bell apareció en la puerta con su uniforme blanco de la cafetería. Aunque irrumpía pocas veces en el comedor de los profesores, daba la impresión de que poseía un dispositivo que la alertaba del sonido de cotilleos, sobre todo cuando giraban en torno a la profesora de música. Ali vivía en su misma calle, en la acera de enfrente, y Nora se consideraba la máxima autoridad mundial en la vida de su vecina.

—Mira, la directora general de Chismorreos, Sociedad Anónima —anunció Brian, puesto que yo estaba sentada de espaldas a la puerta. Me reí del mote que le habíamos dado a Nora Bell, pero Brian ya estaba de pie, vaciando su comida sin terminar en el cubo de la basura—. He perdido el apetito. ¿Salimos a fumar un cigarrillo?

—No me tientes —dije—. Estoy intentando dejarlo.

Azuzada por el acoso incesante de mi marido, siempre estaba intentando abandonar mi perjudicial adicción de un paquete al día. Y siempre fracasaba. Brian, bien enterado de mis esfuerzos condenados al fracaso, me dirigió una mirada escéptica antes de dirigirse hacia la zona de picnic de Ali. Yo no estaba dispuesta a admitir que, por una vez, sentía curiosidad por lo que Nora iba a decir.

—¿Por qué han de preocuparle las regulaciones en materia de indumentaria? No es que necesite el empleo —dijo la mujer, al tiempo que se sacudía una miga de la blusa—. George Mather todavía la mantiene, y muy bien. La semana pasada me dijo que no había aceptado el empleo por el dinero. Lo hace porque le gusta trabajar con gente joven.

Fue como si Nora hubiera arrojado una cerilla a la sala.

—Si no necesita el dinero, que envíen los cheques a mi dirección —dijo el profesor de historia. Todo el mundo sabía que Tom Boyle acababa de divorciarse y tenía dificultades para pagar la pensión alimenticia de su hijo.

—¿Le gusta trabajar con adolescentes? Ya veremos cuánto le dura —añadió Eleanor Whitfield, lo cual provocó grandes carcajadas.

—Pobre George Mather —terció Nora, con el fin de desviar el tema hacia la vida personal de Ali—. Tanto cerebro, y no se da cuenta de lo tonto que es. Aún aparece en su casa cada día a las siete de la tarde, para ir a dar un paseo y tomar un café, bueno, si su mujer no tiene una cita.

Bien, aquello fue suficiente para mí. Pensé en la bondad que había visto en sus ojos en el pasillo, y en aquel estuche de violín oscilante. Si había que tomar partido, la decisión era fácil: yo estaba del lado de Ali. Las cotillas aún seguían riendo y cloqueando cuando salí a buscar a Brian.

Desde aquel día, siempre que ella pasaba ante mi escritorio y me endosaba alguna de sus alegres afirmaciones sobre lo espléndido del día, yo sonreía. Y cuando me enteraba de que Ali había quebrantado otra norma, o la oía reír en el pasillo con algún estudiante, me alegraba por dentro. *Bien por ella*, pensaba, y la seguía con la mirada. *Bien por ella.*

En cuanto a Ali, sólo reparaba en mi existencia cuando pasaba ante el escritorio y me dedicaba uno de sus buenos días entusiastas. Nunca se detenía para pedirme que le fotocopiara material para la clase o que le buscara algo en el ordenador, como hacían los demás profesores. Incluso cuando almorzaba en el comedor, Ali hacía caso omiso de los grupos congregados alrededor de las mesas de formica, que se quejaban de los estudiantes alborotadores o de los ayudantes que no hacían su trabajo. Ali jamás intentaba penetrar en los círculos arraigados, como la mayoría de los recién llegados. En cambio, saludaba efusivamente a todo el mundo, y después se abstraía en alguno de los libros que cargaba en la mochila, por lo general novelas de título enigmático. De vez en cuando, sacaba una libreta cubierta de seda roja y escribía en un rincón. Escribía un rato, y después mordisqueaba el extremo del bolígrafo con aire pensativo antes de volver a la carga. Envidiaba su capacidad de desconectar de los murmullos de la sala.

—¿Qué es eso, su diario? —preguntó un día Tom Boyle, mientras veía escribir a Ali—. Pensaba que eso era propio de niñas de trece años…

—Al parecer, no has oído hablar jamás de Anaïs Nin. Ni de

Los diarios de Sylvia Plath, por ejemplo —dije con más acritud de lo que pretendía.

—¡Caray, no te pongas tan agresiva! —dijo Tom, al tiempo que levantaba la mano como para detenerme—. ¿Sois parientes o qué?

No contesté, pero la pregunta flotó en el aire. ¿Por qué me tomaba como algo personal un insulto dirigido contra una mujer a la que apenas conocía? ¿Porque tocaba el violín como Jimmy? ¿Por qué me había sonreído con amabilidad el primer día de clase? ¿Tan desesperada estaba por recibir una señal de amistad? De pronto, me sentí inquieta. Levanté mi bandeja y vacié la comida en el cubo de la basura, intacta. Sabía que Tom Boyle me estaba mirando, pero me daba igual.

Es posible que Ali también hubiera oído comentarios sarcásticos sobre su diario. O la preocupaba que algún estudiante curioso pudiera leerlo. Fuera cual fuera el motivo, dejó de llevarlo al colegio. Y por supuesto, incluso eso significó alimento para la aburrida multitud del comedor.

—Alguien le habrá dicho por fin que su literatura pornográfica está prohibida en el edificio de un instituto —dijo Marnie Lovejoy con particular regocijo. Marnie daba ciencias sociales y, hasta que Ali había llegado, era la comidilla en el comedor de los profesores. Por su desesperada búsqueda de marido. Las faldas cortas que lucía a pesar de sus piernas robustas. El hecho de que siempre estuviera a punto para «consolar» a Tom Boyle cuando hablaba de su divorcio.

La gente me decía en broma que Marnie también se sentía atraída por mi marido. Desde que le había curado el brazo roto unos años antes, no paraba de alabar al guapo traumatólogo que la había «salvado». Jamás había considerado que valía la pena dirigirme la palabra, una vulgar secretaria, hasta que descubrió que era la esposa del doctor Cross. Desde entonces, no había podido ser más cordial. Incluso me había obsequiado con sus torpes intentos de repostería. Pesadas tartas de café que te provocaban indigestión, galletas de chocolate chamuscadas…

—Dígale al doctor Cross que son de parte de Marnie —decía con un guiño. Yo siempre le aseguraba que a Gavin le encantaban, aunque lo cierto era que mi marido, siempre muy preocupado por la salud, consideraba la tarta de café como matarratas.

Brian Shagaury me habló en voz baja en nuestra mesa apartada.

—Menos mal que Ali se ha dejado el diario en casa. Imagina que uno de esos buitres le echara mano. Saldría en la primera plana del *Bridgeway Patriot*.

Por mi parte, no me interesaba lo que la profesora de música escribía en su diario. Por lo que yo sabía, podía ser algo tan inofensivo como partituras. Lo que me fascinaba eran los libros que leía. Cuando se iba, apuntaba los títulos en el cuaderno que guardaba en mi bolso. Yo también era una lectora voraz. Devoraba más de cien libros al año, y a veces leía hasta altas horas de la madrugada. Leía hasta olvidar cualquier incidente molesto que hubiera ocurrido en casa aquel día, o hasta que el libro se me caía de las manos, lo primero que fuera. Pero los libros que Ali leía eran diferentes. No sólo muchos de ellos estaban ambientados en lugares exóticos, sino que me zambullían más que nunca en el paisaje del corazón humano. Con franqueza, algunos, sobre todo los que analizaban familias desdichadas, me ponían incómoda. Aun así, continuaba leyendo.

En una ocasión, Ali vio uno de los libros que me había «recomendado» sin saberlo sobre la mesa donde dejaba mis cosas.

—¿Quién está leyendo esto? —preguntó al tiempo que se sentaba en la silla que había frente a la mía.

Cuando descubrió que era yo, asintió, como si no estuviera sorprendida.

—¿No es maravilloso? —preguntó.

Me sentí complacida en secreto por las miradas que se intercambiaron cuando la gente nos vio sentadas juntas, hablando de un libro que las dos amábamos. La conversación no se prolongó mucho y ambas volvimos a nuestra lectura, pero aquel día se formó un vínculo que trascendía los libros. Cuando uno de los profesores emitió un comentario particularmente desdeñoso sobre uno de los estudiantes, Ali me miró por encima de la portada del libro. La ira que alumbraba en sus ojos no llamaba a engaño, y estoy segura de que detectó la misma reacción en los míos.

Ali no frecuentaba mucho el comedor. Tal vez intuía que, aparte de Brian y yo, nadie la consideraba bienvenida. En las escasas ocasiones en que intentaba sumarse a la conversación, sus comentarios sólo servían para que sus colegas se distanciaran todavía más de ella. Una tarde, cuando una profesora sustituta de inglés se estaba quejando del elevado precio de una reparación efectuada en su todoterreno, Ali levantó la vista de su libro, se quitó las gafas de leer e informó acerca de su punto de vista sobre los automóviles en general. Había dejado caducar su permiso hacía más de quince años, dijo, y nunca lo echaba de menos.

—Si quieres saber mi opinión, los coches están destruyendo Estados Unidos. No se trata tan sólo de la contaminación y el agotamiento de los recursos energéticos. Han conseguido convertirnos en gente gorda y perezosa.

Después de su pequeño discurso, se levantó y lavó su taza de café en el fregadero, antes de ofrecernos el espectáculo de su bien torneado culo cuando salió enfadada del comedor.

Siguió un momento de silencio estupefacto, hasta que la sustituta habló.

—No sé vosotros, gente gorda y perezosa, pero yo voy a comer otro *brownie*.

De acuerdo, puede que Ali hubiera manifestado cierta superioridad moral, pero no carecía de razón. Estaba a punto de proclamarlo en voz alta, cuando observé que Brian, sentado frente a mí, estaba más que irritado. Estaba furioso. Cuando sus ojos se encontraron con los míos, supe en aquel preciso momento que había algo entre Ali y él. Oh, nada que hubiera podido demostrar. Era una de esas cosas que sabes, y punto.

A medida que transcurrían las semanas, vigilé a mi amigo por si detectaba señales de haberme equivocado, pero Brian empezó a evitar el comedor y a mí. Cuando otros profesores observaron que merodeaba cerca del despacho de Ali, o los vieron a los dos tomando té en el césped, también empezaron a alimentar sospechas. En cuanto a mí, me bastó una mirada para saber que Alice Christine Mather se había agenciado otro «amigo personal íntimo».

Me lo tomé casi como una traición personal. Brian Shagaury era el único profesor que me caía bien. No sólo comíamos juntos, sino que solía demorarse en la oficina y me contaba historias acerca de sus tres hijos pequeños, o sobre su pasión personal: las esculturas de metal que hacía en su garaje los fines de semana. Me sentía muy agradecida por la sensibilidad con que trataba a los estudiantes que tenían fobia al taller, como Jamie. Lo peor era que había confiado en hacerme amiga de Ali, pero desde que había iniciado su relación con Brian, daba la impresión de que evitaba a todo el personal del colegio, incluida a mí.

Me esforcé por convencerme de que tanto los chismorreos del comedor como mi intuición eran erróneos. Para empezar, ¿para qué querría Ali a Brian? Ya tenía un marido y un novio, por el amor de Dios. Y con sólo treinta y un años, Brian era demasiado joven para ella. Pero entonces pensé en todos los motivos que me habían atraído hacia él: su sensibilidad, la sensación de que no encajaba en el ambiente caótico del instituto, su apostura tranquila. Casi era el contraste perfecto de la teatral violinista.

Para colmo, yo también conocía a la esposa de Brian. Antes de que naciera su tercer hijo, Beth Shagaury había hecho sustituciones de vez en cuando en el instituto, y aún nos encontrábamos en numerosas ocasiones. Sus críos eran mucho más pequeños que Jamie, pero Beth y yo nos veíamos con frecuencia en el campo de fútbol entre partido y partido. También daba la impresión de que compartíamos el mismo horario de compras. Los sábados por la mañana, solía toparme con ella en los pasillos del Shop n' Save. Se la veía cansada y desbordada mientras intentaba controlar a los dos niños hiperactivos en el supermercado, al tiempo que el bebé, otro chico de unos nueve meses, que cargaba apoyado sobre la cadera, tiraba cosas de los estantes.

Después de aquella mirada de Brian en el comedor, estudié con más detenimiento a su esposa la siguiente vez que la vi en los grandes almacenes, y la comparé con su rival desconocida. Llevaba el pelo oscuro corto y su cara estaba desprovista por completo de maquillaje. Tenía ese buen aspecto natural que no precisa de muchos cosméticos: un cutis impoluto, tez perfecta y ojos bien definidos. Y su belleza debía ser más natural que la de Ali, pero ¿de qué le servía un cabello lustroso y unos pómulos pronunciados a una mujer con el ceño siempre fruncido, que se vestía con tejanos abolsados y sudaderas, y que debía meterse en la cama oliendo a zanahorias *baby*?

Mientras la veía elegir con aire inocente manzanas en la sección de verdulería, me pregunté cómo se lo tomaría cuando descubriera que su marido estaba liado con una mujer con edad casi suficiente para ser su madre.

Como si supiera que estaba pensando en ella, Beth alzó la vista y me miró. Al instante, pensé en cómo se había animado la expresión de Brian cuando Ali pasó junto a nosotros en el pasillo.

—¿Ya hemos terminado por hoy? —había preguntado a Brian. Era casi la más normal de las preguntas, pero algo en su tono de voz consiguió que sonara como si estuviera flirteando. Incluso excitante. Como si de pronto «hoy» rebosara de posibilidades que no habían existido antes de que Ali hubiera aparecido en aquel pasillo. En respuesta, Brian la siguió como uno de aquellos colegiales perdidamente enamorados que le pisaban los talones por todo el edificio.

—Hablaremos más tarde, Jeanne —me dijo, casi como si se le hubiera ocurrido en el último momento.

Beth interrumpió mis pensamientos con un breve saludo y volvió a sus manzanas, con la esperanza de evitar la mecánica conversación que sosteníamos los sábados por la mañana. *¿Cómo está Jamie? ¿Preparado para la temporada de fútbol? El bebé está creciendo muy deprisa. Sí, en todo, como puedes ver... Bien, que tengas un buen fin de semana.*

Aquel día en concreto, no obstante, sentí una oleada de vergüenza, como si saber lo que estaba pasando entre su marido y la profesora de música me convirtiera en cómplice. Me desvié con brusquedad por el pasillo siguiente y consulté la lista de la compra. Al final de la hoja, Jamie había añadido algunos artículos para él, escritos con su apretada letra infantil, la mitad en mayúsculas y la otra mitad en minúsculas: PatAtAs fritas. boLLycaoS. helado de ChocolatE a la mEntA. Bombones de manTEquillA de cacahuete. Añadido al final había un quejumbroso ¡POr Favor, MAMÁ! Tan sólo de leer la lista, se me revolvió el estómago. No estaba segura de qué era lo que más me irritaba: la caligrafía infantil, las faltas de ortografía y las mayúsculas mal puestas, o la petición de más comida basura cuando el niño sabía que estaba a dieta.

A los dieciséis años, Jamie pesaba veinte kilos de más, como mínimo. Y pese a mis esfuerzos por seguir los consejos del pediatra, era incapaz de mantenerle alejado de los dulces y tentempiés cargados de grasa que anhelaba. Aunque me resistía a sus exigencias, aunque sólo llegaba a casa con fruta y palitos de zanahoria, sabía que encontraría la misma montaña de envoltorios de caramelos, latas de refrescos y bolsas de patatas fritas al fondo de su armario y debajo de su cama. Pese a estas señales de alimentos prohibidos, y mi curiosidad por saber de dónde sacaba el dinero para comprarlos, nunca le decía lo que había descubierto. Pensaba que su ansia inagotable de las cosas que contenían aquellos paquetes era un secreto vergonzoso que compartíamos, tan culpa de él como mía.

Derrotada, tiré un paquete de bombones de mantequilla de cacahuete en el carro, mientras me preguntaba por qué me había tomado la molestia. Por qué alguien de la familia se preocupaba. En el siguiente pasillo oí la voz de Beth Shagaury, ordenando al hijo mayor que cogiera una caja de barras de cereales con fresa. Mientras pensaba en todos los esfuerzos que llevaba a cabo por crear una vida de familia, sólo para que una mujer le robara el marido, al que seguramente ni siquiera deseaba, tiré en el carro un paquete de barras de caramelo que Jamie no había pedido. Abandoné mi lista, las planificaciones de menús que procuraban incluir los cuatro grupos alimenticios y llené el carro al azar, ansiosa por salir del supermercado.

Cuando llegué al coche, estaba temblando. *¿Qué te pasa?*, me pregunté mientras cargaba en el coche las bolsas de plástico. *No tienes pruebas de que haya algo entre Ali y Brian. Y aunque fuera así, ¿qué más te da?* Pero en el fondo, no era por haber visto a la pobre Beth arrastrando a sus críos por la tienda mientras su marido soñaba con la profesora de música. Era por Jamie. Era por mi propia familia, por mi hogar, un lugar donde todo parecía estar en su sitio, controlado, pero no era así. En absoluto.

2

Jamie estaba en el camino de entrada, mirando a dos amigos suyos que jugaban a baloncesto, cuando llegué a casa. Tan sólo una semana antes, Gavin había instalado una canasta en otro intento de interesar a nuestro hijo en los deportes.

—¿Te has dado cuenta de lo alto que se está haciendo Jamie? —preguntó Gavin con un optimismo forzado que casi despertó mi compasión. Mi marido era un atleta nato que había destacado en tres deportes en el instituto, y desde el primer momento había confiado en que Jamie compartiría su interés.

—Más de metro ochenta, y sólo tiene dieciséis años. Yo, a su edad, sólo medía un metro setenta y tres —continuó. Yo no dije ni palabra y me volví hacia la puerta, dejando a Gavin en el camino de entrada, mientras Jamie miraba a su padre aporrear los clavos con sus brazos fuertes y atléticos.

Más tarde, cuando estuvimos solos, Jamie se sentó a mi lado en el sofá para que su padre no oyera nuestra conversación a través de la pared.

—No se lo digas a papá, pero soy demasiado lento para el baloncesto. Nunca seré bueno, por más alto que llegue a ser.

No se lo digas a papá. Aquellas palabras se repetían cada vez más entre Jamie y yo. *No le digas a papá las notas que he sacado. No se dará cuenta de la diferencia, mamá. Ni siquiera sabe cuándo acaba el trimestre.* Y cuando compraba a Jamie un helado con frutas y nueces prohibido, o me permitía un par de zapatos más caros de la cuenta, utilizaba también aquellas palabras: *No se lo digas a papá... Tu padre no ha de saberlo.* Cada vez más, mi relación con Jamie se basaba en secretos, en nuestra promesa implícita de que no diríamos nada. Nunca.

Al ver mi todoterreno, Jamie sonrió y corrió hacia mí.

—¿Necesitas ayuda? —preguntó, al tiempo que me abría la puerta antes incluso de frenar por completo. Al ver su sonrisa, la inexplicable tensión que había sentido en la tienda de comestibles se disipó y quedó sustituida por esa especie de amor impotente que experimenta toda madre de hijo único. Apagué el motor y le entregué las llaves para que abriera el maletero.

—No estés tan ansioso —bromeé—. No he traído nada de tu pequeña lista.

Una expresión contrita apareció un momento en el rostro de Jamie, hasta que se fijó en un paquete de chips de tortilla que sobresalía de una bolsa. Olvidó su ofrecimiento de ayuda, se apoderó del paquete y lo abrió. Después de engullir un puñado, la pasó a su amigo. Toby Breen era un muchacho atlético y delgado que parecía comer tanto como mi hijo, pero sin aumentar ni un gramo.

—Ya te dije que mi madre no nos dejaría tirados.

Jamie sonrió con aire triunfal.

—Sólo unas cuantas —advertí—. Es casi la hora de cenar.

—Claro, mamá —gritó él desde el camino de entrada, aunque ambos sabíamos que no entraría hasta vaciar la bolsa. Bien, son tres, me dije. Tres adolescentes en edad de crecer. ¿Esperaba que comieran bolsitas llenas de patatas fritas como cuando tenían cinco años?

En cuanto guardé los comestibles, miré el reloj. Eran casi las cinco. Gavin llegaría a casa antes de media hora. Al pensar en el regreso de mi marido, todos los músculos de mi cuerpo se pusieron en tensión. Había pensado preparar *coq au vin*, incluso lo había anunciado en nuestro tablón de la cocina por la mañana, seguido de un alegre punto de exclamación, pero durante mi distraído desplazamiento de compras había olvidado la mitad de los ingredientes. Bien, decidí mientras investigaba en la nevera, tendría que ser algo sencillo y carente de pretensiones.

Estaba aplastando las pechugas de pollo, cuando Gavin entró por la puerta.

—Hola —dijo desde el recibidor. *Hola*. Era el tipo de saludo impersonal que debía dispensar a sus pacientes de la consulta.

Cuando respondí del mismo modo, Gavin no pareció darse cuenta. Se encaminó hacia la ventana que daba al camino de entrada y levantó la cortina.

—Parece que Jamie se lo está pasando en grande con esa canasta.

En silencio, troceé lechuga para preparar una ensalada. Estaba ennegrecida en los bordes, pero no había otra. Sólo cuando Gavin subió a cambiarse mascullé:

—Si te fijaras de veras en tu hijo, te darías cuenta de que son sus amigos quienes se lo pasan en grande con la canasta. Jamie no ha tocado la pelota en toda la tarde.

La amargura de mi voz me sobresaltó, y cuando abrí la puerta del horno para echar un vistazo a las patatas, la cerré de golpe sin querer.

Unos minutos después, Gavin atravesó la cocina en tejanos y camiseta, mientras olfateaba el aire con la intención de adivinar qué había para cenar.

—Es pollo a las hierbas —dije en respuesta a su pregunta no verbalizada.

—Huele estupendo —dijo Gavin con aire ausente, mientras se preparaba un *gin-tonic.* En cuanto se hubo acomodado en el cuarto de estar, encendió su iPod mientras leía el periódico. Sabía que Gavin estaba encantado con su «juguete» más reciente, pero cada vez que se encasquetaba los auriculares me sentía un poco insultada. En el pasado, la música que sonaba siempre que estábamos en casa, las animadas discusiones que sosteníamos sobre ella y los frecuentes conciertos a los que asistíamos habían sido nuestra fuente de comunicación más profunda. De hecho, la música era lo que nos había unido.

Todo el mundo se había quedado sorprendido cuando el doctor Cross, el guapo residente de traumatología, se interesó en mí, la vulgar Jeanne, la nueva secretaria del hospital, y tan discreta que sólo había tenido dos citas en toda mi vida. A Jamie le costaba creerlo, pero no había ido ni a una sola fiesta del instituto. Nunca «pasaba el rato» en pizzerías ni en otros puntos de reunión, a la espera de que apareciera un chico en concreto. Nunca estaba levantada toda la noche riendo y cotilleando con una amiga que se había quedado a dormir. Al menos, no después del accidente de mi hermano.

Jimmy había llenado la casa de vida, y cuando murió, justo antes de que yo cumpliera catorce años, la familia jamás logró recuperar el equilibrio. Vivíamos en una casa en que la pena era tan tangible que se podía saborear en cada plato que mi madre servía, se oía en el crujido de las tablas del suelo cuando deambulábamos por la casa, se veía en los muebles que envejecían, rayaban y se cubrían de polvo, pero nunca se cambiaban o restauraban. Si la mala suerte había estado buscando una puerta a la que llamar, nuestra casa destartalada de persianas siempre bajadas era la dirección perfecta. Y llamó.

Mi padre murió de un infarto al cabo de tan sólo siete meses del accidente. Mi madre siempre reía con amargura cuando alguien calificaba su muerte de «repentina». Ambas sabíamos que había empezado a morir en el momento en que recibimos la llamada acerca de Jimmy.

Durante los siguientes cuatro años, mamá y yo vivimos como dos extrañas en la misma casa. Se esforzó por no demostrarlo, pero yo sabía que siempre había querido más a Jimmy que a mí. Y se parecían tanto que no podía echarle la culpa. Después de su muerte, ella se mostró inconsolable. Cualquier cosa podía desencadenar un día de lágrimas, un fragmento de música que él había tocado en alguna ocasión, un encuentro con alguno de sus amigos, el azul de una de sus camisas favoritas.

Aunque yo había confiado en poder acceder a la universidad, ni se me ocurrió después de la muerte de mi padre. Para empezar, no teníamos dinero, pero lo más importante era que ni podía imaginar dejar sola a mi madre. Cuando le diagnosticaron un cáncer de páncreas a la edad de cincuenta y un años, casi pareció aliviada. Su única preocupación era qué sería de mí cuando ella hubiera desaparecido.

Gavin Cross fue la respuesta a todos aquellos temores y expectativas, más de lo que ella jamás hubiera imaginado. Siempre se envaneció de haber propiciado el emparejamiento. Era Navidad, y pese a la gravedad del diagnóstico, daba la impresión de que mamá había recuperado su energía y entusiasmo habituales. De hecho, se encontraba tan bien que la sorprendí con entradas para el concierto navideño de Bach anual. Hasta me permití un traje de noche negro. En años más dichosos, mis padres habían asistido juntos al concierto con frecuencia. Pese a sus modestos medios, mi madre siempre aparecía esbelta y atractiva con un vestido negro y perlas cuando asistía a un concierto. La música, solía repetir, no entendía de clases sociales, y estaba decidida a que nadie la mirara por encima del hombro cuando disfrutaba de ella.

Sin embargo, el día del concierto, mamá apenas podía levantarse de la cama. Quise quedarme en casa a su lado, pero ella insistió en que asistiera.

—La música es un motivo de felicidad, Jeanne. Es justo lo que necesitas —dijo al tiempo que apretaba mi mano. Fue la primera vez que caí en la cuenta de su fragilidad, de lo pronto que me quedaría sola.

Me vestí con parsimonia, incluso tomé prestadas las viejas perlas de mamá y me apliqué un poco de maquillaje. Cuando estuve preparada, me quedé sorprendida al ver a la joven que me miraba desde el espejo. Casi era guapa, y pese a la tristeza de la casa, parecía ansiosa por vivir.

Más tarde, sin embargo, sentada sola entre las parejas felices y las familias, mi sensación de soledad se exacerbó. El asiento vacío contiguo de mi madre se me antojó un inmenso abismo que me separaba de todos los presentes en la sala. Supongo que fui la única persona que lloró durante la exultante *Cantata de Adviento*. Imaginaréis mi consternación cuando miré hacia el otro lado del pasillo y vi una cara conocida vuelta hacia mí. Reconocí al doctor Cross al instante. En el hospital, siempre daba la impresión de estar rodeado de una multitud de chicas parlanchinas, ansiosas por agenciarse un marido médico. Pero allí, en el concierto, él también parecía estar solo.

Apenas pude creer lo que sucedía cuando se levantó de repente y cruzó el pasillo.

—¿Puedo sentarme contigo? —preguntó, y ocupó el asiento vacío de mi madre. No dio la impresión de formular una pregunta.

Más tarde, cuando la poderosa música despertó mis sentimientos reprimidos, Gavin volvió a sorprenderme cuando tomó mi mano. No la soltó hasta el intermedio.

—Me he enterado de la enfermedad de tu madre, Jeanne. Lo siento —dijo en voz baja.

Me quedé estupefacta. Jamás había imaginado que el apuesto médico fuera consciente de mi existencia, y mucho menos que supiera mi nombre o que mi madre padeciera una enfermedad terminal.

Al acabar el concierto, Gavin me invitó a tomar una copa. Después recordó por lo visto que yo era menor de edad y la cambió por un café, pero a juzgar por la forma en que encaré aquella noche, cualquiera habría podido creer que estaba bajo los efectos del alcohol. En aquella oscura cafetería, alentada por la calidez de los ojos de Gavin, lo solté todo, empezando por la muerte de mi hermano y acabando con el día en que supimos el diagnóstico de mi madre.

—¿Cuántas cosas horribles le pueden suceder a una familia? —pregunté. Después, antes de que Gavin pudiera contestar, confesé de golpe mi verdadero temor—. A veces, parece que nos hayan maldecido.

Una vez más, él tomó mi mano.

—Pero tú no lo estás —dijo.

Habló con firmeza y contundencia. Casi experimenté la sensación de que me quitaban un peso de encima. Me sentí feliz por primera vez en años.

Mi madre adoró a Gavin desde la primera vez que puso el pie en casa. La verdad, no sé cómo hubiera soportado sus últimas semanas de vida sin su presencia y su ayuda. Nos casamos en la habitación del hospital de mi madre sólo tres meses después del concierto de Bach. Aunque le quedaba menos de una semana de vida, y su cuerpo estaba atormentado por el dolor, parecía más serena que nunca desde la muerte de mi hermano.

—Tendrás una vida maravillosa —me susurró después de la ceremonia—. La clase de vida que tu padre y yo siempre quisimos para ti.

Para Gavin, sus únicas palabras fueron:

—Gracias.

Como siempre habíamos vivido de alquiler, mi única herencia consistió en una cabaña destartalada en Nueva Hampshire, una pequeña vivienda que albergaba todos los fantasmas de las épocas felices de mi familia. Con frecuencia deseaba ir allí para compartir la cabaña con mi marido y mi hijo, pero Gavin estaba preocupado por el dolor y las muertes que había padecido durante mi corta vida.

—Nunca se sabe qué podría desencadenar, Jeanne —decía—. La memoria puede ser traicionera.

Y yo siempre me doblegaba. ¿Para qué regresar a los días oscuros que habían asolado mi adolescencia?

Cada vez que me quejaba en silencio por las frecuentes críticas de Gavin contra Jamie y contra mí, o por el aislamiento que experimentaba a veces, pese a todos los eventos sociales a los que acudíamos y el prestigio de que gozábamos en la comunidad, me recordaba lo afortunada que era. Gavin no sólo había impedido que aquellos dolorosos recuerdos entraran en nuestro alegre hogar, sino que había concedido a mi madre una muerte plácida.

Pensaba en lo que ella decía a menudo cuando yo suspendía un examen o era incapaz de tomar un instrumento y extraer de él la magia que mi hermano conseguía: *No te esfuerzas lo bastante, Jeanne.* Me juraba una y otra vez que procuraría fortalecer mi matrimonio, ser más paciente y comprensiva, una esposa mejor. Y cuando Jamie se quejaba del hostigamiento de su padre, le recordaba lo mucho que trabajaba Gavin, lo estresaba que era la vida de un médico. Pero cada vez más mis palabras y esfuerzos se me antojaban vacuos.

Cuando nos sentamos a cenar, Gavin y Jamie hicieron gala de su comportamiento habitual: Jamie, risueño y dolorosamente ansioso por entablar conversación con su padre. Gavin, hosco y silencioso. Mientras yo servía la ensalada, nuestro hijo alababa la nueva moto de trial de Toby.

—¿Sabes cuánto cuesta ese trasto? —dijo, con los ojos abiertos de par en par—. Casi mil seiscientos pavos. Pero corre que se las pela. Es fuerte y ligera al mismo tiempo.

—Espero que no te dejara subir —dijo Gavin, al tiempo que levantaba la vista del plato para entablar conversación.

Al principio, pensé que Jamie no había captado la crueldad del comentario de su padre, pero después vi el rubor gradual que empezaba en los pliegues de su cuello y se esparcía en lentas manchas hasta su frente.

—No pasa nada —dijo—. Esos trastos aguantan hasta ciento veinte kilos. Como ya te he dicho, son fuertes.

Gavin meneó la cabeza en señal de desdén y devolvió la atención a su plato. Como me ocurría con frecuencia durante las cenas, experimenté una extraña combinación de rabia y pánico en mi interior. La visión del pollo cuajado en su propia grasa me dio náuseas de repente.

—¿Tienes deberes? —le pregunté a Jamie, después de escupir con discreción un bocado del ofensivo alimento en mi servilleta.

A la mención del temido tema, él se derrumbó en su silla. Los deberes eran una fuente de conflictos entre nosotros.

—Poca cosa. Un par de problemas de geometría —respondió con la intención de huir de la mesa—. Los haré después.

—Bien, no creas que vas a salir hasta que haya visto el cuaderno de deberes —le advertí.

—Si dejaras de hacer los deberes en su lugar, tal vez aprendería a asumir un poco la responsabilidad —dijo Gavin. Aunque ya debería estar acostumbrada, aún me ponía nerviosa el nivel de hostilidad de su voz, las oscuras emociones que se agitaban bajo la educada piel de nuestro matrimonio.

—El instituto fomenta la participación de los padres —repliqué, en el mismo tono de los boletines informativos que descubría arrugados en la mochila de Jamie.

—La participación de los padres es una cosa; hacer el trabajo en lugar del chico es algo muy diferente. ¿Por qué crees que Jamie está fracasando en los estudios?

Sin ni siquiera servirse su habitual taza de café, Gavin se encaminó a su estudio.

—No está fracasando —grité lo más furiosa que me atreví—. El semestre acaba de empezar, por el amor de Dios.

—Dale tiempo —contestó él con cinismo antes de desaparecer en su refugio y cerrar la puerta de golpe. Cada vez lo utilizaba más para pasar las noches. A veces, le oía reír en el teléfono, con una espontaneidad que jamás exhibía con Jamie o conmigo, y me preguntaba si tendría alguna amante. Lo peor era que me daba igual.

Cuando el eco del comentario demoledor de Gavin se disipó, Jamie se encogió de hombros, como para informarme de que no le había afectado.

—¿Sabes lo deprisa que va eso? —preguntó ansioso.

—¿Eso? ¿Qué es eso? —pregunté mientras me recuperaba de la tormenta que había asolado el comedor.

—La moto de Toby, mamá —dijo impaciente—. ¿Qué, si no?

Sonrió, como siempre. De una forma desarmante. Casi con timidez. Y sin la menor tristeza. Cuando le vi buscar en la alacena las galletas de chocolate, no dije nada.

Estaba fregando la sartén y reflexionando sobre mi escaramuza con Gavin, cuando sonó el teléfono.

—No te demores demasiado, Jamie —dije cuando oí que alguien descolgaba en la otra habitación—. Recuerda que tienes deberes.

Aunque sabía que las interminables llamadas telefónicas robaban un tiempo considerable a sus estudios, estaba orgullosa de la popularidad de mi hijo. Tal vez fuera un fracaso en los deportes y en los estudios, pero gracias a su personalidad extrovertida y su profundo sentido de la lealtad, Jamie tenía más amigos que cualquier persona que yo conocía.

Pero, para mi sorpresa, Gavin abrió la puerta con el teléfono en su mano extendida.

—Es para ti —dijo con frialdad—. Alguien llamado Ali Mather.

Cogí el teléfono, mientras me preguntaba qué querría de mí la profesora de música.

Ali fue al grano. Se había hecho daño en la rodilla aquella tarde y no podría montar en bicicleta durante unas cuantas semanas. ¿Me importaría acompañarla al trabajo por la mañana? Accedí al instante, por supuesto.

Durante el resto de la noche, me sentí ridículamente nerviosa, casi como una adolescente que tuviera una cita. Imaginé de qué hablaríamos en el coche. ¿Debía interesarme por sus composiciones? Ali se llevaría una gran sorpresa al descubrir cuánto sabía yo sobre el tema. ¿Y si le hablaba de la última novela que estaba leyendo? Aunque había visto otra del mismo autor sobresaliendo de su mochila, no estaba segura de si había leído la que yo tenía a medias. Tal vez podría ser yo quien la introdujera en algo, para variar.

O quizá podríamos hablar, simplemente, pensé, de pie en mitad de mi inmaculada cocina. No me había dado cuenta de lo desesperada que estaba por tener una amiga hasta que sentí el escozor de las lágrimas en los ojos.

3

—Te lo agradezco mucho, Jeanne —dijo Ali cuando subió a mi coche, pero yo estaba tan ocupada mirando su casa que apenas la oí. Cubierta de enredaderas, y rodeada por una valla que se combaba bajo una cascada de rosas de final de temporada, tenías la impresión de estar en un camino rural de Inglaterra, y no en nuestra zona residencial. Era tan peculiar y estaba tan fuera de lugar como su ocupante.

—Sólo vives a unas manzanas de distancia —dije. Ali se acomodó en el asiento del pasajero de mi todoterreno y colocó su pesada mochila sobre el regazo. Nunca había estado tan cerca de ella, y a la luz color limón de la mañana, observé las patas de gallo debajo de sus ojos.

Encendí el motor y esperé a que Ali continuara la conversación, pero como al parecer no sentía le menor necesidad de llenar el silencio del coche, la profesora de música clavó la vista al frente, como el pasajero de un taxi, y exhibió su bello perfil.

A decir verdad, me sentía decepcionada. Si bien no esperaba ninguna revelación sobre su relación con Brian Shagaury, estaba ávida del tipo de charla estimulante que compartía con sus estudiantes, congregados ante su despacho cada día después de clase, o comiendo con ella en el césped. Nos imaginaba intimando a medida que las charlas sobre libros que amábamos daba paso a conversaciones más personales. Confidencias compartidas. Planes para ir de compras o tomar una copa. Pero, por lo visto, Ali estaba pensativa, y guardaba un silencio sepulcral.

Estábamos a mitad de camino del instituto, cuando el silencio reinante en el coche me afectó.

—¿Qué te ha pasado en la rodilla? ¿Un accidente de bicicleta?

—¿La rodilla? —repitió Ali, absorta en sus pensamientos.

—Sí, cuando llamaste anoche, dijiste que no podías ir en bici porque te habías hecho daño en la rodilla.

—Ah, eso. La verdad es que se trata de una antigua lesión —dijo ella, mientras se echaba el pelo por encima del hombro—. Una rotura de ligamentos de mis días universitarios. Y, de vez en cuando, si me tuerzo la pierna, se me hincha.

Como para demostrar que la lesión existía, se subió los tejanos y me enseñó el vendaje que rodeaba su rodilla.

—¿Durante cuánto tiempo no podrás ir en bici? —pregunté.

—Cuando esto ocurre, descanso durante unas semanas, y después reanudo mis actividades habituales —respondió Ali, al tiempo que saludaba al cartero cuando nos cruzamos con él. Por lo visto, era cordial con todos los hombres de la ciudad—. Espero que no te importe llevarme hasta que tenga mejor la rodilla. Compartiremos los gastos de gasolina, por supuesto.

Tenía los ojos clavados en la carretera, como si fuera ella la que conducía, no yo.

—Ningún problema —repliqué de nuevo—. Y no te preocupes por la gasolina. Me vienes de paso.

En el fondo, sin embargo, la perspectiva de varias semanas de incómodo silencio camino del instituto no se me antojaba muy emocionante. Ya tenía bastante de eso en mi vida doméstica.

Las cosas no mejoraron mucho durante la primera semana, y a medida que transcurrían los días, la presencia de Ali me incomodaba cada vez más. ¿Había imaginado la conexión entre nosotras? Me ruboricé al darme cuenta de que había conjurado un vínculo inexistente. Para colmo de males, ella parecía muy a gusto en silencio. Cuando yo me esforzaba por entablar conversación, me respondía con monosílabos. Después examinaba su agenda o comprobaba su aspecto en el espejo. A veces, hasta tarareaba el fragmento de alguna canción, casi como si se hubiera olvidado de mi presencia. Creo que nunca había sido testigo de un aplomo tan perfecto, o enfurecedor, en toda mi vida.

—¿Te importa si pongo un cedé? —preguntó la segunda semana, y el sonido de su voz me sobresaltó, una voz tan seductora como un saxofón. No sé por qué se tomó la molestia de preguntarlo. Incluso antes de que pudiera contestar, introdujo un disco en el reproductor, y un estridente rock duro invadió el coche. El tipo de música que erizaba mis nervios cuando Jamie la ponía en su cuarto.

—Dios —solté—, pensaba que te dedicabas a la música clásica.

Ali me dedicó la carcajada argentina que había cautivado a la mitad de los hombres de la ciudad.

—Suena violenta, ¿verdad? —dijo, pero no hizo el menor esfuerzo por quitarla. Explicarse también exigió mucho tiempo. Oímos una canción completa (por llamarla de alguna manera) antes de que volviera a hablar—. El cedé es de un chico del instituto. Quería que lo escuchara. Puedes aprender mucho sobre una persona mediante la música que hace vibrar su alma.

—Bien, esa música tortura mi alma —repliqué—. Tal vez podrías escucharla en casa.

Una vez más, dio la impresión de que Ali se había olvidado de mi presencia. Estaba absorta en la música, y tal vez en el estudiante que le había prestado el cedé. Una breve pero clara expresión de preocupación pasó por su cara antes de que oprimiera con brusquedad el botón de expulsión. Me habría encantado saber el nombre del estudiante que había suscitado su preocupación, pero Ali estuvo mirando por la ventanilla el resto del trayecto, perdida en sus pensamientos. Lo más desconcertante es que parecía enfadada conmigo. Cuando llegamos al instituto, bajó del todoterreno y cerró la puerta de golpe sin decir palabra.

—¡De nada! —grité, aunque las ventanillas estaban subidas y Ali no podía oírme. Estaba tan furiosa que me quedé en el coche hasta que desapareció por la puerta principal, riendo ya con un chico al que reconocí como Aidan Whittier, un amigo de Jamie. Cuando bajé por fin del coche, yo también cerré la puerta de golpe. *¡Qué morro!*, me dije, mientras cruzaba el aparcamiento con un repiqueteo de mi nuevo par de elegantes botas de piel, compradas la semana anterior. Contamina mi coche y mi mente con esa música infernal, y encima se enfada conmigo.

Simon Murphy se dio cuenta al instante de que no estaba de mi buen humor habitual. Por una vez, conté a alguien el motivo de mi enfado. Para lo que me iba a servir... Simon se limitó a reír cuando le describí la grosería de la profesora de música.

—Eso es lo que opinas tú de Ali —dijo—, pero has de admitir que los estudiantes la adoran.

Aún estaba riendo para sí cuando cerró la puerta de su despacho. Era evidente que no sólo los estudiantes habían caído víctimas de su hechizo.

Sola durante un momento, apoyé la cabeza en las manos, sin dejar de oír la música que Ali había puesto en el coche. Era la música más airada que había oído en mi vida. Excepto en casa, en la habitación de mi hijo. Por un breve momento, me pregunté si Jamie sería el estudiante que había prestado el cedé a Ali. Después lo descarté enseguida. Montones de chicos del instituto escuchaban esa clase de música, tal vez la mayoría. Además, Jamie no iba a la clase de Ali este año. No había motivos para que la hubiera buscado con el fin de prestarle un cedé. Y no obstante, durante todo el día, no pude sacudirme de encima la inquietante sensación de que Ali había puesto aquella música a posta en mi presencia. Que había algo en aquella violenta batería y letras detestables que quería que yo oyera.

Al acabar el día, estaba decidida a decirle que tendría que buscarse a otra persona para que la acompañara al instituto. Hasta había preparado una excusa: mi trabajo administrativo iba retrasado, y a partir de aquel momento tendría que llegar al trabajo media hora antes. Para Ali, a quien ya le costaba ser puntual, aquello debería servirle para buscarse otro servicio de taxi.

Camino de casa, sin embargo, demostró que se había dado cuenta de se había pasado. Hasta llevó a cabo el esfuerzo de hablar conmigo, poca cosa, tan sólo algunos comentarios insulsos sobre el equipo de fútbol americano del instituto, y un importante partido que se disputaría el fin de semana. Después me preguntó si mi hijo jugaba, lo cual me sorprendió. Casi siempre, parecía tan ajena a mí que no estaba segura de que supiera que tenía un hijo.

—Jamie no es un gran deportista —dije, y sentí la habitual punzada de vergüenza—, pero es muy aficionado a los deportes. Tiene muchos amigos en el equipo.

—Como yo a su edad. Era un desastre en deportes —comentó—. De hecho, soy la única persona que conozco que suspendió educación física.

No lo admití, pero aquella confesión me dejó estupefacta. ¿La ciclista más fanática de nuestra ciudad había suspendido educación física? Quizás existía alguna esperanza para Jamie, después de todo.

Ali encendió la radio como si tuviera todo el derecho del mundo.

—¿Qué tipo de música escuchas cuando estás sola, Jeanne? —preguntó—. ¿Qué hace vibrar tu alma?

La verdad era que, ahora, escuchaba canciones de amor antiguas cuando estaba sola, y evitaba la música que Gavin y yo habíamos compartido. Ya fuera una melodía sentimental de los cuarenta, o los grandes *hits* que sonaban en las emisoras de éxitos antiguos, anhelaba cualquier canción que susurrara las palabras que mi marido ya no me decía. Pero no iba a confesarle eso a Ali.

—Clásica —contesté sin pestañear—. ¿Por qué no pones la noventa y dos punto ocho?

Creo que mi respuesta la sorprendió, y se sorprendió todavía más cuando reconocí el *Concierto número 2* de Mozart. Tal vez por eso me abstuve de aconsejarle que se buscara otro taxi para ir a trabajar. Por algún motivo que no sabía explicar, necesitaba demostrarle que Jeanne Cross era mucho más de lo que aparentaba. Muchísimo más.

La mañana en que todo cambió entre Ali y yo fue particularmente horrible. Frené frente a su casa y descubrí un Saab azul oscuro aparcado de través en el camino de entrada. No reconocí el coche, pero la placa del concesionario me dio la pista. Pertenecía al «amigo íntimo personal» de Ali. Jack Butterfield debía estar tan ansioso por entrar que no se molestó en aparcar bien el coche, pensé, irritada de una forma irracional.

Eran las ocho menos cuarto, la hora en que recogía a Ali cada mañana, pero no se la veía por ninguna parte. Le había dicho desde el primer momento lo importante que era para mí la puntualidad. Nunca había llegado tarde al trabajo en ocho años, y albergaba la intención de conservar mi récord. Me alejé del bordillo, imaginando que Jack acompañaría a Ali al instituto, muy enfadada porque no había llamado para informarme de que no iría conmigo. Pero en aquel momento Ali apareció en la puerta y me hizo frenéticos aspavientos.

—¡Espera, Jeanne! —leí en sus labios. Y cuando bajé la ventanilla, gritó—: Concédeme un minuto.

Sin ni siquiera un poco de lápiz de labios que animara su cara, era evidente que su noche había sido larga. Estaba a punto de contestarle que no podía esperar cuando, para mi sorpresa, la puerta del Saab se abrió y Jack Butterfield bajó. Mientras caminaba hacia Ali, ella miró en mi dirección, al tiempo que alzaba un dedo índice y suplicaba en silencio que no me fuera.

Pisé los frenos, no porque pensara que Ali necesitaba con desesperación que la acompañara, sino por la expresión que vi en su rostro: tenía miedo. A la luz grisácea de la mañana, Jack Butterfield no recordaba en nada al zalamero vendedor que yo había conocido en el concesionario Saab cuando Gavin fue a comprar un coche nuevo, ni al hombre apuesto de sonrisa burlona a quien el esmoquin sentaba mejor que a nadie en las fiestas de caridad. Su pelo rubio oscuro estaba despeinado, y exhibía una barba de dos días. Además, los tejanos y la camiseta que vestía estaban tan arrugados que daba la impresión de haber dormido con ellos. La temperatura había descendido a dos grados aquella mañana, lo cual equivalía a que iba más o menos desnudo, pero no daba la impresión de haberse dado cuenta. Lo único que veía era a Ali.

Pero lo más asombroso fue que el insomne y agitado Jack Butterfield nunca había parecido más atractivo. Ya no era encantador, afable ni ninguno de los demás adjetivos que sus numerosas admiradoras de la ciudad utilizaban para describirle. Era un animal sexual. Le contemplé hipnotizada. Por primera vez, comprendí por qué Ali había arruinado su matrimonio con un hombre maravilloso como George Mather por un vendedor de coches.

Pero ahora no cabía duda de que estaba asustada, pero no estaba dispuesta a rendirse. Retorció su largo pelo en una trenza y se envolvió el cuello con ella (un gesto a la vez provocador y de autoprotección) cuando Jack se acercó a la casa. Desde el todoterreno oí su voz, pero las únicas palabras inteligibles que transportó el aire fueron juramentos.

Cuando empujó con rudeza a Ali contra la puerta, salté del coche. Sin embargo, Jack no se volvió hacia mí. Permanecía indiferente a todo lo que no fuera Ali. Mientras corría hacia ellos a toda la velocidad que permitían mis botas de tacón alto, Ali levantó la mano para indicar que me mantuviera alejada. Cuando me acerqué más, comprendí que Jack Butterfield no representaba ninguna amenaza, aunque estuviera fuera de sí. También estaba claro que no me había reconocido, pese a nuestros diversos encuentros sociales. Tampoco mi presencia significaba gran cosa para él.

Cuando su ira se debilitó visiblemente, Ali acarició el pecho de Jack y él apretó su frente contra la de ella, como si intentara penetrar en su mente por la fuerza. La escena era tan íntima que tuve la sensación de haber irrumpido en su dormitorio. Daba la impresión de que estaba negociando con él, tal vez le decía que debía ir a trabajar, quizá le prometía que le vería después. Por fin, Jack retrocedió un paso y se volvió a mesar el pelo. Sacudió la cabeza un momento antes de regresar a su coche mal aparcado. Salió del camino de entrada marcha atrás a tal velocidad que, si no me hubiera apartado de un salto, me habría arrollado.

Ali parecía petrificada en la puerta. Tenía los ojos cerrados, pero cuando corrí hacia ella y la abracé, estaba temblando.

—¿Te encuentras bien? No te ha hecho daño, ¿verdad?

Ali negó con la cabeza.

—Ojalá —dijo con tristeza—. Pero temo que ha sido al revés. A veces, no sé lo que me pasa.

Era la primera vez que advertía el color dorado espectacular de sus ojos. Incluso sin maquillaje, su piel era translúcida y brillaba de emoción.

—¿Estás segura de encontrarte bien? Simon comprenderá que no vayas a dar clase.

Ali se limitó a sacudir la cabeza.

—No —dijo enseguida—. He de salir de aquí. De mi vida durante un rato. —Me miró intensamente—. ¿Y tú, Jeanne? ¿Te has sentido alguna vez así?

Me quedé sorprendida por el repentino cambio de protagonismo, pero tal como llegué a aprender, tales fluctuaciones eran típicas de ella. Justo cuando me acababa de convencer de que Ali Mather era la persona más narcisista que había conocido, me sorprendía con una sensibilidad hacia los demás que me dejaba sin aliento.

No me pilló del todo desprevenida, por supuesto. Estaba preparada con las frases tópicas habituales. Las mentiras que decía a todos cuantos me rodeaban, y hasta a mí misma. *Yo no. Estaba demasiado ocupada para sentimientos como ésos. Además, mi vida era tan aburrida y rutinaria…* Pero me tragué algo cuando intenté hablar. Era algo más que el tópico nudo en la garganta. No, lo que me impedía recitar las frases consabidas era nada más y nada menos que la verdad. La verdad que ya no podía ocultar.

—Sí —dije con la vista clavada en los ojos color topacio de Ali—. Me siento así. Casi siempre.

Aquel día, cuando volvíamos a casa desde el instituto, las dos permanecimos calladas, pero era un silencio muy diferente del que impregnaba nuestros anteriores viajes. Era un silencio cómplice. Por una vez, creí entender un poco mejor a Ali Mather. Comprendí que el encanto que despertaba tanta envidia y fascinación en los demás la agotaba y desconcertaba con frecuencia. ¿Qué había dicho? *A veces, no sé lo que me pasa.* Era una confesión tan potente y profunda como la mía.

Cuando llegamos a su casa, Ali me miró con cierta tristeza y en su expresión se reflejaba el cansancio que había percibido durante el viaje. De forma impulsiva, me cogió las manos. «Gracias por ser tan comprensiva esta mañana, Jeanne —dijo—. Significó mucho para mí».

Había recorrido la mitad de su camino de entrada, arrastrando su habitual mochila como si albergara un gran peso, y yo estaba a punto de irme, cuando dejó caer de repente la mochila y volvió hacia el coche.

—¿Te apetece una copa de vino? —preguntó cuando bajé la ventanilla.

La respuesta tópica era no. *Por supuesto que no.* Desde mi punto de vista, reuniones para conversar y clubes literarios, además de copas por las tardes, eran actividades para aquellos que carecían de disciplina. Gente que no tenía nada mejor que hacer con su tiempo que sentarse a chismorrear. En cuanto a mí, necesitaba volver a casa. Jamie estaría esperando, sin duda con varios de sus amigos, y yo no era la clase de madre que dejaba solos en casa a un grupo de adolescentes. Cuando se fueran, pensaba salir a correr antes de preparar la cena. Había correo que debía contestar cuanto antes (mi regla consistía en no tocar dos veces una carta), un montón de ropa blanca para lavar, recados que hacer. Mantener el ritmo era mi forma de llevar con eficacia la casa, algo que la mayoría de mujeres (incluida Ali Mather) desconocían.

Y no obstante, por segunda vez aquel día, me sorprendí a mí misma cuando apagué el motor.

—Una copa de vino suena fenomenal —dije. Cuando entré, consulté un momento mi reloj, mientras me prometía que sólo estaría media hora.

Ali encendió el estéreo, un gesto tan automático que, supuse, debía ser lo primero que hacía al entrar en casa cada día. Durante una fracción de segundo, tuve miedo de que fuera a atacar mis oídos y mi corazón con la música airada que había puesto en el coche, pero el dulce sonido de la voz de Ella Fitzgerald me tranquilizó. Ali tiró su chaqueta sobre una silla y dejó caer la mochila a su lado.

Después me invitó a entrar en una cálida estancia que era una combinación de sala de estar y comedor.

—Considérate en casa —dijo, antes de desaparecer en la cocina. Sonreí. La cocina era la habitación más grande de mi casa, pero al parecer cocinar no era una de las prioridades de la vida de Ali.

—¿Tinto o blanco? —preguntó desde la cocina.

—Lo que tengas a mano —dije.

Como no sabía dónde dejar mi chaqueta, la doblé con pulcritud y la puse encima de la de Ali. Después entré en la sala donde había dicho que me sintiera en casa. Estaba decorada de una manera ecléctica y era muy acogedora, pero lo primero que me llamó la atención fue el desorden. Había cedés sin funda por todas partes, libros que rebosaban de librerías abarrotadas, y sobre la mesita auxiliar dos copas de tallo alto, todavía medio llenas de vino tinto, y una botella vacía que quedaba de la noche anterior. Pero lo que realmente me sorprendió fueron unas bragas de encaje negro tiradas al lado del sofá. Justo debajo de donde yo estaba sentada con las manos enlazadas sobre el regazo, remilgada como una bibliotecaria.

—No te molestes. No puedo quedarme mucho rato —dije intranquila cuando Ali apareció en la puerta con una bandeja de queso y galletitas saladas.

—No es ninguna molestia, y ya sé que no puedes quedarte —respondió, como si leyera mi mente. Su mirada se desvió hacia las bragas abandonadas, pero no hizo el menor esfuerzo por recogerlas. Tampoco parecía avergonzada en absoluto. Una vez más, me estaba mirando igual que aquella mañana. Como si me conociera mejor que yo misma. Sonrió un momento, daba la sensación de que considerara divertida mi incomodidad por la ropa interior abandonada.

Desvié la vista, avergonzada.

Ali tomó un sorbo de vino y rió. Tenía las piernas dobladas bajo el cuerpo, se había soltado el pelo y lo había retorcido sobre su hombro.

—Como puedes ver, anoche tuve compañía.

—El señor Butterfield —dije, mientras imaginaba una trifulca de amantes, seguida de una noche de insomnio por ambas partes. De pronto, la escena que había presenciado por la mañana adquirió significado.

—De hecho, no era Jack. Era… —Vaciló, como si estuviera decidiendo hasta qué punto podía confiar en mí—. Otra persona —se limitó a añadir—. El problema era que el señor Butterfield, como tú le llamas, decidió dejarse caer en… un momento de lo más inoportuno.

—¿Quieres decir que tiene llave de la casa?

Sospechaba desde hacía tiempo que Ali mantenía relaciones con más de un hombre, pero de todos modos me escandalizó cuando habló con tanta franqueza.

Una vez más, ella se rió de los detalles en los que yo hacía hincapié.

—Hace tres años que salimos, Jeanne. Tiene llave, por supuesto, aunque daba igual. La puerta estaba con el cerrojo echado, pero el coche aparcado delante de mi casa y las persianas bajadas era toda la información que necesitaba. Pruebas, como diría él. —Al recordarlo, se retorció el pelo entre los dedos—. ¿Te creerás que pasó la noche en el coche?

Pensando en la aparición de Jack aquella mañana, no me cupo la menor duda.

—Bien, ¿hubo enfrentamiento? Quiero decir, cuando se fue el otro.

No sé por qué, pero imaginaba al pobre Brian Shagaury aporreado por Butterfield, mucho más alto y delgado, obligado a volver a casa y explicar las contusiones a Beth.

Ali negó con la cabeza.

—Eso pudimos evitarlo. Salió por el porche trasero y atravesó el patio del vecino hasta llegar a su coche. Jack debía estar concentrado en la puerta principal. O quizá se durmió.

—Estaba muy enfadado —murmuré, al pensar en la energía animal que Jack Butterfield había proyectado al cruzar el jardín—. ¿Crees que irá a por él?

Una vez más, Ali negó con la cabeza.

—Toda la ira de Jack está dirigida contra mí. Yo soy quien le ha traicionado…, al menos, desde su punto de vista.

—Pero ¿no desde el tuyo?

Ali se levantó y empezó a pasear de un lado a otro de la sala, con la copa de vino en la mano.

—Nunca he prometido fidelidad a nadie. Ni siquiera estoy segura de ser capaz de ser fiel. Pero eso no significa…

Se detuvo en el centro de la sala y dejó la copa sobre la mesa, para poder secar las lágrimas que habían anegado de repente sus ojos.

—¿No significa que no lamentes haberle herido? —terminé por ella.

—Exacto —reconoció, y levantó de nuevo la copa de vino—. Amo a Jack. De veras, pese a nuestras diferencias. —Se derrumbó en su asiento y me miró, y después repitió las palabras que había dicho por la mañana—. A veces, no sé qué me pasa, Jeanne.

Nunca había visto a nadie con aspecto más desdichado. Por segunda vez aquel día, la abracé e inhalé el sutil perfume de su piel.

Cuando nos separamos, parecía más serena. Se apartó el pelo de la cara y, de nuevo, adoptó la hermosa postura de antes con la cabeza algo ladeada hacia arriba.

—Dios, lo estoy haciendo.

—¿Qué estás haciendo? —pregunté perpleja.

—Confiar en otra mujer. Algo que podría ser de lo más normal para ti y para todas las demás mujeres del planeta, pero no para mí. Nunca he tenido una amiga íntima. Supongo que estaba demasiado entregada a mi música.

Y a los hombres, pensé.

—Para mí tampoco es normal —me limité a contestar. Y me quedaba corta.

4

Desde la noche en que mi hermano murió en un accidente de tránsito, el pánico se apodera de mí cuando un timbre suena en medio de la noche. Me sobresalté aquella madrugada de domingo cuando el estridente timbre del móvil me despertó. Los números de mi despertador digital me informaron de que eran las cinco y dieciséis minutos. Demasiado temprano, salvo para una equivocación o una emergencia.

No hay nada que despierte a Gavin, pero se levantó antes que yo. Salió disparado hacia el pasillo con el teléfono en la mano. Más tarde, cuando reflexioné sobre las diferentes reacciones producidas por la llamada, me pregunté por la de él: su rapidez al contestar al teléfono, su aparente deseo de anticiparse a mí. Tal vez intentaba no despertarme, razoné. De todos modos, no pude evitar preguntarme desde cuándo era tan considerado. Y por qué.

Un minuto después, Gavin volvió a la habitación y arrojó el teléfono encima de la cama.

—Es para ti —dijo, y se pasó irritado la mano por su pelo corto—. Un tipo que trabaja contigo en el instituto. Eso dice, al menos.

En otro marido habría sonado como una declaración de celos, pero en boca de Gavin las palabras traducían simple irritación. Irritación por haber sido molestado. Irritación porque no era la persona cuya llamada Gavin esperaba.

Le imité y salí con el teléfono al pasillo, mientras me preguntaba quién del trabajo podía llamarme a aquellas horas. Y un tipo... Me apoyé contra la pared del pasillo.

—¿Hola?

Como no hubo respuesta, pensé que se habrían equivocado de número, o que se trataba de una broma pesada. Tal vez un grupo de estudiantes en una fiesta, cocidos de cerveza, que marcaban el número de diversos empleados del instituto. Todavía temblorosa por el momento de miedo que me había devuelto al trauma de mi infancia, hablé enfurecida.

—Escuche, no sé quién es, pero lo averiguaré. Quiero que sepa que, si vuelve a molestar a mi familia, llamaré a la policía.

Estaba dispuesta a apretar el botón del teléfono, dispuesta a borrar para siempre de mi vida a la persona que llamaba, cuando oí un profundo suspiro.

—Siento despertarte así, Jeanne, y créeme, no lo habría hecho, pero estoy muerto de preocupación.

Intenté sin éxito identificar la voz del desconocido, mientras mi corazón se aceleraba de nuevo. Llevé a cabo un inventario mental del paradero de mis seres queridos, aunque habría tenido que decir ser querido: Jamie estaba abajo, dormido en su cama.

—Lo siento, pero ¿quién...?

No pude ni terminar la frase.

—Soy yo, Jeanne —soltó el hombre—. Brian.

—¿Brian? —repetí, patidifusa. Desde que se habían iniciado los rumores sobre él y Ali, mi antiguo aliado me había evitado en el instituto—. ¿Qué pasa?

Siguió un breve silencio, como si Brian estuviera haciendo acopio de fuerzas.

—Es mi mujer, Jeanne. Beth cogió a los críos y se fue anoche.

Me froté los ojos legañosos.

—Lo siento —dije, intentando discernir por qué me había llamado. Beth Shagaury y yo éramos simples conocidas.

—Yo pensé... que las dos habíais estado hablando últimamente —dijo de manera vaga Brian—. Imaginé que tal vez sabrías algo.

—¿Beth y yo..., hablando? —repetí. ¿Se estaba refiriendo a nuestra charla ocasional cuando estábamos esperando en la cola de la charcutería? ¿O a aquel momento de la semana anterior cuando nos encontramos en la tienda de artículos deportivos y sostuvimos una profunda conversación sobre el elevado precio del equipo de hockey que estaba comprando para su hijo mayor?

Se oyó otro profundo suspiro al otro extremo de la línea.

—Como ya he dicho, siento despertarte, pero pensé que tal vez le habías contado lo de... —No terminó su enigmática frase—. Escucha, vuelve a dormir.

Pero el pánico latente de su voz había despertado un eco en mi interior. Era el mismo pánico que había corrido por mis venas momentos antes, cuando temí que algún ser querido estuviera en peligro. Estaba a punto de colgar cuando le detuve.

—Espera, Brian. ¿Por qué no nos encontramos en Ryan's, esa cafetería donde sirven donuts en la esquina de Ames? ¿Dentro de un cuarto de hora te va bien? Por lo que me han dicho, está abierto a esta hora intempestiva. Tal vez pueda ayudarte.

—¿Estás segura? —preguntó él, tan vacilante como los adolescentes con quienes pasaba sus días—. Quiero decir, ¿a tu marido no le importará?

—Gavin no es mi dueño —dije con ferocidad. Tan sólo de pensar que la noche anterior había entrado y sorprendido a Gavin reprendiendo a Jamie sin piedad por sacar un suficiente en un examen de historia espoleó mi decisión. Juro que a veces actuaba como si odiara a ese chico.

Me puse en silencio unos tejanos y un jersey. Me vestí a toda prisa, oí a Gavin removerse, pero un pesado silencio reinaba en la casa. O mi marido se había vuelto a dormir, o estaba esperando a que volviera a la cama, lo que era más probable. Esperando una explicación sobre por qué alguien me había llamado a mí. En particular un hombre. Bien, por mí que le den morcilla, me dije, inflamada por una nueva sensación de rebeldía. Por primera vez desde nuestro matrimonio, tenía mis propios amigos, mis propias intrigas, una vida secreta.

Durante las semanas transcurridas desde el principio de curso me había dejado crecer el pelo un poco. Para mi sorpresa, estaba lo bastante largo para ceñir la horquilla que había encontrado en el fondo de mi bolsa de maquillaje. Con el pelo apartado de la cara, tuve la impresión de que estaba vislumbrando una parte de mí olvidada, como si una faceta temeraria de mi personalidad estuviera emergiendo. Después de aplicarme algo de pintalabios y un poco de lápiz de ojos, y ponerme las zapatillas de deporte y una chaqueta tejana, salí de casa.

Miré hacia atrás desde el camino de entrada. Me sorprendió ver a Jamie espiándome desde la puerta, con una expresión de curiosidad en su cara redonda. La puerta se abrió.

—¡Mamá! —llamó—. ¿Adónde vas? ¿Pasa algo?

—Voy a dar un paseo —respondí, pues no quería enredarme en explicaciones complicadas—. Volveré antes del desayuno.

Pero Jamie abrió todavía más la puerta y salió descalzo a los peldaños del frente. Vestido tan sólo con calzoncillos y la camiseta de la universidad de Columbia que le había enviado hacía poco un primo de Gavin, se quedó vacilante en el umbral. A la luz que surgía de la cocina, su cuerpo parecía todavía más pálido que de costumbre, y su rostro inocente abotargado. La habitual oleada de compasión que experimentaba cuando veía a mi hijo en un estado vulnerable de semidesnudez me invadió.

—¿A pasear? —dijo, y me miró fijamente—. Aún está oscuro, mamá. ¿Quieres que te acompañe para, ya sabes, protegerte? —preguntó.

—Soy una mujer adulta, Jamie. Entra antes de que mueras congelado.

Mi voz sonó más dura de lo que deseaba.

—Vas a encontrarte con él, ¿eh? —dijo Jamie, y sus ojos brillaron de emoción—. El profesor de manualidades, el señor Shagaury.

Sus palabras confirmaron mi inquietante sensación de los últimos tiempos cuando hablaba por teléfono, la sensación de que alguien estaba escuchando por la otra línea. Le traspasé con la mirada sin decir palabra.

Jamie volvió a entrar a toda prisa, pero pese a que la puerta nos separaba pude ver la expresión dolida de su cara. De todos modos, me marché, y me dije que ya se lo explicaría todo a mi hijo más tarde. También albergaba la firme intención de hablar con él acerca de escuchar las conversaciones ajenas.

Pese a la temprana hora, casi todas las mesas y todos los taburetes de la barra de la estrecha cafetería estaban ocupados. Paseé la vista a mi alrededor, mientras me preguntaba quién, además de mí y de un marido culpable, se sentiría impulsado a ir en busca de la anticuada selección de donuts de mermelada y buñuelos que Ryan's ofrecía a las cinco de la mañana. La barra estaba ocupada por hombres en edad de jubilarse que, al parecer, se encontraban allí con regularidad. De hecho, esto debía ser el acontecimiento más importante de su día, pensé. Despertarse temprano como cuando trabajaban y encontrarse con los «muchachos» en Ryan's. El resto del claustrofóbico restaurante estaba lleno de una extraña mezcla de camioneros y algunos jóvenes bulliciosos de Howell College, quienes por lo visto estaban rematando la noche con una taza de café y uno de los famosos donuts de limón del local.

Tardé un momento en localizar a Brian Shagaury entre la multitud. Cuando lo hice, había empezado a preguntarme si era en realidad él quien había hablado por teléfono. Cuando trabajas con seiscientos adolescentes cada día, la posibilidad de una broma pesada siempre está presente en tu mente. Pero entonces le divisé en un rincón, encajado detrás de un ruidoso grupo de veinteañeros que daban la impresión de seguir embriagados tras la juerga de la noche.

Brian, con aspecto agotado y muy preocupado, me hizo una seña furtiva. Su rostro estaba demacrado, y aquellos límpidos ojos verdes se habían convertido en pozos profundos. Aunque trabajábamos en el mismo edificio, hacía semanas que no le veía. Desde que se había liado con Ali, había evitado tanto el comedor de profesores como mi despacho. Había oído rumores de que «parecía deprimido» y «no era el mismo» en el instituto, incluso que tal vez no le renovarían el contrato en otoño, pero los rumores no me habían preparado para su espectacular deterioro.

Durante los primeros momentos, mientras esperaba a que la camarera me trajera el café y el donut de limón que había pedido, Brian y yo estuvimos sentados en un incómodo silencio, mientras él tamborileaba nervioso con los dedos sobre la mesa. Estaba empezando a preguntarme qué me había impelido a sugerir este encuentro. Salvo por nuestras anteriores bromas en el instituto, ¿qué sabía en realidad del hombre sentado frente a mí?

Después de que la camarera me sirviera el café y se alejara de la mesa, Brian exhaló un profundo suspiro, tal como había hecho por teléfono.

—No puedo quedarme mucho rato —dijo al tiempo que consultaba su reloj. Como si le hubiera llamado yo, pensé, cada vez más irritada.

—¿Así que no tienes ni idea de adónde ha ido?

Hice una pausa para tomar un sorbo de café, mientras escudriñaba los ojos color avellana de Brian. Yo lo había considerado atractivo, pero sentado frente a él a la luz deslumbradora de la cafetería, no pude evitar preguntarme qué veía mi amiga en él. Mientras la desesperación por su relación con Ali había dotado a Jack Butterfield de un atractivo sexual desmesurado, en Brian no había obrado el mismo efecto. Se removía en la diminuta mesa con el comportamiento nervioso de un adicto a la heroína necesitado de un chute.

Tomé su mano guiada por un instinto. La noté tan pegajosa que casi me encogí.

—Brian, no esperes que tu familia vuelva hasta que te hayas serenado.

Él soltó mi mano y se reclinó en su silla en una postura de derrota.

—Te mentí. Mi familia está en casa, en la cama, al menos de momento.

—¿Quieres decir que me has sacado de la cama a las cinco de la mañana sin ningún motivo?

—Tenía que hablar con alguien, Jeanne. ¿A quién iba a llamar, a Chismorreos Sociedad Anónima? —dijo, pero nuestro viejo chiste privado erró su objetivo. Cuando me levanté para irme, agarró mi mano—. Espera, Jeanne. Anoche, Beth me dijo que pensaba volver a Indiana. Dijo que nunca más veré a los chicos...

—O sea, que sabe lo de Ali —dije, fingiendo saber más cosas acerca de la relación. Me senté de nuevo y bebí el café.

—Alguien se lo dijo hace un par de semanas —soltó Brian, demasiado cansado y angustiado para negar la relación—. Alguien del instituto.

—Por eso me has llamado... ¿Creías que fui yo quien fue con el cuento a Beth?

—Bien, eres la única persona del edificio con la que Ali habla, aparte de mí, por supuesto —dijo Brian, con una impertinente insinuación de orgullo—. Es natural que pensara en ti. Además, conoces a Beth.

Ali nunca me había hablado de su relación con Brian, fuera cual fuera. ¿Amistad? ¿Algo serio? ¿Algo que tenía lugar sobre todo en los confines del cerebro perturbado de Brian? Pensé en las bragas de encaje que había visto en el suelo de la sala de estar de Ali, y en la confesión de que «alguien» había estado con ella la noche anterior. Yo había dado por sentado que «alguien» era Brian, aunque no habría podido afirmarlo de manera tajante. Por lo que yo sabía, podría haber sido el pobre y devoto George Mather quien hubiera despertado los celos de su amante.

—Escucha, Brian, cometiste un error, pero son cosas que pasan —dije, como si fuera una experta en el tema—. No puedes permitir que destruya a tu familia. Podrías pedir consejo a alguien, o algo por el estilo.

Él se limitó a mirarme.

—Beth sugirió eso —dijo con brusquedad—, pero no vale la pena. Ya he tomado una decisión, Jeanne.

—¿Una decisión? ¿De qué estás hablando?

—Hace semanas que no vivo en casa.

—¿Has abandonado a tu familia... por Ali? —solté—. Dios, Brian, ¿no sabes...?

—Me hospedo en el Oak Tree —dijo, antes de que yo pudiera añadir algo que él no quisiera oír.

No respondí, pero debió percibir mi reacción inconsciente. El Oak Tree era un motel destartalado donde los alcohólicos de la ciudad alquilaban habitaciones infestadas de cucarachas e impregnadas de olor a orina.

—Tampoco necesito que sientas pena por mí —dijo Brian airado, leyendo mis pensamientos—. Prefiero dormir solo en el Oak Tree que pasar una noche más en compañía de una mujer a la que ya no amo. Mi familia estará mejor si vuelve a Indiana y se olvida de mí.

—Brian, he venido prácticamente en plena noche porque dijiste...

Pero la furia de sus ojos me enmudeció.

—Sé lo que dije, pero estaba desesperado, Jeanne. He dejado once mensajes en el contestador de Ali, y aún no me ha llamado. Estuve acampado delante de su casa toda la noche anterior. No fue a casa. No sé qué pensar.

De modo que no era por Beth y los chicos, pensé, enfurecida en su nombre. Brian me había sacado de la cama para hablar de su obsesión con Ali.

En aquel momento, el grupo de universitarios pagó la cuenta y se largó ruidosamente. Varias chicas exhibían faldas ultracortas, a pesar del frío. Observé que también se habían marchado casi todos los ancianos de la barra, y se habían congregado delante de la puerta para fumar, con lo cual el local estaba casi desierto. Hasta la camarera había desaparecido en la trastienda, tal vez para fumar un cigarrillo.

Por lo tanto, salvo por la pareja de aspecto romántico amartelada en la esquina opuesta, ajena a sus donuts sin probar y a nuestra presencia, teníamos el lugar para nosotros solos. Estaba a punto de decirle que había llamado a la persona equivocada. Yo no era tan íntima de Ali como él pensaba. Cualquier cosa con tal de librarme de él.

Pero entonces, en otro brusco cambio de humor, apoyó de nuevo la cabeza en las manos y empezó a llorar. Sin pensarlo, toqué su brazo.

—Estoy segura de que podrás convencer a Beth de que se quede y te conceda una segunda oportunidad. No será fácil, pero has de pensar en tus tres hijos.

Hablaba como una de esas psicólogas que aparecen en los programas de madrugada de la radio. Como casi todas, estaba diciendo perogrulladas.

Pero Brian apartó encolerizado mi mano y derramó sin querer el café frío que aún no había tocado.

—No lo entiendes, ¿verdad? No puedo volver a casa. No quiero volver a casa. Hasta que conocí a Ali, vivía como un zombi. Estaba muerto a los treinta y dos años. Pero ahora... Bien, no hace falta que te lo diga. Ya sabes cómo es. Mierda, me siento horrible por los chicos, pero no pienso renunciar a ella.

Me sentí agitada de repente y saqué un paquete de cigarrillos de la chaqueta. Por suerte, sólo quedaba uno. Estaba intentando dejarlo y, de hecho, no había fumado un cigarrillo en dos semanas y media, pero escuchar a Brian describir mi vida al pie de la letra me despertó un deseo desesperado de fumar. *Sí, ya sé cómo es ella*, pensé, pues yo también había cambiado desde que había trabado amistad con Ali. No sólo era la forma de echarme hacia atrás el pelo, o de no utilizar el coche con tanta frecuencia. Era algo más profundo que todo eso.

—Estoy segura de que sabrás que Ali está casada —dije, convencida todavía de que podría hacerle entrar en razón—. Aunque no viva con George, le tiene mucho aprecio.

—¿Te ha dicho eso? ¿Que todavía quiere a ese viejo? Yo creo que es más bien una cuestión de pena —dijo Brian, pero una sombría expresión, que me recordó dolorosamente la forma en que me había mirado Jamie cuando me fui de casa, cruzó su cara.

—Tanto si está enamorada de él como si no, Ali nunca se divorciará de George —afirmé, con el fin de administrar a Brian una dosis de verdad en estado puro, tal como alguien del instituto había hecho con su mujer—. Y aunque lo hiciera, es casi veinte años mayor que tú, Brian. ¿De veras crees que tenéis un futuro juntos?

—Quince años —corrigió él—. No es una diferencia tan grande cuando dos personas sienten lo que Ali y yo.

Cerré los ojos y pensé en Beth Shagaury en la tienda de comestibles, en los niños que discutían con inocencia sobre quién iba a elegir los cereales del desayuno, mientras su padre iba por el mundo obsesionado con Ali Mather. Por primera vez desde que nos habíamos hecho amigas, tomé en serio algunas de las críticas que la ciudad vertía sobre ella. Ali nunca me había hablado de Brian, pero estaba bastante segura de que no significaba nada para ella. Y a juzgar por la peligrosa desesperación que reflejaban sus ojos, era evidente que él estaba empezando a darse cuenta de ello. Y aún así, eso no había impedido que Ali se introdujera como una brisa en nuestro instituto y destruyera no sólo la vida de Brian, sino también a su familia.

—No sólo es por su marido —dije con la mayor delicadeza posible.

—¿Qué quieres decir?

—Espero que no creas que eres el único hombre con el que Ali se acuesta. O con el que va más en serio.

Sabía que era inútil, tal vez incluso peligroso, intentar alumbrar la verdad en alguien que se hallaba en el estado de ánimo de Brian, pero no pude callarme.

El color desapareció de su cara.

—¿No te referirás a ese vendedor de coches? —dijo con desdén—. Eso terminó cuando empezó a salir conmigo.

—Ali está enamorada de Jack Butterfield, Brian. Desde hace años —añadí—. Ella misma me lo confesó.

Si ello era posible, Brian palideció todavía más. Entonces empezó a negar poco a poco con la cabeza. Si era un gesto de incredulidad o un rechazo estupefacto de la profundidad de su insensatez, no tuve la oportunidad de averiguarlo. Porque en aquel momento, sus ojos se desviaron hacia la barra, desde la cual una mujer nos estaba mirando. No sé cuánto tiempo llevaba allí, o si había escuchado algo.

Beth Shagaury parecía demacrada y ajada, pero sobre todo preocupada.

—Brian, por favor —dijo al tiempo que se acercaba a la mesa—. Tal vez ya no me quieras, ni a ti, pero no puedes continuar así. Por el bien de los niños, has de conseguir que alguien te ayude.

5

Cuando volví a casa, me alegró descubrir que Jamie ya se había ido a «correr». Gavin había trazado hacía poco un ambicioso programa de ejercicios para él, con la esperanza de que nuestro hijo adelgazara, pero yo sospechaba que, en cuanto doblaba la esquina de nuestra calle, Jamie se acercaba arrastrando los pies a Ryan's para engullir un par de donuts de limón y un chocolate caliente extragrande. No nos habríamos cruzado por un pelo.

Como me sentía exhausta por la hora intempestiva en que me había despertado Brian y la agotadora conversación que tuvimos, nada me habría apetecido más que deslizarme bajo las sábanas y dormir todo el día. Pero cuando pensé en el cuerpo inerte de Gavin invadiendo toda la cama en mi ausencia, me dirigí a la cocina. Preparé una cafetera, con la intención de acomodarme ante la mesa y olvidar los preocupantes acontecimientos de la madrugada.

Pero en cuanto me senté en mi sitio habitual, vi la descuidada nota que mi hijo había dejado delante de mí: ¡llAMó la señora maTHa!

Sólo decía eso, pero por algún motivo (tal vez sólo los signos de admiración), me sentí de repente pegajosa, débil y henchida de rabia al mismo tiempo, igual que Brian Shagaury en la tienda de donuts. ¿Cuánta gente sabía adónde había ido Brian, además de Jamie y yo? Intenté borrar aquellos pensamientos de mi mente y rompí la nota en fragmentos diminutos.

Lo último en lo que deseaba pensar era en mi creciente preocupación por Jamie: las dificultades de aprendizaje que una batería de tests no había conseguido diagnosticar, una montaña de envoltorios de caramelos que se acumulaban en el ropero cada semana, y aquello en lo que menos me apetecía pensar: un botín de revistas pornográficas que había descubierto en el fondo del cajón donde guardaba la ropa de fuera de temporada. Apenas les había echado un vistazo antes de arrojarlas en una bolsa de basura opaca y deshacerme de ellas, pero era incapaz de borrar las imágenes violentas que había visto.

¿Quién vendería esas cosas a un crío?, pensé enfurecida mientras llevaba la bolsa al garaje. Tenía la intención de contárselo a Gavin, por supuesto. Incluso descolgué el teléfono y llamé a su consulta, pero en cuanto su secretaria pasó la llamada, me quedé petrificada. No sólo porque Jamie y yo habíamos sellado un pacto tácito de no contar jamás a Gavin la verdad sobre cada uno, sino porque sabía cómo reaccionaría mi marido: si yo osaba insinuar que el hijo del doctor Cross había acumulado en secreto una colección de pornografía violenta, él descubriría una manera de culparme a mí. Yo era en exceso permisiva o en exceso protectora, dependiendo de su humor. Fuera cual fuera el caso, yo cargaba sobre mis hombros los problemas de Jamie.

Oprimí en silencio el botón de desconexión, mientras me preguntaba qué me había impulsado a llamar. Eran esos problemas de los que no hablabas por teléfono, sobre todo cuando Gavin estaba en su consulta.

Después de colgar, decidí que yo misma hablaría con Jamie del asunto. Al fin y al cabo, siempre habíamos mantenido una relación sincera. No había nada que no pudiéramos confesarnos mutuamente, ¿verdad? Tal vez más inquietante que la pornografía era la posibilidad de que mi relación estuviera empezando a parecerse a la que sostenía con su padre: dos personas separadas por un muro cada vez más alto de secretos y evasivas.

Pero cuando Jamie volvió a casa del instituto, me resultó imposible abordar el tema. Como de costumbre, se zambulló de inmediato en la despensa a la busca de tentempiés, mientras hablaba sin cesar sobre una fiesta inminente en casa de una bonita chica llamada Amber.

—No puedo creer que me invitara, mamá —dijo al tiempo que abría una bolsa de patatas fritas—. Amber Ryan es la chica más popular del instituto.

Parecía tan feliz, emocionado y, bien, normal... La misma luz brillante que siempre había sido. No parecía el momento más oportuno para sacar a colación el alijo de imágenes desagradables que había descubierto en su cuarto. No había manera de evitarlo: era un tema que el chico tenía que hablar con su padre.

Aquella noche, cuando Gavin estaba en su estudio, llamé con los nudillos a la puerta, con la intención de comentarle el tema de una vez por todas. Pero en cuanto le vi, supe que no podría hacerlo. Se bajó las gafas de una forma indicadora de que había interrumpido un trabajo importante.

—Sí, ¿qué pasa, Jeanne?

Me descubrí tartamudeando como una idiota... con mi propio marido.

—Bien, he pensado que t-tal vez podríamos hablar un poco... Pero si estás ocupado... No parece un buen momento para...

Dios, ¿qué me estaba pasando?

—De hecho, estoy en mitad de un artículo de investigación que estoy escribiendo para una revista de traumatología. ¿Se trata de algo importante?

Hablaba con suavidad, pero su impaciencia vibraba en el aire.

—No. Bien, sí. O sea, de un tiempo a esta parte me siento un poco, bien, nerviosa, y pensé que quizá me recetarías algo.

Gavin dejó con cuidado sus gafas sobre la mesa y me miró con aire pensativo. En el pasado, me había recetado varios sedantes, utilizando la misma palabra cuando me entregaba los frascos. Yo estaba nerviosa. Necesitaba algo que calmara mis nervios. Valium. Xanax. Ativan. Había visto las mismas etiquetas en los frascos que Gavin guardaba en el cajón de su mesita de noche. Por lo general, cuando me traía a casa los fármacos, yo tiraba el contenido al inodoro. Pero un par de veces había probado las tabletas de aspecto inocuo. Ahora, cuando pensé en el estado de insensibilidad que me habían inducido, las píldoras no me parecieron una mala idea.

—Me alegro de que te hayas decidido a afrontarlo —dijo Gavin. Sonrió y cabeceó como hacía con sus pacientes—. Últimamente no eres la de siempre, Jeanne. Yo me he dado cuenta, y estoy seguro de que también lo han hecho montones de personas. Piénsalo: trabajas en el instituto de Jamie. Lo último que deseas es aumentar sus problemas.

Meneó la cabeza, como hacía siempre que hablaba de los «problemas» de Jamie. Pero ya estaba sacando el talonario de recetas que guardaba bajo llave en el cajón y garabateando las palabras.

Salí del estudio temblorosa. ¿De veras estaba actuando de una forma tan extraña? ¿Se habían dado cuenta otras personas? Fui a la cocina y me serví una copa de vino. Después salí al porche con el teléfono inalámbrico y marqué el número de Ali. Aunque la temperatura había bajado, me daba igual. Ya me calentaría con el vino y la voz dulce como la miel de mi amiga.

En cuanto contestó, solté la historia de lo sucedido en el estudio. De cabo a rabo. Inclusó llevé a cabo una imitación nasal de Gavin diciendo: «La verdad, Jeanne, tendrías que haber acudido a mí antes».

Ali lanzó una carcajada, y después su humor cambió por completo.

—Hijo de puta —dijo.

Me puse en guardia de inmediato. ¿Qué coño estaba haciendo, hablando de Gavin con alguien que no era de la familia? Burlándome de él, incluso.

—Sé que está intentando ayudar, pero... —dije. Empezaba a sentirme mareada.

—¿Ayudar? ¿A eso lo llamas ayudar? —insistió Ali. Estaba claro que había bebido demasiado vino—. ¿Decirte que todo el personal del instituto se fija en ti? Para después sacarse de la manga el truco definitivo de la culpa: que estás haciendo daño a Jamie. —Dio la impresión de que tomaba un largo sorbo de vino—. Nada de lo cual es cierto, a propósito. Si alguien actúa de una manera extraña, es ese marido tuyo.

—Bien, es probable que se haya pasado un poco, pero su intención era buena. He estado nerviosa en los últimos tiempos, y no puede ser fácil para Gavin...

—Allá tú, Jeanne. Es tu matrimonio —dijo ella con una pizca de la impaciencia que había percibido en la voz de mi marido. No sé quién estaba más ansiosa por soltar el teléfono, si Ali o yo. Tiré el resto del vino en la hierba cubierta de escarcha y entré.

Pero aquella noche, cuando me acosté, no pude expulsar su voz de mi mente. *Allá tú, Jeanne.*

Durante el descanso del desayuno en el instituto, fui a buscar el medicamento. Tenía la intención de esperar a llegar a casa para tomar la pastilla, por supuesto, pero justo cuando volvía a entrar en el edificio, las palabras de Ali regresaron de improviso: *Allá tú, Jeanne.*

Me serví un vaso de agua del grifo y me metí una píldora en la boca, después envolví el frasco revelador en un pañuelo de papel y lo embutí en el fondo de mi bolso. Otro secreto oculto.

Pese a mis buenas intenciones, habían transcurrido días y semanas, y nunca encontré el momento adecuado para hablar con Jamie de lo que había descubierto. Tampoco él mencionó la colección volatilizada. Y cuanto más tiempo pasaba, menos perentorio me parecía el asunto. Cuando veía a mi hijo bajar la escalera por la mañana, con la misma sonrisa cansada que me había embelesado cuando aún no andaba, me pregunté cómo era posible que hubiera dudado de él. Era evidente que algún chiflado había pasado la colección a Jamie. Quizá la había escondido para un amigo. En cualquier caso, era normal que un chico sintiera curiosidad, ¿no?

Pero no podía quitarme de encima la inquietante sensación de que Jamie escuchaba mis llamadas telefónicas, una sospecha exacerbada por su apresurada nota de cinco palabras. Era evidente que había «oído» nuestra llamada de la mañana. Sabía que el matrimonio de los Shagaury pasaba por un momento delicado. Peor aún, estaba claro que le encantaban ese tipo de chismorreos. Imaginé su cara enrojecida cuando oyó la voz angustiada del profesor de manualidades en el teléfono, cuando la vergüenza adolescente se combinó con el placer voyerista. Cuando Jamie volviera a casa, hablaríamos de la importancia de no meterse en los asuntos de los demás. Sobre todo de los adultos.

El teléfono sonó e interrumpió mis pensamientos. En cuanto oí la voz de Ali al otro extremc de la línea, me olvidé de mis demás preocupaciones.

—¿Sabes algo de Brian? —pregunté, antes de que apenas tuviera tiempo de pronunciar mi nombre.

—No —contestó algo falta de aliento, pero sin la menor curiosidad—, pero me han dicho que habéis tomado café esta mañana.

Por un momento, me sumí en un silencio estupefacto. ¿Cómo lo sabía? ¿La habría llamado Brian?

—Tu hijo me lo dijo cuando llamé hace un rato —explicó Ali antes de que yo pudiera preguntar.

Pasó al siguiente tema, como si fuera normal que sus amantes me despertaran de madrugada para charlar.

—Escucha, Jeanne —dijo—, sólo llamaba para decirte que no te molestes en recogerme para ir al instituto esta semana. Me voy a tomar unos días de permiso.

Esperé a que interrumpiera el silencio con una explicación. Como no llegó, hablé yo.

—Espero que no sea por algún problema... Algún familiar enfermo o algo por el estilo.

Ali vaciló de nuevo, como si reflexionara sobre hasta qué punto podía confiar en mí.

—No, sólo necesito alejarme unos días, eso es todo —dijo por fin. Por lo visto, había estado sopesando si confiar en mí o no..., y había decidido que no.

Estaba a punto de contarle lo que pensaba exactamente de su relación con el profesor de manualidades casado, y describirle además el comportamiento perturbado de Brian en la tienda de donuts, cuando Ali me interrumpió.

—Bien, escucha, no te entretengo más. He de meter en la bolsa algunas cosas. Te llamaré cuando vuelva, ¿de acuerdo?

Después, sin esperar la respuesta, colgó. Pero justo antes de que se interrumpiera la conversación, escuché el sonido inconfundible de una voz masculina al fondo.

Sujeté el teléfono en la mano unos momentos, con mi vista clavada en él como si contuviera las respuestas a mis preguntas. Cuando alcé la vista, Gavin estaba en la puerta de la cocina en albornoz, los labios formando aquella línea recta reveladora de que estaba intentando contener su ira.

—Es esa profesora otra vez, ¿verdad? La que acompañas en coche al instituto —dijo mientras se encaminaba hacia la cafetera. Después, antes de que pudiera contestar, añadió—: Dile que se busque otra taxista.

Contemplé su espalda tiesa. Era extraño que Gavin me diera órdenes, y mucho menos con aquel tono de voz. Y cuando pregunté por qué, contestó:

—Para empezar, esa mujer es una mala influencia para tu hijo. Jamie estaba levantado a las cinco de la mañana, paseando de un lado a otro de la casa como un león enjaulado, atrapado en su sórdido drama.

Mi boca se llenó de protestas, por supuesto. ¿Cómo era posible que una amiga que nunca había venido a casa ejerciera algún tipo de influencia en nuestro hijo, buena o mala? Al año siguiente, Ali sería la profesora de música de Jamie, le gustara o no a Gavin. Había muchas cosas que quería decir, tal vez incluso escupir algunas palabras sobre la clase de influencia que constituía él, con sus críticas constantes y sus silencios acusadores. Pero antes de que gozara de la oportunidad de hablar, Jamie volvió de hacer ejercicio, con la cara rubicunda a causa de haber corrido la última manzana.

—Hola, mamá —dijo sin aliento cuando entró en la cocina, pero entonces vio a su padre sentado a la mesa, acunando una taza de café, se encogió visiblemente y calló.

—Hace frío esta mañana, ¿eh? —dijo Gavin al tiempo que alzaba la vista del café—. Será mejor que subas a darte una ducha caliente antes de ir a la iglesia —añadió, sin darle oportunidad a Jamie de que pudiera contestar.

Después de lanzar una breve mirada de desdicha en mi dirección, el chico agachó la cabeza y subió la escalera arrastrando los pies.

Exhalé un profundo suspiro, y me pregunté cómo lograría sobrevivir a otro domingo: sonreír a los demás feligreses mientras el maravilloso doctor Cross saludaba a todo el mundo por el nombre, preparar una deliciosa comida que mi familia engulliría de manera distraída, sin apenas probarla, y enfrentarme a los deberes incompletos de Jamie por la noche. Y entretanto, Ali ausente, tomándose unos días de permiso..., escuchando música, dando largos paseos, trabajando en sus composiciones y, sin duda, gozando de largas tardes en la cama con Jack Butterfield, el mejor amante que había tenido jamás, según ella. Por primera vez, sentí algo de la envidia que corroía el comedor del instituto infiltrarse en mis pensamientos como si fuera veneno.

6

—Sé lo que estás pensando —dijo Ali, y cruzó las piernas en mi coche. Habíamos llegado al aparcamiento del instituto, y después de recorrer casi todo el trayecto en silencio, siguió sentada en el asiento delantero—. Y lo peor es que tienes razón. Todas las cosas desagradables que has pensado de mí estos últimos días son ciertas.

Los estudiantes pasaban junto al coche y saludaban con entusiasmo a Ali, complacidos de volver a verla. Algunos hasta me saludaron a mí.

Consulté mi reloj.

—Son las ocho en punto. Será mejor que entremos —dije. Me pregunté por qué había esperado hasta llegar al instituto para sacar el tema a colación. Si quería hablar, ¿por qué no lo hizo en cuanto subió al coche?

Pero cuando Ali tocó mi brazo, con aspecto más preocupado que nunca, olvidé mi enfado.

—¿Sabes cuántos mensajes dejó en mi contestador durante mi ausencia? —preguntó en voz baja—. Una docena, como mínimo. Cada uno más desesperado que el anterior. Y si la cinta no se hubiera terminado, estoy segura de que habría más.

—¿Quién? —pregunté, aunque sabía que se refería a Brian Shagaury. También sabía que se estaba demorando en el aparcamiento porque tenía miedo de que la estuviera esperando delante de su aula. Pero entretanto me estaba retrasando a mí.

—Ya sabes de quién estoy hablando —replicó Ali. Pese a su nerviosismo y sentimiento de culpa evidentes, aquel día estaba muy atractiva, con una sencilla falda negra y un jersey, su rostro radiante.

Consulté de nuevo el reloj.

—Lo único que sé es que son más de las ocho, y yo, al menos, he de ir a trabajar.

Bajé del coche y crucé el aparcamiento sin mirar atrás.

Ali entró un cuarto de hora después, con la vista clavada al frente cuando pasó ante el mostrador de recepción, sin que su impresionante perfil traicionara la inquietud de la que yo había sido testigo en el coche. Por un momento, tuve mala conciencia. Era evidente que necesitaba hablar. ¿Qué clase de persona permitiría que su necesidad de recoger hojas de asistencia se impusiera a la desesperada preocupación de una amiga? A juzgar por su actitud altiva cuando pasó, me pregunté si querría que la acompañara a casa al terminar las clases.

Sin embargo, Ali, quien por lo general me hacía esperar mientras hablaba con el grupo de estudiantes, cada vez más numeroso, congregado ante su puerta («los *groupies* de Ali», los llamaba con sarcasmo la pandilla del comedor), ya estaba en el coche cuando llegué. En cuanto salimos del aparcamiento, reanudó nuestra conversación de la mañana como si no se hubiera interrumpido en ningún momento.

—Todo esto ha sido un inmenso error, Jeanne. Nunca tendría que haber sucedido —empezó.

Pero antes de que pronunciara las palabras, me sentí invadida por la confusión… y la ira, sí. Recordé la cara de Beth en el bar de donuts, transida de dolor. Y la desesperación de Brian.

—Entonces, ¿por qué lo hiciste? —pregunté—. Ali, tienes un marido que está loco por ti. Por no hablar de Jack Butterfield. ¿Qué necesitas de Brian?

Ella suspiró y aferró la bolsa de libros que descansaba sobre su regazo, mientras miraba por la ventanilla.

—No lo sé —dijo contrita, como si alguien que no fuera ella controlara su destino—. Oh, Jeanne, alguien como tú es incapaz hasta de empezar a comprender las cosas que he hecho.

Sin comentarios, tomé una curva cercana al instituto a una velocidad imprudente. Un grupo de estudiantes que regresaban a casa se volvieron hacia el chirrido de mis neumáticos. Entonces, al ver que era yo, se pusieron a señalar. Leí mi nombre en sus labios.

—¡Es la señora Cross! —gritó alguien, impresionado por mi agresiva forma de conducir.

Decidí que lo mejor sería relajarme antes de escuchar la tempestuosa historia de Ali.

—¿Te apetece ir a Paradise Pond? —pregunté, pero ya había tomado la cerrada curva a la derecha que conducía al pequeño parque boscoso, antes de que Ali pudiera contestar.

Hacía un calor anormal, y en cuanto aparqué el coche, ella abrió la ventanilla de su lado y se impregnó del hermoso día azul. La vista de los árboles, por desnudos que estuvieran, y el aire que entraba a chorros por la ventanilla parecieron calmarla. Contempló el paisaje unos momentos, abstraída en la belleza del lugar. Antes me había dicho que siempre venía aquí cuando tenía problemas, y el lugar siempre conseguía serenarla. Incluso estaba trabajando en una obra musical que había titulado *Paradise Suite*.

Después se volvió hacia mí, con la expresión desafiante de una adolescente.

—No espero que lo entiendas —dijo—, pero no tengo ni idea de por qué me acosté con Brian. Tal vez lo hice para comprobar que era capaz.

Parpadeé, confusa.

—Supongo que tienes razón. No lo entiendo...

—Si fueras hombre, lo entenderías —dijo Ali, con la barbilla alzada en una expresión infantil de testarudez—. Los hombres siempre intentan ligar por deporte con mujeres más jóvenes, cuando empiezan a sentirse inseguros. Pero cuando lo hace una mujer, se trata de algo muy diferente.

Creo que la palabra que me asombró fue «deporte». ¿Era posible que la mujer a la que había llegado a considerar mi mejor amiga hubiera destrozado una familia sólo para poner a prueba sus bien demostradas dotes de seducción? Como no quería creerlo, me concentré en la frase que permitía entender mejor los actos de Ali.

—Así que lo hiciste por eso. Porque te sentías insegura.

—No sé si es ésa la palabra precisa. Tal vez indecisa sería más adecuada. Cuando conocí a Jack, me embriagó hasta tal punto que hubiera hecho cualquier cosa por él. Y lo hice. Renuncié a un marido maravilloso, a una vida que casi todo el mundo consideraría cercana a la perfección. Pero durante los últimos meses..., bien, las cosas cambiaron. No estaba segura de sentir lo mismo. Ni tampoco de que él lo sintiera.

Ansiosa por recibir la brisa que había empezado a soplar a través de los oscuros árboles, Ali abrió la puerta.

—Es muy bonito esto. ¿Por qué no vamos a pasear? —dijo.

Y mientras atravesábamos el silencioso parque, me di cuenta de lo ansiosa que estaba yo de calor, de aire, de ver árboles.

Cubierta tan sólo con el jersey y la falda, Ali, quien siempre iba poco abrigada, se abrazó el cuerpo, como para protegerlo del poder de sus sentimientos por Jack Butterfield. Sólo pensar en él consiguió que volviera a ser luminosa.

—Desde que descubrió lo de Brian, es como si hubiéramos empezado de cero —dijo. Se detuvo para soltarse el pelo dorado rojizo y dejó que cayera sobre sus hombros—. Pero supongo que los celos son el mejor afrodisíaco del mundo.

Yo no sabía nada de eso, por supuesto. Ni tampoco sobre el tipo de pasión que compartían Ali y Jack, un sentimiento que la hacía refulgir cuando hablaba de él.

—Lo más extraño es que Jack ni siquiera es mi tipo. O sea, si alguien me hubiera dicho que iba a perder el juicio por un vendedor de coches, le habría respondido que estaba loco. George y yo tenemos muchas más cosas en común. Nuestra pasión por la música, para empezar. George sabe más de música que cualquier persona que conozco. Y lo más importante es que amamos las mismas cosas. Jack, por su parte... Bien, la verdad es que no tenemos nada en común.

—Si quieres que sea sincera, jamás pude imaginaros juntos —dije—. Sé que es un tópico sobre los vendedores de coches, pero Jack parece tan..., tan..., untuoso. Como alguien en quien no se debe confiar demasiado.

—Tal vez ahí reside su encanto —dijo Ali al tiempo que se sentaba en un banco, desde el cual me miró. Su rostro se me antojó injustamente joven—. O sea, yo estaba casada con el hombre más bueno y adorable que he conocido. Tenía todo para ser feliz, y era feliz, no me malinterpretes. Pero faltaba algo. Lo sentía en mi música.

»Sé que suena egoísta, pero antes de conocer a Jack experimentaba la sensación de que vivía con los ojos cerrados. Había perdido la capacidad de ver los colores brillantes, sentir de verdad la música que interpretaba. Pero entonces lo conocí a él y empecé a componer música que poseía verdadera intensidad. Fue cuando me di cuenta de que algunas personas necesitan en su vida lo impredecible, lo que inspira poca confianza, lo peligroso..., y yo soy una de esas personas, me crezco en esa situación.

Me senté a su lado.

—Detesto decir esto, Ali, de veras, pero...

Ella me miró con curiosidad.

—Ése es tu problema: nunca dices lo que piensas. Adelante.

Espoleada por la verdad de sus palabras, me tiré de cabeza.

—De acuerdo, pues. Creo que suena egoísta. Y que lo dices para justificar tus actos. Vas y partes el corazón del hombre más bueno que has conocido. Después tienes el morro de decir que lo hiciste por tu música. Y esta historia con Brian... Has roto una familia, Ali. Lo siento, pero ojalá lo hubieras visto aquella mañana en el bar de donuts. Estaba destrozado.

Supongo que, después de mi pequeño sermón, esperaba que Ali se levantara y me dejara plantada. Que me enviara a la mierda. En cambio, se volvió hacia mí y rió en voz baja.

—Lo siento, Jeanne —dijo—. No me río de ti. Es que... Bien, eres tan diferente. A veces me he preguntado por qué decidí confiar en alguien como tú. Hasta este momento no sabía la respuesta.

—¿Cuál es? —pregunté, sin saber si debía sentirme insultada o reivindicada por sus palabras.

—Eres mi conciencia. Eres la chica que, de alguna forma, siempre quise ser, la que sabe dónde están las cosas en su escritorio, la que nunca llega tarde a una cita, la que paga la factura del gas el tercer día de cada mes.

—Eso suena muy aburrido —dije mientras contemplaba a un perro que se había soltado de la correa de su amo y estaba persiguiendo ardillas por el parque, mientras su propietario lo perseguía a él sin éxito—. Hablas de mí igual que de George.

—No, aburrida no. Y como George no, desde luego. Para empezar, él nunca me llamaría egoísta. Ése es el problema del pobre: se niega a ver mi parte negativa. No, George diría que soy una aventurera, o un espíritu libre. Tú, por tu parte, eres mi madre superiora, Jeanne. Y yo..., yo soy tu..., tu... Bien, creo que tú también necesitas algo de mí.

Al ver que la miraba con dureza, vaciló.

—Bien, adelante. Si vas a psicoanalizarme, no te pares ahora —dije—. ¿Qué crees que necesito de ti?

Ali respiró hondo, estiró los brazos y enlazó las manos detrás de la cabeza.

—Tal vez soy tu lado oscuro, Jeanne. Tal vez te hiciste amiga mía porque te gustaría ser un poco egoísta. O quizá hay más oscuridad en tu vida de lo que te gustaría admitir. ¿Qué hay debajo de todo ese autocontrol, Jeanne? ¿De todo ese secretismo? Tiene que haber algo.

Poco acostumbrada a pensar en mi vida interior, seguí con la vista al perro suelto que trotaba por el parque.

—Temo que tu primer análisis fue correcto: no hablo mucho de mí porque no hay mucho que decir. Soy desesperadamente aburrida.

Después, a toda prisa y con torpeza, desvié la conversación hacia un tema en el que me sentía más cómoda: los problemas de Ali.

—¿Fue ése el único motivo de que te liaras con Brian? ¿Resucitar tu relación con Jack?

—No estoy diciendo que Brian carezca de encanto. Hay algo que decir de toda esa energía juvenil, para empezar —dijo, y sonrió de una manera traviesa—. Y no había planeado romper su familia, por el amor de Dios. Pensé que sería una agradable diversión para los dos.

Calló y me miró fijamente.

—Pero después descubrí que Brian era mucho más complicado de lo que había creído. Ahora que lo pienso, se parece mucho a ti, Jeannie. Alguien que mantiene encerrado a cal y canto su lado oscuro. Pero ahora ha salido, y se ha convencido de que soy la gran pasión de su vida...

Enmudeció.

No hace falta decir que me hacía muy poca gracia ser comparada con un tipo que tenía profundos problemas psicológicos.

—Pero ahora que ha salido, ahora que le has liberado de la prisión de su conciencia, no sabes qué hará. ¿Es eso lo que me estás diciendo?

Una vez más, Ali miró hacia el parque. El cielo se había encapotado, y el aire era mucho más frío. Se abrazó de nuevo, subrayando de esa manera su delgadez, su vulnerabilidad oculta.

Hablé con más dulzura y toqué su brazo.

—Ali, parecías muy asustada cuando me hablaste de esos mensajes que dejó en tu contestador. No habrás recibido amenazas de Brian, ¿verdad?

Ella se volvió hacia mí con una expresión más preocupada que antes.

—No fueron los mensajes lo que me asustaron, Jeanne. Alguien estuvo en casa durante mi ausencia. Tocó mis cosas. Se tumbó en mi cama. Bebió zumo de mi vaso. No puedo demostrar nada, y supongo que la policía pensaría que estoy loca si les llamara, pero no me cabe la menor duda. Alguien estuvo en mi dormitorio. Alguien que quería informarme de que estuvo allí. Y de que podría volver cuando le diera la gana.

7

Si era necesaria alguna prueba sobre los peligros de las relaciones amorosas entre compañeros de trabajo, sin duda se habría encontrado en los pasillos de la Bridgeway High School durante los meses posteriores a la ruptura de Ali con Brian. Mientras la profesora de música continuó su vida sin más, el profesor de dibujo se vino abajo ante los ojos vigilantes de profesores y alumnos por igual. Después de que Ali se negara a verle en privado y dejara de devolver sus llamadas, se sumó al grupo de estudiantes que aguardaban ante su despacho después de clase, con la esperanza de hablar con ella. En respuesta, Ali empezó a marcharse unos minutos antes del instituto para evitarle. En una ocasión que la sorprendió a solas, cuando ella salía del aula de música, Ali le habló con aspereza. Una joven flautista que se había acercado para hablar con ella se mantuvo a una distancia respetuosa, pero estaba segura de haber oído a la profesora de música decir algo acerca de llamar a la policía. Nadie supo si Ali había amenazado a Brian, o si éste había dicho algo que diera como resultado una respuesta tan tajante. Ni siquiera yo. Después de nuestra charla en el parque aquel día, ella había guardado un extraño silencio sobre lo que los demás profesores llamaban «el problema de Brian».

Pero si yo creía que el final de la relación significaría también el final de los chismorreos que recorrían como un huracán los pasillos, y alcanzaban su máxima fuerza al llegar al comedor de profesores, no habría podido estar más equivocada. Con sombría fascinación, los docentes absorbían cada detalle del deterioro de Brian: las repetidas ocasiones en que llegaba tarde a trabajar, sin afeitar, con profundas ojeras. Y, por supuesto, los estudiantes sabían lo que estaba pasando. Ellos también habían sido testigos de las miradas furtivas intercambiadas entre ambos profesores cuando eran amantes. Expertos en el arte de las relaciones románticas, se demoraban delante del taller y miraban a través de la puerta al angustiado profesor, que bebía café frío sentado a su mesa, hundido en la desdicha.

—Le han dejado plantado. No es el fin del mundo. El pobre tonto ha de seguir adelante —opinó un chico de pelo rizado un día, cuando yo pasaba cerca.

—Pero está tan, oh, e-na-mo-ra-do —añadió otro chico, arrastrando la palabra como si fuera una enfermedad. Todo el mundo rió.

—Si yo fuera su mujer, le partiría el culo por todo lo que ha hecho. Ese tipo es patético —dijo una chica alta, con la mano apoyada sobre su esbelta cadera.

Hasta Jamie, quien nunca manifestaba excesivo interés por las chicas, estaba fascinado por el drama académico. Me suplicó información reservada que pudiera comunicar a sus amigos.

—¿Qué está pasando, mamá? ¿Todavía la llama?

Ya podéis imaginar las risitas que estallaban en el pasillo cuando Ali bajaba la cabeza al cruzarse con Brian, parado delante de su despacho. O en una ocasión, cuando le asió el brazo y ella reaccionó con cinco palabras, antes de soltarse. «Por favor, Brian. Por favor.» Sólo cinco palabras, pero durante días se repitieron en el instituto en diversos tonos. En algunas versiones, Ali hablaba aterrada. En otras, encolerizada y autoritaria. Pero cuando me lo dijo a mí, su tono era de agotamiento.

En cuanto a Brian, parecía darle igual que todo el instituto se riera de él. Esperaba impertérrito ante aquella habitación cada día, seguía con la mirada a Ali mucho después de que hubiera desaparecido al doblar la esquina, sin darse cuenta de que el público disfrutaba con su humillación. Por lo visto, anhelaba tanto verla y oler su leve aroma a azucenas que hacía caso omiso de todo lo demás, incluidas las carcajadas de sus propios estudiantes.

Aunque yo había empezado a evitar el comedor, y prefería comer en mi coche los días que hacía calor o sentada ante mi escritorio, oía mucho de lo que se decía. La enfermera del instituto me informó de que Brian todavía se alojaba en el Oak Tree. Y Simon Murphy, nuestro director, me contó que el curso siguiente no renovarían el contrato al profesor de manualidades. Aunque era profesor titular, se habían recibido tantas quejas sobre su rendimiento en clase que Simon no auguraba ningún problema si rescindía su contrato. Además, Brian Shagaury no parecía un hombre decidido a presentar batalla.

Yo había apuntado el nombre y el número de teléfono de un amigo de Gavin, un psiquiatra de primera fila, y pensaba dárselos a Brian cuando tuviera la oportunidad. Estaba claro que necesitaba ayuda. Pero después de nuestra conversación íntima en el Ryan's Donut Shop, él me había evitado. Y cuando nuestros ojos se encontraban en la oficina o en el pasillo, me fulminaba con la mirada, como si yo fuera la culpable de que Ali le rechazara.

Otra persona que, por lo visto, pensaba que yo era cómplice de sus problemas matrimoniales era Beth Shagaury. Me había enterado de que había aplazado su viaje a Indiana, pero de todos modos me quedé sorprendida cuando nuestros carros de la compra casi colisionaron un sábado por la mañana en el Shop n' Save.

Extendí la mano para acariciar al hijo menor de los Shagaury, que iba montado en el carrito de la compra, pero antes de que pudiera tocar su cabeza, Beth apartó el carro de mi alcance. El odio que vi en sus ojos me impulsó a retroceder un paso al instante.

—Lo siento, Beth... —tartamudeé sin convicción, pero no tenía ni idea de cómo seguir. ¿Siento que tu vida sea un desastre? ¿Siento que tu marido no pueda despegarse de una mujer que ni siquiera le desea? ¿Qué podía decir?

—Ahórratelo —replicó con brusquedad ella. Mientras me miraba con odio, sus dos hijos mayores estaban tirando cereales azucarados al carrito, pero Beth no pareció darse cuenta. Empezó a alejarse empotrando el carro, pero de repente se volvió—. ¿Tu amiga tiene idea de lo que ha hecho?

—Lo siento —volví a murmurar.

—No lo sientas por mí —dijo con furia Beth—. Siéntelo por tu amiga. No sabe en qué se ha metido.

Después, meneó la cabeza con asco, una repulsión que daba la impresión de abarcarme tanto a mí como a la mujer que había llamado mi amiga. Antes de que pudiera pronunciar una palabra más, desapareció.

Cuando llegué a casa, estaba tan afectada que llamé a Ali sin pensar.

Ella contestó al teléfono con su habitual voz jadeante. Siempre parecía que estuviera esperando buenas noticias, como así era. Me di cuenta al instante de que no podía contarle mi encuentro con Beth.

—Oh, Jeanne —dijo entusiasmada—, iba a llamarte. ¿Qué pasa?

Era evidente que Ali había dejado atrás «el problema de Brian», y nada iba arrastrarla de nuevo hacia aquel cenagal.

Cuando hablaba de ello, cosa que no sucedía a menudo, admitía que se sentía fatal por su declive, pero que no se sentía responsable. No del todo, al menos. No cabía duda de que un hombre que se desmoronaba por una breve relación ya tenía problemas mucho antes de que ella apareciera. Y si su matrimonio hubiera sido sólido, no se habría venido abajo a las primeras de cambio. Lo único que lamentaba era haberse dejado atraer hacia su órbita oscura.

En cualquier caso, estaban sucediendo tantas cosas en la vida de Ali que apenas tenía tiempo para pensar en Brian Shagaury, ni preguntarse qué haría el profesor de manualidades si, para colmo de males, perdía el empleo. Para empezar, estaba su música. Mientras avanzábamos hacia la primavera y el final del curso académico, la carrera de Ali, encallada cuando aceptó el puesto de profesora de música, se estaba expandiendo en direcciones muy interesantes. Una sinfonía que había escrito el verano anterior había sido interpretada por la Boston Symphony Orchestra dentro de su programación de invierno, y había recibido críticas muy favorables. Varias orquestas de todo el país habían solicitado más composiciones. Aunque adoraba a sus estudiantes, ya había decidido que en otoño no regresaría al mundo restringido de Bridgeway High.

Un viernes por la tarde, cuando tomábamos la copa de vino habitual que celebraba el fin de otra semana laboral, Ali sacó una carta que había recibido de una orquesta de Minneapolis, en la cual la invitaban a tocar como primera violinista durante la temporada de otoño.

—Es lo que siempre he deseado —dijo Ali con ojos brillantes—. No sé si te lo había dicho, pero mi padre tocó con la Sinfónica cuando yo era pequeña. Ojalá estuviera vivo para ver este día.

—Pensaba que lo único que habías deseado siempre era a Jack Butterfield. Sueños de niña tonta, ¿recuerdas?

No sé por qué, pero me sentía traicionada. Notaba que Ali se estaba despegando del limitado mundo de Bridgeway High, de nuestra bonita pero cerrada ciudad de Nueva Inglaterra. Se estaba estirando, creciendo, y como siempre, mi vida continuaba estancada sin remedio.

—Los sueños de las niñas tontas también ocupan su lugar —dijo, y estiró sus largas y sedosas piernas ante ella—, pero estamos hablando de sueños serios de mujeres. Si permito que Jack, o cualquier otro hombre, me impida aceptar este puesto, no merezco tocar en una orquesta de primera línea.

—¿Quieres decir que te marcharás sin más? ¿Dejarás plantado a George? ¿Qué hay de Jack?

Recordé que, tan sólo unas semanas antes, Ali había dicho que el vendedor de coches y ella estaban más unidos que nunca.

Se limitó a encogerse de hombros, pero observé que a la mención del nombre de su amante, ella había fruncido el ceño de forma casi imperceptible.

—Estoy segura de que Jack vendrá a verme de vez en cuando —dijo con frialdad—. Y ya he hablado con George. Me apoya al cien por cien. Hasta me ha prometido que se ocupará de la casa, por si no saliera bien y decidiera regresar.

Como si intuyera mi sensación de abandono, Ali tomó mis dos manos y las rodeó con las suyas.

—Tendrás que venir los fines de semana, Jeanne, por supuesto. Te sentarás en primera fila el día del estreno.

Como de costumbre, su entusiasmo era tan contagioso que no pude reprimir una sonrisa, al imaginarme ataviada con un ceñido minivestido negro, aplaudiendo mientras Ali hacía la última reverencia. La perspectiva de alejarme de Gavin y Jamie, de estar sola en una ciudad desconocida un fin de semana, me emocionaba más de lo que deseaba admitir.

De todos modos, pensé que había tocado un punto débil cuando mencioné el nombre de Jack. Me serví una segunda copa de vino, aunque la primera ya me había afectado.

—De acuerdo, Ali, escúpelo. ¿Qué está pasando con Jack? No estará saliendo con otra, ¿verdad?

Ella rió con su maravillosa espontaneidad. Su pelo largo y ondulado caía sobre sus hombros, y el sol que penetraba por las numerosas ventanas conseguía que las hebras blancas resaltaran entre el brillo dorado rojizo. En ocasiones, aparentaba sus cuarenta y seis años, pero en ella cada año parecía transformarla en un ser más luminoso.

Vaciló antes de contestar.

—Supongo que, si eso fuera cierto, estaría loca de celos. Hasta es posible que me pensara lo de ir a Minneapolis. Pero no, Jack es la devoción personificada. —Una vaga expresión de preocupación alteró su frente lisa—. Quizá sea ése el problema.

Serví más vino en la copa de Ali, aunque sólo estaba medio vacía.

—Vamos a ver si lo he entendido bien —dije mientras me acomodaba sobre los cojines de su confortable sofá—. Ahora que has conquistado al hombre de tus sueños, no estás segura de quererle.

—La historia de mi vida —dijo Ali, y sonrió como hacía siempre que yo decía algo indicador de que la había entendido a la perfección—. Supongo que soy como un niño que ve un juguete en un escaparate y lo desea con desesperación, pero en cuanto lo tiene en casa, en cuanto lo ha destripado y ha descubierto cómo funciona, pierde el interés. Patológico, ¿verdad?

—¿Quieres decir que te gusta estar con alguien que actúa como si le importaras una mierda? Sí, es patológico —dije—. Tal vez deberías ligar con Gavin —añadí, sin duda debido al efecto del alcohol.

Ali rió.

—Siempre supe que no le caía bien a ese marido tuyo. Gracias por confirmarlo. Pero sí, por lo visto soy el tipo de mujer a la que le gustan los retos. En cuanto un hombre empieza a seguirme a todas partes como un perrito fiel, desaparezco.

—¿Es eso lo que ha hecho Jack últimamente?

Casi no podía imaginar al engreído (podríamos decir arrogante) Jack Butterfield comportándose como un perrito fiel. Ni siquiera con Ali. Después recordé la angustia que le había embargado aquella mañana delante de su casa.

—No exactamente. Y no es que haya dejado de adorar a Jack. Es que, desde lo ocurrido con Brian, me siento recelosa de los hombres demasiado atentos.

—¿Y así es Jack ahora, muy atento? —Hambrienta de atenciones como estaba, me era imposible imaginar que alguien se quejara de que su hombre fuera demasiado devoto—. Supongo que tu treta para que tuviera celos de Brian funcionó demasiado bien.

—En conjunto, es la tontería más grande que he cometido —admitió Ali, con aspecto avergonzado de repente. Paseó la vista por la habitación, nerviosa, casi como si advirtiera alguna amenaza en los objetos familiares y hermosos reunidos—. ¿Recuerdas lo que te conté sobre todas las cosas extrañas que estaban sucediendo en mi casa, los objetos que encontraba desplazados, los vasos usados sobre la encimera? Bien, Jack se ha puesto en plan protector. En primer lugar, quiso venir a vivir conmigo, lo cual, por supuesto, está descartado. Quiero decir, la mitad de esta casa es de George. Y cuando se lo recordé a Jack, bien... No te lo vas a creer, Jeanne, pero habló de matrimonio.

—¿Matrimonio? —repetí emocionada, al recordar la expresión jubilosa de Ali cuando habló de Jack en el parque—. Pero si le amas tanto como dices…

Ela sacudió la cabeza.

—Ya estoy casada, Jeanne, y como ya te dije, no tengo la menor intención de divorciarme de George —insistió con determinación, como si la sola insinuación fuera espeluznante—. Y aunque no estuviera casada, ahora que he analizado a Jack con más objetividad, he comprendido que no existe gran cosa entre nosotros. Nada, salvo nuestra loca pasión mutua. No puedes construir un matrimonio sobre eso.

Me levanté del sofá con brusquedad y me acerqué a la ventana encarada al jardín que Ali había empezado a plantar. Como todo lo que ella creaba, era un lugar plácido y hermoso. Me gustaba en particular el banco de piedra que había colocado en mitad del jardín, un rincón en el que alguien podría sentarse después de oscurecer, perdido en la fragancia de las flores que se abren por la noche y las estrellas titilantes. Era el tipo de lugar que yo nunca había tenido, un lugar en el que no te quedaba otra alternativa que afrontar la verdad de tu vida. Corrí la cortina para impedir el paso de la luz y me volví hacia mi amiga.

—Si no es la pasión, ni el amor, ¿sobre qué se construye un matrimonio? —dije, y me volví hacia Ali. La habitación se había sumido de repente en la penumbra. Confié en que no viera el brillo de las lágrimas en mis ojos.

Ella se levantó del sofá con tal rapidez que volcó su copa de vino. Lo que más me gustó fue que no se detuvo a recogerla, como yo habría hecho. Vino hacia mí y me estrechó entre sus brazos.

—Oh, Jeannie, lo siento —dijo mientras me acariciaba el pelo—. Puedo ser tan egoísta a veces… Tanto hablar de amor y matrimonio, cuando tú eres tan desdichada.

Al principio, sus palabras me dejaron estupefacta, la sencilla afirmación que yo jamás había verbalizado. Entonces, por algún motivo que no pude explicar (tal vez sus caricias compasivas, las primeras que podía recordar desde la muerte de mis padres), lloré como una niña.

—Necesitas hablar de eso, Jeanne —murmuró Ali en mi pelo—. Si sigues guardándolo todo dentro, te destruirá. Y a tu hijo también.

No sé qué fue (el hecho de que me animara a hablar, o quizá la mención de Jamie), pero me aparté al instante, sobria de repente.

—He de irme —dije, y recogí mis cosas como si huyera de un incendio.

Durante todo el trayecto hasta casa, y durante varios días, sentí los ojos color topacio de Ali clavados en mí, como cuando me había ido de su casa. Ojos apenados. Ojos compasivos. Por algún motivo, me perturbaban más que si me hubiera abofeteado.

Más tarde, mientras cenaba con Gavin y Jamie, me reprendí por mi estúpido comportamiento, y le eché la culpa al vino. Por primera vez desde hacía meses, Gavin parecía de buen humor. Hasta me felicitó por la cena que había preparado, salmón a la parrilla con salsa de *chutney*. Y después de la cena, habló de una película de acción muy popular que echaban en el centro comercial, y sugirió que fuéramos los tres a verla. Si bien me encogí al pensar en la violencia que tales películas plasmaban, acepté la oferta. Sentada en el cine a oscuras, embutida entre mi marido y mi hijo, casi me sentí feliz. Mientras lascivia, caos y traición desfilaban en la pantalla ante mí, me dije que tal vez mis temores y recelos no eran más reales que aquellos sueños de celuloide.

Pero cuando Gavin me miró, me encogí.

En casa, encontré un mensaje de Ali en el contestador, invitándome a asistir a un concierto en el Cabo el sábado siguiente, en el que ella intervenía. Mientras pensaba en cómo iba a escaparme de casa una noche, me volví y vi a Gavin detrás de mí. Al principio, me quedé petrificada, a la espera de palabras cortantes, como las que siempre provocaba la mención de Ali. En cambio, exhibió una tensa sonrisa.

—Un concierto en el Cabo, ¿eh? Suena interesante —dijo—. Hablaré con Jamie al respecto. Ya es hora de que la familia haga un poco de cultura.

—Estupendo —dije, pero por dentro me dio un vuelco el corazón. Esperaba ir sola al concierto—. Llamaré a Ali para decírselo.

No sé por qué, tal vez a causa de la sonrisa forzada, falsa, de Gavin, pero en lugar de desear acudir al concierto, me acosté aquella noche con una pesada sensación de temor. Aunque dormí bien, ayudada por el contenido de mis frasquitos, me desperté a la mañana siguiente sintiéndome temblorosa y agotada.

8

—¿Quieres que me ponga un traje estúpido y escuche música clásica? ¿Que permanezca sentado durante tres horas? Mamá, por favor, Toby y los chicos iban a alquilar un par de películas, y luego tal vez irán a casa de Brad Simmons.

Jamie estaba sentado en la isla de la cocina, delante de un plato de cereales, pese a mi advertencia de que esperara a la hora de comer. Sus ojos oscuros se veían quejumbrosos.

Me volví hacia la encimera, donde estaba preparando una marinada para el pollo.

—Arriésgate. Hasta es posible que te guste.

Él resopló.

—No sólo es la música. Tengo casi dieciséis años, mamá. No quiero pasar mis ratos libres con mis padres, fingiendo que somos una familia. Primero, papá me obliga a ir al cine con vosotros, como si fuera un crío de diez años, y ahora, esto.

Algo en mí se petrificó de repente, como ocurría siempre que alguien violaba el código no verbalizado al que se ceñía nuestra familia. Esta vez fue una simple palabra: «fingiendo». Por encima de todo, jamás podíamos admitir que eso era lo que hacíamos. Cuando nos sentábamos a cenar por la noche y enlazábamos las manos para rezar. Cuando nos alineábamos en nuestro banco de la iglesia con nuestra ropa elegante, Jamie encajado entre Gavin y yo. O cuando nos acostábamos por la noche, cada uno encerrado en sus pensamientos ocultos. ¿Era eso lo que hacíamos? ¿Fingir que éramos una familia?

En el pasado, habría hecho caso omiso del comentario. Eso también formaba parte del código. Tal vez la Regla Número Uno: si alguien dice la verdad, actúa como si no lo hubieras oído. Pero desde que había conocido a Ali, había asimilado algo de su valentía y dignidad. Yo también estaba harta de vivir en un clima de falsedad y sutiles intimidaciones. Escapar de las pautas que habíamos desarrollado durante diecisiete años no era tarea sencilla.

—¿Qué quieres decir? —repetí al tiempo que dejaba caer la prensa de ajos sobre la encimera, donde produjo un ruido metálico. Pero ni Jamie ni yo nos dimos cuenta. Nos miramos de una forma sincera y sorprendente, y cuando él abrió la boca para hablar, supe que esta vez íbamos a hablar con sinceridad. Esta vez no habría fingimientos.

—Vamos por ahí como una familia perfecta salida de las reposiciones de Nickleodeon —dijo en voz baja, con la cuchara que estaba utilizando para comer los cereales detenida en el aire—. Chorradas, mamá, y lo sabes. Falta algo. Algo no va bien.

Antes de que pudiera explicarse, la puerta que separaba la cocina de la sala se abrió y Gavin apareció.

—¿Alguien ha dicho que algo no va bien? —preguntó. Acababa de volver del gimnasio, y aún llevaba los pantalones de nailon y una camiseta sin mangas debajo de la chaqueta. Aunque sonreía, su voz traicionaba una tensión familiar.

Los ojos de mi hijo se encontraron con los míos. Me volví hacia la marinada.

—Jamie estaba diciendo que no quiere ir al concierto del sábado. Tal vez podría invitar a Toby a ver una película y tomar una pizza, o algo por el estilo.

Gavin cruzó la cocina sin decir palabra. Después de servirse un vaso grande de zumo de naranja, se apoyó contra la encimera y respiró hondo.

—No te gusta mucho la música clásica, ¿eh, colega? —dijo, y dio una fuerte palmada en la espalda a Jamie—. Bien, supongo que a tu edad tampoco a mí me entusiasmaba.

Jamie esbozó una sonrisa y me miró en busca de ayuda.

Gavin levantó la bolsa de gimnasia que había dejado en el suelo mientras bebía el zumo y se dirigió hacia la ducha. Aunque pasó a mi lado en silencio, casi noté un viento frío en la espalda. De todos modos, siguió hablando con Jamie con una voz forzada y amable que casi era más aterradora que un chillido.

—Si no querías ir al concierto del sábado, bastaba con decírmelo, tío. Ya sabes que conmigo puedes hablar.

—¿Quieres decir que no tengo que ir? ¿Puedo quedarme en casa? —dijo Jamie. Odié el tono quejumbroso de su voz.

Pero Gavin ya había salido de la cocina, y no tardamos en oír el ruido de la ducha. Esta vez, cuando miré a mi hijo, estaba concentrado en su plato de cereales, y comía veloz y mecánicamente, con los ojos vidriosos. Empecé a mojar pechugas de pollo en la marinada. Me sentí aliviada cuando se levantó de la mesa.

—Voy a mi cuarto. Llámame cuando esté preparada la cena —dijo.

Aunque había conseguido lo que deseaba, el tono derrotado de su voz no engañaba. Con Gavin, siempre había que pagar un precio por cada pequeña victoria. Era evidente que ambos nos estábamos preguntando qué nos costaría ésta.

La noche del concierto me puse un vestido negro corto. Aunque había estado haciendo ejercicio religiosamente durante tres meses, hasta que me detuve ante un espejo de cuerpo entero con mi ceñido vestido no aprecié los resultados. Mi estómago nunca sería tan liso como el de Ali, por más abdominales que hiciera, pero por primera vez desde el nacimiento de Jamie tenía un vientre de contornos precisos. Y mis piernas nunca habían tenido mejor aspecto. Un nuevo par de zapatos de tacón alto, con una correa de diamantes de imitación ceñida alrededor del tobillo, destacaba sus curvas tirantes. Ahora que me había crecido el pelo, me hice un moño francés, resaltado por los pendientes de diamantes que mi marido me había regalado por nuestro décimo aniversario.

—Caramba, fíjate en tu mamá —dijo Gavin, y guiñó el ojo a Jamie cuando bajé la escalera. Pero después me dio un beso mecánico en la mejilla, y noté sus labios secos y fríos. Me encogí instintivamente, con la esperanza de que ni el padre ni el hijo se dieran cuenta.

—Estás muy guapa, mamá —dijo Jamie con un brillo de admiración sin límites en los ojos.

Para entonces, Gavin ya se estaba mirando en el espejo, ladeando la cabeza a un lado y al otro, como si estudiara su reflejo. La vanidad, pensé, era una cualidad de los hombres muy poco atractiva. Aun así, no pude evitar sentirme un poco orgullosa al ver la expresión de Ali cuando entré por la puerta con mi marido del brazo. Aunque Gavin y ella habían hablado alguna vez por teléfono, no se conocían en persona. A juzgar por el destello de sus ojos dorados, supe que se había quedado impresionada.

—Nunca me dijiste que fuera tan atractivo —susurró en cuanto estuvimos a solas—. Y también muy agradable. ¿Corre o practica algún deporte?

—Corre. Levanta pesas. Cualquier cosa con tal de mantener el cuerpo hermoso —dije.

A medida que avanzaba la noche, me complació ver que varias mujeres volvían la cabeza en dirección a mi alto y esbelto marido. El doctor Cross. Aunque muy pocas veces pensaba en ello, Ali tenía razón. Gavin era un hombre muy apuesto. Y de pie al lado de George Mather, su hermoso perfil y porte militar resultaban todavía más impresionantes.

Aunque me habían dicho que George era casi quince años mayor que Ali, me quedé sorprendida cuando me lo presentó. Oh, era apuesto para su edad, supongo, pero el contraste con Jack Butterfield era impresionante. Además, era tan silencioso y observador que no me lo pude imaginar en la sala de un tribunal, interrogando con agresividad a los testigos o declamando feroces conclusiones. Aposté a que aburría a matar a los estudiantes de su clase de filosofía de Howell College.

Pero sólo tardé en cambiar de opinión unos minutos, y la silenciosa magia de la presencia de George Mather me cautivó. Tal vez fue la forma en que tomó mi mano, rodeándola con las suyas como cordiales zarpas de oso, cuando nos presentaron. O su forma de preguntar «¿Cómo estás, Jeanne?», como si de veras quisiera saberlo. Si bien sus ojos estaban hundidos en profundos círculos oscuros, eran muy brillantes y vivos. Cuanto más tiempo pasaba hablando con él, más cambiaba mi primera impresión. Me sentía transformada por su atención. No era difícil comprender por qué Ali se había enamorado de un hombre de una cordialidad tan evidente y peculiar. A medida que avanzaba el concierto, más claro estaba que, tal como Ali había dicho, era un entendido de la buena música. Siempre que le miraba, parecía transportado.

Lo orgulloso que se sentía de su esposa también era conmovedor. Durante el concierto, me tocó varias veces el brazo y dijo: «¿A que es maravillosa?» Y durante el descanso, me llevó a un lado y me susurró en voz muy alta, como si fuera duro de oído:

—Si quieres saber mi opinión, Ali ha superado al cuarteto. Oh, sí, son músicos competentes, desde luego, pero son unos aficionados. Con el talento que posee, Ali necesita una oportunidad para dar lo mejor de sí misma. ¿Te ha hablado de la oferta de Minneapolis?

Sentí vergüenza ajena por George cuando vi que el joven violonchelista sonreía con indulgencia en nuestra dirección. Pero olvidé enseguida mi consternación cuando vi que Gavin y Ali estaban enfrascados en una conversación, inclinado el uno hacia el otro. La cabeza de Gavin se hallaba ladeada como cuando estaba muy absorto, y sonreía. Me pregunté cuántos años habrían transcurrido desde que había sonreído así cuando hablaba conmigo.

George siguió mi mirada y sus ojos se posaron en su esposa durante un largo momento, hasta que después desvió su atención hacia mí.

—Vamos, Jeanne —dijo, y tomó mi brazo con aire solícito—. Te invito a una copa de vino.

Mientras me guiaba hasta el pequeño bar situado al fondo de la sala, disfruté del calor de su chaqueta de cachemira apretada contra mí, y del calor más profundo que proyectaba él. Dudé de que alguna vez hubiera conocido a un hombre más dulce.

Sin embargo, mientras bebíamos vino, observé que los ojos de George no sólo eran dulces y cordiales, sino también penetrantes. Al cabo de unos momentos de un silencio sorprendentemente confortable, habló.

—Al principio fue difícil para mí —soltó sin más.

Aunque sabía que sólo tenía sesenta años, una edad temprana para la senilidad, me pregunté si George estaba tan confuso que, por un momento, había olvidado que no había dicho nada conducente a aquel extraño comentario. Pero entonces me volví hacia el rincón donde Gavin y Ali todavía continuaban hablando, y me di cuenta una vez más de que George era tal vez el hombre menos confuso de la sala. Ali estaba riendo, pero había enlazado los brazos sobre el pecho en un gesto protector. Si bien no cabía duda de que Gavin estaba fascinado por ella, Ali parecía cautelosa en su presencia.

—Es muy hermosa, ¿verdad? —dijo con ternura George, interrumpiendo mi observación.

—Mi marido parece convencido de ello —contesté con cierta ironía. La verdad era que Ali nunca había parecido más adorable que en el escenario. Y cuando tocaba el violín y se perdía en su música, refulgía.

George exhaló un profundo suspiro y tomó un sorbo de vino.

—Sí, como he dicho, los inicios fueron muy duros para mí. Procedo de una familia tradicional libanesa. Muy protectores de nuestras mujeres. De nuestro honor. Hace años, me habría vuelto loco al ver a un hombre mirando a mi mujer como tu marido está haciendo ahora. Pero con el transcurso de los años, bien, he llegado a darme cuenta de que Ali es como el ocaso. Es natural que la gente se quede un poco deslumbrada por ella.

Sonrió y miró de nuevo en dirección a Ali. Cuando ella reparó en que la miraba, le saludó con la mano y le devolvió su mirada afectuosa.

George pasó el brazo alrededor de mi espalda, y de nuevo me recliné contra la suavidad confortable de su chaqueta de cachemira. Olía al tabaco de pipa anticuado que mi padre fumaba.

—En cuanto a tu marido —dijo en voz baja—, yo no me lo tomaría en serio. Sólo está contemplando el ocaso.

Me solté de inmediato.

—¿Crees que estoy celosa?

George estudió mi rostro.

—Te he visto mirar en su dirección varias veces. Tal vez me he equivocado, Jeanne, pero he creído percibir dolor en tus ojos.

—Te has equivocado —dije, y retrocedí un paso. Había alzado mi voz un poco, y una pareja que se hallaba cerca de nosotros se volvió a mirar—. Nunca he tenido celos de tu esposa, George. Quiero a Ali. Y en cuanto a Gavin, mi presunto marido... Bien, no podría importarme menos que mire a otras mujeres.

La amargura de mi voz me sorprendió, pero aún más las palabras soltadas a un desconocido. Su verdad innegable logró que me estremeciera.

Durante un largo momento, George guardó silencio, pero sus ojos no se apartaron de mí ni un instante.

—Entiendo —susurró al fin. Nada más, pero lo más inquietante es que resultaba evidente que sí entendía. Y más de lo que yo deseaba. El marido de Ali me tomó por el codo y me condujo de vuelta a nuestros asientos. Allí, devolvió con diplomacia la conversación hacia el tema de la música de Ali.

—Esta noche van a presentar *Paradise Suite*. ¿Ali la ha interpretado para ti? —preguntó con una sonrisa irresistible, muy emocionado—. Creo que es lo mejor que ha compuesto nunca.

—Es una pieza maravillosa —dije en respuesta a su pregunta—. Supongo que los dos sabemos lo importante que es para ella.

—Es la pieza que piensa tocar en la audición de la Sinfónica —dijo George, algo que yo ya sabía.

Los tres acompañantes ya habían ocupado sus puestos y estaban examinando las partituras. Ali fue la última en sentarse, y sonrió con expresión entusiasta al público que, en su mayoría, estaba compuesto por amigos y colegas que habían seguido su carrera durante décadas y eran conscientes de que la nueva pieza de música que estaba a punto de presentar significaba para ella un momento crucial. Sus ojos se posaron en mí un momento, y sentí la fuerza de la improbable amistad que habíamos forjado durante los últimos meses. Quise enviarle alguna señal de que la apoyaba, un pulgar en alto como habría hecho Jamie con sus amigos, pero en aquel entorno me limité a permitir que el orgullo evidente de mis ojos y rostro hablara por sí mismo. Y para entonces, claro está, ella ya había desviado la atención hacia el hombre sentado a mi lado. En aquel momento, la fuerza del vínculo entre marido y mujer no habría podido ser más evidente.

Sin embargo, cuando Ali miró la partitura de *Paradise Suite*, lanzó una exclamación ahogada audible, y el estado de ánimo de la sala cambió al instante.

—Mi... mi música —dijo con voz ronca, al tiempo que echaba ruidosamente la silla hacia atrás.

George se puso en pie de inmediato y corrió hacia el escenario con la agilidad de un hombre mucho más joven. Yo le seguí, sin tener ni idea de qué había provocado aquella reacción de Ali, aunque sabía que se trataba de algo grave. Tal vez sabía incluso que estaba relacionado con la cadena de incidentes preocupantes que habían ocurrido en su casa en los últimos tiempos, los objetos cambiados de sitio, los vasos utilizados que aparecían sobre la encimera al día siguiente, el perfume esparcido por todas las habitaciones que indicaba una presencia reciente. En cualquier caso, me descubrí detrás de George sobre el escenario, mientras el público nos miraba confuso y preocupado.

La preocupación inmediata de George fue ayudar a Ali a recuperar la compostura.

—¿Por qué me han hecho esto? —dijo ella, hablando al pozo de compasión de sus ojos oscuros—. ¿Por qué ahora? Después de lo mucho que he trabajado...

En cuanto a mí, me concentré en la partitura que tanto había perturbado a mi amiga. Al principio, tardé un momento en localizar la partitura de *Paradise Suite*, que Ali había cubierto de inmediato con la música de la primera mitad del concierto. Pero cuando lo hice, comprendí enseguida que su alarma estaba justificada. No sólo estaba la hoja pintarrajeada de sangre, sino que había sido agujereada y rasgada de tal forma que delataba el empleo de un cuchillo. El título había sido tachado con violencia y sustituido por uno nuevo, también escrito con sangre. En cuanto lo vi, noté que algo cedía dentro de mí.

Los ojos de Ali se clavaron en los míos al instante, a sabiendas de que sólo yo comprendía lo aterrador, lo violento que era aquello para ella. Para cualquier otra persona, habría sido como una escena de una película de serie B. Desde luego, la policía no se tomaría en serio la partitura acuchillada, pero para Ali era la confirmación de que alguien la acosaba, de que alguien estaba manoseando sus prendas de seda cuando no estaba en casa, leyendo su correo, incluso violando el sagrado cuarto de música. Y, además, el perpetrador la estaba informando de que deseaba hacerle daño.

Sentí que perdía el equilibrio y busqué el brazo de George, pero era demasiado tarde y él estaba demasiado lejos, con toda su atención concentrada en Ali. Al instante siguiente estaba cayendo, zambulléndome en mi oscuridad interior, y nada podía impedir la caída.

No estoy segura de cuánto tiempo pasó hasta que desperté y vi los rostros solícitos de Gavin y Ali. Me dolía la cabeza y no tenía ni idea de dónde estaba.

—Te desmayaste, Jeanne —explicó Gavin con una ternura que no me demostraba desde hacía años. Sólo más tarde caí en la cuenta de que, como siempre, su ternura tenía como objetivo impresionar a su público. Pero en aquel oscuro momento asentí y acepté el vaso de agua que Ali me ofrecía. No obstante, incluso antes de poder beber, todo regresó: las palabras que había visto, la verdad que debería obligarme a olvidar, fuera como fuera.

9

La verdad es que soy una experta en olvidar cosas. Soy una experta en borrar imágenes de mi mente. Una experta en fingir, como lo llamaba Jamie. Después de diecisiete años casada con el maestro, ¿cómo no iba a serlo? Pero esta vez no podía permitirme la salida fácil. Tenía que hablar con alguien, y Gavin era el único que tenía a mano. Sabía que no querría hablar de ello, por supuesto. Había visto su cara cuando alguien le había enseñado la partitura que finalizaba el concierto y provocó mi desmayo. A juzgar por la súbita alteración que observé en sus familiares facciones, era evidente que su atención se había visto atraída al instante hacia la parte superior de la página. Habían tachado las palabras PARADISE SUITE para sustituirlas por un nuevo título: DulcE mUerTE. Y también habían cambiado el nombre de la compositora, A. C. Mather, por el de SlaY-hER.*

Lo que más me asustó no fueron las palabras en sí, sino la caligrafía de la partitura pintarrajeada. La mezcla caótica de mayúsculas y minúsculas era obra de mi hijo. Mientras esperaba a que Gavin viniera a la cama, reviví el susto que me habían dado aquellas letras.

Pero cuando mi marido salió de la ducha con su camiseta y los pantalones cortos, no cabía duda de que estaba decidido a evitar cualquier discusión sobre lo ocurrido en el concierto. Me miró un momento, sentada en la cama esperándole, y después me dio la espalda. Recordé avergonzada las noches en que había intentado revivir su interés por mí siguiendo los consejos encontrados en revistas estúpidas. Salir del baño con una camisola de seda y bragas de

* *Slay her:* «asesínala» en inglés. *(N. del T.)*

encaje. Adornar la habitación con velas. Entonces, al igual que ahora, me había evitado. Le miré mientras se volvía hacia el tocador donde estaba preparando su ropa del día siguiente.

—Hemos de hablar, Gavin —dije, consciente de que estaba violando el código.

Él exhaló un profundo suspiro.

—Es tarde, Jeanne. Ya sabes que hemos de levantarnos temprano para ir a la iglesia —dijo. Continuó concentrado en su ropa, y comprobó que las motas azules de su corbata hacían juego con sus calcetines.

—Me da igual que sean las tres de la mañana, Gavin. No podemos fingir que esto no ha sucedido.

Por un momento, creí oír pasos sigilosos en el pasillo, pero la frialdad de mi marido cuando se volvió hacia mí borró al instante mi preocupación.

—¿Intentas despertar a nuestro hijo? ¿Tal vez a los vecinos?

—Si quieres que te diga la verdad, me da igual a cuánta gente despierte. Tú viste la partitura tan bien como yo —grité. Entonces bajé la voz de manera instintiva—. Y tú también sabes quién lo hizo.

—Yo no sé nada de eso —dijo él mientras sus ojos proyectaban una furia gélida—. No soy detective, Jeanne. Al contrario que tú, por lo visto.

—Gavin, viste la caligrafía. Era...

Mi voz transmitió una nota de súplica.

—Yo te diré lo que vi. Vi a una mujer de edad madura desgreñada, pavoneándose como una jovencita. Una ex belleza incapaz de superar el hecho de que su tiempo ha expirado.

Volvió a doblar con cuidado la camiseta que pensaba ponerse al día siguiente y dio media vuelta.

—¿Qué estás insinuando, que fue Ali quien lo hizo? Eso es ridículo, Gavin, y tú lo sabes.

—No estoy acusando a nadie de nada. Tú eres la que quiere jugar a Sherlock Holmes. Sólo he dicho que esa mujer estaba desesperada por atraer la atención de los hombres, que recibió a montones después del pequeño desastre de la partitura.

Se metió en la cama y apagó la luz, con la esperanza de dar por concluida la conversación, tal como había interrumpido tantas en el pasado.

—Como si Ali necesitara recurrir a trucos baratos para llamar la atención de los hombres. Te vi, Gavin, No podías apartar los ojos de ella.

—¿Así que es eso? —dijo él, al tiempo que me daba la espalda. Habló en tono aburrido—. Estás celosa. Como ya te he dicho, Jeanne, me encantaría seguir charlando, pero he de levantarme temprano por la mañana.

Pero esta vez no iba a permitir que me dejaran con la palabra en la boca, como había sucedido tantas veces en el pasado. Me senté y encendí la luz de mi mesita de noche.

—Esto va de nuestro hijo, Gavin. Hace meses, tal vez años, que tiene problemas. Hemos de afrontarlo.

Sin previo aviso, se incorporó y me agarró la muñeca con tal fuerza que me asustó. Miró hacia la puerta del dormitorio, como si estuviera seguro de que había alguien fuera, y escuchó. Después bajó la voz y habló en un susurro ronco.

—¿Y cómo te propones hacerlo, Jeanne? ¿Vamos a llamar a alguna psicóloga recién salida de la universidad para que ponga a prueba sus teorías de colegiala en nuestra familia? ¿O vas a ir a la policía y vas a denunciar a nuestro hijo? ¿Por una partitura? —Me apretó la muñeca con más fuerza—. No viste nada, Jeanne. ¿Entiendes? Absolutamente nada. Ahora apaga la luz.

Y esta vez, con la muñeca dolorida, mientras el lugar oscuro de mi interior me arrastraba hacia abajo, obedecí. Era evidente que me encontraba sola con un problema del que ni siquiera podía hablar con Ali. Sintiéndome más sola que nunca, cerré los ojos e intenté dormir.

Una media hora después, recorrí de puntillas el corto pasillo que separaba mi habitación de la de mi hijo. Llamé con suavidad a la puerta, y como no hubo respuesta, entré. Un rayo de luz de luna iluminaba la habitación, destacando el desorden habitual de la adolescencia: camisetas y tejanos tirados por todas partes, los libros de texto que raras veces abría sobre el escritorio, los carteles de deportistas, efectuando los saltos y acrobacias imposibles para Jamie, que sembraban las paredes. Y en el centro de todo ello se encontraba mi hijo, el corpulento hombre-niño. Dormido, parecía más inocente que nunca. Me acerqué a la cama y acaricié su suave mejilla, como había hecho tantas veces cuando era pequeño. No había engaño en el rostro dormido, nada que indicara maldad. Tal vez Gavin estaba en lo cierto: yo estaba exagerando.

Y aunque Jamie hubiera pintarrajeado la partitura de Ali, ¿qué demostraba eso? No significaba que fuera él quien había estado merodeando cerca de su casa. Habría podido hacerlo en cualquier otro lugar, el instituto, por ejemplo. Tal vez Gavin estaba en lo cierto y no tenía nada que ver con lo que estaba pasando en casa de Ali. Tal vez era una broma pesada. Incitada por sus amigotes. Imaginé a Toby y Brad azuzando a Jamie, aprovechándose de su naturaleza débil para que se llevara las culpas si los pillaban. Noté que se me tensaban los músculos del cuello sólo de pensar en la forma que manipulaban a Jamie sus presuntos amigos. Salí con sigilo, sin perturbar el dormido universo adolescente de mi hijo, y me juré que hablaría con él por la mañana.

Pero antes tenía que dormir un poco. Entré en el cuarto de baño y abrí el botiquín. Busqué el Ativan y me introduje una pastilla en la boca, seguida de otra por si acaso. Aquella noche quería dormir como un tronco.

A la mañana siguiente, desperté soñolienta y tensa al mismo tiempo. Todavía medio dormida, recordé que debía hacer algo, algo que me llenaba de temor con tanta seguridad como mis pulmones se llenaban de aire con el nuevo día. Y entonces lo recordé: tenía que hablar con Jamie. Me levanté temblorosa, con el habitual nudo detrás del esternón, y comprendí que no podría hacerlo sin un poco de ayuda. Después de ponerme el albornoz y las zapatillas, me encaminé hacia el cuarto de baño. Mi mano tembló cuando la extendí hacia el botiquín. En el espejo, la vulgar Jeanne nunca había presentado un aspecto peor. Elegí al azar un frasco y me metí un montón de pastillas en el bolsillo del albornoz, por si acaso. Después, todavía en pijama, me puse lápiz de ojos y aparté de mi vista a la vulgar Jeanne.

Sin embargo, cuando bajé, Jamie ya se había ido a correr, o a lo que fuera. Gavin estaba sentado a la mesa. Ante él, una taza de café que parecía frío y el periódico que Jamie nos traía siempre estaban sin tocar. Intentaba aparentar indiferencia, pero noté la tensión que emanaba del cuerpo de mi marido como un campo magnético peligroso. Cuando se levantó para servirme una taza de café, la mía aumentó. ¿Cuándo fue la última ocasión en que el Maravilloso Doctor Cross me había servido un café? ¿En los primeros años, antes de que naciera Jamie? ¿Durante nuestra luna de miel? ¿Cuando empezamos a salir? ¿Cuándo había comenzado a desprenderse el barniz romántico, dejando poco a poco al descubierto el vacío que residía en el corazón de nuestro matrimonio? Me era imposible recordar la última vez que Gavin y yo habíamos sido felices, o habíamos estado relajados juntos.

—¿Te sientes mejor? —preguntó cuando dejó el café delante de mí. Forzó una sonrisa. Pero sus palabras sonaron más como una orden que como una pregunta. Una advertencia.

Asentí y bebí café. Estaba asquerosamente dulce. Gavin ni siquiera era capaz de recordar aquella pequeña preferencia mía. ¿Qué sabía de mí después de tantos años? ¿O yo de él? Me ceñí más el albornoz, como para protegerme de una ráfaga de aire. Cuando se excusó para ir a su estudio, tiré el café azucarado y me serví otra taza. Esperaba disfrutar de media hora de tranquilidad cuando me absorbí en el *Globe* del domingo, antes de que Jamie volviera a casa y me viera obligada a decirle lo que sabía. Pero en cuanto me acomodé ante la mesa, Gavin apareció de nuevo en la puerta. Me sorprendió tanto que estuve a punto de tirar la taza.

—He estado pensando en nuestro problema —dijo ante mi asombro, pero antes de que pudiera preguntarle si se le había ocurrido alguna idea para ayudar a Jamie, continuó—. Es tu trabajo, Jeanne. Entre trabajar todo el día en el instituto y ocuparte de la casa, vas agotada.

—Pero yo... A mí me gusta mi trabajo —dije mientras acariciaba una píldora entre el índice y el pulgar dentro del bolsillo del albornoz—. Si no trabajara, ¿qué haría todo el día?

Y entonces el barniz se quebró de nuevo y Gavin replicó impaciente:

—Si tanto te aburres, ¿por qué no vuelves a la universidad y te sacas una licenciatura?

Sentí que me ruborizaba. Sabía lo tímida e inepta que me sentía entre sus amigos, sobre todo con las esposas de los demás médicos. La mayoría había ido a universidades prestigiosas, y si trabajaban, su carrera era impresionante. En cuanto a mí, me aferraba al empleo que había aceptado en los primeros años, cuando Gavin se estaba haciendo una clientela y todavía estábamos pagando los préstamos de los estudios. Yo ya no necesitaba trabajar, pero me gustaba la estructura que el trabajo proporcionaba a mi vida, me gustaba el respeto y el agradecimiento de los profesores del instituto, y sobre todo me gustaba contar con mis propios ingresos. La idea de pedir dinero a Gavin cuando quisiera comprar un nuevo lápiz de labios o una golosina especial para mi hijo me daba grima.

—Quizá cuando Jamie se gradúe, pensaré en matricularme en uno o dos cursos —murmuré, sin decir lo que pensaba en realidad: que nunca había sido una buena estudiante por más que me había esforzado. Ahora que estaba alejada de los estudios desde hacía tanto tiempo, dudaba que fuera capaz de aprobar siquiera un curso universitario.

—Eso parece razonable —dijo Gavin. Tiró su café frío y se sirvió una nueva taza. Una vez más, estaba intentando aparentar amabilidad—. Y entretanto podrías estudiar un poco. Prepararte. En cuanto dejes el trabajo, tendrás tiempo para esas cosas.

—¿Quién ha hablado de dejar el trabajo? —dije, sorprendida por el pánico que destilaba mi voz—. Puede que no sea tan importante como lo que tú haces, pero a mí me gusta el contacto con los chicos. Me gusta poder ver a Jamie durante el día. Y... y me gusta lo que hago. Soy yo quien consigue que el instituto funcione con eficacia. Puede que para ti no signifique nada, pero yo me enorgullezco de ello.

Jamás había dicho lo que pensaba de mi trabajo, ni siquiera lo había pensado, pero ahora que las palabras habían brotado, su verdad resplandecía.

Pero Gavin se limitó a fruncir el ceño.

—Por favor, Jeanne. Eres una secretaria, no la directora. Estoy seguro de que Bridgeway High School funcionará bien sin ti. La verdad, para mí es una vergüenza.

—¿Una vergüenza? —repetí, como si me hubiera abofeteado.

—Sí. ¿Cuántas esposas de médicos ves en trabajos de poca monta y sin posibilidad de ascenso? La gente debe preguntarse cuál es el vicio secreto que se come todos nuestros ingresos. Con franqueza, Jeanne, analicemos esto racionalmente. Te estoy ofreciendo la libertad. No seas tonta.

Una vez más, advertí un timbre de advertencia en su voz. Esta vez, Gavin no estaba sugiriendo que dejara el trabajo; lo estaba ordenando. Cuando se levantó, para indicar que la conversación había terminado, su figura se me antojó amenazadora. Me masajeé la muñeca instintivamente, al recordar cómo la había estrujado la noche anterior, antes de que verbalizara mis preocupaciones por Jamie. Aún me dolía.

Aunque todo en mí clamaba contra la «libertad» que me estaba ofreciendo, no tardé en oírme negociar vacilante un poco de tiempo.

—Bien, no puedo plantarles en pleno curso.

—No estoy sugiriendo que te marches sin avisarles con dos semanas de antelación. La verdad, Jeanne, ¿tanto crees que les costará encontrar una nueva secretaria? —dijo Gavin al tiempo que exhibía de nuevo su fría sonrisa victoriosa. Busqué con mano temblorosa en el bolsillo del albornoz la píldora azul, y en cuanto me dio la espalda, me la introduje en la boca. Mi billete personal e intransferible al olvido.

Una hora después, sentada todavía a la mesa acunando mi café, mientras intentaba concentrarme en el periódico y el tranquilizante obraba su efecto, Gavin apareció de repente en la puerta, vestido y preparado para ir a la iglesia. Aunque yo nunca dejaba de acudir, no pareció sorprendido cuando me vio todavía en bata.

—Jamie está en el coche esperándome —dijo—. Si alguien pregunta, diré que esta mañana no te encuentras bien.

Por lo visto, mi hijo había huido por la puerta principal, tal vez con el objeto de evitar la confrontación que yo preparaba.

Gavin casi había llegado a la puerta cuando se volvió.

—Ah, sí —dijo con aparente indiferencia—, una cosa más, Jeanne. ¿Crees que es prudente que continúes acompañando a la profesora de música al instituto?

La profesora de música. Ya había despojado a Ali de su nombre, de su identidad.

—¿Por qué no? —pregunté con voz lenta, a causa del efecto de la medicación—. Me va de camino. Además, me gusta su compañía.

Gavin se acercó más, con una conocida expresión de malhumor en su rostro.

—Estoy seguro de que te gustan tus pequeñas sesiones de chismorreo, Jeanne, pero no lo digo por ti. Lo digo por nuestro hijo. Creo que anoche coincidimos en que esa mujer es una mala influencia para él.

Intenté reproducir en mi mente la conversación que habíamos sostenido, pero pese al aturdimiento químico que me embargaba, estaba segura de que no habíamos coincidido en nada por el estilo. Y si bien no albergaba la intención de renunciar a mi amistad con Ali, continué sonriendo y asentí.

—No te preocupes. Ahora que se acerca el buen tiempo, Ali volverá a ir en bicicleta.

Aquel domingo pasé casi todo el día durmiendo o tirada en la cama, intentando seguir la trama de diversas películas de la tele. Cuando Ali llamó por la tarde, subí con sigilo la escalera y escuché a mi marido mentir. Esta vez, cuando Gavin habló con Ali, su voz estaba exenta del flirteo que yo había presenciado la noche anterior. En cambio, percibí el mismo tono amenazador que antes me había avasallado con tanta facilidad. Por suerte, Ali no se dejaba asustar. Desde la escalera, escuché su tensa conversación, e imaginé lo que ella estaba diciendo al otro extremo de la línea. Cuando expresó preocupación por mi desmayo, Gavin la desechó enseguida y dijo que padecía «mareos» de vez en cuando, pero que me recuperaba con celeridad. Le dijo que, de hecho, en aquel momento, estaba de compras en el centro comercial.

Fue en la escalera, mientras escuchaba sus comentarios fríos y tranquilizadores, cuando comprendí por primera vez por qué había insistido Gavin en que dejara el trabajo. No era preocupación por mí, como había dicho, ni siquiera «vergüenza» por mi modesto empleo. Era por Ali. Si conseguía sacarme del instituto, pensaba que así podría abortar la creciente amistad que significaba una amenaza para nuestro modo de vida. Experimenté una breve oleada de rebelión. Con independencia de lo que le había prometido a mi marido, no dejaría mi trabajo. Pero cuando Gavin colgó el teléfono, la fatiga me había conquistado de nuevo, y no deseaba otra cosa que dormir.

Sin embargo, cuando salté de la cama a la mañana siguiente, obedeciendo al dictado del despertador, me sentía extrañamente acelerada y enfurecida, aunque no estaba segura de contra quién. ¿Iba la ira dirigida hacia Gavin? ¿Hacia los amigos de Jamie? ¿O sólo contra mí y la vida que ya no podía fingir perfecta? Fuera lo que fuera, fui de un lado a otro de la casa, haciendo camas, preparando comidas, horneando rosquillas y limpiando migas con más eficiencia todavía de la habitual.

Incluso Jamie, quien cada vez parecía más absorto en sus preocupaciones adolescentes, levantó la vista del desayuno.

—¿Va todo bien, mamá? Estás como una moto.

Bien, era cierto. Dejé el trapo que estaba utilizando para tirar los restos de la encimera al fregadero y me volví hacia mi hijo.

—No, no va todo bien. Y lo sabes.

Me senté en la silla que había delante de él.

Mi hijo continuó mirándome con la misma inocencia de siempre.

—¿Qué pasa, mamá? Pero será mejor que te des prisa. El hermano de Brad me recogerá dentro de ocho minutos y medio para ir al instituto. Más o menos. —Después de consultar su reloj, me sonrió con timidez—. ¿He hecho algo malo?

Le miré durante un minuto antes de levantarme y empezar a vaciar platos del lavavajillas a un ritmo furioso, y sentí de nuevo el cuello tenso.

—¿He dicho yo que hayas hecho algo malo? —pregunté con voz cortante y extraña—. No, son esos amigotes tuyos, Jamie. A veces, no confío en esos chicos. Toby, por ejemplo...

Él lanzó una risita.

—¿Toby? Es un poco vago, mamá, pero no se mete en líos ni nada por el estilo.

—Lo sé —contesté, y dejé el lavavajillas lleno a medias todavía, mientras volvía a la mesa para sentarme frente a mi hijo—. Pero hay algo que me preocupa. La presión de los compañeros puede ser casi insoportable a tu edad. Si Toby o Brad, o cualquiera de esos chicos, te pidieran hacer algo malo, ¿qué harías?

—¿Qué quieres decir? Te refieres a tomar drogas?

Los ojos de Jamie se oscurecieron. A veces, cuando le miraba, no tenía ni idea de en qué estaba pensando.

—No necesariamente —dije al tiempo que contemplaba mis manos y daba vueltas a la alianza—. Hablo de algo que supieras que estaba mal. Algo que pudiera herir, incluso asustar, a otra persona.

Para entonces, Jamie ya se había puesto en pie y recogido la mochila. Me abrazó y apoyó un momento la confortable suavidad de su cuerpo crecido en exceso contra mí.

—No estoy seguro de qué estamos hablando, mamá, pero sabes que jamás haría algo que pudiera herir a alguien. Con independencia de quién me lo dijera. —Exhibió una sonrisa desarmante—. Me crees, ¿verdad?

Inexplicablemente, sentí que la cara se me humedecía.

—Sé lo que hiciste con la partitura de la señora Mather —solté—. ¿Crees que no reconocería tu letra?

El rubor que tiñó las mejillas y el cuello de Jamie descartaban cualquier negativa. Era tan transparente, pensé. ¿Cómo se las arreglaría con la policía?

—Supongo que estaba un poco colgado de ella, o algo por el estilo —murmuró—. Pero no soy el único. Muchos chicos piensan que la señora Mather está buena.

—¿Un poco colgado? ¿Por eso tiraste sangre, o algo parecido, sobre su partitura? ¿Y le cambiaste el título por *Muerte dulce*?

—Era una broma, mamá —dijo Jamie—. Le cambié el título como si fuera una canción de *heavy metal. Muerte dulce*, ¿entiendes? ¿Conoces al grupo Slayer? Bien, lo último era un juego de palabras con su nombre. *Slay-her*, ¿sabes? ¿Crees que era una amenaza?

—Bien, no... O sea, claro que no. Pero otra persona, alguien que no te conociera... Dios, Jamie, ¿no pensaste en qué interpretación podrían darle? —empecé, pero me interrumpieron golpes en la puerta y los gritos de los amigos de mi hijo.

—Eh, Cross, ¿estás preparado?

Una vez más, Jamie se cargó la mochila a la espalda.

—Tienes razón, no tendría que haberlo hecho, pero sólo fue una broma tonta, mamá. Me crees, ¿verdad?

¿Qué podía decir? ¿Qué, aparte de «Sí, te creo»? Seguido de «Ya hablaremos de esto después». Pero cuando dije eso, Jamie ya había salido y bajaba corriendo por el camino de entrada.

Cuando llegué a casa de Ali, había transferido la mayor parte de mi ira a ella. Después de mi conversación con Jamie, estaba más confusa que nunca. Tal vez en este caso Gavin tenía razón: ella había exagerado. Mientras su embelesado público miraba, ella había interpretado un pequeño drama sobre el escenario en nuestro honor. Sin saberlo, yo había colaborado en su melodrama con mi vergonzoso desmayo. Seguro que ella, o algún otro miembro del cuarteto, tenía más copias de la partitura. ¿No habría podido continuar con discreción el concierto hasta el final, y después haberlo comentado con George y conmigo? ¿Tenía que haber interrumpido todo con aquella exclamación aterrorizada?

Por lo visto, mi charla con Jamie me había retrasado un poco, porque Ali ya estaba esperando en la acera cuando llegué para recogerla. Llevaba su falda negra favorita, un jersey ceñido y pendientes largos. La visión de aquella indumentaria espectacular, que siempre encontraba tan atractiva en mi amiga, aumentó mi irritación. ¿De veras pensaba que aquella ropa era apropiada para una profesora que daba clases en un aula llena de adolescentes enloquecidos por las hormonas? ¿Pensaba alguna vez en el efecto que causaban sus actos en los demás?

Sentía una curiosidad desesperada por saber si Ali se había puesto en contacto con la policía por el incidente del concierto, pero no quería sacar el tema a colación. En secreto, temía que mi astuta amiga hubiera empezado a sospechar que Jamie estaba implicado..., como me había pasado a mí. Peor todavía, que mi reacción ante la partitura acuchillada pudiera interpretarse como una confirmación.

Pero Ali parecía más preocupada por mi desmayo que por la amenaza lanzada contra ella.

—¿Cómo te encuentras? —preguntó, y tocó mi brazo con cautela cuando entró en el todoterreno—. He estado muy preocupada por ti. ¿Te dijo Gavin que había llamado?

En cuanto percibí la ternura de su voz, tuve ganas de llorar. Aparté un momento los ojos de la carretera y miré la cara de mi amiga, las motas doradas de sus ojos, la hendidura que se formaba entre sus cejas cuando estaba preocupada. Y durante un momento de locura, estuve tentada de contarle todo: mis preocupaciones por Jamie, mi creciente dependencia de las pastillas para ayudarme a sobrevivir. Pensé muy seriamente en salirme de la carretera y vomitarlo todo, incluida la oscura verdad que habitaba en el centro de mi matrimonio: que después de tantos años de sutil intimidación, el miedo se había convertido en mi clima natural, el clima en el que estaba educando a mi hijo.

¿Qué más daba si llegábamos tarde al instituto? Incluso si no llegábamos nunca. Le contaría a Ali todos los secretos, todas las mentiras que había almacenado durante tanto tiempo, y juntas pensaríamos qué debía hacer a partir de entonces. Durante un momento de locura (no, fue menos de un momento), pensé en serio que era posible. Y en esa fracción de segundo, me desvié apenas de la ruta rígida que había elegido hacía años. Pero cuando noté que el coche perdía el control, me detuve, al darme cuenta de que era demasiado tarde para la verdad. Demasiado tarde. Aferré el volante con más fuerza que nunca y clavé la vista al frente.

—Sí, me lo dijo, por supuesto. Llamaste cuando estaba en el centro comercial —improvisé, y dediqué a Ali la sonrisa falsa que reservaba para mis seres queridos. Después, como no parecía convencida, añadí—: De veras. Todo va bien.

10

Para mí, una llamada telefónica en el trabajo es tan poco habitual como una llamada en plena noche..., e igual de alarmante. La última vez que recordaba haber recibido una llamada semejante fue cuando Jamie iba al colegio. Aquel día, el director me llamó para informarme de que mi hijo se había peleado y necesitaba atención médica. Se apresuró a decir que la pelea no había sido culpa de Jamie. De hecho, mientras la multitud se congregaba y el chico más pequeño empezaba a insultar y propinar golpes a mi hijo más crecido de lo normal, Jamie había intentado calmar la situación a base de contar chistes. Como recompensa a su labor pacificadora, había terminado con un labio hinchado y tres puntos en la barbilla.

Esta vez, cuando el teléfono sonó, yo estaba en el lavabo de señoras, y el director, Simon Murphy, había atendido la llamada. Su golpe decidido en la puerta del lavabo de señoras, diciéndome que me llamaban por teléfono, sólo contribuyó a aumentar mi inquietud.

—Jeanne Cross al habla —dije con mi voz más formal. Ojalá que quien llamaba fuera alguien impersonal, un dentista que telefoneaba para recordarme una cita olvidada, o quizá Gavin para avisar de que llegaría tarde a cenar. Pero la verdad es que nunca olvido una cita, y si Gavin iba a llegar tarde, habría dejado un mensaje en el contestador de casa, pues por lo visto prefería la neutralidad de la máquina a mi voz.

—Jeanne —dijo quien llamaba. Sólo eso. Habló como si mi nombre fuera tan importante que mereciera una frase propia. Y después, sin duda advertido por la insinuación de pánico en mi voz, se apresuró a añadir—: No tendría que haberte llamado al trabajo. Lo siento. Ha sido una idea espontánea.

La voz sugería dulce de azúcar tibio. Me sonaba mucho, pero era incapaz de ponerle un nombre.

—Soy George Mather. —Una nueva pausa, y después preguntó con la sorprendente sinceridad de que había hecho gala en el concierto—: ¿Cómo te encuentras? ¿Te has recuperado del sábado por la noche?

Me sentí desorientada al instante cuando recordé la noche que había visto a George, y sentido la calidez tranquilizadora de su mano sosteniendo mi codo en el concierto.

—Sí, por supuesto. Estoy bien. ¿Buscas a Ali?

—No. Sólo quería asegurarme de que estabas bien. Te desplomaste, y si quieres que te diga la verdad, me sentí bastante culpable. Si lo hubiera intuido, te habría sostenido antes de caer.

Al recordar aquel angustioso momento en que había visto la hoja pintarrajeada (y la letra de Jamie en la parte inferior), noté de nuevo que la sangre inundaba mi cara. Al otro lado de la oficina, Simon Murphy me miraba con curiosidad. Era evidente que estaba intrigado por la voz masculina que preguntaba por mí y por mis mejillas ruborizadas.

Di media vuelta y hablé en el teléfono.

—Como ya he dicho, estoy bien. En serio. Un poco avergonzada, pero, aparte de eso, no han quedado cicatrices.

—Estupendo —dijo George con un poco más de vivacidad, como si alguien hubiera entrado en su despacho. O quizá como si fuera a abordar el verdadero motivo de su llamada—. De hecho, me estaba preguntando si estabas libre para comer. Hay un pequeño restaurante italiano no lejos del instituto, al que Ali y yo vamos a veces. ¿Cómo se llama...? Giovanna's.

Como vacilé, George insistió.

—Tienes una hora para comer, ¿verdad?

—Sólo cuarenta y cinco minutos. No hay tiempo suficiente para salir a comer fuera del instituto —dije, aunque habría podido prolongarlo con facilidad hasta una hora el rato de la comida. La verdad era que la idea de comer con George en Giovanna's me parecía maravillosa, pero algo en su voz me inquietaba. Algo que sólo podría describir como muy propio de un abogado.

—En Giovanna's son muy rápidos. Te prometo que volverás a tiempo —dijo con seguridad—. ¿A las doce te va bien?

Vacilé de nuevo.

—He de hablar contigo de algo, Jeanne —dijo George, aprovechando mi incómodo silencio—. No te habría llamado de no ser importante.

Me lo imaginé en un despacho estrecho de la universidad, con una taza de café frío delante de él. Estaría consultando su reloj, calculando cuánto trabajo podría liquidar antes de la hora de la cita. No se le había ocurrido que podía recibir una negativa.

Desde el otro lado de la oficina, Simon alzaba la vista de vez en cuando, incapaz de reprimir su curiosidad, y debo admitir que yo estaba disfrutando del misterio que me rodeaba.

—Nos vemos a las doce, pues —dije. Pero en cuanto colgué, observé que mis manos temblaban un poco. Las embutí en los bolsillos al instante y me reprendí por mi nerviosismo. Era George Mather, por el amor de Dios. ¿Qué debía temer de un hombre tan bondadoso?

Cuando llegué a Giovanna's no había ni rastro de George. Sólo después de entrar en el poco iluminado restaurante, le vi dirigiéndose hacia mí, con el aspecto de un ligue muy angustiado. Se pasó la mano nervioso por el pelo negro veteado de gris. Durante un desquiciado momento, sentí la tentación de huir del restaurante sin más explicaciones. ¿Qué estaba haciendo allí, en una cita clandestina con el marido de mi mejor amiga?

Pero en cuanto estuve lo bastante cerca para mirarle a los ojos, me tranquilicé al instante. Sus ojos eran grandes, y tan oscuros que al principio pensabas que eran castaños. Sólo tras una inspección detenida veías que eran de un negro azulado intenso. Y si bien tenían los párpados caídos y círculos tan oscuros como manchas de carbón, eran los ojos más bondadosos que había visto en mi vida. Al igual que la noche del concierto, George me tomó por el codo.

—Me alegro mucho de que hayas venido —dijo.

Pese al tono confiado de su voz por teléfono, daba la impresión de que había dudado de que yo apareciera.

—Aquí tienen un *antipasto* fantástico. Cuando Ali y yo venimos a comer, lo solemos compartir.

George sonrió cuando mencionó el nombre de su esposa. Fui incapaz de decidir si era el marido más paciente, o el más imbécil.

En cuanto la camarera se acercó a la mesa, George pidió media jarra de merlot. Y cuando aduje que nunca bebía a la hora de comer, me llenó de todos modos la copa.

—En mi país, hasta los niños beben un poco de vino con la comida. —Me dedicó su sonrisa desarmante, mientras levantaba la copa para brindar—. Por la amistad —dijo.

Y, por supuesto, no pude decir que no. Mientras levantaba la copa, experimenté la sensación de que había penetrado en el mundo antiguo de la infancia libanesa de George, un mundo que encontré sorprendentemente acogedor y confortable.

Al principio, nuestra conversación fue neutral y espontánea, como la noche del concierto. Me habló de un caso judicial en el que estaba colaborando con su ex socio. Un adolescente había entrado por la fuerza en una casa de una ciudad cercana, con la intención de robar a una anciana. Pero cuando la mujer se había despertado y le había sorprendido hurgando en su joyero, el delito adquirió un tinte más mortífero. El chico la había golpeado hasta romperle varios frágiles huesos y llenarle la cara de contusiones. Mientras George describía el incidente, casi vi a la anciana cuando una sobrina que la había encontrado la sacaba de casa. Escondía el rostro, como si fuera ella la que debía estar avergonzada.

—¿Cómo puedes ayudar a defender a alguien así? —pregunté, sorprendida por la indignación de mi voz—. ¿Eso es lo que hacéis los abogados, intentar que absuelvan a los culpables mediante alguna triquiñuela legal? La gente como ese chico merece ser castigada —dije echando chispas.

George tomó un sorbo de vino sin inmutarse, y me miró con aquellos ojos misteriosos.

Al caer en la cuenta de que me había pasado, revelando la rabia que latía bajo mi pulida superficie, bajé la copa de vino y enlacé las manos sobre el regazo.

—Lo siento. Yo… me encolerizo mucho cuando oigo cosas como ésas.

Él sonrió.

—Una reacción perfectamente normal. De hecho, yo sentí lo mismo la primera vez que leí algo acerca del caso. Sin embargo, cuando miras más allá del informe esquemático que publican los periódicos, o del que yo te acabo de proporcionar, te das cuenta de que las cosas son mucho más complicadas.

La camarera se acercó con nuestro *antipasto*, y yo me pregunté si George estaba pensando en Ali cuando pidió el plato que solían compartir. Si bien me había preocupado por un instante que su invitación a comer indicara un interés romántico, ahora comprendía con claridad que para George Mather todo, incluida nuestra comida, le recordaba su obsesión por su mujer.

—¿Complicadas? ¿Qué quieres decir?

Estaba esperando que intentara disculpar al chico, para poder dar rienda suelta de nuevo a mi rabia inesperada.

—Hay gente para la cual su vida es un castigo. Chicos que desconocen, literalmente, la diferencia entre el bien y el mal, gente que «no sabe lo que hace», para citar al Maestro.

George pinchó con el tenedor un champiñón marinado y aguardó mi reacción.

—¿De veras crees que eso sirve para excusar el tipo de delito cometido contra esa pobre mujer? —dije. El vino ya estaba empezando a obrar su efecto en mí.

Cuando se encogió de hombros, observé que su traje estaba abolsado y le sentaba mal. Me pregunté si habría perdido peso en los últimos tiempos, y llegué a la veloz conclusión de que así era. Tal vez a causa de los padecimientos de su relación con Ali.

—No, no es una excusa. Sólo la verdad —contestó—. La complicada verdad que nos esforzamos por simplificar cada día. —Mojó un trozo de pan en el aromático puré de alubias blancas y ajo—. Esto es excelente —comentó—. Prueba un poco.

Mi boca estaba llena de pan duro cuando retomó su tema de antes.

—Pero, claro está, tú sabes más que yo de adolescentes. ¿No dijo Ali que tienes un hijo adolescente?

Mastiqué el pan poco a poco, mientras notaba que el color teñía mis mejillas debido a que George me estaba mirando fijamente. Demasiado fijamente.

—Un hijo adolescente normal —contesté de manera tajante cuando pude hablar—. Vivir con Jamie no me cualifica para comprender la clase de monstruo que has descrito.

Él volvió a encogerse de hombros.

—Algunas personas dirían que la expresión «adolescente normal» es un oxímoron. —Sonrió y levantó la jarra de vino—. ¿Un poco más?

Negué con la cabeza y tapé la copa con la mano para impedir que me sirviera más. Estaba desgarrada entre la sensación de que debía defender a capa y espada a mi hijo de las duras generalizaciones de George, y un deseo casi desesperado de cambiar de tema.

—Como ya he dicho, tú sabes mucho más del tema que yo. ¿Qué opinas?

Sonrió con los labios, pero sus ojos oscuros siguieron clavados en los míos.

—La verdad, considero insultante incluir a un adolescente normal como Jamie, y en efecto, eso existe, en la misma categoría del chico al que estás ayudando a defender.

Sin darme cuenta, había alzado la voz. Dos mujeres de la mesa de al lado se volvieron a mirar.

George, sin embargo, parecía tan fascinado por mi reacción que no se dio cuenta de la embarazosa atención que yo había despertado. Bebió el vino en silencio unos momentos antes de hablar.

—¿Eso crees que estoy haciendo, Jeanne? ¿Comparar a tu hijo con un joven perturbado? En ese caso, te pido perdón por el malentendido. Temo que me he explicado con bastante torpeza. No suelo comer en compañía de una mujer hermosa que no sea mi esposa.

Me ruboricé una vez más, como si toda aquella cháchara sobre adolescentes nos hubiera afectado más de lo que deseábamos admitir. Y cuando George hizo una señal a la camarera para pedir café, le detuve al instante, pues no deseaba prolongar la comida. Era obvio que me había equivocado al ir. Contrariamente a la promesa de George, el servicio había sido lento, y ya llevaba un retraso de cinco minutos. Sólo confiaba en que unas cuantas pastillas de menta servirían para disimular el olor a vino de mi aliento, y en que Simon no se diera cuenta de que estaba un poco piripi. Y luego estaba Ali. Se habría dado cuenta de mi ausencia a la hora de comer. ¿Qué le diría cuando la acompañara a casa? ¿Debía traicionar mi promesa implícita a George de que mantendría en secreto nuestro encuentro? En ese caso, tendría que explicar por qué me había llamado George, y por qué había aceptado yo. La verdad, no sabía responder a ninguna de ambas preguntas. No, tendría que hacer lo que hacía tan bien y a menudo. Mentiría. Ni siquiera eso. No diría nada.

Me puse en pie con brusquedad, y estuve a punto de tirar mi copa de agua.

—No quiero apresurarte, pero he de volver al trabajo.

Se levantó con cortesía.

—Siento haberte retrasado. Yo parloteando sobre mi trabajo voluntario, mientras tú escuchabas educadamente. Todos los hombres somos igual de egoístas. ¿No es lo que decís Ali y tú durante vuestras largas charlas de los viernes por la tarde?

Indicó a la camarera que preparara la cuenta con el ademán universal de garabatear una firma en el aire.

—No es necesario que te vayas. Aún no has terminado —dije, esquivando la pregunta encubierta sobre lo que Ali y yo hablábamos—. Pero gracias. La comida ha sido maravillosa.

Sus hombros se veían encorvados a la luz que, al atravesar las ventanas de cristal tallado, formaba pulcros octógonos en el suelo. George parecía el cornudo derrotado que era. Era evidente que toda aquella charla sobre la psicología de adolescentes anormales, que tan incómoda me había puesto, no era más que lo que él había dicho, las divagaciones de un hombre acerca de su trabajo. Mencionar a mi hijo había sido normal. Tal vez hasta había imaginado la mirada penetrante que había visto en sus ojos.

Por supuesto, insistió en acompañarme hasta mi coche. Con las manos en los bolsillos, la vista clavada en el aparcamiento recién asfaltado, cayó en un extraño silencio. Tal vez estaba pensando en Ali, decepcionado por no haber podido desviar la conversación hacia el tema de su esposa. Al igual que Brian Shagaury, me habría invitado a comer con la esperanza de averiguar más cosas sobre la vida secreta de la mujer a la que amaba. Pero, al final, George era demasiado caballeroso para esa tarea. Ahora, mientras atravesaba el aparcamiento, parecía decepcionado.

Cuando subí al coche, me apretó la mano y, una vez más, sentí el calor eléctrico que tanto me había conmovido en el concierto.

—Gracias por venir, Jeanne —dijo con su peculiar sinceridad—. Espero que no te haya retrasado demasiado.

Cuando se inclinó hacia adelante para besarme en la mejilla, observé que debajo de su camisa blanca llevaba una camiseta blanca con el logo de los Boston Red Sox, un detalle que espoleó de nuevo mi compasión. ¿No era una elección de lo más inadecuada para un profesional, una señal de senectud? ¿O se trataba de otro trágico símbolo de un hombre que había sido ninguneado y abandonado por su mujer? En cualquier caso, experimenté una oleada de compasión por él cuando apretó sus labios contra mi mejilla.

Ya había encendido el motor, y George estaba caminando hacia su coche, cuando se volvió de repente y me hizo señas de que esperara. Cuando se acercó a la ventanilla de mi coche, parecía un poco falto de aliento, como si hasta recorrer una distancia corta le cansara.

—Estaba tan ocupado hablando de mí mismo, que casi olvidé el verdadero motivo de que te invitara a comer.

—¿El verdadero motivo? —dije, desconcertada por aquella tardía admisión de que, al fin y al cabo, existía otro motivo.

—Sí —dijo George con la voz firme que me había asustado antes—. La otra noche, en el concierto, antes de que te desmayaras, vi tu cara, Jeanne. Creo que nunca había visto tanto horror.

Lancé una carcajada nerviosa.

—Mi marido dice que exageré. Debió ser una broma pesada.

Aceleré el motor, para recordarle que no tenía tiempo ni ganas de hablar de la noche del concierto.

Pero George estaba apoyado contra mi coche, y me inmovilizaba con sus ojos.

—¿Una broma estudiantil? Creo que ambos sabemos que es más que eso.

Me puse las gafas de sol guiada por un instinto, para proteger mis ojos de la mirada de George.

—Bien, fuera lo que fuera, supongo que nunca sabremos quién lo hizo —dije.

George se echó hacia atrás y sacudió la cabeza.

—Oh, no lo sé. Con franqueza, Jeanne, toda esta situación, los robos con allanamiento en casa de Ali, el incidente de la partitura, creo que es más grave de lo que pensamos al principio. Por tu forma de reaccionar, pensé que tú también lo sabías.

Más tarde, me reprendí por no haber dicho tantas cosas en aquel momento. En primer lugar, tendría que haber negado la insinuación de que yo sabía algo sobre el asunto. Y desde luego tendría que haber expresado mis dudas acerca de que el incidente de la partitura estuviera relacionado con los sucesos amenazadores ocurridos en casa de Ali. Pero como desconfiaba de la firmeza de mi voz o de la transparencia de mis ojos bajo la mirada implacable de George, me fui lo más deprisa posible.

Cuando salí del aparcamiento, me di cuenta de que nada de lo que había dicho George durante la comida había sido aleatorio o carente de intención, como él había afirmado. La charla sobre el adolescente problemático en cuya defensa estaba colaborando, las astutas preguntas sobre Jamie, todo había sido planeado. Hasta su última pregunta en el aparcamiento había sido calculada para pillarme desprevenida. Cuando mis manos aferraron el volante, sentí la intensidad de sus ojos clavados en mi coche mientras se alejaba.

11

¿Cuánto tiempo había transcurrido desde que había estado sola? ¿Realmente sola, sola en una casa silenciosa, sin nadie que me protegiera de las mentiras que me decía día tras día? Debían ser años. Si bien las ausencias de Gavin habían sido cada vez más frecuentes, siempre procuraba no dilatarlas demasiado para que yo no empezara a interrogarme sobre mi vida. De todos modos, daba la impresión de que asistía a todas las conferencias sobre traumatología del país. Y cuando le interrogaba al respecto, su voz adoptaba el leve tono amenazador que había llegado a conocer tan bien. *¿Acaso no sabía yo que se producían avances constantes en la especialidad, que debía estar al día? Aunque sólo tenía cuarenta y seis años, corría el peligro de convertirse en un dinosaurio en el trabajo al que había dedicado su vida. ¿Sabía yo lo que significaba competir con un ejército cada vez más numeroso de jóvenes graduados, experimentar en todo momento la sensación de que podían sustituirte?*

Siempre que iniciaba su conocida diatriba, yo me rendía a toda prisa. Ya no le interrogaba nunca cuando decía que se iba a un congreso importante en Dallas. O en Cleveland. O en Cornfield, Iowa. En cambio, guardaba obediente la ropa en su maleta, apuntaba obediente el número del hotel en el que se iba a hospedar por si surgía alguna emergencia. Me apostaba obediente en la puerta para verle marchar, moviendo la mano en el mismo falso gesto de despedida. Sólo cuando su coche doblaba la esquina respiraba hondo, gozando de la libertad que la ausencia de Gavin nos proporcionaba a mí y a Jamie.

Pero este fin de semana concreto era diferente. Por primera vez desde que mi hijo había nacido, él y Gavin estarían ausentes al mismo tiempo. Como yo sabía que Jamie había planeado desde hacía meses la excursión con Toby y su familia, me esforcé por disimular el fastidio que me producía la perspectiva de un largo fin de semana en una casa vacía, sin otra compañía que mis pensamientos. Pero cuando descubrió que su padre tenía programado un congreso, Jamie leyó enseguida el pánico en mis ojos. Era evidente que conocía el miedo de quedarse a solas con uno mismo.

—No te preocupes, mamá. Me quedaré en casa contigo. Tampoco me entusiasma ir de *camping* —se ofreció. Sólo sus ojos revelaban la decepción oculta tras la superficie sonriente—. Además, Toby dice que, si hace calor, irán a nadar al lago, y ya sabes que odio nadar.

Sí, conocía su aversión a la natación, y el motivo. Aunque Jamie no quería admitirlo, le aterrorizaba quitarse la camisa ante otro ser humano, le aterrorizaba revelar el pecho y la espalda pecosos, la vulnerable extensión de su estómago, que intentaba disimular bajo ropa holgada a la moda. Jamás admitía con franqueza sus temores, por supuesto. En cambio, hacía el payaso con sus amigos, e incluso conmigo. Decía en broma que no sabía nadar, que se hundiría como una gran ballena blanca si lo intentaba, que si se zambullía vaciaría el estanque o el lago. Me partía el corazón oírle reír junto con los demás chicos cuando se burlaba de sí mismo, sin darse cuenta nunca de la verdad: que temía ver su cuerpo del mismo modo que yo temía estar sola en mi propia casa.

Si bien me sentía tentada en muchos aspectos de permitir que mi hijo sacrificara sus planes para no tener que afrontar la rítmica verdad de mi corazón latiendo en estas habitaciones vacías, sabía lo mucho que significaba para él esa excursión.

—No, vete, Jamie —dije al recordar mi promesa—. Lo digo en serio. Todo irá bien. Tendré la oportunidad de lanzarme a una limpieza a fondo.

Pero incluso cuando se marchaba, y toda la familia Breen aguardaba en el camino de entrada, mi hijo había vacilado. Dejó en el suelo su pesada mochila, se agachó para abrazarme y, con el afecto que me transmitió, me recordó la complicidad especial que compartíamos.

—Aún podría quedarme en casa, ¿sabes? —dijo con los ojos rebosantes de ternura—. Podría decirle a Toby que algo me ha sentado mal, y que es probable que deje perdida de vómitos la nueva camioneta de sus padres. Eso bastaría.

Y una vez más, sólo por un instante, pensé en aceptar su oferta. Recordé todos los fines de semana que compartíamos los dos cuando Gavin estaba fuera, la comida basura que engullíamos delante de vídeos alquilados, o la forma en que nuestras espontáneas carcajadas se entrelazaban y fluían por toda la casa, algo que nunca sucedía cuando Gavin estaba con nosotros.

Pero aparté aquellos plácidos recuerdos de mi mente y empujé a mi hijo con dulzura hacia la puerta.

—Largo de aquí. Te están esperando —dije con una sonrisa que habría engañado a cualquiera, excepto a mi hijo. Y tal vez a Ali, quien durante nuestros escasos meses de amistad había aprendido a leerme como nadie antes. De una forma que a veces me asustaba. Había muchas cosas en las que no me permitía pensar, muchas cosas sepultadas bajo aquellos ataques frenéticos de redecorar, organizar, incluso hacer pasteles en el horno, aunque bien sabía que los *éclairs* caseros que tanto me gustaban era lo último que Jamie necesitaba. Tenía miedo de pensar en lo que pasaría si algún día paraba.

Como me sentía algo perdida en mi propia casa, pensé de inmediato en mi amiga. Pese a contar con un marido y un amante de lo más atentos, Ali estaba sola casi siempre. Pero, al contrario que a mí, le gustaba la soledad. «En la soledad, descubro la música», decía, hablando con el misterioso lenguaje de la gente creativa.

Mientras pensaba en aquellas palabras, me serví una copa de vino y encendí el estéreo, pero antes de poder elegir un cedé, me sobresaltó el sonido del último que alguien había puesto. Tardé un momento en darme cuenta de que era una grabación del cuarteto de Ali. Mientras la pasión contenida de la música se derramaba sobre mí, reconocí *Paradise Suite*. Había interpretado la obra para mí en diversas fases de su composición, pero nunca la había oído en su forma definitiva. Tampoco sabía que el cuarteto la hubiera grabado en disco.

Con una curiosa sensación de haber sido traicionada, me levanté y caminé hacia el estéreo, apagué la música y extraje el disco, que estudié como si esperara que se pusiera a hablar. Pero por supuesto la inocua funda de plástico no reveló nada que no supiera ya. La etiqueta, escrita con la enérgica letra de mi amiga, se limitaba a anunciar el título de la obra. Después, en letra más pequeña, había añadido con orgullo «de Ali Mather». Al mirarla, sentí una pizca de la emoción y satisfacción que le habrían proporcionado su finalización. Volví a introducirlo, me senté en el sofá y esperé a que el sonido doloroso del violín de Ali se derramara sobre mí.

Cuando la música empezó a invadir la sala y a tomar posesión de mi mente y henchir mi corazón, me pregunté cómo habría llegado hasta mi casa aquella misteriosa melodía. Y por qué. ¿Había venido Ali sin que yo lo supiera y dejado el disco dentro del reproductor de cedés para darme una sorpresa? Era incapaz de imaginar a mi amiga entrando a hurtadillas en casa sin decírmelo, sobre todo después de los extraños incidentes que habían ocurrido en su propia casa. ¿Era posible que Ali se lo hubiera dado a Gavin?

O lo más preocupante de todo, ¿demostraba el disco que Jamie era quien había entrado en su casa a escondidas desde el primer momento, que había estado allí aquel mismo día? Después de robar el disco, ¿se había sentado en este mismo sofá a escucharlo furtivamente a primera hora de la tarde, mientras yo estaba recorriendo los pasillos del supermercado? Y si era así, ¿por qué? ¿Alimentaba fantasías sobre la mujer que lo había escrito, la mujer cuyo arco arrancaba del violín una gama de sentimientos tan brillante? ¿Creía que se había apoderado de otro fragmento de su alma al apoderarse de su música?

—No, por supuesto que no —protesté con vehemencia en la casa vacía—. Jamie no es así. Es un adolescente normal. Puede que haya gastado una o dos bromas pesadas, desde luego, pero no es capaz de nada siniestro.

Mientras hablaba, imaginé los ojos de George Mather mirándome. Ojos escépticos. Ojos sagaces.

Me puse de pie con brusquedad y volqué mi copa de vino, cuyo contenido cayó sobre la alfombra persa. Pero en lugar de precipitarme a actuar, como habría hecho en circunstancias normales, me quedé petrificada mientras la mancha de color ciruela, en forma de corazón, se extendía sobre mi alfombra. Y entonces, como si hubiera leído algo terrorífico en la forma de aquella mancha, o en el sonido de la música del estéreo, agarré la chaqueta y el bolso del gancho cercano a la puerta y salí corriendo de casa, sin ni siquiera molestarme en apagar las luces o cerrar la puerta con llave.

Cuando me volví desde la calle, todas las habitaciones de la casa estaban iluminadas, como si mi miedo a estar sola se hubiera hecho visible a los ojos de todo el mundo. Por supuesto, si alguien me hubiera preguntado de qué estaba huyendo, no habría podido decirlo. ¿Una copa de vino derramada? ¿Música de violín en el estéreo? ¿Una casa con demasiadas luces encendidas? Fuera lo que fuera, escapé a toda prisa, como si me fuera en ello la vida.

La única forma de hacer acopio de valentía para entrar en Hannibal's, el bar de moda en la zona de la ciudad frecuentada por estudiantes universitarios y artistas, consistía en fingir que era Ali. Con una chaquetilla de piel, tejanos y botas de tacón de aguja, erguí la espalda, agité el pelo que me había crecido casi hasta los hombros y entré contoneándome. Cuando miré hacia la barra, vi a un hombre rubio de espalda ancha que, desde atrás, se parecía a Jack Butterfield. Como sabía que Ali y él venían aquí con frecuencia, me senté en el taburete de al lado. Sin embargo, cuando se volvió hacia mí picado por la curiosidad, su cara exhibía un poblado bigote, y carecía del encanto canalla de Jack. Como me sentía temeraria, le sonreí de todos modos.

—¿Qué vas a beber? —preguntó el hombre, como sorprendido por su buena suerte.

—Vino tinto —dije. Después pensé en la copa derramada en casa, la mancha en forma de corazón de la alfombra, y cambié de idea—. No, mejor un margarita.

Aunque yo nunca mezclaba bebidas, Ali había pedido uno cuando nos pasamos a tomar una copa un viernes por la tarde, después de clase.

Mientras el desconocido pagaba mi copa, di vueltas a mi alianza con sentimiento de culpa. El hombre me miraba inexpresivo, y cabeceó varias veces seguidas, como si estuviera contestando a una pregunta que sólo había oído en su cabeza.

—Bien, ¿qué hay esta noche? —preguntó con la vista clavada en la alianza que yo seguía acariciando.

—Poca cosa. Lo de costumbre —contesté, mientras me preguntaba si alcanzaba a comprender la ironía de mis palabras. Como si algo pudiera ser menos habitual para mí que estar sola en un bar, o aceptar una copa de un desconocido.

Por un instante, pensé en pagarle la consumición y salir corriendo sin ni siquiera probar el vaso ribeteado de sal, pero entonces pensé en mi casa, una casa con todas las ventanas iluminadas, aunque no había nadie en ella, y en el centro, el estéreo donde era probable que siguiera sonando la música de Ali. Vi con claridad la mancha oscura de la alfombra, que ya nada podría borrar. Ansiosa por alejar aquella imagen de mi mente, me volví y sonreí al desconocido. Recordé cuando Ali había contado cómo había seducido a Brian Shagaury. Lo había hecho, dijo, «sólo para ver qué pasaba».

Pensé por un momento en las posibilidades de la noche, en que podía entablar una conversación trivial con aquel insulso desconocido de apariencia inofensiva, y tal vez seguirle hasta el pequeño piso o apartamento en el que debía vivir. Pero cuando miré sus ojos vacíos, recordé la calidez que había escudriñado tan sólo unas horas antes en los ojos de Jamie. Recordé la dulzura que había visto en ellos, y el consuelo de su cuerpo apoyado contra el mío poco antes de marcharse.

—De hecho, sólo he venido a comer algo —dije, y me levanté con brusquedad, como había hecho en casa cuando derramé el vino—. Gracias por la copa, de todos modos.

El desconocido, con expresión decepcionada aunque no sorprendida, se limitó a asentir.

Con el vaso en la mano me dirigí a una pequeña mesa, donde pedí la carta a la camarera. Desde la barra, el hombre del bigote se volvió a mirarme, como preguntándose si debía hacerme compañía. Pero esta vez, con la sensación de ser una actriz de una obra sin libreto, aparté la vista. Cuando vino la camarera, pedí una ensalada César. Y otro margarita.

No volví a mirar hacia la barra hasta terminar mi segunda bebida, y para entonces el taburete del desconocido del bigote estaba vacío. Me sentí aliviada y triste al mismo tiempo. Aliviada por haber evitado una sórdida experiencia de la que más tarde me habría arrepentido. Y triste por no poder escapar de mi vida. No poder escapar de la casa colonial de ocho habitaciones, con todas las ventanas iluminadas. La única habitación que seguía a oscuras era el estudio de Gavin, la habitación cerrada con llave en la que a Jamie y a mí nos estaba prohibido implícitamente entrar. Las bebidas que había bebido demasiado deprisa ya me habían mareado, pero me fortalecí con una tercera antes de cobrar ánimos para volver a casa. Ánimos para hacer lo que debía.

Mientras recorría el primer piso de mi casa, fui apagando las luces de una en una. Después seguí el pasillo y subí la escalera, convocando la oscuridad a mi paso. Apagué las luces del pasillo, del cuarto de invitados, del baño de arriba, de la habitación que compartía con Gavin para nada. Hasta que, por fin, la única habitación que continuaba encendida era la de Jamie. Me encaminé hacia el desordenado cuarto de mi hijo e hice acopio de fuerzas, como cuando había entrado antes en el bar. Y cuando llegué a la puerta, pensé en dar media vuelta, en regresar a la novela abandonada junto a mi cama, y si eso no funcionaba, me quedaba el recurso de las píldoras para dormir que Gavin guardaba en el botiquín, la defensa contra los demonios nocturnos que él no compartía con nadie. Si bien no habían sido prescritas para mí, a él no parecía importarle que las utilizara.

Pero no era noche de vacilaciones. Abrí la puerta y empecé a sacar los cajones de uno en uno, registré las pulcras pilas de calcetines y calzoncillos, camisetas con diversos logos deportivos y consignas estúpidas, los tejanos demasiado grandes que llevaba para ocultar su gordura. No sabía muy bien lo que buscaba. Nada. Supongo que estaba buscando la confirmación de que lo que había dicho a George era verdad: mi hijo era un adolescente perfectamente normal. Confiaba en no encontrar nada que demostrara lo contrario. A excepción de los envoltorios de caramelos que proliferaban por todas partes, cada vez me sentía más tranquilizada, incluso alborozada, mientras husmeaba en todos los rincones de la habitación: el escritorio donde guardaba las notas de los deberes, las estanterías sembradas de cromos de béisbol, tebeos, cedés de música alternativa y latas de refrescos.

Mientras buscaba entre la basura escondida bajo la cama y en el ropero, sentí que gotas de sudor empezaban a perlar mi frente.

—¿Lo ves? Aquí no hay nada —dije en voz alta, no tanto a mí como a George. El entrometido y fisgón marido de Ali, el hombre que presentía agazapado a mi espalda—. Nada que no puedas encontrar en la habitación de cualquier adolescente.

Me quedé en el centro del cuarto con los brazos en jarras, satisfecha de haber reivindicado a mi hijo de una acusación que sólo era fruto de mi mente. De hecho, había apoyado la mano sobre el interruptor de la luz, y estaba dispuesta a enfrascarme en mis rutinas nocturnas habituales, un baño caliente y una novela, cuando una caja de zapatos embutida detrás de la librería llamó mi atención. Debía estar llena de más envoltorios de caramelos y bolsas de patatas, me dije. O tal vez contenía incluso un par de zapatillas de deporte viejas que había guardado allí cuando compró otras nuevas. Apagué la luz y me encaminé al cuarto de baño, donde empecé a llenar la bañera, a la que añadí unas nuevas burbujas de baño con aroma a lavanda que había comprado en el centro comercial unos días antes.

Sin embargo, una pregunta insistente me impulsó a volver a la habitación, la necesidad de asegurarme de que no había pasado nada por alto. A toda prisa, inundé de luz la desordenada habitación, y me recordé que tendría que reordenar los cajones al día siguiente para que mi hijo no se diera cuenta de que había estado registrando sus cosas.

La caja de zapatos estaba muy encajada, y tuve que tirar con fuerza para liberarla. Con la esperanza de no encontrar nada raro, levanté la tapa y al instante me asaltó la visión del recorte de periódico que había encima de todo. La cara de Ali me sonrió. INTÉRPRETE DE MÚSICA LOCAL TOCA EN UNA SERIE DE CONCIERTOS DE ARTISTAS EMERGENTES, rezaba el familiar titular. Yo también había recortado el mismo artículo la semana anterior, por supuesto. No tenía nada de raro que Jamie quisiera guardar una noticia acerca de una profesora del colegio, ¿verdad? Pero ya cuando me senté en la cama para examinar el contenido de la caja con más detenimiento, sentí que algo se derrumbaba en mi interior. El peso de las mentiras colectivas de nuestra familia me oprimió.

En una especie de trance, saqué cada objeto de la caja, pequeñas cosas que reconocí de casa de Ali, y que al parecer Jamie había sustraído: las horquillas de carey que ella utilizaba para ceñir su espeso cabello, un par de pendientes en forma de delfín, uno de sus típicos bolígrafos turquesa que siempre usaba para poner las notas a los exámenes de sus alumnos. Y también había papeles. Fragmentos de partituras y listas de la compra, notas para recordarse cosas que debía hacer, y hasta una carta inconclusa a Jack, pintarrajeada con el líquido rojo y atacada con una pequeña navaja, del mismo modo que la partitura de *Paradise Suite*.

Mientras el agua de la bañera se desbordaba, inundaba el suelo del cuarto de baño y el pasillo, y el olor a lavanda llenaba la casa, yo seguía sentada en la cama, toqueteando la prueba de la obsesión de mi hijo. Lo primero que sentí fue sorpresa, pero enseguida experimenté la necesidad de protegerlo. Lo único que podía pensar era: gracias a Dios que he sido yo quien ha encontrado la caja, en lugar de algún amigo de Jamie. Imaginé a los padres de sus amigos hablando con fruición de los problemas de mi hijo. Los problemas de la familia Cross. Y después, por supuesto, acudirían a la policía. Ya oía a la madre de Brad: *Lo siento, Jeanne, pero era lo único responsable que se podía hacer.*

—La muy puerca —mascullé. Estaba celosa de mi organizado hogar, de las fiestas de cumpleaños temáticas y de las excursiones en grupo que yo había planeado durante años. Después pensé en todas las calumnias que había padecido Ali a causa de su relación con Brian, las maliciosas habladurías en el comedor que giraban a su alrededor. Jamás podría soportar eso. Nunca. Pero lo peor era su efecto potencial en Jamie. Destruiría el único éxito que poseía: su popularidad. Era incapaz de imaginar en qué se transformaría mi hijo si perdía a sus amigos. Significaban todo para él.

Cuando por fin recuperé la suficiente presencia de ánimo para cerrar el agua de la bañera y limpiar el desastre, llevé la caja de zapatos a la chimenea y encendí el fuego. Después me senté allí como hipnotizada, mientras veía las palabras, la música y las pequeñas posesiones de Ali, que tantos recuerdos de ella me despertaban, convertirse poco a poco en llamas y ceniza.

Al día siguiente, hice algo que jamás había hecho en mi vida. Dormí hasta casi las dos de la tarde. Con la ayuda de pastillas (ignoraba cuántas veces había entrado en el cuarto de baño y tomado otra), escapé de mi vida durante casi catorce benditas horas. Pero por lo visto, incluso dormida, los temores acerca de mi hijo no me habían abandonado, porque desperté con el nombre de Jamie en los labios y una sensación de pánico en el pecho. Sólo después de sentarme en la cama y beber un poco de agua me di cuenta de que el teléfono estaba sonando.

No estoy segura de por qué, pero esta vez me di cuenta de que no era una falsa alarma. Ésta era la llamada telefónica que había temido desde el accidente de mi hermano. Salté de la cama, descolgué el teléfono y me senté sobre el taburete que había dejado en mitad de la habitación anoche.

—¿Hola? ¿Jamie? —dije en el teléfono, con el corazón martilleando debajo del pijama y un inconfundible pánico en la voz—. ¿Va todo bien?

Supongo que de haber sido una llamada normal (alguien del círculo de amigos cada vez más amplio de Jamie, ignorante de que se había marchado el fin de semana, o algún colega de Gavin), habría pensado que yo estaba loca por contestar al teléfono de esa manera. Pero resultó que no era una llamada normal. Nada normal.

Al oír mi voz, quien llamaba respiró hondo antes de hablar.

—Jeanne, siento molestarte. Es evidente que ya te has enterado.

Ahora fui yo quien vaciló. Me senté en la cama.

—¿Enterarme de qué? ¿Quién es usted?

—Soy Nora, Nora Bell —se identificó la mujer con cierta impaciencia, pero yo estaba tan desorientada y aturdida que tardé un momento en relacionar el nombre con la entrometida camarera de la cafetería que vivía enfrente de casa de Ali.

—He pensado que, como eres tan amiga de Ali, debería decírtelo alguien antes de que te enteraras por la radio o algo por el estilo —parloteó con voz excitada.

—¿Enterarme de qué? —repetí, y pensé en la imagen de mi amiga en el periódico, que mi hijo había desfigurado con una navaja. Había empezado a temblar—. ¿Le ha pasado algo a Ali? ¿Qué ocurre?

—No, a Ali no. De modo que no lo sabes —dijo Nora con evidente satisfacción—. Se trata de su novio, Jeanne. El profesor de manualidades. Le encontraron en el motel anoche. Como ya he dicho, detesto tener que ser yo quien te lo diga, pero pensé que quizá podrías ponerte en contacto con Ali.

Me pasé las manos por el pelo, con una mezcla de alivio y temor.

—¿Qué estás diciendo, Nora? ¿Qué le ha pasado a Brian?

—Es lo que intento decirte —contestó ella con voz impaciente, carente de la compasión que habría suavizado el golpe que estaba a punto de asestar—. El hombre se ahorcó, Jeanne.

12

Sólo sabía que tenía que huir de la casa, la casa donde el espantoso acto de Brian iría siempre de la mano con el penoso descubrimiento que había hecho en el cuarto de Jamie. Me vestí a toda prisa y subí al todoterreno, sin saber muy bien qué iba a hacer. Estaba desesperada por hablar con Ali, pero aquel fin de semana su cuarteto estaba tocando fuera de la ciudad, y dudaba que ya hubiera llegado a su casa. Pero justo cuando estaba introduciendo la llave en el contacto del coche, vi un envoltorio de Snickers en el suelo del asiento del pasajero y me invadieron las náuseas. Experimenté la sensación de haber comido una docena de caramelos, como Jamie solía hacer. ¿Era así como se sentía cuando iba por el mundo?, me pregunté. ¿Asqueado y al mismo tiempo ansioso de más?

Sentí claustrofobia de repente y huí del todoterreno, del mismo modo que había huido de casa. Pero al menos había decidido adónde iría. Iría caminando a casa de Ali y la esperaría. Estaba lloviendo, pero por una vez en la vida no tenía ganas de volver a buscar un paraguas. ¿Qué estaba protegiendo, al fin y al cabo? ¿La imagen de Jeanne Cross, la esposa del doctor Cross, la madre perfecta con su elegante casa, su elegante ropa y su elegante y descolorida sonrisa, entusiasta en exceso? ¿Jeanne Cross, quien siempre llevaba tacones, incluso cuando iba al supermercado? Una vez más, experimenté una oleada de náuseas.

La casa de Ali distaba casi un kilómetro y medio, y a cada esquina que doblaba la lluvia aumentaba de intensidad. Me sentaban bien sus azotes, como si estuvieran lavando toda huella de la Jeanne que jamás se habría planteado algo tan absurdo como pasear bajo la lluvia. La Jeanne cuya vida era un continuo fingimiento, y que había enseñado a su hijo a hacer lo mismo. Tan bien le había enseñado que casi todo el mundo en la ciudad consideraba a Jamie un ser jovial y de trato fácil, incluso de carácter dulce, cuando debajo de la superficie acechaba un niño-hombre de rabia oculta y apetitos insaciables. Alcé la cara a la lluvia y dejé que me aporreara.

Cada paso que me acercaba a casa de Ali daba la impresión de acercarme también al hijo que no conocía. El hijo que me había negado a ver. Pensé en todas las noches que Jamie salía después de cenar, diciendo que iba a casa de Toby para hacerle algunas consultas sobre geometría. Toby era un estudiante brillante, y siempre estaba dispuesto a colaborar, de manera que Gavin y yo nunca protestábamos cuando llegaba un poco tarde. Pero ahora me pregunté: ¿era allí donde iba aquellas noches? Mientras yo le imaginaba inclinado sobre la mesa de la cocina trabajando en paralelogramos y trapezoides, ¿entraba en casa de Ali, registraba sus cajones, pintarrajeaba su preciada música? Un coche pasó a mi lado a toda velocidad y el agua que se había acumulado en la calle me salpicó, pero me limité a acelerar el paso, como si fuera posible dejar atrás mis pensamientos.

Me torturaba la imagen de Brian cuando le habían encontrado en el motel, pero al mismo tiempo no podía apartarla de mi mente. Pero cuando imaginaba la figura colgada del techo de la deprimente e impersonal habitación, no veía a Brian. Veía el cuerpo patético y voluminoso de mi hijo. Veía a Jamie. Me puse a correr, pero el sonido de cada paso que daba en la acera parecía lanzar al aire la misma palabra: ¿por qué? ¿Por qué había permitido Brian que su relación con Ali le condujera a un acto tan desesperado? Y lo que todavía era más misterioso para mí, ¿por qué Jamie se arriesgaba a que le detuvieran, arriesgaba su futuro, maldita sea, al entrar en casa de Ali? La acosaba, por el amor de Dios. Tal vez fuera algo obeso, pero daba la impresión de que gustaba a las chicas…, y además era el hijo del doctor Cross. Sin duda podría encontrar una novia de su edad. ¿Qué quería de la madura profesora de música? Cuando llegué a su puerta, estaba sin aliento y por mi cara resbalaban cálidas lágrimas, que se mezclaban con el frío de la lluvia.

Cuando me acerqué, vi que la casa estaba vacía, pero sabía que Ali siempre dejaba abierto el porche acristalado. Sin saber qué hacer, rodeé la casa, encontré una butaca de mimbre, me senté y subí las rodillas hasta el pecho. Clavé la mirada en la lluvia torrencial. No pude evitar preguntarme si era así como Jamie había logrado acceder a la casa, si había entrado por el porche y después forzado la puerta de atrás. La casa era un edificio antiguo, y las puertas eran muy bonitas, pero poco seguras. O quizá ya había encontrado una llave dentro y sacado una copia.

En cuanto me senté, me rendí a los temblores resultantes de la combinación del frío y el viento helado de mis pensamientos. Mis ropas estaban tan mojadas que percibía el olor de la oveja que había contribuido con su lana a la fabricación de mi jersey, y tenía los tejanos pegados a las piernas. Sabía que debería ir a casa y darme una ducha caliente antes de caer enferma, pero no podía irme. Ali había dicho que estaría en casa a primera hora de la tarde, y ya eran las tres. ¿Dónde estaría?

Me levanté y paseé de un lado a otro, mientras pensaba en Jamie, que no tardaría en regresar de su excursión. Le vi dejar caer las bolsas de gimnasia llenas de ropa sucia en el suelo de la cocina y llamarme con su voz inocente. *Ya he vuelto, mamá*. Más tarde, Gavin llegaría a casa con sus maletas hechas con meticulosidad, y también se quedaría estupefacto por mi ausencia. *¿Jeanne?*, diría. *Jeanne, ¿estás en casa?* Sólo pensar en su voz, la forma en que pronunciaba cada sílaba, dotando a las palabras de esquinas afiladas, mis temblores aumentaron.

No sé cuánto tiempo estuve sentada allí, hasta darme cuenta de que Ali no iba a venir. Era evidente que ya se había enterado de lo de Brian y estaba evitando el lugar donde habían pasado las escasas horas de pasión que tan poco habían significado para ella, pero que a él le habían descubierto una vida nueva. Una vida en sombras de la cual no podía escapar. No, aquella noche Ali no iría a casa. Iría a algún lugar donde pudiera esconderse de las imágenes que poblaban su mente, de la misma forma que habían invadido la mía. Y al contrario que yo, ella tendría a alguien que la abrazaría y le diría que no había sido culpa suya tantas veces como fuera necesario para mitigar su sensación de culpabilidad. No sería el sexy Jack Butterfield, quien sólo intensificaría su dolor debido a los celos, sino el hombre de los ojos profundos y compasivos y las manos de oso. Como siempre hacía en momentos de turbación, Ali iría a casa de su marido.

Me levanté y examiné por la ventana la calidez de la sala de estar desierta. Hacía poco, George y ella habían pintado las paredes de un color melocotón que, según la luz, era vibrante o apagado. No era un tono que yo hubiera elegido, pero parecía perfecto para la casa de Ali, como si hubiera capturado el ocaso. La casa tampoco estaba a la altura de mis exigencias de limpieza, por supuesto, y si cabía decir que Ali se decantaba por un estilo de decoración, era desaliñado con elegancia, pero aquellas habitaciones poseían cierta magia. Tanto si se trataba del alegre rinconcito donde comía casi siempre, o del asiento junto a la ventana atiborrado de almohadones de colores, un chal y dos o tres libros, cada rincón era una invitación a la calidez, la creatividad, la intimidad.

Me estremecí de frío e intenté abrir la puerta, desesperada de repente por entrar. Estaba cerrada con llave, como ya imaginaba. Si conseguía entrar en calor un poco, ponerme una bata de Ali y prepararme una taza de té, mientras mis ropas mojadas giraban en la secadora, tal vez reuniría fuerzas para afrontar mi vida. Estaba segura de que Ali no vendría a dormir, y aunque lo hiciera, lo comprendería. Éramos amigas, ¿no? *Amigas del alma*, como susurraba para mis adentros cuando estaba sola, aunque la expresión sonaba demasiado tonta e infantil para decirla en voz alta. Busqué a mi alrededor algo para forzar la cerradura, y mi vista cayó sobre un abrecartas que había dejado sobre la mesa de mimbre, tal vez desde principios de otoño. La imaginé en el porche, contemplando los pájaros que atraía con numerosos comederos mientras leía su correo. La paz de aquel momento daba la impresión de pertenecer a otra vida.

La puerta se abrió con facilidad. Con excesiva facilidad, pensé, y me sentí irritada de nuevo con Ali. Afirmaba estar aterrorizada por su acosador, pero no pensaba nunca en sustituir sus viejas cerraduras. Además, dejaba aquella herramienta tan adecuada para forzarlas delante de la puerta. Contemplé el abrecartas que sujetaba y me pregunté si Jamie lo habría utilizado. Tal vez era él quien lo había abandonado, no Ali, como había pensado al principio. ¿No había visto yo algo similar en la consulta de Gavin? Sin dejar de temblar, entré. Envolví el abrecartas con toallas de papel y lo sepulté en la papelera de Ali.

—¡Como si estuviera ocultando un arma homicida, por el amor de Dios! —dije en voz alta, con la intención de convencerme de que no había hecho nada malo.

Pero ahora que estaba dentro de la casa de Ali, ya no me sentía tan segura. ¿Y si George aparecía con aquellos ojos penetrantes? El hombre supondría que era yo quien había estado entrando en casa de su mujer subrepticiamente, que yo era la persona enferma que se complacía en alterar el orden de sus cosas, en registrar sus cajones, toquetear sus partituras. Después de todo lo que había padecido, hasta Ali podría malinterpretar mi presencia. Tenía que salir de allí, y deprisa, decidí. Me dirigía hacia el porche cuando reparé en las huellas embarradas que habían dejado mis zapatillas de deporte. Cogí a toda prisa más toallas de papel y las limpié.

Estaba examinando la habitación para asegurarme de que no había movido nada de sitio, cuando una imagen inoportuna de Jamie volvió a irrumpir en mi mente. Le imaginé donde estaba yo, sintiendo su corazón atronar como el mío, atravesando la casa de puntillas, causando estragos a cada paso que daba en el acogedor mundo de encanto y seguridad que Ali había creado. ¿Qué había estado buscando? Guiada por un impulso, me quité los zapatos, entré de puntillas en la sala de estar y abrí el cajón de su escritorio.

Lo primero que vi fue el libro cubierto de seda roja. *El diario de Ali.* Había pasado tanto tiempo desde la última vez que lo había visto que casi lo había olvidado. Si Ali hubiera abrigado alguna sospecha de que era Jamie quien la acosaba, lo habría confiado al libro. Antes de pararme a pensar en lo que estaba haciendo, abrí el diario de aspecto exótico y pasé las páginas.

Advertí de inmediato que las anotaciones habían sido escritas a toda prisa, impulsivamente, como guiada por sus sentimientos. La caligrafía se inclinaba hacia adelante con avidez, tan ansiosa de vida y conocimientos como la propia Ali. Abundaban los signos de admiración y las elipses, cuando sus pensamientos derivaban sin respuesta. Los nombres «George» y «Jack» salpicaban casi todas las páginas. Era evidente que aquí desenmarañaba sus sentimientos por los dos hombres de su vida. No vi la menor mención de Brian Shagaury.

Asaltada por una oleada de culpabilidad, estaba a punto de cerrar el librito cuando observé mi nombre en una página garabateada con tinta violeta: *Jeanne, Jeanne, Jeanne*. De pronto, mis manos se pusieron a temblar. Mis ojos se nublaron cuando examiné lo que semejaba una anotación colérica. Fuera lo que fuera, me negué a leerla. Si mi amiga más íntima albergaba hacia mí algún rencor o sentimientos hostiles, no quería saberlo. Ahora no, cuando todo se estaba desmoronando a mi alrededor. Y no obstante, una pregunta me atormentaba pese a todo: DIOS MÍO, ¿QUÉ LE PASA?

¿Se refería a mí? Pensé en que, con frecuencia, había intentado introducir en nuestras conversaciones preguntas acerca de mi relación cada vez más fría con Gavin. Estaba claro que mi marido le desagradaba tanto como ella a él. ¿Hablaba de eso? Estaba mareada cuando cerré el diario y lo devolví al cajón del escritorio.

Sin dejar de temblar, salí por las puertas cristaleras a la pequeña habitación que ella consideraba su espacio sagrado: el cuarto de música. Había montones de cedés y libros de música por todas partes. Y por supuesto, sus partituras. Sin saber todavía lo que andaba buscando, examiné docenas de partituras antes de encontrar la nueva pieza que estaba componiendo. Saltaron hacia mí numerosas tachaduras y notas indescifrables escritas con la misma letra apasionada que había visto en el diario.

Si Jamie estuviera aquí, pensé, *sería esto lo que se llevaría*. Era lo más personal de la casa, más personal incluso que el diario, con su caligrafía violentamente inclinada, sus anotaciones escritas con diversas tintas de colores. No, éste era el objeto que contenía su esencia. Abrumada por la necesidad de Jamie de poseer estas pequeñas pertenencias de Ali, convertí la hoja en una bola.

Entonces, una vez más, parecí despertar de mi trance. En aquel momento, sólo una cosa estaba clara: tenía que irme de allí. Pero antes de hacerlo, necesitaba deshacerme de aquella hoja arrugada, sepultarla en la papelera junto con el abrecartas. Era mejor que Ali pensara que la había extraviado a que la encontrara tirada en el suelo, lo cual delataría la intromisión de alguien. Podría llegar hasta el extremo de llamar a la policía para que buscaran huellas dactilares en la casa, pensé, mientras mi mente repasaba las posibilidades. Lo que debía hacer era calmarme, pensar con lucidez. Me recordé que la policía no se había tomado muy en serio su caso. ¿Qué clase de ladrón se molesta en allanar una casa, sin llevarse nada más valioso que peines o partituras, por el amor de Dios? ¿No era más probable que los hubiera extraviado?

Acababa de enterrar la inocua hoja de papel, cuando oí que alguien subía por el camino de entrada, y después la puerta al abrirse. Atrapada en la cocina, me quedé paralizada. Era Ali, y no venía sola. Alguien la estaba ayudando a cargar su equipaje y su instrumento. La voz masculina me sonaba vagamente familiar, y muy joven, no mucho mayor que Jamie. Debía ser Marcus, deduje enseguida, mientras imaginaba al joven estudiante universitario que había sustituido hacía poco a un miembro del cuarteto que se había ido a vivir a otra zona. Según Ali, los demás músicos habían protestado porque Marcus era demasiado joven, pero ella había defendido con vehemencia su talento, su pasión por la música. Su juventud quedó en evidencia cuando se empeñó en decir algo a Ali en aquel momento difícil. Era evidente que ella ya se había enterado de lo de Brian.

—¿Estás segura de que estarás bien aquí sola? —preguntó él—. Sé que esto… te ha afectado mucho.

—Estaré bien —dijo Ali, lo cual tranquilizó al muchacho—. De veras. Sólo necesito descansar un poco. Tal vez llamaré a mi amiga Jeanne.

Desde la cocina, donde estaba acurrucada en la oscuridad, me sorprendió que fuera yo la elegida para afrontar esta crisis. Incluso antes que alguno de sus hombres. Sin embargo, en cuanto Marcus se marchó, Ali descolgó el teléfono, y pronto me di cuenta de que no había marcado mi número.

—Sé que no tengo derecho a llamarte, pero no hay nadie más —dijo al tiempo que destruía mis fantasías sobre la importancia que yo había adquirido en su vida.

George debía estar al otro lado de la línea. Dijera lo que dijera, abrió las compuertas.

—Ni siquiera estábamos tan unidos —dijo cuando pudo hablar de nuevo—, salvo en su imaginación. Por eso me siento tan culpable. Hasta mi dolor es egoísta. Es que me recuerda de nuevo aquel terrible incidente. Cuando pienso que ya lo he olvidado, resucita con tanta claridad como el día que sucedió. ¿Cómo pudo hacer eso Brian a su familia? ¿A sus hijos?

Por un momento, me absorbí tanto en la conversación que olvidé la precariedad de mi situación. ¡Había allanado la casa de Ali! Allanado su casa y registrado sus cosas, como la persona que la había estado aterrorizando desde hacía meses. Y ahora estaba escuchando a escondidas, como Jamie. Pero mientras pensaba en la forma de escapar, también pasó por mi mente lo poco que conocía a Ali. Por ejemplo, no tenía ni idea de cuál podía ser el «incidente» que la atormentaba, pero al percibir el evidente dolor de su voz, empecé a comprender por qué a veces hacía aquellas cosas irracionales. Y por qué George, que la conocía mejor que nadie, seguía siendo paciente y comprensivo ante sus transgresiones.

Pero aquél no era el momento de reflexionar sobre la vida de Ali. Era preciso que huyera de esa casa antes de perder a la única amiga que tenía en el mundo. Cuando empezó a sollozar en voz baja en el teléfono, aproveché su postración y salí con sigilo por el porche trasero. Después, como la delincuente en que me había transformado, atravesé el patio contiguo y salí a la calle.

Mientras volvía a casa con la ropa mojada, jamás me había sentido más sola. O más derrotada. A la luz lúgubre de las farolas, la idea de contar a Ali la verdad sobre Jamie se reveló como lo que era: peligrosa y alocada. A estas alturas, Ali no sólo estaba asustada. Estaba muy furiosa con el intruso que había convertido su bonita casa en un entorno hostil. ¿De veras pensaba que nuestra amistad le impediría acudir a la policía? Y aunque quisiera guardar mi secreto, los hombres de su vida no se lo permitirían. No, no podía decírselo a Ali, y tampoco podía acudir a Gavin. Tenía que afrontar sola el problema de Jamie. Por primera vez, comprendí cómo se habría sentido Brian en su soledad, noche tras noche en aquel motel deprimente.

Jamie estaba en la cocina. En el microondas había puesto un tentempié congelado. Pegó un bote al verme entrar.

—Lo siento, pensé que era papá —explicó avergonzado. Ambos sabíamos a qué se refería. Si Gavin le sorprendía comiendo aquel tentempié cargado de grasa, le largaría uno de sus habituales discursos sobre la dieta y la nutrición. Jamie sacó una empanadilla rellena de carne del microondas, se sirvió un vaso grande de gaseosa y acercó un taburete a la isla.

—Papá pidió comida para llevar —dijo—. Ensaladas de DiOrio. Ni siquiera probé la mía. —Puso los ojos en blanco, con la esperanza de conquistar mi complicidad. Ambos sabíamos que Gavin le animaba con frecuencia a comer más verdura, y que yo siempre defendía a Jamie. «A los chicos de la edad de Jamie no les gustan sólo las ensaladas —decía yo—. Les gustan las hamburguesas, los tacos, la pizza con queso extra.»

Puesto que pocas veces dejaba de cenar con mi familia (y nunca sin avisar), esperaba que mi hijo preguntara dónde había estado. Él, al menos, se habría fijado en mi ropa mojada, o en el pelo aplastado contra la cabeza. Pero cuando Jamie levantó la vista de su grasienta empanadilla, su rostro rollizo estaba encendido de entusiasmo.

—Supongo que te habrás enterado —dijo. Como me limité a

mirarle, añadió—: Lo del señor Shagaury. Papá y yo supusimos que habías ido a casa de la señora Mather para hablar de ello.

Continué mirando a aquel hijo que pensaba conocer tan bien. A aquel hijo que había estado acosando a mi mejor amiga, allanando su casa y amenazándola. Y que ahora parecía tan regocijado por la muerte violenta de un profesor.

—Bien, te has enterado, ¿no, mamá? El señor Shagaury se ahorcó en…

No tuvo tiempo de pronunciar las palabras antes de que yo levantara la mano. Durante casi dieciséis años, jamás había pegado a Jamie. Ni siquiera cuando era pequeño y cruzaba la calle corriendo sin mirar. Y esta vez tampoco le pegué. Pero ambos sabíamos que había estado más cerca que nunca. Al instante, el color abandonó su cara. Y la mía.

—Hemos de hablar —dije al tiempo que me derrumbaba en la silla frente a él.

—Lo siento, mamá. Ya sé que conocías a ese tipo —dijo en tono arrepentido—. No quería…

—No es sobre el señor Shagaury que quiero hablar. Es sobre nosotros. Sobre esta familia.

Mi voz se había convertido en un susurro, y de una manera curiosa, nunca había hablado en voz tan alta. Estaba tan decidida a pronunciar las palabras, a decir lo que había callado durante tanto tiempo, que ni siquiera oí a Gavin entrar en la cocina.

—Por favor, Jeanne, habla. Estamos ansiosos por saber qué vas a decir —dijo, y su voz era tan gélida como la lluvia que me había empapado antes—. ¿De qué crees exactamente que esta familia ha de hablar?

13

Seguí con la vista clavada en el rostro de Jamie, que había recorrido toda la gama desde el púrpura al blanco en el espacio de cinco minutos. Continué mirándole como si Gavin no hubiera entrado en la cocina.

—Sólo quería que supieras que puedes hablar conmigo —dije—. Y si algo te preocupa, y te avergüenza contármelo, hay otra gente que podría ayudarte. Podría concertar una cita con…

—Por el amor de Dios, Jeanne, Jamie lo sabe —interrumpió Gavin, fingiendo ligereza, pero aun así percibí tensión en su voz. Cruzó la cocina y aferró el hombro de nuestro hijo—. ¿Verdad, colega?

Él asintió con timidez.

—Sí, claro —dijo, pero parecía tan al borde de la náusea como yo el día anterior.

—Y, además, aquí no existen problemas graves —continuó Gavin. Dio un puñetazo en broma a Jamie en el estómago, al tiempo que me lanzaba una mirada sombría—. Puede que al chico le gusten demasiado los Häagen-Dazs, pero, aparte de eso, es un chaval muy feliz. ¿Verdad, colega?

Jamie forzó una sonrisa.

—Claro. De hecho, iba a casa de Toby. Mañana hay un concurso de geometría y…

—¡No! —solté con excesiva contundencia. Seguía sospechando que, mientras en teoría iba a estudiar a casa de Toby, Jamie merodeaba alrededor de casa de Ali. Pensé en el porche a oscuras que acababa de abandonar, y me pregunté si mi hijo estaría viendo la misma imagen en su mente: Ali sola en casa. Con lo preocupada que estaba, era probable que hubiera dejado la puerta principal abierta de par en par.

Por una vez, Gavin y Jamie estaban unidos cuando se volvieron hacia mí.

—El chico quiere estudiar, no salir a fumar porros o matar el tiempo en una esquina. ¿Qué te pasa esta noche, Jeanne? —Gavin me miró de arriba abajo, como si acabara de darse cuenta de mi extraña apariencia, las ropas todavía mojadas y el pelo aplastado. Se volvió hacia Jamie—. A las nueve en casa. Mañana tienes clase.

Sin ni siquiera mirar en mi dirección, Jamie desapareció escaleras arriba, y le oí buscar su mochila. Unos minutos después, la puerta principal (una salida que mi hijo nunca utilizaba) se cerró de golpe. Yo le seguí al instante.

Gavin me llamó con insistencia mientras salía corriendo al camino de entrada, pero mi cerebro apenas registró el sonido.

—¡Jamie! ¡Espera, por favor! —grité.

Se detuvo y bajó la mochila un poco, pero no se volvió.

—No hemos terminado, Jamie. Hemos de hablar.

—¿Hablar de qué, mamá? —dijo, y dio media vuelta. La hostilidad de su voz era inconfundible... y nueva. Sin duda pensaba que con mis preguntas, sobre todo delante de su padre, le había traicionado. Traicionado nuestra particular alianza. Pero ahora ya no podía parar.

—De lo que encontré en tu cuarto el fin de semana. Y de adónde vas por las noches cuando dices que vas a estudiar.

—Voy a casa de Toby, mamá —dijo al tiempo que se daba la vuelta y se alejaba—. Si no me crees, ¿por qué no llamas a la señora Breen?

—Tal vez lo haga —dije a su espalda. *Tal vez lo haga*, repetí cuando entré en casa. Gavin había salido al vestíbulo, tan a oscuras que casi tropecé con él. Estaba tan cerca de mí que sentí su aliento en mi cara.

—¿Qué crees que estás haciendo? —dijo, y asió mis muñecas. Cada palabra contenía tanta rabia reprimida que daban la impresión de estallar en el aire cuando las pronunciaba.

—Voy arriba a llamar a Sharon Breen —dije—. Quiero saber cuántas veces ha mentido cuando decía que iba a casa de Toby. Y adónde iba en realidad.

—¿Mentido? ¿Adónde crees que va? Por desgracia, los únicos vicios del chico son los nachos y las barras de Snickers.

¿De veras creía eso?, me pregunté. ¿Podía carecer hasta tal punto de imaginación un hombre de su inteligencia? ¿O sólo se estaba negando a saber, a ver, como yo había hecho durante tanto tiempo?

Miré a Gavin, tentada de soltarlo todo: mis crecientes temores por nuestro hijo, el revivir sin cesar el momento en que había descubierto la caja de zapatos, tal vez incluso hablar del matrimonio que cada día se me antojaba más muerto y opresivo.

Pero el comportamiento glacial de Gavin me silenció antes de pronunciar la primera palabra. Pensé en la noche del concierto de Ali, y en su ira cuando insinué que Jamie estaba implicado, la rapidez con que había traspasado la culpabilidad a Ali… y a mí.

—A veces, cuando decía que iba a casa de Toby, salían, eso es todo —dije, en lugar de la verdad—. Quiero saber dónde está.

—Una idea maravillosa —dijo Gavin con sarcasmo—. Socavarle en el único terreno en el que tiene éxito: su vida social. Le has saboteado todos los demás. ¿Por qué no éste también?

—¿Qué dices que he hecho? Gavin, sabes que haría cualquier cosa por Jamie. Yo soy quien…

Pero antes de que pudiera declamar la lista de las formas en que había intentado ser la madre perfecta, procurar que vistiera a la moda, acompañarle en coche a él y a sus amigos por toda la ciudad, proveerle de deuvedés y tentempiés que convirtieran nuestra casa en un lugar atractivo y acogedor, Gavin me interrumpió con su propia lista. Un catálogo de mis deficiencias.

—Cada vez que intenta perder un par de kilos, sales corriendo a comprarle más bombones de mantequilla de cacahuete y patatas fritas. Desde el punto de vista de los estudios, has destruido su confianza. Le has hecho los deberes durante tanto tiempo que el chico es incapaz de terminar un trabajo solo.

Era una letanía familiar, pero con una nueva carga añadida.

—Y le has pasado por las narices a tus amigos inestables en esta época tan vulnerable de la vida del chico. Tal vez no lo haya demostrado, pero Jamie se ha llevado un disgusto tremendo al enterarse del suicidio del profesor. Luego está tu amiga, esa Ali. ¿Tienes idea de hasta qué punto le ha afectado su comportamiento provocativo? Es un adolescente, Jeanne. Siente curiosidad por la vida adulta. Y esto es lo que tú le estás enseñando.

Yo no tenía ni idea de que la diminuta palabra «esto» pudiera contener tanto asco.

—Suél-ta-me —dije, y doté a mis palabras de unos contornos tan afilados como las de Gavin. Por lo visto, se quedó tan sorprendido por mi firmeza que me soltó.

Pero no antes de que sus palabras hubieran cumplido su sombría misión. Cuando me hube encerrado en mi cuarto con el móvil en la mano, ya no tenía ganas de marcar el número de Sharon Breen. ¿Y si Gavin tenía razón? ¿Y si perdía a su mejor amigo por culpa de mis preguntas?

Di un bote cuando el teléfono que aferraba sonó. Pero cuando apreté el botón de hablar, había olvidado el saludo acostumbrado. Al otro extremo de la línea, las palabras de Ali brotaron como un torrente.

—¿Eres tú, Jeanne? Jeanne, Dios mío, ¿que eres tú? por favor.

De inmediato, el drama que se había representado en mi casa se desvaneció.

—Ali, suenas fatal. ¿Te encuentras bien?

—Estoy bien —mintió, y después rió con su voz débil—. Estupendamente. ¿Puedo decirte una cosa? Me temo que si paso una hora más sola en esta casa, me volveré loca.

—Voy enseguida —dije, incluso antes de que me lo pidiera. Ali pareció sorprenderse de mi respuesta, tan impropia de mi carácter. En el pasado, me habría preocupado la reacción de Gavin y, sobre todo, qué pensaría mi hijo cuando volviera de casa de Toby y descubriera que me había marchado. Pero tal vez Gavin tenía razón. Tal vez había traumatizado a mi hijo por ser demasiado protectora.

Guiada por un impulso, saqué una bolsa de viaje del ropero y repetí mi promesa.

—Concédeme diez minutos.

Estaba lista en cinco.

—Cuando Jamie llegue, dile que volveré mañana —anuncié cuando me crucé con Gavin en la sala de estar. Por lo visto, estaba demasiado estupefacto para contestar. En cualquier caso, no le concedí la oportunidad.

Tal como temía, la puerta de casa de Ali no estaba cerrada con llave cuando llegué.

—Entra —gritó con voz apagada desde la cocina. Cerré con llave la puerta de inmediato y corrí el cerrojo—. ¿Tinto o blanco? —preguntó antes de que pudiera decir hola.

Tardé un momento en darme cuenta de que su pregunta se refería al vino, pero percibí al instante que arrastraba las palabras, lo cual sugería que llevaba bebiendo desde hacía un rato.

Antes de que pudiera contestar, Ali apareció en la puerta, sosteniendo dos copas de tallo largo. Era evidente que había estado llorando desde que yo había huido de su cocina.

—Dios mío, Jeanne, menuda facha.

—¿Qué?

Había olvidado la ropa que se había mojado y secado mientras la llevaba, el pelo enmarañado y el rostro desprovisto de maquillaje que presentaba al mundo.

—Estás hecha una mierda. Una mierda absoluta.

Por lo visto, mi aspecto desaliñado había elevado el ánimo de Ali.

—Yo también te he visto más presentable en otras ocasiones —indiqué al tiempo que me dejaba caer en el sofá y levantaba la copa que ella había dejado sobre la mesa—. Dentro de un momento me daré una ducha, pero ahora necesito vino.

Tal vez fue la referencia a la ducha, pero los ojos de Ali se desviaron hacia mi bolsa de viaje.

—¿Te vas a quedar? —preguntó.

—Dijiste que no querías estar sola, ¿verdad? —dije con la vista clavada en mi copa de vino.

—Bien, sí —dijo Ali sin alzar la voz—. Pero ése no es el único motivo de que estés aquí, ¿verdad, Jeanne?

En cualquier otro momento, habría contestado con una tímida e instantánea negativa, pero en la sala de estar de Ali, con el pelo caído sobre los ojos y mi cara desprotegida sin su habitual maquillaje inmaculado, a la sombra del suicidio de Brian, no estaba por la labor.

Guardé silencio un momento antes de cambiar de tema.

—La puerta estaba abierta de par en par. Después de todo lo que ha pasado, ¿no crees…?

Ali me interrumpió con una carcajada.

—La única buena noticia de la situación es que ya no he de tener miedo. La verdad, Jeanne, algunas de las cosas que hizo aquí fueron aterradoras. No te he contado ni la mitad.

Tomé un largo sorbo de vino para recobrar la compostura.

—¿Piensas en serio que fue Brian?

—Por lo visto, tenía un historial de depresiones. Después de lo que hizo en ese motel… Bien, es evidente que se encontraba en un estado desesperado. Quién sabe qué habría pasado si un día, al llegar a casa, le hubiera encontrado dentro. Tuve suerte, mucha suerte —dijo Ali. Entonces, de repente, casi como contradiciendo sus palabras, se puso a llorar de nuevo.

—Es tan horroroso —dije, y rodeé su espalda con el brazo—. Impensable.

—Pese a todo, era un tipo muy cariñoso, Jeanne. Pero muy entrampado y muy desdichado, y sin recursos para saber qué debía hacer al respecto…, como mucha gente, supongo.

Ali se levantó y empezó a pasear de un lado a otro de la sala.

Como mucha gente, supongo. Era evidente que se estaba refiriendo a mí. Pensé en las palabras que había leído en su diario, la iracunda inclinación de su letra, y mi rostro se cubrió de rubor. ¿Tan patética era? ¿Perturbada, como creía ella que estaba Brian?

—Jesús, Jeanne, ¿por qué me siento tan culpable? —dijo, y me devolvió de nuevo al presente—. Quería significar algo bueno en su vida. Y fui de lo más paciente con ese hombre, incluso cuando se dedicaba a acecharme, a amenazarme, por el amor de Dios. A veces, supongo que un poco de amabilidad puede ser fatal.

Me sentí irritada de repente.

—Fue algo más que amabilidad. Te acostabas con ese chico, Ali.

Me traspasó con la mirada.

—¿No crees que el sexo puede ser un acto de amabilidad?

—No —repliqué con acritud. Con más de la que deseaba—. O sea, si no es más que eso, no es amabilidad. Brian estaba enamorado de ti. Con desesperación. Si le hubieras visto aquella mañana en la cafetería...

Pero entonces, al ver sus hombros derrumbados, me di cuenta de que había ido demasiado lejos.

—Lo siento. No pretendo juzgarte. La verdad es que Brian tenía problemas. Si tú no hubieras provocado su crisis, habría sido otra cosa.

Una vez más, las lágrimas se deslizaron por el rostro de Ali.

—Tuviste razón la primera vez —dijo sin perdonarse nada—. Me acosté con Brian por capricho, o todavía peor, para demostrarme algo. Para demostrar algo a mi ego todopoderoso e insaciable. Pero él estaba convencido de que íbamos a vivir juntos. Lo que hice fue imperdonable.

—¿Cómo ibas a saber que ese chico estaba tan zumbado? Tú no eras responsable de su salud mental.

Me acerqué a la bolsa de viaje y saqué un frasco.

—Toma una —dije, y le tendí una de mis pequeñas escapatorias azules—. Te ayudará a dormir, y por la mañana las cosas te parecerán menos horribles.

Ali sostuvo la píldora entre el índice y el pulgar con expresión suspicaz.

—¿Qué es esto?

Volví a llenar nuestras copas.

—Algo que te hará sentir mejor. Como el *pinot grigio*. Ahora no te vas a poner moralista conmigo, ¿eh?

—¿Quién te ha recetado esto? ¿Sales con alguien? —preguntó en un tono de voz esperanzado… e insultante.

—No, no salgo con nadie —repliqué—. Ambas hemos tenido un día espantoso. Pensé que te ayudaría a dormir, eso es todo. Pero si no la quieres…

—No —dijo Ali, pero en lugar de devolvérmela, se levantó y la tiró a la basura—. Para empezar, no quiero que las cosas parezcan menos horribles. Quiero sentirlas como son en realidad.

¿Ahora quién se pone sentenciosa?, pensé, pero en lugar de verbalizarlo, me levanté y vacié el vino en el fregadero.

—Creo que voy a ducharme. Antes me ha pillado la lluvia, y he estado andando con la ropa mojada durante horas.

Hablé con voz deliberadamente neutral, pero por dentro echaba chispas.

—Eso es lo que haces, ¿verdad, Jeanne? Cuando las cosas se ponen incómodas, te vas de la habitación. Encuentras algo que haya que limpiar. Tomas una píldora. Te castigas la piel con agua caliente hasta que ya no puedes sentir nada más. ¡Habla conmigo!

Mientras hablaba, recreé en mi mente la letra violentamente inclinada que había visto en el diario. Pero antes de que pudiera decir nada más, estaba a salvo tras la puerta del cuarto de baño, despojada de las ropas que empezaban a oler a moho. Con la ducha a tope, sí, y el agua muy caliente. Lo bastante para irritar la piel. Lo bastante caliente y lo bastante a tope para que, si Ali continuaba hablando, no la oyera. No pudiera sentir el impacto de sus palabras.

Cuando salí del cuarto de baño, Ali seguía en el mismo sitio, con la vista clavada en el fuego de su estufa de leña.

—Deberías irte a la cama. Mañana tenemos clase —dije.

Deambulaba de un sitio a otro con mi eficiencia habitual. Repitiendo mi rutina cotidiana. Me había limpiado los dientes con seda dental, aplicado crema de noche y contorno de ojos, y estaba a punto de doblar mi ropa. Pese a que había hecho la bolsa a toda prisa, había recordado incluir un traje gris ajustado con zapatos de tacones negros, indumentaria muy adecuada para un día de luto.

Sin duda, el instituto proporcionaría asistencia psicológica a las chicas que se congregarían ante la oficina, con el rímel corrido, y a los chicos que intentarían aparentar estoicismo, pero cuyos ojos estarían nublados a causa de la confusión. Probablemente los mismos estudiantes que, unas semanas antes, se reían de Brian y repetían todos los detalles de su «ruptura» con Ali, pensé.

—Mañana no iré a trabajar, y tú tampoco —dijo sin apartar la vista del fuego.

Me senté frente a ella, con los zapatos todavía en la mano.

—¿Has perdido el juicio? Si no apareces en el instituto mañana y te paseas delante de los estudiantes y los profesores con la cabeza bien alta, lo interpretarán como una señal de debilidad.

—¿Es que no me has escuchado? Soy culpable, Jeanne. Quizá no por completo, pero tuve un papel importante. En este momento, la única manera de honrar la memoria de Brian es ser sincera respecto a mis equivocaciones. No esconderme de ellas, ni intentar protegerme de la culpa.

Sacudí la cabeza.

—Lo siento, pero no entiendo que permitir que la gente diga cosas horribles de ti sea una forma de honrar la memoria de Brian. Esa gente no sabe nada de vuestra relación.

Y entonces Ali hizo algo que me dejó estupefacta. Se echó a reír.

—No lo acabas de entender, ¿eh, Jeanne? Me importa un bledo lo que la gente diga de mí. Nunca me ha importado. La gente que se regodea en chismorreos desagradables se despertará una mañana y descubrirá que su vida es tan fea como sus palabras. Por hermoso que sea su exterior.

Una vez más, me sentí disgustada. *¿Ali estaba hablando de mí?*

Como si leyera mi mente, tomó mi mano.

—No hablaba de ti, Jeanne. Tú no tienes ni un átomo de maldad en el cuerpo. Tal vez seas un poco cobarde, pero malvada no.

¿Era su idea de un cumplido? Como me sentía incómoda, intenté soltar mi mano.

—Bien, puede que tú no vayas a trabajar mañana —murmuré—, pero yo he de ir. Los chicos estarán destrozados. Han de ver a los adultos comportarse como de costumbre.

Pero Ali no soltó mi mano.

—En eso sí que eres buena, ¿eh, Jeanne? Comportarse como de costumbre, pase lo que pase a tu alrededor. Hacer las camas y lavar los platos mientras la casa arde. Fingir.

Ya me había puesto en pie, pensando en las píldoras de mi bolsa de viaje, los pequeños magos que me ayudarían a olvidar las palabras de Ali. Sus opiniones. Las píldoras que me ayudarían a dormir como un tronco, como siempre, hasta que llegaba la hora de levantarse y perderme en mis rutinas. Pero una palabra me detuvo: fingir. Era la misma palabra que Jamie había utilizado para describir las interacciones de nuestra familia.

—¿Así crees que es mi vida? —pregunté.

Una vez más, Ali asió mi mano.

—Lo siento —dijo, pero se negó a retirar sus palabras. Su acusación.

Esta vez, no había escapatoria. Ningún trabajo inútil al que necesitara entregarme en aquel preciso momento. Ninguna oportunidad de tragar una píldora y tumbarme a la espera del dulce rescate del olvido. Cuando logré liberar mi mano, no había ningún lugar al que huir. Me senté en el sofá al lado de Ali, apoyé la cara en mis manos y lloré.

Ella me acarició la espalda.

—¿Sabes de lo que más me arrepiento? —dijo—. Sabía que Brian tenía problemas graves, y jamás hice nada al respecto. Es una equivocación que no volveré a cometer.

Sentí que me encrespaba.

—¿Qué quieres decir? ¿Que soy como Brian?

—Sólo digo que, a veces, me preocupo por ti, Jeanne. Y por tu hijo. En algunas ocasiones, he visto a Jamie merodeando delante de mi despacho, como si quisiera hablar, pero cuando le llamaba, salía corriendo. Como hiciste tú hace unos minutos.

Al instante, mi mente reprodujo la caja de zapatos que había encontrado en la habitación de Jamie. Me sentí asfixiada de calor. ¿Lo sabía Ali? Antes había culpado a Brian del acoso, de los objetos que desaparecían de su casa, pero ¿lo creía a pies juntillas?

—Eres una mujer atractiva. Montones de estudiantes se sienten intrigados por ti.

—¿Sabes lo que veo cuando miro a Jamie? —dijo sin hacer caso de mi intento de disfrazar la fascinación de mi hijo por ella—. Me veo a su edad.

—¿Tenías problemas de peso cuando eras adolescente? —pregunté, sorprendida por la comparación.

Ali negó con la cabeza.

—No tiene nada que ver con el aspecto externo. Para gente como Jamie y como yo, cada espejo es como un espejo de la casa de la risa. Lo miras y ves un pedazo de mierda, da igual lo que te esté mirando. Jamie utiliza la comida para huir de ese espejo, y yo... Bien, digamos que tenía mis propios métodos. Pero en un par de ocasiones, le he mirado a los ojos y he visto su tristeza. Es una tristeza que conozco muy bien.

Para entonces, yo estaba completamente desconcertada. Jamie tenía problemas, desde luego, más de los que Ali podía imaginar. Pero triste no era. Había sido un niño feliz desde que nació. Incluso ahora, sus carcajadas estentóreas podían oírse en todo el instituto, lo cual me tranquilizaba, porque significaba que la situación no era tan mala como yo pensaba. Los ojos de Ali reflejaban tal comprensión que recordé la primera vez que la había visto en el pasillo, cuando el estuche oscilante de su violín había despertado recuerdos de mi hermano. Por un momento, estuve tentada de contárselo todo. Las escuchas. La caja de zapatos. La expresión imperturbable de Jamie cuando le planté cara en el camino de entrada. Una expresión tan indiferente y fría que no había ni rastro del Jamie que yo conocía.

Por suerte, sonó el teléfono antes de que tuviera la oportunidad. A juzgar por las respuestas de Ali, deduje que era nuestro director, Simon Murphy. Por lo visto, apoyaba la decisión de Ali de quedarse en casa al día siguiente.

—Tiene razón, por supuesto. Mi presencia sólo contribuiría a aumentar el caos —dijo. Me hizo una seña e indicó el vino. Me levanté y le serví otra copa.

Cuando volví, estaba contestando a una pregunta sobre su estado de ánimo.

—Estoy bien, en serio —dijo—. Jeanne está conmigo. Se quedará a dormir.

Al parecer, Murphy le pidió que me pusiera.

—Me alegro de que estés con ella, Jeanne —dijo después de que Ali me pasara el teléfono—. Mucha gente no se siente tan generosa con Ali en este momento.

—No hay… ningún problema —dije con voz entrecortada, y confié en que Ali no dedujera nada de mi tono.

—Temo que, en cuanto la noticia corra por el instituto, pueda recibir llamadas desagradables. ¿Por qué no te tomas el día libre y te encargas del teléfono? Estoy seguro de que esto es lo bastante difícil para ella, sin necesidad de escuchar a un montón de charlatanes sentenciosos.

Vacilé. Lo último que deseaba era quedarme en casa con Ali todo el día, mientras se dedicaba a psicoanalizar a mi familia.

—Los teléfonos también echarán humo en el instituto —contesté sin convicción—. ¿No cree que me necesitarán ahí?

—Nos las arreglaremos, Jeanne. Además, tú también lo estarás pasando mal. Brian y tú erais muy amigos.

—Bien, sí, pero quiero…

—Nos veremos el martes por la mañana —cortó Simon antes de que yo pudiera insistir.

Después de colgar, pensé un momento en llamar a casa e informar a mi familia de mis planes para las siguientes veinticuatro horas. Pero entonces recordé la mirada que Jamie me había dirigido en el camino de entrada. «Odio» era la única palabra que la describía. Quizás Ali tenía razón. Quizá yo necesitaba dedicar todo un día a pensar en mi vida. Todo un día alejada de las rutinas. Alejada del lugar que había considerado un símbolo de mi buen gusto y mi éxito, mi posición social, la esposa del doctor Cross. Ahora mi hogar se me antojaba una cárcel en que los culpables volvían a sus celdas al anochecer, cada uno a su vida secreta: yo a mis rutinas embrutecedoras, Jamie a las bolsas de tentempiés salados y grasientos que jamás colmaban su apetito, y Gavin a bebidas cada vez más fuertes, y a lo que él llamaba sus «medicamentos».

Aquella vida había terminado. Para aportarme una prueba tangible, me levanté y tiré mis frascos de píldoras a la basura. Después, temerosa de que intentara recuperarlos, volví y vacié su contenido en el retrete. Mientras veía mis pequeñas escapatorias azules desaparecer en el agua remolineante, supe lo que tenía que hacer. Por la mañana, llamaría a Erin Emory. No conocía en persona a la psiquiatra, pero había visto su nombre en muchos de los frascos que guardábamos en la consulta de la enfermera, y sabía que gozaba de una reputación excelente. Tal vez ella sería capaz de desvelar el enigma en que mi hijo se había convertido.

Era extraño. Acababa de pasar uno de los peores días de mi vida, pero por primera vez en muchos años me fui a dormir sin ayuda química. Y por primera vez en muchos más años experimenté una curiosa sensación que se extendía por mi pecho y que disolvía la habitual tensión agazapada tras mi esternón. Era una sensación tan rara que tardé mucho rato en reconocerla: esperanza.

14

Después de armarme de valor para llamar a la consulta de la doctora Emery, pasé el resto del día ensayando cómo se lo iba a decir a Jamie. No me quedaba mucho tiempo. La espera normal de una cita eran dos meses, pero la doctora Emery tenía reservada una hora los miércoles para pacientes que podían ser considerados un peligro para ellos mismos o para los demás. Estaba temblando cuando dije que sí, mi hijo coincidía con esa descripción. Quizá.

—Miércoles, a las once de la mañana —dije, repitiendo las palabras de la secretaria. Al instante, Ali se puso en pie de un brinco y buscó en un cajón una hoja de papel. Anotó el día y la hora con la tinta violeta que utilizaba en el diario, y después las subrayó. *Miércoles, once de la mañana.* Me quedaban dos días para convencer a Jamie de que subiera al coche conmigo y me acompañara a la consulta de la doctora Emery. Sólo pensaba en la mirada que me había dirigido en el camino de entrada cuando le planté cara. Si no hablaba con su propia madre, ¿cómo iba a esperar que desvelara sus demonios a una absoluta desconocida?

Ali y yo nos pasamos en pijama toda la mañana, sin hablar demasiado pero consoladas por nuestra mutua presencia. Por la tarde, ella fue al cuarto de música y tomó su violín. La observé a través de las puertas cristaleras, asombrada por el cambio efectuado en su cara cuando empezó a tocar. Las arrugas fruto de la tensión y la edad, tan destacadas durante las últimas veinticuatro horas, se relajaron, y recuperó la expresión luminosa que había atraído tanto a Jack como a Brian. Mientras la miraba, comprendí por primera vez el secreto de su carencia de edad. Era la música, un mundo particular de belleza y fantasía en que podía entrar siempre que le apetecía con sólo levantar su violín.

Me fui a eso de las tres, con la esperanza de pillar a Jamie antes de que Gavin llegara a casa. Si se enteraba de que había concertado una cita para Jamie con una profesional, montaría en cólera.

Ali me abrazó un largo momento antes de irme.

—Irá —dijo, al intuir mi nerviosismo—. En el fondo, Jamie desea ayuda. Lo sé. No dejes que Gavin te lo impida. Esto es demasiado importante, Jeanne.

Su abrazo y su perfume persistente me dieron fuerzas cuando tomé el camino de entrada. La casa que antes había considerado mi refugio se me antojaba ahora un lugar hostil. Al menos Gavin no había llegado, pues su coche no estaba. Raras veces llegaba a casa antes de las seis, pero después de los acontecimientos de las últimas veinticuatro horas, podía ser que apareciera en cualquier momento.

Apenas había salido del coche para sacar la bolsa de viaje cuando Jamie salió a mi encuentro, con sus pantalones de chándal favoritos y una camiseta que le venía pequeña. Una vez más, me alegré de que estuviera en casa, pero su expresión consternada, casi de pánico, me alarmó. Iba descalzo, como si no notara el suelo frío o las piedras que arañaban sus pies, y se arrojó en mis brazos como cuando era pequeño.

Si bien no iba vestido para el tiempo que hacía, su piel estaba sudorosa y tenía la cara sonrosada.

—Mamá —repitió una y otra vez, aferrado a mí—. Mamá, mamá, mamá.

No estaba segura de si intentaba buscar consuelo o sólo recordarme mi papel.

—Vamos adentro, cariño —dije, y paseé la vista a mi alrededor para ver si alguien estaba espiándonos desde las ventanas.

Jamie retrocedió un paso con aspecto consternado. El tono rubicundo de su cara se intensificó todavía más. ¿Era éste el chico que Ali había visto cuando merodeaba cerca de su despacho?, me pregunté. ¿El chico que había descrito como triste? ¿Qué haría falta para que aquella tristeza se convirtiera en ira, incluso en rabia?

Me colgué la bolsa de viaje al hombro y me dirigí a buen paso a mi casa.

—Será mejor que entres antes de que pilles una pulmonía. Te prepararé un chocolate caliente con crema batida de verdad.

Era una de sus golosinas favoritas, pero cuando se la ofrecí, oí la voz de Gavin, acusándome de sabotear la dieta de mi hijo. Detrás de mí, Jamie subía con movimientos desmañados por el camino de piedra, pero no contestó.

Al entrar, advertí de inmediato que la cocina estaba hecha un desastre. La encimera se hallaba sembrada de cuencos de cereales del desayuno, así como de rastros de todo lo que Jamie había comido después de clase. También reparé en que había usado mis nuevos cuencos de gres, en lugar de los habituales de porcelana.

—Al menos, podrías haber enjuagado los platos en el fregadero. Ya sé que cargar el lavavajillas es mucho pedir, pero los cereales se han pegado tanto que tendré...

—Lo siento, mamá —interrumpió Jamie, y esta vez, había tanta tristeza en su voz que no pude pasarla por alto.

Me volví con el ofensivo cuenco de cereales en la mano y le vi en la puerta con sus ojos castaños inundados de lágrimas. Era evidente que se estaba disculpando por algo más que no guardar los Rice Chex, o por dejar migas sobre la encimera. Una vez más, un eco indeseado invadió mi cerebro. Esta vez era la voz de Ali: *Eso es lo que haces cuando te sientes incómoda, ¿verdad, Jeanne? Te vas de la habitación, tomas una píldora, limpias un cajón, cualquier cosa que te impida sentir... ¿No es así, Jeanne? ¿No es así?*

El pesado cuenco resbaló de mis manos y se hizo añicos en el suelo, pero ni Jamie ni yo nos dimos cuenta.

—Oh, Jamie —dije, y me derrumbé en sus brazos, o dejé que se derrumbara en los míos, no estoy segura—. No eres tú quien debería disculparse. Lo siento. Lo siento mucho más de lo que imaginas.

Los dos prorrumpimos en sollozos. Sin embargo, al oír el sonido de un coche en el camino de entrada, nos pusimos tensos y rompimos el abrazo.

—Sólo es Brad —anunció Jamie desde detrás de la ventana, observando el vehículo debajo de la persiana—. ¿Puedes decirle que no estoy en casa?

Su alivio al ver que no era su padre sólo podía compararse con el mío.

Una vez que nos deshicimos de Brad, Jamie se sentó delante de mí en un taburete de la isla y se secó las lágrimas con la palma de la mano.

—Necesito decir esto, mamá —empezó.

Le miré fijamente.

—Siento la forma en que te hablé ayer, y también… —Bajó la cabeza, incómodo, y después cogió una servilleta y la retorció entre los dedos— y todo ese rollo de la señora Mather.

Cuando alzó la vista, sus ojos eran tan lastimeros que sólo pude esperar a que continuara.

—Nunca fue mi intención hacerle daño, mamá. Te lo juro.

—Pero entraste en su casa por la fuerza, Jamie. Y no sólo una vez. Te llevaste cosas. ¿Tienes idea de lo grave que es eso?

—Sólo era… curiosidad —dijo sin convicción.

—¿Curiosidad? ¿Así lo llamas? Bien, el estado lo llama delito grave. Se paga con la cárcel. —No expliqué que, como era menor de edad, le habrían tratado con más benevolencia. Quería asustarle tanto como lo estaba yo. Quería que se sintiera tan asustado como Ali—. ¿Por qué, Jamie?

Se encogió de hombros.

—La primera vez sólo quería hablar con ella. Vi su bici y las luces encendidas, pero cuando llamé a la puerta no contestó nadie, así que probé la puerta. Pensé que debía estar en casa y entré. No sé, mamá. La casa parecía tan acogedora con las luces encendidas y la puerta abierta… No creí estar haciendo nada malo.

—¿Y después? ¿Cuando Ali empezó a cerrar la puerta con llave y tú tuviste que forzarla para entrar? ¿Cómo lo justificas?

—Supongo que se convirtió en una especie de juego entre los dos. Sólo ella y yo. Me hacía sentir…, no sé, importante.

Me levanté y empecé a pasear de un lado a otro de la cocina.

—¿Necesitas aterrorizar a una mujer para sentirte importante, Jamie? ¡Por el amor de Dios!

Mi hijo volvió a reprimir un sollozo.

—Vale, mamá. Ya he dicho que lo sentía. Te prometo que nunca más volveré a acercarme a su casa. Haré lo que quieras. Iré a pedir disculpas a la señora Mather. Incluso iré a la comisaría de policía y lo confesaré todo. Pero has de prometerme una cosa.

Su cara parecía tan infantil, tan absolutamente inocente, que casi lancé una carcajada. ¿En serio pensaba que esto era como cuando tenía cinco años y robó el coche Matchbox de su mejor amigo? ¿Que bastaba con decir lo siento y todo quedaba solucionado?

Mi siguiente pregunta habría tenido que ser sencilla: ¿qué quería Jamie que le prometiera? ¿Qué podía ser tan importante para arrostrar el peligro de confesarse ante Ali, ir a la policía, y hasta la posibilidad de ser enviado a un centro de menores? Pero yo estaba tan concentrada en lo que sucedería si esas cosas ocurrían que no lo pregunté.

En casa de Ali, la idea de transgredir los edictos no verbalizados de Gavin se me había antojado no sólo posible, sino la respuesta. Pero aquí, entre los muros de mi blanca y amplia cocina, era la perspectiva más terrorífica imaginable. Tal vez Gavin no fuera perfecto, pero criticaba a Jamie sólo porque le quería. Y por estancada que estuviera nuestra relación, casi nunca discutíamos. ¿Cuál era mi mayor queja? ¿Que nuestra vida sexual no era la materia de la que estaban hechas las novelas y las películas? ¿O que pasaba demasiado tiempo en su estudio, leyendo trabajos de investigación?

Ahondando más, sentí que mi temor más profundo formulaba la verdadera pregunta: ¿qué era yo sin él? La vulgar Jeanne, cuyo hermano había muerto en un trágico accidente y cuyos padres nunca se habían recuperado del golpe. La pobre Jeanne, cuya familia nunca pudo reunir el dinero (o la voluntad) de dar una entrada por la casa más modesta, ni ahorrar para la educación de su hija superviviente. Cuando pensaba en ellos, recordaba el sonido de sus zapatillas cuando deambulaban por la casa arrastrando los pies. Un símbolo de su derrota en una casa donde las únicas voces que se oían eran las de la televisión, un leve murmullo que llenaba sus vidas, llenaba la casa alquilada, se infiltraba en mis sueños. Era el sonido de la desesperación, una desesperación de la que sólo escapaban cuando escuchaban música, o en Navidad, cuando mi madre se vestía con elegancia para asistir al concierto anual de Bach.

Pero no habían engañado a nadie en la ciudad. Sabía que daba pena a la gente cuando iba al colegio con leotardos agujereados y vestidos demasiado pequeños. Esa pena me había seguido e impulsado durante toda mi vida. No, no volvería a ser esa chica. No volvería a ser esa chica, costara lo que costara.

—No seas ridículo, Jamie —dije con más aspereza de lo que deseaba—. Si cuentas la verdad a Ali, no sabemos cómo reaccionará. Y la idea de acudir a la policía está descartada.

Al darme cuenta de que era la oportunidad perfecta, busqué en mi bolso y saqué la hoja de papel donde Ali había garabateado el día y la hora de la cita de Jamie con la doctora Emery, con sus dramáticos remolinos violeta.

—Te he concertado una cita para que hables con alguien —expliqué, y le pasé la nota.

—¿La doctora Emery? ¿No es una… loquera? ¿Cómo? ¿Crees que estoy mal de la olla?

—No, claro que no —dije, aunque la verdad era que ya no tenía ni idea de lo que pasaba por la cabeza de Jamie. Sólo sabía que estaba más obsesionado con Ali de lo que confesaba—. Has dicho que irías a ver a la señora Mather porque querías hablar. Bien, a esta persona la pagan por escuchar. Es alguien que puede ayudarte.

Contempló el pedazo de papel, y después lo convirtió en una bola. Esperaba que su siguiente movimiento fuera arrojarla a la basura. Sin embargo, algo le impulsó a cambiar de idea. Colocó la bola de papel sobre la isla y la alisó con el canto de la mano, y después me miró. Sólo pude pensar en su expresión cuando tenía cinco años y no fue admitido en el equipo de T-ball*, mientras Gavin proyectaba su silenciosa decepción desde las gradas.

—De acuerdo, mamá. Iré. Pero antes has de prometer una cosa.

—¿Prometer qué, Jamie? —pregunté por fin. Percibí una nota de impaciencia en mi voz.

—Prométeme que nunca más me volverás a dejar solo —dijo con un hilo de voz.

—Por el amor de Dios —dije—. Sólo he estado fuera un día, y no has estado exactamente solo.

—Prométela, ¿vale, mamá? —insistió—. De lo contrario, olvídate de que vaya a contar mi vida a una loquera.

Estaba a punto de acceder a regañadientes, pero me interrumpió el sonido de la puerta al abrirse. Tanto Jamie como yo nos encogimos cuando Gavin entró en casa con su habitual jovialidad forzada.

—Vaya, vaya, me alegro de ver a toda la familia reunida para darme la bienvenida.

Se acercó y me dio un beso en la mejilla, pero sus labios estaban tan helados que me quemaron.

—¿Os he interrumpido? Ponéis cara de haber sido sorprendidos con las manos en la masa.

—De hecho, estaba hablando con Jamie del examen de álgebra. Cree que le ha salido muy bien, ¿verdad, cielo? —dije, asumiendo sin problemas mi papel habitual.

Pero cuando Gavin nos dio la espalda, miré a Jamie y dije con los labios, «lo prometo». En aquel momento, por supuesto, no tenía ni idea de lo mucho que aquella promesa significaba para mi hijo. Ni de lo que nos iba a costar su incumplimiento.

* Deporte basado en el béisbol, cuyo propósito es formar a jugadores jóvenes y desarrollar sus aptitudes para el béisbol. *(N. del T.)*

15

Al día siguiente, en el instituto, las cosas se habían calmado de manera considerable. Beth Shagaury había decidido enterrar a Brian en privado. De esta forma, los estudiantes no se verían obligados a enfrentarse a la cruda visión de la muerte de alguien lo bastante joven para poner a prueba su sensación de inmortalidad adolescente. No habría funeral en el que la gente que había ignorado al profesor de manualidades, o peor todavía, que se había regocijado de su caída cotidiana en el instituto, pudiera dar rienda suelta a las emociones provocadas por su pérdida. Incluso el anuncio de las exequias en el periódico sólo daba la información esencial. *Brian Shagaury, 32 años, padre de…, hijo de…, hermano de…, profesor de la Bridgeway High School.* Mientras lo leía, imaginé los ojos hambrientos de la ciudad, los corazones insaciables, desesperados por algo que consiguiera hacer más llevaderas sus miserables vidas, mientras lo devoraban con avidez. Pero no había nada. Incluso la sórdida muerte en el motel, con toda su desesperación anterior y las terribles imágenes que conjuraba, había sido purificada con la frase habitual y anodina: *murió repentinamente.* Lo único que podía dar pábulo a las habladurías era la llamativa omisión del nombre de Beth en la lista de supervivientes.

Había parado camino del instituto para comprar una docena de rosas, que deposité sobre una mesa delante de la oficina con una pequeña tarjeta de buen gusto: EN RECUERDO DE BRIAN SHAGAURY: PROFESOR, COLEGA, AMIGO. Casi todo el mundo que pasaba se detenía un momento, las chicas acercaban la nariz al dulce perfume y los chicos acariciaban la tarjeta como si quisieran asimilar las palabras a través de las yemas de los dedos. Daba la impresión de aportar el tipo de recuerdo contenido que todos necesitábamos. De hecho, todo el mundo demostró tal respeto que nadie dijo una palabra poco amable cuando Ali tomó una rosa y la puso en un jarrón de su aula. Al menos, que yo me enterara.

Cuando Simon Murphy entró en mi despacho para agradecerme el gesto, mencioné de pasada que Jamie tenía cita con el dentista el día siguiente a las once. Él y yo estaríamos ausentes del instituto una hora, más o menos. El director aceptó de inmediato, sin sospechar nada. Durante el resto de la jornada estuve demasiado ocupada para pensar. Había un montón de correspondencia del día que me había tomado libre que requería mi atención, y daba la impresión de que todos los profesores del instituto necesitaban mi ayuda. Había que fotocopiar formularios, pasar notas al ordenador e imprimirlas. Pero, como de costumbre, la actividad me gustaba. Por más monótono y «frustrante» que Gavin considerara mi trabajo, yo sabía que no era así.

Dieron las tres sin darme cuenta. No obstante, Ali estaba trabajando con un estudiante de violín particular, y yo aún tenía cosas que hacer en la oficina, de modo que nos quedamos en el instituto una hora más. El día había transcurrido con tal rapidez que ni siquiera había fumado un cigarrillo. Tal vez hoy lo dejaría de una vez por todas, dije a Ali cuando la llevaba a su casa.

Estaba tan contenta por los cambios positivos que se estaban produciendo en mi vida que apenas reparé en su semblante melancólico camino de casa, ni en cuántas veces olía la rosa que se había llevado. Sólo después de que bajara del coche me di cuenta de que habría debido ser más sensible. Ni siquiera le había preguntado si alguien había hecho comentarios sarcásticos durante el día. O cómo llevaba su pena interior. Aún continuaba pensando en Ali cuando entré mi calle y vi algo desagradable en el camino de entrada: el Mercedes blanco de Gavin.

—Mierda —mascullé mientras aparcaba detrás—. ¿Qué está haciendo en casa a esta hora?

Sin pensar, busqué en el bolso mis cigarrillos y encendí uno.

Estaba todavía en el camino de entrada, fumando y apoyada contra mi todoterreno cuando Jamie salió como una exhalación de la casa con la cabeza gacha. Ni siquiera miró en mi dirección cuando pasó a mi lado. Al principio, pensé que estaba tan preocupado que no me había visto. Pero cuando le llamé, siguió adelante.

Sólo cuando llegó al final del camino de entrada se volvió.

—¡Sabía que era una mala idea! —gritó con el rostro congestionado por una furia que yo jamás había visto.

—¿De qué estás hablando, Jamie? —pregunté al tiempo que tiraba el cigarrillo y lo pisaba.

—Has conseguido que mi situación empeore un cien por cien, eso es todo. Ni siquiera sé por qué te hice caso, joder.

Me quedé estupefacta durante un momento, mientras veía al hijo que no conocía revelar su rostro por segunda vez. Cuando le llamé para que se detuviera, ya se encontraba a mitad de la calle.

Después del encuentro, entré en la casa con cautela, como si esperara que el caparazón que nos cobijaba reflejara el tumulto que había visto en Jamie, pero mi reluciente cocina y el sonido del jazz que Gavin escuchaba a veces en su estudio me tranquilizaron. Su chaqueta estaba colgada pulcramente en el ropero, y cuando pasé el dedo por la encimera y lo acerqué a la nariz, el aroma a lima me tranquilizó. Tal vez lo que había disgustado a Jamie no tenía nada que ver con Gavin. Nada que ver conmigo. Tal vez su hostilidad en el camino de entrada era una simple explosión adolescente desencaminada. Me serví una copa de vino y busqué en el bolsillo el trozo de papel en el que Ali había apuntado la cita de Jamie. Tranquilizada, me quité los zapatos, me senté en un taburete y cogí el periódico.

—¿Vienes por aquí a menudo? —dijo Gavin, y me sobresaltó cuando se sentó en el taburete de al lado. Dejó su *gin-tonic* sobre la encimera y sonrió sin humor.

—¿Perdón? —contesté, tan asustada por su repentina aparición que derramé un poco de vino de la copa.

Gavin se puso a limpiar la mancha con una servilleta.

—Era una broma, querida. Un fallido intento de humor. Algo que no abunda mucho en esta casa, fallido o no.

Reconocí al fin la tonta frase para ligar y forcé una sonrisa.

—Lo siento. Supongo que tenía la cabeza en otra parte. Ha sido un día muy difícil en el instituto.

—Oh, sí, casi me olvido de vuestro drama—dijo arrastrando las palabras—. ¿Cómo lo lleva la pobre señora Mather?

Me levanté de un salto, nerviosa, fui al fregadero a buscar una esponja y empecé a frotar la mancha que mi marido ya había limpiado.

—No es una broma, Gavin. Ese hombre tenía hijos pequeños —dije, intentando contener mi exasperación. Aunque me negué a mirar en su dirección, notaba que me estaba observando. Sentí de nuevo el nudo habitual detrás del esternón, y estuve a punto de lanzar una exclamación ahogada.

—Por favor, Jeanne, reserva tus sermones sobre la seriedad de la vida para la gente que los necesita —dijo, y esta vez su voz era tensa—. Gente como tu amiga, que juega con las vidas como piezas de un tablero de ajedrez.

—Yo... no quería darte un sermón, Gavin. Sólo... —tartamudeé, pero de repente me quedé en blanco. Sólo podía pensar en escapar de la cocina—. Iba a subir a cambiarme de ropa.

Pero él se levantó y me cortó el paso.

—Pensaba que íbamos a tomar una copa juntos. Como en los viejos tiempos. ¿Te acuerdas de los viejos tiempos, Jeanne? —Sonreía una vez más, pero sus ojos eran inflexibles—. Fueron buenos tiempos, ¿verdad?

Me senté en el taburete y tomé un sorbo de vino.

—Sí, buenos tiempos —murmuré, pero no resultó muy convincente, ni siquiera a mis oídos.

—¿Te has preguntado alguna vez por qué me casé contigo, Jeanne?

Volví la cabeza en su dirección cuando hurgó en mi mayor fuente de inseguridad: el temor de que nunca había sido lo bastante buena para mi marido médico. Estaba demasiado estupefacta para hablar.

Gavin me palmeó la mano con fingida ternura.

—No quiero sacar a colación un punto sensible, querida, pero ambos sabíamos lo que decía la gente. Que me había casado por debajo de mis posibilidades. Una chica inculta de origen humilde. Una chica que se esforzaba tanto que casi resultaba embarazoso, pero aun así no podía esconder lo que era.

—He de... he de ir arriba —dije con la intención de huir de sus palabras, de la verdad que había rehuido desde que me había casado con él.

Pero Gavin aferró mis muñecas como la noche en que me fui a casa de Ali.

—¿Y por qué?, se preguntaba la gente. Sí, la pequeña Jeanne era bastante atractiva, aunque no bonita, y sus intentos de ser elegante, si bien meritorios, no dejaban de ser casi risibles...

—Basta —dije, mi voz reducida a una súplica, mientras una imagen de la vulgar Jeanne con tacones de aguja se reproducía en mi mente. Ya estaba llorando, pero Gavin continuaba sujetando mis muñecas como un tornillo de banco.

—¿Así que no quieres saber el motivo? El verdadero motivo de que llevara a la pequeña Jeannie a aquel concierto. De que la llevara a cenar a restaurantes elegantes donde no tenía ni idea de qué tenedor debía utilizar. De que le comprara el anillo de diamantes más grande y chabacano que pude encontrar.

Contra mi voluntad, me descubrí asintiendo. *Sí, lo quería saber. La pregunta que me había atormentado. ¿Por qué Gavin me había elegido a mí, y cuánto tiempo tardaría en darse cuenta de que había cometido una equivocación? ¿Cuánto tiempo tardaría en enviarme de vuelta a la desolación de mi vida anterior, seguida de mi problemático y torpe hijo?*

—Porque pensaba que podía confiar en ti, por eso —dijo, interrumpiendo la cadena de miedos irracionales que desfilaban por mi cerebro—. Y la confianza es muy importante para mí, Jeanne. Se podría decir que lo es todo para mí.

—Pero podías confiar en mí —protesté—. Puedes, Gavin. Suéltame, por el amor de Dios.

Él contempló sus manos como si fueran objetos extraños, como si no fuera consciente de lo que estaba haciendo. Soltó mis muñecas con la misma violencia que había empleado para asirlas. Pareció sorprendido por la huella blanca que su presa había dejado.

Pero continuó como si no me hubiera escuchado.

—Teníamos nuestras diferencias, por supuesto. Sabes que nunca he aprobado la forma en que tratas al chico. La forma en que le mimas y alimentas sus comportamientos adictivos. Pero siempre creí que para ti primaban los intereses de la familia. Sólo estabas equivocada, como cuando apareciste en el hospital con aquel estúpido atavío para solicitar un empleo. Pero ¿cómo podía culparte? Estabas haciendo lo que sabías.

—Todo lo que he hecho ha sido... —empecé, pero perdí la energía para completar la frase. Ya no estaba segura de que Gavin estuviera equivocado. Ya no estaba segura de no ser la causa de los crecientes problemas de Jamie.

Pero daba igual que fuera incapaz de pensar con lucidez o de defenderme. Gavin sólo se estaba escuchando a él.

—Siempre pensé que comprendías la importancia de mi reputación en esta ciudad —continuó—. La importancia de la reputación de la familia. En realidad, ¿qué posee un médico, salvo su buena reputación?

—Gavin, yo... —tartamudeé, antes de comprenderlo todo. La escena de Jamie en el camino de entrada. Las acusaciones de Gavin. De repente, todo adquirió sentido. Casi olvidándome de su presencia, me acerqué al teléfono y apreté el botón de reproducción del contestador automático. Había dos mensajes del día anterior de amigos de Jamie, que aún no se habían borrado, y uno de aquella mañana. Un mensaje que, sin duda, Gavin había oído antes de que yo hubiera tenido tiempo de interceptarlo.

Antes de que la secretaria de la doctora Emery pudiera terminar su mensaje rutinario, en el que recordaba la cita de Jamie al día siguiente, apreté BORRAR. Pero transcurrió un minuto entero antes de que hiciera acopio de valor para volverme hacia Gavin. De todos modos, sentía sus ojos clavados en mí. Acusadores. Llenos de odio.

—Iba a decírtelo —empecé—. Lo juro, Gavin. Iba a decírtelo esta noche.

Pero él ya estaba negando con la cabeza.

—No me insultes con mentiras, Jeanne. Si por una migraña no hubiera tenido que venir a casa antes de lo acostumbrado, no me habría enterado hasta que hubiera sido demasiado tarde.

—¿Demasiado tarde para qué? Dios, Gavin, iba a llevar a Jamie a que hablara con alguien, no a que le practicaran una lobotomía.

—¿Has oído lo que he dicho acerca de la reputación? La doctora Emory es una colega mía, Jeanne —dijo, dándose aires de importancia como de costumbre—. Tal vez para ti sea una desconocida, pero yo la veo en el hospital casi cada día.

—La visita de Jamie iba a ser confidencial. Tú lo sabes. Esa mujer no iba a ir por los pasillos del hospital susurrando las intimidades de Jamie, o las nuestras.

—El único profesional con el que Jamie ha de hablar es con un buen dietista. Algo que tú nunca vas a permitir, ¿verdad, Jeanne?

—Te equivocas —solté. Por una vez, la ira se imponía al miedo—. Jamie tiene problemas que ninguno de los dos sospechaba. Problemas graves.

—Tal vez tú no lo habías sospechado, Jeanne, pero yo te he estado advirtiendo sobre las posibles consecuencias de tus actos durante años. —Me fulminó con la mirada—. Ahora hemos llegado a un punto en que el chico ha cometido delitos graves. Delitos que podrían destruir su vida, si alguien lo averiguara.

La cabeza me daba vueltas. *Lo sabía. Gavin lo sabía todo.*

—¿Quién te lo ha dicho? —pregunté con un hilo de voz.

—Lo sé de buena tinta —replicó. Cruzó la cocina y empezó a prepararse otra copa. Cortó la lima con precisión, y de pronto se enfureció—. Justo antes de que llegaras a casa, Jamie me lo contó todo. Y me prometió que había terminado. Nunca volverá a acercarse a tu amiga.

—Pero ¿y si lo hace? ¿O lo hace con otra persona la próxima vez? Gavin, no podemos ignorar…

—Te he dicho que no volverá a hacerlo —rugió—. Cometió un error, Jeanne, provocado en parte.

—¿Qué estás diciendo, que fue culpa de Ali que Jamie la acosara? ¿Qué fue culpa de ella que entrara en su casa por la fuerza y robara sus cosas?

Se encogió de hombros.

—No estoy absolviendo a Jamie por completo, pero es evidente que esa mujer disfruta con esas cosas. Recientes acontecimientos aportan suficientes pruebas…

—Así que ahora también culpas a Ali de la muerte de Brian, ¿eh? Eso no es justo, Gavin, y tú lo sabes.

—La muerte de Brian no es asunto mío, Jeanne. Ali no es asunto mío. Lo único que es asunto mío es mi hijo, y como ya he dicho, ha asumido su equivocación. Mientras no cometas ninguna estupidez, aquí termina todo. Si insistes en implicar a gente ajena a la familia, es imposible saber cuáles serán las consecuencias.

—Has cancelado la cita —dije derrotada. No era una pregunta.

—Dije a la secretaria que el problema se había solucionado. Como así ha sido.

Asentí en silencio sin mirarle.

—Y haz el favor de no volver a concertarla, Jeanne, porque Jamie ya ha dicho que se negará a ir.

Cuando recordé las palabras de mi hijo en el camino de entrada, no intenté responder. Estaba claro que Gavin estaba en lo cierto. La única vez que recordaba haberme sentido tan desesperada fue cuando había visto el cadáver de mi hermano en su ataúd. Cuando había tocado a escondidas su mejilla y, en lugar de notar el calor del chico que conocía, sentí la dureza de la madera. Del metal. De la tierra rocosa.

Gavin cogió su vaso y se encaminó hacia su estudio, pero entonces se detuvo y se volvió hacia mí en la puerta.

—Una cosa más, Jeanne. Cuando llegaste a casa, tiraste una colilla en el camino de entrada. Ya sabes lo que opino de la basura.

Me limité a mirarle, atontada. Después me puse la chaqueta y salí a buscar la ofensiva colilla, agradecida como siempre de que una tarea de autómata serenara mi mente agitada.

16

Después de esta discusión con Gavin a propósito de la cita con la doctora Emery, Jamie me esquivó, y cada vez pasaba más tiempo con sus amigos. Era la primera vez que yo estaba sola en casa durante períodos prolongados, y estudiaba el contenido de mi propia casa como una arqueóloga que intentara comprender una civilización perdida. Clavaba la vista en las fotografías enmarcadas que había colgado junto a la escalera, los rostros sonrientes de mi familia. Examinaba los álbumes de fotografías y los vídeos que había conservado con diligencia, los cuales documentaban todas las Navidades, todas las vacaciones, todas las pruebas acumuladas de que éramos felices. Normales. Una familia como las demás de nuestra calle, de nuestra ciudad, que nos sonreían desde el televisor.

No sé qué iba buscando exactamente mientras miraba las viejas cintas de vídeo de las fiestas de cumpleaños de Jamie, o de la fiesta de Navidad que dábamos cada año para los colegas de Gavin y sus esposas. Tal vez estaba buscando el momento en que todo se había torcido, algo que explicara la dolorosa soledad que sentía cada noche, cuando los tres nos sentábamos a cenar, o los ataques de angustia que me despertaban en plena noche. Expulsada del sueño, imaginaba haber oído el timbre del teléfono. Pero cuando me sentaba en la cama, empapada en sudor, con mi marido dormido a mi lado, no escuchaba otra cosa que el silencio. Silencio roto tan sólo por el predecible tictac del despertador de Gavin.

La rutina siempre había sido mi lastre, la rutina que casi siempre giraba en torno a mi marido y mi hijo. Ahora que los dos se ausentaban casi todos los fines de semana, no tenía ni idea de qué hacer conmigo. Empecé a frecuentar bares con regularidad. Bien, no eran exactamente bares. Digamos que eran restaurantes con zonas de bar poco iluminadas, donde una mujer sola no destacaba. Allí cenaba en soledad, por lo general una ensalada, o medio bocadillo y sopa, y un par de bebidas exóticas de nombre divertido. Del tipo que la predecible Jeanne nunca pedía, pero que a Ali le gustaba probar: combinados helados, margaritas mango, martinis de colores fluorescentes. Bebía lo bastante para reunir fuerzas de cara a mi auténtica actividad del fin de semana: buscar. Buscar por toda la casa, con todas las luces encendidas, algo indefinible, y que probablemente no deseaba ver. Buscar con la misma energía maníaca y el mismo miedo que había empleado inspeccionando la habitación de mi hijo.

Yo no lo llamaba buscar, por supuesto, ni siquiera para mis adentros. Lo llamaba limpiar. Así, cuando Gavin me preguntaba que había hecho el fin de semana, podía contestar con cierta sinceridad: «Oh, sólo un poco de limpieza general. Si quieres que te diga la verdad, estoy agotada». Esto último, al menos, era cierto. Cada domingo por la noche, cuando Jamie regresaba de pasar el fin de semana en casa de sus amigos, y Gavin volvía de sus congresos, me encontraban aovillada en el sofá, exhausta tras un fin de semana de huronear en armarios y cajones. Suspiraba de alivio cuando cada rincón de la casa investigado de cabo a rabo no deparaba sorpresas, pero una oleada de miedo me asaltaba cuando pensaba en los armarios y cajones que todavía me faltaban por examinar. ¿Estaría allí?, me preguntaba, sin saber muy bien qué era.

No me sorprendió que la habitación de Jamie, que había inspeccionado con la febrilidad y la minuciosidad de un agente del FBI a punto de cerrar un caso muy importante, no aportara más «pruebas». Si se hallaba en posesión de algo susceptible de alarmarme, Jamie había procurado no dejarlo a la vista. Sin embargo, eso no me impidió buscar una y otra vez. Tampoco impidió que me conformara con la normalidad de lo que había encontrado en los rincones oscuros del cuarto: calcetines de gimnasia hechos una bola, paquetes vacíos de tartas de fruta y envases de chocolatinas, exámenes de álgebra arrugados con suspensos y notas de *¡Ven a verme!* escritas en rojo en lo alto de la página. ¿Ves?, me dije, inspeccionando la habitación que había saqueado a plena satisfacción. No había nada de qué preocuparse. Nada que no contuviera la habitación de cualquier adolescente. Cada vez, me sentía como si hubiera vuelto a demostrar algo al cotilla de George Mather.

Como apenas podía calificar de racionales mis búsquedas y frenesís de fin de semana, ya no estaba segura de poder confiar en mi buen entendimiento. Cada vez tendía más a dar la razón a Gavin. Cuando pensaba en los bolígrafos violeta de Ali, en sus peines de concha, en su rostro sonriendo desde el recorte de periódico pintarrajeado con sangre falsa, casi toda mi rabia difusa se dirigía contra ella. Sabía que Ali era la víctima, pero ¿acaso debía ser tan... exhibicionista? Con sus minifaldas y botas, el pelo enrollado seductoramente sobre un hombro, no era de extrañar que un adolescente vulnerable se sintiera cautivado. Casi era como si, de manera inconsciente, hubiera atraído a Jamie hacia su casa, con sus hermosos objetos y el perfume de lirios que usaba.

Después de comprobar que no había nada sospechoso entre las cosas de mi hijo, me dediqué a los rincones de la casa que Gavin había usurpado, y registré sus cajones, organizados con meticulosidad, la bolsa de ginmnasia que conservaba llena y preparada para salir en cualquier momento, su ropero y los bolsillos de todos los trajes y abrigos que tenía. Lo único interesante que encontré fue una llavecita embutida en el fondo del cajón de los calcetines. Sostuve la llave durante unos momentos, dándole vueltas como si pudiera hablar. Después, al imaginar la imperiosa expresión malhumorada de mi marido, la devolví con cuidado a su sitio. Tal vez, la próxima vez que Gavin anunciara su partida, volvería a buscarla, pensé, mientras la tapaba con calcetines.

La oportunidad se presentó dos semanas después. Por una coincidencia, era el mismo fin de semana que las clases terminaban. No había sido la semana más fácil. Tal como había temido, Jamie suspendió dos asignaturas, y apenas logró aprobados en el resto. Yo ya estaba preocupada por cómo iba a decirle a Gavin que nuestro hijo tendría que ir a la escuela de verano si esperaba graduarse con su clase. La cartilla de notas seguía escondida en el fondo de mi bolso, otro secreto más que Jamie y yo ocultábamos a «papá».

Como ya había avisado al instituto, no volvería al trabajo después del verano. Había renunciado. Para entonces, por supuesto, ya estaba convencida de que Gavin tenía razón: yo era la esposa de un médico, con buenos ingresos familiares. ¿Para qué iba a pasar cuarenta horas a la semana en un trabajo que no necesitaba? Sin duda encontraría algo más satisfactorio que hacer con mi tiempo que ordenar fichas o lidiar con adolescentes malhumorados. A esas alturas, casi estaba convencida de que dejar el trabajo había sido idea mía.

De todos modos, me sentía temblorosa y casi mareada cuando me fui del instituto por última vez, cargada con el contenido de mi escritorio y un gran ramo de rosas que Simon Murphy me había regalado. Cuando llegué a casa, Gavin estaba haciendo la maleta. Con una mirada superficial a las rosas, que parecían sangrar en mis brazos, anunció que iba a Burlington, Vermont, a pasar el fin de semana. Por lo visto, iba a encontrarse con otros médicos para hablar de una nueva técnica quirúrgica que se utilizaba en deportistas con lesiones graves de rodilla. Sin embargo, cuando expresé interés por los detalles, me dirigió la mirada intimidatoria que yo conocía tan bien.

—No es algo fácil de explicar a los legos —dijo en tono terminante.

Como siempre, cedí en el empeño. No, la verdad era que no deseaba saberlo y, en cualquier caso, seguro que no lo entendería. Ya estaba pensando en la llave que había sostenido sobre la palma de mi mano tan sólo dos semanas antes. Cuando imaginé que esta vez la iba a desenterrar y utilizar, experimenté una secreta satisfacción.

Aquella noche, después de dejar a mi hosco hijo en casa de Brad, me dirigí a Hannibal's. Intenté no pensar en que Jamie se había quedado absorto en una canción que sonaba en la radio del coche, con la vista clavada en la calle oscura mientras íbamos a casa de

Brad, sin hacerme el menor caso, como Ali cuando nos habíamos conocido. Intenté olvidar que había mascullado un apresurado adiós sin ni siquiera mirarme, o que parecía darle igual su fracaso académico. Tampoco quería pensar en el contenido de mi escritorio del instituto, que había llevado a casa aquella tarde. Quince años de mi vida embutidos en una caja de cartón. Como había hecho tantas veces, me pregunté cómo había permitido que Gavin me convenciera. Casi obligándome a creer que dejar mi trabajo (el único lugar donde me sentía necesitada y controlando la situación) era lo que yo deseaba.

Después de dos cosmos*, pagué la cuenta y me dirigí a casa, pero el alcohol no había borrado la expresión arrogante de Gavin cuando me dijo que yo no entendería la nueva terapia que estaba aprendiendo. Ni el rostro fofo de mi hijo cuando me dio la espalda en el coche. Estaba cansada de los dos. De ellos y de sus secretitos.

La llave estaba donde yo la había dejado. Durante un momento, me felicité por mis aptitudes superiores de detective. Por lo visto, había dejado los cajones y armarios tan limpios que Gavin jamás había sospechado que había registrado sus cosas mientras estaba fuera. Cuando mi mano se cerró alrededor de la llave, la noté pegajosa, pero esta vez no huiría de la verdad. Bajé la escalera y me encaminé sin vacilar hacia la puerta cerrada con llave del estudio.

Gavin había añadido el estudio a la casa cuando la habíamos comprado, y construido su refugio particular con sus propias manos. Cuando me acerqué a la puerta, recordé la primera vez que había entrado en la habitación, emocionada porque el trabajo se había terminado por fin. Pero cuando crucé el umbral, Gavin se levantó al instante del escritorio donde estaba estudiando una ilustración anatómica de la rodilla. «Sí, Jeanne, ¿qué pasa?», dijo, y su postura me impidió avanzar ni un paso más. Más tarde, me dijo sin ambages que debía permanecer alejada de la habitación, que no quería que inte-

* Cosmopolitan, combinado a base de vodka. *(N. del T.)*

rrumpiera sus importantes trabajos. Tampoco debía tocar el ordenador. Aunque Gavin no hubiera cerrado siempre la puerta con llave, Jamie y yo nos habríamos mantenido alejados, rechazados por la expresión sombría que adoptaba cuando sospechaba que habíamos estado cerca del estudio.

Avancé hacia la habitación con la misma determinación alcohólica que había asumido cuando registré las posesiones de mi hijo. Introduje la llavecita que había encontrado en el cajón de los calcetines de Gavin en la cerradura de la puerta del estudio. Aunque nunca había visto la llave, estaba casi segura de que era la adecuada. No obstante, cuando confirmé que así era, cuando se abrió la puerta de la habitación en la que no había entrado más de tres veces en diez años, algo me detuvo. Por más cautelosa que fuera, sabía que Gavin intuiría mi intrusión. Casi le sentía observándome como imaginaba a veces los ojos azul oscuro de George Mather clavados en mí, mientras merodeaba por mi propia casa como una intrusa. Pero esta vez pensar en la irritación de Gavin sólo me proporcionó placer.

Encendí la luz para iluminar la estrecha habitación, y al instante me sentí atraída por su serena elegancia. Las paredes habían sido pintadas de un gris relajante, y una alfombra persa sobre el suelo de madera noble realzaba la calidez de los muebles de roble. Una fuerte vaharada de la colonia de Gavin, y la visión de sus antiguos libros de texto en las estanterías, obsesivamente agrupados por tamaños, de pequeños a grandes, casi me expulsó de la habitación. Pero al recordar su altiva mirada cuando dijo que yo jamás podría entender las técnicas médicas avanzadas que iba a aprender, aparté la silla y encendí el ordenador. No obstante, un veloz examen de los documentos guardados en el archivo de Gavin sólo reveló un presupuesto muy detallado cuya lectura era demasiado aburrida (mi marido era tan tacaño y meticuloso, que dejaba constancia de todas las tazas de café que tomaba en la cafetería del hospital), además de varias carpetas con notas sobre diversos pacientes. Aburrida, cerré el ordenador y contemplé la pantalla apagada.

Entonces me volví hacia el escritorio y empecé a registrar los cajones. La búsqueda tampoco fue productiva, y no reveló otra cosa que la prueba del sentido del orden casi patológico de mi marido. Hasta los sujetapapeles estaban alineados en pulcras filas en su pequeña caja de cartón. La idea de Gavin dedicando tiempo a ordenar sujetapapeles o a asegurarse de que cada lápiz guardado en un bote estaba afilado a la perfección me llenó de asco.

Por si acaso, intenté abrir el último cajón del escritorio y descubrí que, al igual que la puerta de la habitación, estaba cerrado con llave. Saqué uno de los sujetapapeles de su caja y traté de abrirlo. Y como no tuve suerte, registré la habitación con más osadía, intentando imaginar dónde habría podido esconder Gavin la llave. Estaba tan absorta en mi búsqueda, que no me di cuenta de que alguien llamaba con suavidad a la puerta. No me di cuenta hasta que la puerta principal se abrió unos centímetros y oí una voz conocida.

—¿Hola? Jeanne, ¿estás ahí?

Era Sharon Breen, la madre de Toby.

Fue entonces cuando me vi en un pequeño espejo de la pared. Me estaba mirando una mujer que apenas reconocí, con el pelo que se le escapaba en todas direcciones de la horquilla que lo sujetaba, y el rostro meticulosamente maquillado que había llevado al bar borrado por completo a causa del sudor. Pero lo más alarmante eran mis ojos: estaban tan desquiciados que aparté al instante la vista. Tal vez si mantenía una inmovilidad absoluta, Sharon creería que estaba durmiendo y se marcharía.

En cambio, se internó más en mi casa.

—Jeanne, ¿va todo bien? —preguntó.

¿Por qué la gente no paraba de hacerme esa pregunta? Ya parecía George Mather. Salí y me acerqué al vestíbulo, tan irritada que olvidé mi aspecto.

—Bien, por supuesto, todo va bien —dije, incapaz de disimular la irritación de mi voz—. Sólo estaba haciendo un poco de limpieza, eso es todo.

Impresionada al parecer por mi apariencia, así como por mi respuesta tan poco usual, Sharon retrocedió un paso.

—Lo siento —dijo—. No era mi intención entrar sin ser invitada. Es que las luces estaban encendidas, vi tu coche en el camino de entrada y…

Por primera vez, observé el paquete envuelto en papel plateado que sujetaba.

—No, por favor, soy yo la que debería disculparse —dije avergonzada—. Es que… Supongo que me asustaste. ¿Te apetece un té o un refresco?

—No, nada, gracias. Sólo quería darte esto. Has sido una presencia maravillosa en el instituto durante todos estos años. No tengo ni idea de cómo van a sustituirte. —Sharon extendió el bonito envoltorio en mi dirección—. No es gran cosa. Jamie nos dijo que tenías debilidad por el chocolate belga, así que… —empezó, y después tocó mi brazo—. Dios mío, Jeanne, estás temblando. ¿Seguro que te encuentras bien? Porque si alguna vez necesitas hablar… Bien, la gente dice que soy muy buena escuchando.

La pregunta otra vez: ¿todo va bien? ¿Te encuentras bien?

—Estoy bien —dije con sequedad, y acepté el regalo. Pero entonces me recuperé, y procuré hacer gala de buenos modales mientras la acompañaba a la puerta—. Supongo que dejar el trabajo me ha costado más de lo que pensaba. Ha sido un día duro, Sharon, pero te agradezco de veras el chocolate.

Se fue a toda prisa, diciendo las cosas apropiadas, pero nada podía disimular la preocupación de sus ojos. Era evidente que, por más que yo sonriera y asintiera, la verdad ya no podía seguir oculta. Abrí la caja con glotonería y me metí un bombón en la boca. Entonces vislumbré en uno de los espejos, que de repente se materializaban por todas partes, una imagen de mí. Parecía la loca que por fin había escapado del desván.

17

Era domingo por la tarde, y tanto Jamie como Gavin no tardarían en llegar a casa, después de sus actividades del fin de semana. Había sido un día tranquilo y productivo, y había decidido poner fin a mis demenciales búsquedas. Con la cena calentándose en la *Crock-Pot*, decidí darme un baño relajante en la bañera antes de afrontar mi vida. Desenchufé el reproductor de cedés portátil de Jamie y lo llevé al cuarto de baño. Por suerte, esta vez no había empezado a bañarme, y por lo tanto no había agua que se derramara y llenara el cuarto de baño de pompas de jabón perfumadas, cuando lo descubrí, el objeto revelador que había estado buscando sin saberlo. Después de mis búsquedas febriles, estaba delante de mis ojos, tal vez como la verdad lo había estado desde el primer momento, si yo me hubiera permitido verla.

Estaba reuniendo las cosas que necesitaba para el baño, cuando la toalla llamó mi atención. A la brillante luz del cuarto de baño, su blancura mullida destacaba. La recogí y examiné con detenimiento, mientras me preguntaba cómo habría llegado aquel objeto extraño hasta mi casa. Fue entonces cuando reparé en la etiqueta de la esquina: PARK PLAZA, anunciaba con su letra elegante. Aunque aún seguía rechazando de manera consciente las asociaciones que las palabras conjuraban, me puse a temblar al instante.

Hacía años que ni Gavin ni yo íbamos a Nueva York, y jamás habíamos pisado el Park Plaza, pero yo conocía a alguien que sí. Ali se había alojado en el Park Plaza cuando Brian Shagaury colgó una cuerda del ventilador del techo, en un deprimente motel, y puso fin a su vida. ¿Era posible que Jamie hubiera estado en su casa desde entonces y cogido la toalla? ¿Me estaba provocando al dejarla en el armario de la ropa blanca, en lugar de esconderla en su cuarto como la caja de zapatos? Y si había estado merodeando en las inmediaciones de casa de Ali, ¿qué más se habría llevado? ¿Había pasado algo por alto durante mi exhaustivo registro de su cuarto?

Estaba a punto de volver a la desordenada habitación, sembrada de ropas de gimnasia, deberes sin terminar y las huellas de su incesante adicción a la comida basura, cuando una imagen destelló de repente ante mis ojos: vi a Gavin con Ali en el concierto del Cabo. Con ojos en los que brillaba una evidente atracción, estaba inclinado hacia ella con una copa de vino en la mano. Casi contra mi voluntad, las relaciones empezaron a formarse. Si Brian Shagaury no se hubiera suicidado el fin de semana que el cuarteto tocaba en Nueva York, yo no lo habría recordado con tanta claridad. Pero como había estado marcado por la tragedia, recordaba cada detalle de aquel fin de semana. También sabía que yo había estado sola. Fue el primero de los muchos congresos y consultas que habían tenido ocupado a mi marido durante los meses recientes. Aquel fin de semana, afirmó que había asistido a un congreso en Cleveland.

Busqué febrilmente en mi agenda, mientras mis manos temblaban de una forma incontrolable. Localicé la fecha exacta. Escrito a lápiz debajo de ella estaba el nombre del hotel de Cleveland y el número de teléfono que Gavin me había dejado en caso de una emergencia, a sabiendas de que las probabilidades de que le llamara eran cero. Mis manos continuaban temblando cuando descolgué el teléfono de mi cuarto y marqué el número que Gavin me había dejado tantas semanas antes. El teléfono sonó varias veces hasta que alguien contestó. Era tarde ya, y parecía que había interrumpido la siesta de la persona que habló al otro lado de la línea. A juzgar por su voz ronca, supuse que la mujer tendría unos ochenta años.

—Hola, ¿es el Sheraton? —pregunté, aunque ya sabía que no. Tal vez, a causa de mis dedos temblorosos, había marcado un número equivocado, me dije.

—¿El qué? —repitió la mujer, al parecer despierta ya del todo.

—El Sheraton. El Sheraton de Cleveland.

—¿Cleveland? —repitió la mujer, y alzó la voz—. Cariño, ni siquiera te has acercado. Esto es Boca Ratón, Florida. ¿Me estás tomando el pelo? —añadió con más energía.

—No, y lamento haberla molestado —respondí enseguida, pero antes de que la mujer colgara, volví a leer el número que Gavin había escrito con su letra clara, sólo para asegurarme de que no había cometido ningún error. Al inventar el número falso, ni siquiera se había tomado la molestia de buscar el código de zona de Cleveland.

Después de dejar a la pobre mujer continuar su siesta, sujeté el teléfono en la mano. Escuché el tono de marcar y dejé que las cifras del número de Ali desfilaran por mi mente. Aunque mi primer impulso fue llamarla e interrogarla, perduraba una duda torturante. ¿Y si me equivocaba? Repasé las pruebas que había recogido. Hecho número 1: alguien de mi casa se había apoderado de una toalla de un hotel donde Ali se había alojado durante un fin de semana reciente. Hecho número 2: mi marido había mentido sobre su paradero durante ese mismo fin de semana. Aunque era muy acusador, no demostraba nada. Pero como necesitaba respuestas, y las necesitaba ahora, me daba igual ponerme en ridículo delante de Ali. Marqué el número y me contestó un mensaje grabado hacía poco: «Lo siento, pero este fin de semana estaré fuera. Te llamaré el domingo por la noche si quieres dejar un mensaje». Su voz grabada parecía burlona. Era casi como si me estuviera tomando el pelo con la información de que mi marido y ella se habían ido de la ciudad el mismo fin de semana. Pero una vez más, no supe qué hacer. Aún podía tratarse de una coincidencia, ¿no?

Fue entonces cuando pensé en el cajón cerrado con llave, el único lugar de la casa al que Gavin me había prohibido el acceso. Noté que mis manos se serenaban, y mi determinación aumentó cuando abrí el listín telefónico y busqué un cerrajero en las páginas amarillas. Iba a investigar el contenido de aquel cajón antes de que mi marido llegara a casa. Me daba igual a cuántos cerrajeros tuviera que llamar antes de que uno aceptara venir en domingo. El anuncio de

Bob's casi saltó desde la página hasta mi cara: SERVICIO DE URGENCIAS 24 HORAS, anunciaba en mayúsculas.

—¿Me llama para que le abra un escritorio? —preguntó Bob. Estaba de pie en el umbral del estudio, mientras se rascaba la calva, muy similar a una tonsura, rodeada de un círculo de pelo gris que señalaba en todas direcciones. Debía haberle arrancado del sofá, donde estaría viendo algún evento deportivo. Ni siquiera se había peinado—. ¿Sabe cuánto cobro los domingos, señora? ¿No había dicho que era una urgencia?

—Da igual —dije, con ganas de decirle que el dinero era mío, y que yo definía mis urgencias. En cambio, le dediqué mi sonrisa más educada—. He dejado mi medicación ahí dentro, y por lo visto he extraviado la llave. Necesito la medicina ahora mismo, de lo contrario...

Sin embargo, antes de que pudiera describir la urgencia médica que se podía producir si no abría el cajón cuanto antes, Bob sacó una herramienta para forzar cerraduras, sin duda satisfecho.

—¿Tiene la medicina ahí dentro? Bien, ¿qué estamos haciendo aquí hablando?

Abrió sin el menor esfuerzo el cajón que Gavin, sin duda, había considerado a prueba de mí y después se quedó quieto un momento, como si esperara que yo lo abriera y sacara el frasco que afirmaba necesitar. En cambio, lo que saqué fue el billetero que guardaba en el cajón de mi escritorio, donde estaba el dinero para las urgencias.

—¿Cuánto le debo? —pregunté. Ni siquiera me inmuté cuando dijo el precio exorbitante. Sólo deseaba que se fuera cuanto antes, con el fin de investigar el contenido del cajón.

Pero después de haber sido alejado a rastras de su sofá en pleno domingo, y como se sentía un héroe por haberme salvado de un ataque, dio la impresión de que deseaba prolongar su visita.

—¿No va a tomar el medicamento? —preguntó—. Pensé que lo necesitaba ya.

—Lo tomo con leche —dije, y le acompañé hasta la puerta. Vi alejarse su coche.

El cajón, que sin duda debía contener la prueba de la infidelidad de mi marido, continuaba cerrado, aunque ya no había cerradura que me contuviera. Lo abrí con tal fuerza que el contenido (todo papeles) cayó al suelo. Ante mi sorpresa y momentáneo alivio, sólo encontré facturas entre los papeles desperdigados. Gavin insistía en pagarlas él, y nunca me dejaba acercar al talonario que utilizaba para la factura de la electricidad y el pago de la hipoteca. Para mis gastos personales, incursiones en el centro comercial y el pago de las diversas actividades de Jamie, tenía mi propia cuenta. De todos modos, después de tomarme tantas molestias, pensé que debía examinar los sobres escrupulosamente archivados.

Los primeros eran los mismos que Gavin me dejaba para enviarlos por correo a principios de cada mes: el seguro del coche y de la casa, la televisión por cable, la hipoteca. Pero entonces me topé con una factura que nunca había visto. La abrí y comprobé que era de una Visa cuya existencia desconocía. Mi primer pensamiento fue preguntarme por qué Gavin nunca había dejado la factura con el resto, cuando me pedía que las enviara por correo. Sin embargo, en cuanto leí los cargos desglosados, todo quedó claro. De hecho, toda la miserable mentira que era mi matrimonio quedó clara.

Lo primero que vi fue la cuenta pagada en el Park Plaza el fin de semana que Brian Shagaury se había suicidado. Si bien deseaba saber la verdad, tuve ganas de vomitar cuando me asaltó la sensación de haber sido traicionada, mientras examinaba los gastos que mi marido y Ali se habían permitido en el hotel aquel fin de semana. Imaginé el servicio de habitaciones, largos desayunos en la cama, botellas de Dom Pérignon por la noche. Más adelante, por supuesto, examinaría la factura con más detenimiento, y encontraría las cuentas de los hoteles de todas las ciudades donde el cuarteto de Ali había tocado. Pero aquella noche sólo podía ver a los dos en el Park Plaza. Ali con el vestido corto negro que se ponía a veces, el pelo derramado sobre los hombros. ¿Cómo podía haberlo hecho?, me preguntaba una y otra vez, mientras me llevaba la factura a mi habitación. Por extraño que parezca, no fue la traición de mi marido lo que me condujo al cuarto de baño, donde vomité la ginebra que había trasegado en la cocina. Fue la de Ali. La de mi mejor amiga.

Cuando subí, con el sabor ardiente de la ginebra que había vomitado en la boca, me sentía mareada. Había llegado al rellano cuando lo oí: el último movimiento de *Paradise Suite* de Ali, que escapaba por la puerta del cuarto de baño y salía al pasillo, arropándome con su melodía seductora. Indiferente a qué rompía o a quién me veía, levanté el reproductor de cedés y lo tiré escaleras abajo, para silenciar la música de Ali de una vez por todas.

18

Antes de salir de casa, dejé una nota en la puerta de la nevera, diciendo a Jamie que llegaría tarde. Su cena estaba en la *Crock-Pot*. Experimenté cierta satisfacción cuando imaginé la cara de Gavin al leerla. ¿Por qué no le había dejado la nota a él su obediente esposa?, se preguntaría. ¿Cuánto tiempo tardaría en darse cuenta de que la puerta del estudio estaba abierta, y de que habían forzado su escritorio cerrado con llave? ¿Y en descubrir que su secreto, guardado con tanta cautela, ya no era tal?

Compré un vaso extragrande de café en Ryan's y empecé mi vigilancia, espiando la casa de Ali desde la esquina. Varias veces miré en dirección a la casa de Nora Bell, con la esperanza de que la chismosa camarera de la cafetería no hubiera visto mi coche. Pero al parecer, Nora sabía que Ali estaba fuera el fin de semana. No era probable que reemprendiera su espionaje hasta que una luz en la ventana de Ali la informara de que su fascinante vecina había regresado.

Al contrario que yo, Ali dejaba la casa totalmente a oscuras, sin ni siquiera una solitaria luz que le diera la bienvenida, o disuadiera al ladrón y vándalo que la había estado acechando. Lo tomé por otra señal de su propensión a tentar a la suerte, y sentí que mi ira se intensificaba. Aun así, tomé mi café con paciencia, y mi radio transmitió una selección de las melosas canciones que Ali y yo escuchábamos a veces camino del instituto. Sueños de chicas tontas, habíamos llamado a las fantasías inspiradas por dichas canciones. Sueños de chicas tontas que mi amiga continuaba escenificando, sin importarle a quién hiriera. Como la casa a oscuras, las canciones redoblaron mi furia con su ritmo inexorable, sus burlas cantarinas. *Te quiero, nena, te querré siempre*. ¿Cómo me habían llegado a gustar aquellas chorradas?

Eran casi las nueve cuando un abollado Subaru frenó delante de casa de Ali, y ella bajó. Cuando la puerta se abrió y se encendió la luz de dentro, reconocí al intérprete de viola de su cuarteto, aunque desconocía su nombre. Ali se quedó un momento de pie en la acera, agachada hacia el coche, sin duda para facilitarle una buena panorámica de su escote mientras hablaban. Pensé que el Subaru no iba a irse nunca, y cuando lo hizo, Ali continuó fuera y lo siguió con la mirada hasta que desapareció. Después se volvió hacia la casa y pareció vacilar. Afirmaba que ya no tenía miedo, ahora que Brian había muerto, pero me pregunté si sus temores persistían. ¿Tenía miedo de entrar, miedo de lo que podía encontrar dentro? ¿Más pruebas de otra intromisión, más objetos desaparecidos o cambiados de sitio, o quizá, en esta ocasión, el propio acosador, que la esperaba en la oscuridad? Poco sospechaba que el peligro real acechaba en la calle, escuchando el «Be My Baby» de las Ronettes en mi acogedor todoterreno.

Cuando apagué la radio y abrí la ventanilla, estaba lo bastante cerca para oír el repiqueteo de los tacones de Ali en el sendero, y después un golpe sordo. Por lo visto, había dejado en el suelo su bolsa de viaje y el instrumento mientras abría la puerta. Al instante, la luz bañó el porche. La puerta se cerró a su espalda. Como conocía a la intrépida Ali, dudé de que la hubiera cerrado con llave. Me acerqué más, con los faros apagados, aparqué el coche y salí. *Tenía que encender aquellas luces delanteras, ¿verdad?*, me dije mientras avanzaba por el sendero iluminado, con la esperanza de que Nora Bell no eligiera aquel preciso momento para fisgar desde su ventana.

En cuanto me acerqué lo bastante a la casa, el sonido de la sonata *Claro de Luna* de Beethoven flotó hacia mí. Probé la puerta. Tal como había sospechado, no estaba cerrada con llave. Ali estaba en la cocina, canturreando la conocida pieza mientras la puerta de la nevera se abría y cerraba.

Cuando entré en la cocina, la pillé con la boca abierta, a punto de engullir un pedazo de pollo. El pollo cayó al suelo cuando se llevó la mano al pecho.

—No me hagas esto, Jeanne. Casi me ha dado un infarto —gritó, falta de aliento debido al momento de miedo, pero ya sonriente. Al fin y al cabo, sólo era yo, la buena de Jeanne. No había nada que temer de la buena de Jeanne, ¿verdad? Se agachó y empezó a recoger el pedazo de pollo. Percibí el olor del curry en polvo y la dulce fragancia del perfume de Ali—. ¿Desde cuándo estás aquí? —preguntó, al tiempo que alzaba la vista, todavía sin recuperar del todo el aliento—. ¿Va todo bien?

Tal vez había reparado en que todavía no había pronunciado palabra, porque su sonrisa se desvaneció y me miró fijamente. Sondeándome, como hacía su marido. Respiró hondo.

—Necesitaba hablar, y pensé que no te importaría que me dejara caer por aquí... ya que somos tan amigas—dije, intentando reprimir el sarcasmo.

Pero no engañé a Ali. Esta vez fue ella quien guardó silencio, mientras seguía mirándome. Después de tirar el pollo a la basura, se acercó a la cocina y encendió la tetera.

—Voy a preparar té —dijo con voz cansada.

—¿Qué tal una copa? —pregunté—. ¿No es nuestra costumbre habitual cuando nos sentamos a charlar? Suelta la lengua, como dices tú.

—Estoy cansada, Jeanne —dijo Ali, y apagó el gas—. Tal vez mañana podríamos encontrarnos, comer juntas y...

—No, Ali. Ahora. Y mañana no comeremos juntas, ni mañana, ni nunca.

Como no parecía dispuesta a servirme una copa, entré en la sala de estar y saqué una botella de coñac y dos copas balón del aparador. Nos serví a ambas un buen trago.

Desde el sofá, paseé la vista alrededor de la habitación que siempre me había gustado tanto contemplándola con nuevos ojos. Imaginé a Gavin aquí, disfrutando de la calidez de la que Ali siempre se rodeaba, la improbable combinación de colores que quedaba bien, la mezcla de arte moderno y tradicional de Nueva Inglaterra. El resultado era desconcertante y fascinante al mismo tiempo, como la propia Ali. Tomé un sorbo y noté que me quemaba la garganta.

—¿No vas a acompañarme? —pregunté, al tiempo que señalaba la copa llena de líquido ambarino.

—Por lo visto, no me queda otra alternativa —dijo.

Se sentó frente a mí, en lugar de sentarse en el sofá a mi lado, como hacía siempre. Nos miramos durante un largo momento. Después de su prolongado fin de semana, parecía agotada, casi demacrada. Y su pelo, suelta su larga trenza, no parecía seductor o juvenil como de costumbre, sino bastante absurdo, la señal de una mujer de edad madura que intentaba fingir con desesperación que todavía era joven. Los mechones claros de pelo que solían destellar bajo la luz ya no eran plateados aquella noche, sino tan sólo grises. Durante un brevísimo momento, casi sentí pena por ella.

Poco a poco, metódicamente, extraje las pruebas de mi bolso y las esparcí ante ella sobre la mesita auxiliar como una echadora de tarot: la toalla del Park Plaza, las facturas de la Visa con todos los cargos de los diversos hoteles rodeados por un círculo rojo, y al lado, el itinerario del cuarteto durante los dos últimos meses. En cada caso, las fechas y las ciudades de la factura coincidían con las de los conciertos del cuarteto.

Pero Ali sólo dedicó una mirada superficial a las pruebas acumuladas. Era evidente que no iba a intentar negarlo. Las dos nos miramos, nos estudiamos como jugadoras de ajedrez.

Fue ella quien habló primero. Borró mis diversas fantasías de venganza con su voz acerada y su mirada atrevida.

—Así que lo sabes —dijo sin más, controlando la situación como siempre. Se levantó y caminó hacia el estéreo, para sustituir los sonidos apaciguadores de Beethoven por un cedé de Aretha Franklin.

Mientras la poderosa versión de «Respect» invadía la habitación, me pregunté si Ali estaría tomándome el pelo.

—«Así que lo sabes.» ¿Es lo único que vas a decir?

Deseaba con desesperación mantener la calma, como Ali, pero mi voz me traicionó.

Sin embargo, cuando se volvió del estéreo, con la barbilla levantada, mientras se enrollaba el pelo nerviosa, vi que brillaban lágrimas en sus ojos.

—Jamás tendrías que haberlo descubierto de esta manera —dijo, y se sentó en el sofá a mi lado. Incluso intentó tomar mi mano entre el calor de la suyas, pero yo la rechacé.

—Lo siento muchísimo, Jeannie. Créeme, intenté decírtelo muchas veces durante las dos últimas semanas, pero cada vez tenía miedo...

—¿Intentaste decírmelo? —dije, y noté cómo los ojos se me abrían como platos. ¿Qué significaba eso? ¿Pensaba Gavin abandonarme? ¿Ali y él planeaban irse a vivir juntos?

—Una docena de veces, como mínimo, pero era evidente que tú no querías saberlo —dijo casi encolerizada, como si fuera la parte agraviada. Se levantó de nuevo, empezó a pasear de un lado a otro de la habitación con la copa en la mano. Aunque había dicho que no le apetecía, ahora estaba bebiendo. Como yo antes.

—Desde luego que no quería saberlo. Pero ésa no es la cuestión, ¿verdad?

—¿Lo ves? A eso me refería. Por eso no podía decírtelo —dijo Ali. Se detuvo en mitad de la sala y su voz suave se mezcló con la voz potente de Aretha—. Bien sabe Dios que quería decírtelo, Jeanne. No hablas mucho últimamente. Sabía que alguna idea tenías de lo que estaba pasando, pero no con exactitud. Pero yo seguía recordándome que habías vivido todo tu matrimonio sin querer afrontar la verdad. ¿Estabas preparada para asumirla?

Me sentí aturdida por su audacia. ¿Todo mi matrimonio? ¿De qué estaba hablando? ¿Estaba utilizando mis confidencias acerca del distanciamiento de Gavin, de que me ocultaba secretos, en mi contra? ¿Le daba la vuelta a mis palabras para justificar su traición? ¿Estaba insinuando que no era su primera infidelidad, y que por lo tanto no importaba tanto?

—¿Qué estás diciendo? ¿Que no eras la primera? ¿Que mi marido ha estado liado con otras mujeres en el pasado, de modo que una más daba igual? ¿Por qué no mi mejor amiga?

Detesté que mi voz se quebrara al final de la frase. Detesté las lágrimas que rodaron por mis mejillas en contra de mi voluntad. Y sobre todo detesté el hecho de que, cuando Ali se precipitó a rodearme entre sus brazos, no tuve fuerzas para rechazarla. O de que cuando me asió por los hombros y me miró con sus asombrosos ojos color topacio, no pude escapar de sus palabras.

—¿Yo? ¿Es eso lo que crees, Jeanne? ¿Que yo soy la persona con la que Gavin se ve a escondidas? ¿Crees que yo soy la culpable de las facturas del servicio de habitaciones? ¿Crees que yo te haría eso?

—No vacilaste en hacerlo con Beth Shagaury, ¿verdad? Por no hablar de tu marido.

De repente, me sentí mareada y confusa, como en el concierto antes de desmayarme, y me solté de su abrazo.

—Ni siquiera conocía a Beth Shagaury. Y a juzgar por lo que Brian me contó de ella, mejor así. He hecho cosas que han herido a George, por supuesto, y tienes razón, no tengo excusa. Ninguna excusa, salvo decir que estamos separados. Y que él ha elegido seguir presente en mi vida, sabiendo cómo soy —dijo, como sorprendida de mi acusación. Ella también retrocedió un paso, para distanciarse de la verdad de mis palabras.

»Nunca he dicho que fuera una santa, Jeanne —prosiguió, con voz más cansada que nunca. Estaba de pie en un charco de luz cerca del bar. Las finas arrugas que rodeaban sus ojos y el surco profundo entre su nariz y su boca nunca habían sido más evidentes—. Créeme, lo que pasó con Brian… me atormenta más de lo que imaginas. Pero, por el amor de Dios, ¿de veras crees que yo te haría eso? ¿De veras crees que estoy liada con tu marido sin que tú lo sepas?

Levanté la mullida toalla del Park Plaza, pero la ira me había abandonado.

—Explícame esto, pues —dije, y por primera vez deseé que pudiera hacerlo. Deseé que existiera una explicación inocente para todo. Algo que me dejara continuar mi vida como antes.

—No lo sabes, ¿verdad? —dijo Ali con voz apenada. Terminó su copa y se sirvió otra, y después se acercó a rellenar la mía.

Pero yo extendí la mano para detenerla.

—No quiero tu coñac. Y menos que nada tu compasión. Os he pillado con las manos en la masa, Ali. Ahora intentas decirme que lo que veo aquí en negro sobre blanco, dólares y centavos, no es cierto. Que mi marido no ha estado siguiendo al cuarteto por todas partes, mintiéndome, traicionándome en todas las ciudades donde tocabas.

—No, no estoy intentando decirte eso. Tienes razón, Jeanne. Tienes las pruebas en tu mano. Tu marido te ha sido infiel. Y dudo de que sea la primera vez. Es probable que Gavin te haya estado poniendo los cuernos desde el primer año de vuestro matrimonio. Pero no conmigo, Jeanne. Hace sólo dos semanas que lo descubrí. Y créeme, ahora ha terminado.

En un inesperado ataque de rabia, volqué la botella de coñac que Ali había dejado encima de la mesa y la vi derramarse. Al igual que mi copa de vino había manchado la alfombra la noche en que descubrí la caja de zapatos. O como cuando salpicó la encimera de granito el día que Gavin canceló la cita de nuestro hijo con la doctora.

—No puedo creer que estés intentando escabullirte con triquiñuelas. —De pronto, experimenté la sensación de que no podía respirar en su sala de estar. Me asfixiaba el perfume de su colonia. La música del estéreo estaba machacando mi cabeza. Empecé a recoger mis cosas—. No sé para qué he venido.

Pero Ali me agarró del brazo para impedir que me marchara.

—Has venido porque querías la verdad. La verdad que tú sabes probablemente desde hace años, pero no quieres afrontar. Piénsalo, Jeanne. Piensa en todo lo que me has contado. En que Gavin nunca pareció interesado en ti, ni siquiera al principio. En cómo te esforzaste por atraerle, y en que casi parecía encolerizado por tus esfuerzos, en tu sensación de que estaba encerrado en sí mismo, encerrado por algo que no podía contar a nadie.

»Pero a medida que pasaba el tiempo, ha ido arriesgándose más y más, hasta llegar a esto. Ha intentado ser discreto. Ha reservado habitaciones en otra planta, ha evitado mis conciertos y ha mantenido la discreción, pero debía saber que yo al final lo descubriría.

Ali se puso a llorar, pero yo continuaba mirándola sin comprender, sin saber a qué se refería, a la espera de que me desvelara la verdad. Sujetó mis brazos con sus fuertes manos para que no pudiera soltarme.

—Oh, Jeanne, ¿es que no lo ves? No era a mí a quien Gavin fue a ver ese fin de semana a Nueva York. Ni en ninguna de las demás ocasiones. No me desea a mí más que a ti, o a cualquier otra mujer. Iba a ver al joven violonchelista, Jeanne. A Marcus.

19

Ali intentó evitar que saliera corriendo a la noche, dispersando los papeles que había confiscado en el estudio de Gavin mientras corría. Hasta me siguió a la calle, y me llamó en voz tan alta que las luces de casa de Nora Bell se encendieron. Casi pude sentir los ojos de la vieja fisgona clavados en mi espalda cuando corrí hacia el todoterreno. La última vez que vi a Ali estaba de pie en la acera, en un charco de luz, llamándome.

Cuando entré como una loca en mi calle, me desanimó ver que casi todas las luces que yo había dejado encendidas estaban apagadas. La oscuridad sirvió para subrayar la única habitación agresivamente encendida: el estudio de Gavin. Nada más entrar en la cocina, había dejado su equipaje con su habitual precisión militar, y había señales de que acababa de prepararse un *gin-tonic*. Todos los recordatorios de su presencia me provocaron escalofríos. Pasé con sigilo ante la puerta cerrada de su estudio y me encaminé hacia la escalera.

Ya en mi habitación, llené a toda prisa una bolsa y llamé al móvil de mi hijo. Me quedé perpleja cuando se conectó el buzón de voz. El teléfono de Jamie era el salvavidas que le mantenía conectado con su creciente red social, y siempre contestaba él. Con la bolsa en la mano, bajé la escalera con el mismo sigilo de antes. Mi intención era esperar a mi hijo en la cocina para contarle mis planes. Pero cuando vi la franja de luz amarilla por debajo de la puerta del estudio, temí lo que sucedería si Gavin salía. Por más que deseara hablar con Jamie, no estaba preparada para enfrentarme al hombre que había detrás de la puerta. Ya oía sus chulescas negativas, imaginaba la forma en que lograría echarme la culpa de sus traiciones y mentiras. Cuando pensé en el hombre sentado muy tieso ante su escritorio, en la habitación tan bien iluminada, decidí que, por más que deseara ver a mi hijo, tendría que llamar a Jamie desde la calle.

Casi había salido de casa cuando atronó la música violenta que le gustaba a Jamie, una cacofonía que siempre me crispaba los nervios. Lo raro era que salía del estudio. Me acerqué y apoyé la mano sobre el pomo de la puerta, mientras la música continuaba atacando mi frágil psique. Cuando la curiosidad pudo más que yo, abrí la puerta, y no sé quién se asustó más, si yo o el chico sentado detrás del escritorio de su padre.

—¡Jamie! —exclamé—. Dios mío, me has dado un susto de muerte. ¿Qué demonios estás haciendo aquí? Si tu padre llega a casa y... —empecé como un autómata, y después enmudecí cuando vi que sostenía un *gin-tonic* en la mano—. ¿Estás bebiendo?

—Lo dejó aquí cuando se largó, y lo probé. —Se encogió de hombros con brusquedad, aunque un rubor avergonzado ascendió por su cuello—. Sabe fatal. No sé cómo puede beber esto.

—¿Antes de que se largara? —repetí, después de decidir que beber el combinado aguado de su padre no era tan importante, comparado con todo lo demás.

Jamie desenchufó el ordenador sin ni siquiera molestarse en cerrarlo.

—Sí, primero se puso como un basilisco y me acusó de registrar sus cosas, no sé, de forzar un cajón secreto o algo por el estilo. Entonces, en mitad del ataque, recibió una llamada telefónica. Una urgencia en el hospital. Dijo que probablemente no regresaría hasta después de medianoche.

Jamie tomó otro sorbo del *gin-tonic* de su padre, imitando sus modales refinados, y después fingió que sentía náuseas con cierta exageración.

—En cualquier caso, imagino que si me acusa de fisgonear en su puto estudio de mierda no estaría de más hacerlo —continuó. Esta vez no estaba bromeando. En sus ojos ardía una rabia reprimida durante mucho tiempo. Era una rabia que sólo había visto en una ocasión anterior, cuando hablamos de las intrusiones en casa de Ali.

—Las obscenidades sobran —empecé nerviosa, pero entonces lancé una carcajada. *Sé educada. Di siempre por favor.* De pronto, toda mi vida se me antojó una broma cruel—. ¿Has encontrado algo interesante? —pregunté. Como sabía que Gavin tardaría en regresar, me sentía relajada.

—No. ¿Y tú?

En respuesta, me apoderé del *gin-tonic* y apagué la luz del estudio.

—Vamos a tomar un chocolate caliente en la cocina. Esta habitación me pone la piel de gallina.

—No tengo cinco años, mamá —dijo Jamie con un desdén que me dejó estupefacta—. No puedes mejorar las cosas con chocolate caliente.

De todos modos, me siguió hasta la cocina, y cuando empecé a calentar la leche y disponer dos tazas, sacó el bote de crema batida y roció un poco en la palma de su mano. Después se apresuró a lamerlo como hacía a los cinco años.

—¿Piensas ir a algún sitio? —preguntó, al tiempo que lanzaba un vistazo a mi bolsa y acercaba un asiento a la encimera. Una vez más, intentó aparentar indiferencia, pero la vulnerabilidad del niño pequeño se trasparentaba.

—Sólo un par de días —dije de cara a los fogones. Más que cualquier otra cosa, deseaba poder irme con Jamie. Decirle que preparara una bolsa de viaje y se olvidara del curso de la escuela de verano que empezaba al día siguiente. *Nos largamos de aquí.* Pero no podía sacarle del instituto ahora. Su futuro académico estaba en juego.

Cuando me volví hacia él, parecía presa del pánico. Sabía lo mucho que Jamie detestaba estar solo, y el escaso consuelo que le deparaba la compañía de su padre, con frecuencia desdeñosa, si así podía llamarse. Gavin estaba absorto en sus ejercicios de pesas o encerrado en su estudio. No era de extrañar que mi hijo se pegara tanto a mí, tal vez en exceso.

—Jamie, yo... —empecé, pero no sabía cómo explicar a mi hijo mi comportamiento tan poco característico. En todos los años de matrimonio, no había ido a ningún sitio sin Gavin y Jamie. Mi familia. Me aferraba a esas palabras como a un bote salvavidas, al cabo de años de que hubieran terminado de significar algo. De repente, la escena, las palabras que había oído en casa de Ali, empezaron a reproducirse en mi mente, y empecé a temblar.

—Serán sólo un par de días —repetí con firmeza al tiempo que rechazaba el vórtice remolineante que amenazaba con abrirse en mi interior—. Estarás tan ocupado con la escuela de verano y tus amigos que estaré de vuelta antes de que te hayas dado cuenta.

Dio la impresión de que Jamie reflexionaba sobre mis palabras.

—¿Lo sabe papá? —preguntó. El habitual y consolador silencio conspiratorio se hizo en la cocina. Habíamos llegado a un acuerdo implícito sobre qué secretos podíamos ocultar a papá, y cuáles no. Un viaje no era uno de ellos. Hasta ahora.

—Le llamaré cuando llegue —dije al tiempo que revolvía la leche caliente—. Jamie, he de pensar en algunas cosas.

Me preparé para el efecto que provocaría esta frase.

Pero él se limitó a exhalar un profundo suspiro.

—Hay cosas en las que tendrías que haber pensado hace mucho tiempo —dijo—. ¿Vas a decirme adónde vas o qué?

¿Adónde iba? Era una pregunta que aún no me había planteado, al menos hasta aquel preciso momento, en la cocina, mientras hablaba con mi hijo.

—A Nueva Hampshire —dije, como si llevara semanas planeándolo—. ¿Te acuerdas de la vieja cabaña de mis padres? ¿La que heredé después de su muerte?

En todos mis años de casada, sólo había ido una vez. Gavin ni siquiera había bajado del coche.

—¿Vas allí? Creía que ese lugar era un vertedero, mamá. In… Inha… ¿Cómo lo llamó papá?

—Inhabitable —dije sonriente, aunque mis ojos se humedecieron de repente—. Por eso me voy, para arreglar la casa. Estaba pensando que tal vez podríamos pasar el verano juntos allí, tú y yo. Cuando termines las clases, por supuesto.

Ya era difícil mantener alejado a Jamie de sus amigos un fin de semana, así que me preparé para una oleada de protestas. Pero se limitó a bajar la vista y sacudirse una pelusa del pantalón.

—¿Sin papá?

—Sólo tú y yo —dije con la mayor indiferencia posible. Serví el chocolate caliente en tazas y le di una—. Podrías venir a verle, por supuesto, tantas veces como quisieras. Sé que echarías de menos a tus amigos, pero ellos podrían ir allí y pasar algunos días.

—Y en otoño, ¿qué? ¿Nos quedamos en la cabaña y talamos árboles para darnos calor? ¿Cazamos osos para comer?

—Tenemos todo el verano para pensar en eso. Hay opciones, Jamie. Hasta podríamos alquilar algo en la ciudad si quisieras terminar los estudios allí.

Sin decirlo, ambos sabíamos que quedarnos en nuestra bonita casa (aun sin Gavin) era una idea repelente.

Me miró a los ojos por primera vez.

—Nunca nos dejará marchar, ya lo sabes. Cuando se sepa todo, hará lo posible por retenernos.

¿Cuándo se sepa todo? Era evidente que Jamie sabía mucho más de lo que yo creía. Tal vez se había enterado de la relación con Marcus antes que yo. Aunque sabía que la relación con su padre siempre había sido tensa, me sorprendió su brusca reacción cuando insinué que me marchaba.

—Yo también haré todo lo posible —repliqué con firmeza—. Todo lo posible por forjar una nueva vida para ti y para mí.

Después bebimos nuestro chocolate caliente en un confortable silencio, al igual que habíamos bebido docenas, tal vez centenares, de tazas similares en el pasado. Pero ambos sabíamos que esta hora, este momento, esta taza de chocolate, no se parecían en nada a los demás.

Cuando terminamos, Jamie se colgó mi bolsa al hombro.

—Deberías irte —dijo, y lanzó una mirada furtiva hacia el camino de entrada. Aunque no la terminó, yo sabía el final de la frase: *antes de que papá vuelva a casa.*

Ama de casa perfecta hasta el final, enjuagué con cuidado nuestras tazas en el fregadero, lavé la olla y la guardé. Después anoté la forma de llegar a la remota cabaña dos veces. Entregué una copia a Jamie y le dije que era sólo para él. No tuve que añadir nada más. Él dobló el papel en cuadrados diminutos y lo guardó en el bolsillo. Pensaba dejar la segunda copia en el buzón de Ali camino de las afueras. Para Gavin, sólo dejé una apresurada nota, informándole de que me había ido a Nueva Hampshire, pero sin incluir las instrucciones para llegar a la cabaña. Estaba segura de que las había olvidado.

—Nos veremos dentro de un par de días —dijo Jamie, mientras cargaba mi bolsa en el asiento trasero.

Yo necesitaba con desesperación un abrazo, pero él volvió enseguida a casa, tal vez para evitar que la despedida se convirtiera en una demostración de sentimientos. Pero antes de que me fuera, se volvió y me siguió con la mirada. Con su aspecto pálido y vulnerable, estaba en el camino de entrada con las manos enlazadas sobre el pecho. Era la postura de un hombre, pero sus ojos recordaban al niño pequeño. Aunque las ventanillas del coche estaban subidas y no podía oírle, leí las palabras en sus labios, «Adiós, mamá». Sólo aquellas dos palabras. Cuando doblé la esquina de la calle, las lágrimas emborronaron la ciudad, el matrimonio, la vida que dejaba atrás.

Estaba a mitad de camino de Nueva Hampshire, escuchando una emisora de pop en la radio, en un inútil intento de ahogar mis pensamientos, cuando de repente recordé la promesa que había hecho a Jamie. Había dicho que nunca más volvería a dejarle solo. Se lo había prometido. La verdad, no me quedaba otra alternativa. Si le sacaba ahora de la escuela de verano, no aprobaría el curso. Hasta era posible que se desmoralizara hasta el punto de no volver al instituto.

Después me recordé que yo no había roto la promesa: Jamie no estaba solo. Le iría bien pasar una temporada a solas con su padre, tal vez prepararle incluso para un tiempo en que yo ya no sería un parachoques entre ambos. Pero sabía que, fueran cuales fueran los demonios que atormentaban a mi hijo y le hacían temer la soledad, Gavin nunca había sido capaz de mantenerlos a raya. No podía pensar en eso, al menos ahora. Subí un poco más el volumen de la radio y me tranquilicé: sólo eran dos días.

20

Más que la casa donde crecí, o el patio de recreo donde me despellejé las rodillas el primer día de colegio y me perdí en el ritmo de saltar a la comba un millar de veces, la cabaña contenía los secretos de mi infancia. En diversas ocasiones, Jamie había manifestado interés en ver la cabaña, pero al recordar las advertencias de Gavin sobre los peligros de la memoria y el estado precario del lugar, yo siempre encontraba alguna excusa para disuadirle.

De todos modos, me negaba obstinadamente a venderla. La única vez que Gavin insinuó limpiarla y ponerla a la venta, yo le había replicado: «La cabaña es mía», afirmando mis derechos de una forma inédita hasta aquel momento. Yo decidiría cuándo se vendería, si alguna vez se presentaba la ocasión. Sorprendido por mi firmeza tan poco característica, Gavin lo dejó correr.

Ahora descubría una satisfacción particular en el hecho de ir a un lugar inaccesible, un lugar en el que nadie me podría encontrar, salvo Jamie y Ali, y ambos comprendían mi necesidad de privacidad. Mientras ascendía la sinuosa carretera de montaña, que a veces era poco más ancha que un sendero, me pregunté qué ocurriría si mi todoterreno se averiaba y era incapaz de encontrar la cabaña. De hecho, había transcurrido tanto tiempo desde la última vez que había ido a verla que ni siquiera estaba segura de que la pequeña edificación siguiera en pie. Qué fácil sería perderse aquí, pensé. Podría morir en alguna de aquellas carreteras de montaña, y nadie me encontraría hasta que fuera demasiado tarde. En mi estado actual, la idea era casi consoladora.

En cuanto doblé el conocido recodo y la cabaña apareció ante mi vista, experimenté una oleada de júbilo. Había una ventana rota en la fachada, y un árbol caído había dañado el techo, pero la diminuta edificación seguía tal como yo lo recordaba. A través de la ventana pude ver las cortinas descoloridas, a cuadros amarillos y blancos, que mi madre había cosido para la combinación cocina-sala de estar.

Pero mientras abría el candado que, en teoría, debía mantener alejado al mundo, sentí el peligroso asalto del pasado, el recordatorio de que los verdaderos peligros de la vida nunca vienen de fuera. Lancé una exclamación ahogada cuando abrí la puerta. El deterioro debido a los años de descuido ya era bastante impresionante, pero fue la nitidez de la memoria lo que más me afectó.

Un vistazo a los cuadrados blancos y negros de linóleo del suelo de la cocina y a los aparadores de pino bastó para borrar el tiempo. En mi mente, la cabaña desierta parecía bullir de vida familiar. Pude oler los perritos calientes que mi padre asaba en la parrilla, pude oír la voz silenciada de mi hermano diciéndome que buscara tarros limpios: hacía una buena noche para cazar luciérnagas. *¡Venga, J.J., vámonos!* Y de fondo se oía la música que mi madre no dejaba de poner en el tocadiscos: jazz, antiguas canciones folk, pero sobre todo clásica. Durante el verano, cuando dejábamos atrás el incesante zumbido de la tele, la música apasionada de Chopin y Mozart, que nuestra madre esperaba imprimir en nuestro ser, era nuestra única diversión.

Sólo volvimos una vez después de la muerte de mi hermano. Los recuerdos eran demasiado dolorosos. Y aún así, era aquí donde sentíamos más su ausencia. Una vez más, mis padres buscaron comprensión en la música, en las óperas trágicas y los réquiems que hablaban a su dolor como ninguna otra cosa. Para entonces, yo había empezado a rebelarme, me refugiaba en mi cuarto con mi radio y ponía los 40 Principales a todo volumen. Allí ahogaba su música y su dolor con los redobles de batería incesantes y las súplicas de amor eterno. Pero ni la música ni el dolor de aquella época me han abandonado. Cuando entré en la cabaña donde había encontrado ambos, no pude reprimir el pensamiento de que existía algo llamado hado. Destino. En cierto modo, todo en mi vida me había conducido a ser amiga de Ali. Tal vez yo, que amaba la música pero carecía de talento, me había preparado para ser la caja de resonancia de alguien que lo poseía. Me había convertido en el oyente ideal.

Pero ahora no quería pensar en Ali, no quería recordar la vívida imagen de nuestro último encuentro en su sala de estar, las palabras que me dirigía como una andanada de balas: *Pero tenías que saberlo, Jeanne. Gavin no me desea a mí, ni a ninguna otra mujer... El violonchelista... Marcus.* Pese a mis esfuerzos por expulsarlas, las palabras resonaban en mi mente, la torturante revelación de lo idiota e ingenua que había sido. *Tenías que saberlo, Jeanne. Ni a mí ni a ninguna otra mujer.*

Intenté formar una clara imagen del violonchelista en mi mente. No sabía qué me asombraba más, si su sexo o su juventud. Esbelto y discreto, Marcus había sido descrito como un prodigio. Pero ¿cuántos años tenía? ¿Diecinueve o veinte? ¿Era tal vez más joven? Sentí un escalofrío, y me negué a imaginar a Gavin con aquel jovencito. Era incapaz de imaginarlo.

Tampoco quería pensar en las cuestiones frívolas que me solían tener ocupada, como qué cenarían Gavin y Jamie aquella noche. No, no me iba a permitir recordar el temor aparecido en el rostro de mi hijo cuando me vio partir. Podía perdonarme por haber aguantado décadas una situación tan insufrible, pero ¿cómo iba a absolverme de lo que el comportamiento frío de Gavin había causado en Jamie? No, no quería pensar en eso. Ahora no.

Llevé mis cosas al viejo dormitorio, que hedía a moho y pino. Era muy pequeño, del tamaño de una alacena, y me pregunté cómo era posible que contuviera tantos recuerdos.

Pero después de cerrarles la puerta en las narices, volví enseguida a la cocina. El recogedor y la escoba de mi madre seguían en su sitio habitual junto a la nevera, y debajo del fregadero había una serie de artículos de limpieza. Aunque contaban décadas de antigüedad, tendrían que servir. Contenta de poder solucionar un problema, puse manos a la obra de convertir la cabaña en un lugar habitable, impulsada por mi habitual energía.

Al anochecer, me dolían las extremidades y la espalda, pero el polvo y el deterioro, los cadáveres de insectos muertos, la resina de pino y los residuos mohosos que se habían acumulado tras años de abandono habían desaparecido en parte. La nevera y la cocina diminutas habían recuperado una sombra de su antigua blancura, y el linóleo, aunque agrietado y amarillento por el paso del tiempo, brillaba gracias a la cera que había aplicado. Tras un día de ventilar, y con la ayuda de una oxidada lata de Glade, el olor a putrefacción que había asaltado mi olfato había desaparecido y había sido sustituido por un falso aroma floral. Sin embargo, el colchón de mi camastro, que se había ventilado en el porche todo el día, aún olía a humedad. Bien, tendría que servir, del mismo modo que la linterna y las velas bastarían para la iluminación, y los pocos artículos que había comprado en una tienda que permanecía abierta las veinticuatro horas serían suficientes para improvisar la cena.

Aquella noche, envuelta en mi chaqueta, dormí aovillada en la butaca que aún parecía conservar el olor del humo de la pipa de mi padre. Desperté con el canto de los pájaros. El río estaba tan cerca que sonaba como si se hubiera salido del cauce por la noche y pasara por delante de mi puerta. El ruido me recordó al instante dónde estaba.

Al principio, experimenté una oleada de la antigua emoción y alegría que siempre me asaltaban cuando despertaba aquí. Pero después abrí los ojos y paseé la vista a mi alrededor. Había arañas en el fregadero de la cocina, y un ejército de escarabajos y hormigas desfilaba por el suelo, en dirección a los restos del banquete de comida basura de anoche. Y estaba sola en un lugar salvaje. Más sola que nunca. Una mujer de treinta y siete años que había perdido a su familia biológica, y cuyo intento de crear una nueva había fracasado espantosamente. Una mujer que ya no tenía hogar, sino una cabaña destartalada en un rincón del mundo.

Cuando me levanté y me lavé la cara en el cuarto de baño, vi un diminuto ratón que me miraba desde detrás del retrete. Lancé un chillido. Después, al darme cuenta de que nadie iba a oírme, y de que un ratoncito era el último de mis problemas, me reí. Lancé una carcajada tan estentórea que, cuando me miré en el espejo empañado, rodaban lágrimas por mis mejillas.

21

Al día siguiente, fui a la ciudad a comprar algunas provisiones y leí los letreros de «SE NECESITA PERSONAL» colgados en la pared de la tienda. Si Jamie y yo íbamos a quedarnos en verano, necesitaríamos trabajo.

—¿Dónde se aloja? —preguntó el empleado cuando pagué mis compras.

—En Mountain Road —dije con vaguedad, ansiosa por volver a la tarea de limpiar la cabaña y prepararla para Jamie.

—¿Mountain Road? Lo único que hay ahí arriba son un par de cabañas. Ambas abandonadas desde hace años. ¿Qué piensa hacer allí? ¿Enterrar un cadáver? —se rió mientras echaba un vistazo por la ventana a la matrícula del todoterreno, procedente de otro estado.

Como su humor me ponía nerviosa, tuve ganas de decirle que se metiera en sus asuntos, pero si Jamie y yo íbamos a pasar el verano aquí, sería necesario hacer amistad con los vecinos.

—Estoy renovando una de las cabañas —expliqué—. Era de mis padres.

—Renovando, ¿eh? A la gente como usted le encanta ese rollo, ¿verdad? Si quiere saber mi opinión, la única manera de renovar esas cabañas es una bola de demolición.

Con su camisa de franela y el mono gastado, y la coleta *hippy* desgreñada, el tendero parecía tan anticuado como el letrero oxidado que había sobre la tienda, pero me miraba como si fuera una viajera del tiempo.

—Gracias por el consejo —dije con la máxima educación posible, aunque por dentro me encogí al pensar en la categoría que me había adjudicado. A la gente como usted: veraneantes adinerados de otro estado que provocaban subidas de precios, compraban las mejores propiedades, se pavoneaban como si fueran los dueños de la montaña durante todo el verano, y después la abandonaban al menor indicio del crudo invierno.

Cuando volví al todoterreno, mi móvil estaba zumbando en el asiento del copiloto. El inofensivo sonido que oía docenas de veces al día provocó que el corazón me diera un vuelco. Debía ser Gavin, armado con una nueva campaña de manipulaciones, pensé, y decidí que esperaría a regresar a la cabaña para leer el mensaje.

Pero cuando por fin me serví una copa del chablis barato que vendían en la tienda y oí el mensaje, no eran ni mi marido ni mi hijo. En cambio, el sonido de la voz angustiada de Ali penetró en mi escondite de las montañas.

«¿Jeanne? Sé que estás ahí. Por favor, Jeanne. Estoy preocupada por ti. Todos estamos preocupados. Has de volver a casa.»

Con las manos cruzadas sobre el pecho en un gesto protector, escuché la voz de mi amiga. Deseaba con desesperación hablar con ella, pero no estaba preparada para revivir la humillación que había experimentado en su sala de estar. No estaba preparada para «hablar de ello», como ella querría hacer.

Al principio, encontré consuelo en su voz preocupada, pero después de escuchar la grabación tres o cuatro veces, una pregunta inquietante se suscitó en mi mente. Estamos preocupados por ti, había dicho. ¿A quiénes implicaba aquel plural? Jamie sabía lo que yo estaba haciendo aquí, de modo que no se estaba refiriendo a mi hijo. La única otra posibilidad era Gavin.

Al imaginarlos (quizás acompañados del joven Marcus) conferenciando acerca del «problema con Jeanne», se realimentó mi sensación de haber sido traicionada. Pero entonces recordé la rabia en los ojos de Ali cuando me había hablado de la infidelidad de Gavin. Rabia por mí. No. Por preocupada que estuviera, Ali no habría acudido a Gavin. De todas las personas del mundo, era mi firme y fiel aliada. La única persona en quien podía confiar. Sólo de pensar en su expresión la última vez que la vi, me sentí avergonzada de haber dudado de ella.

Todavía estaba pensando en Ali cuando el teléfono volvió a sonar. Esta vez, descolgué al primer timbrazo. Sin molestarse en decir hola, quien llamaba se limitó a pronunciar mi nombre. *¿Jeanne?* La voz de Gavin sonaba tensa y cansada. Asombrada, colgué, pero antes de que pudiera calmar mi respiración alterada, volvió a llamar, y esta vez apreté vacilante el botón para hablar, motivada por la curiosidad, entre otras muchas cosas. ¿Cómo se las iba a arreglar Gavin esta vez? ¿Con más mentiras? ¿Con la fría furia intimidante que tan bien le había funcionado en el pasado?

Desconcertado al parecer por mi silencio, carraspeó.

—Jeanne, ¿estás ahí? —preguntó en un tono extrañamente contrito—. Por favor, Jeanne, es evidente que se ha producido un terrible malentendido. —Vaciló un momento, a la espera de que yo contestara. Después continuó con voz más firme—. Puedo aclarar esto si me concedes la oportunidad, pero has de hablar conmigo.

Me sobresaltó el sonido de mi propia voz, que resonó en la cabaña, más decidida que nunca.

—Por lo que a mí concierne, no hay nada de qué hablar, Gavin. Basta de mentiras. Basta de fingimientos. Se ha terminado.

—¿Quieres decir que vas a permitir que una puta envejecida arruine nuestro matrimonio? ¿Nuestra familia? ¿Sin ni siquiera escucharme? No puedo creer que te tomes la palabra de Ali como si fuera el Evangelio.

Gavin escupió el nombre de mi amiga como si fuera una maldición.

—Sí, creo a Ali, pero no porque me encuentre bajo una mala influencia, como pareces pensar. La creo porque está diciendo la verdad. La verdad a la que me he resistido durante tanto tiempo. ¿Ni siquiera ahora puedes admitirlo? Nunca tuvimos la menor oportunidad, Gavin.

—No seas melodramática, Jeanne. El matrimonio no es un cuento de hadas. Hay altibajos, malentendidos, como ya he dicho antes. Pero la gente aprende a reajustar sus expectativas y a lidiar con ellas.

—Ah, y eso es lo que esperas que yo haga ahora: reajustar mis expectativas —resoplé—. Abandonar la pintoresca idea de que mi marido ha de quererme, desearme. Volver a una vida de habitaciones cerradas con llave, cenas silenciosas, fines de semana solitarios mientras tú te marchas con Marcus o con quien sea. ¿Es eso lo que esperas que haga?

Gavin hizo una pausa durante un largo momento, sorprendido por mi andanada. Casi pude sentir la tensión que aumentaba, mientras preparaba su siguiente asalto. Cuando volvió a hablar, su voz era seca y dura.

—Supongo que te da igual que tus actos afecten a tu hijo. Le oí deambular por casa anoche, acudiendo a la nevera para aliviar su angustia. Ya sabes que el chico tiene problemas. Tú misma lo dijiste.

—Cuando todo lo demás falla, utiliza la culpa. Ésa es tu táctica, ¿eh, Gavin? Bien, lo siento. Ni siquiera la culpa te va a funcionar esta vez. Pero tranquilízate, no he olvidado a mi hijo ni un momento. En cuanto la cabaña esté preparada, le traeré aquí para pasar el resto del verano.

Gavin lanzó una carcajada seca.

—No cabe duda de que estás muy confundida, Jeanne. ¿De veras crees que permitiré que mi hijo vaya a una cabaña aislada contigo, en tu estado alterado? Además, ese lugar está en ruinas, corre peligro de derrumbarse. Si intentas echar por la ventana este matrimonio, no puedo hacer nada por impedirlo. Pero, por favor, ni se te ocurra que vas a conseguir la custodia. Jamie se queda conmigo.

—¡Jamie te odia! —solté—. Nunca se quedará contigo.

—¿De veras crees que los tribunales van a permitir que un adolescente con evidentes problemas emocionales decida eso? —preguntó con frialdad Gavin—. Es evidente que no conoces al juez Bryan.

Con ese sutil recordatorio de sus poderosos contactos, colgó el teléfono, tras haber dicho la última palabra como siempre.

Para entonces yo estaba temblando con tal violencia que dejé caer mi teléfono, delgado como una hoja de afeitar, al suelo de la cabaña. Me aferré el estómago como si me hubieran asestado un puñetazo, y oí la amenaza de Gavin resonar en mi mente. Era una amenaza que había residido en el núcleo de nuestro matrimonio desde el nacimiento de Jamie, la amenaza que me había impedido formular demasiadas preguntas, profundizar en exceso en nuestras vidas: *Si me dejas, perderás a Jamie.*

Lo peor era que Gavin tenía razón. Era un médico, un respetado miembro de la comunidad, capaz de convocar a docenas de testigos en un momento dado. ¿Quién creería a la vulgar Jeanne, una secretaria de instituto sin empleo con pocos amigos íntimos? ¿Quién testificaría en mi favor, quién en la ciudad osaría contradecir al maravilloso doctor Cross y su legión de partidarios? Nadie, salvo Ali, la adúltera más famosa de la ciudad. Cuando la imaginé entrando en el estrado de los testigos con alguno de sus espectaculares atavíos, me estremecí. A menos que dejaran a Jamie elegir con qué padre quería ir, no albergaba la menor esperanza de conseguir la custodia.

El círculo que había descrito mientras daba la vuelta a la cabaña se encogió de tamaño hasta que me encontré en mitad de la sala, incapaz de vislumbrar una salida. Por primera vez desde que Ali me había obligado a afrontar la verdad, sopesé la idea de volver a casa y seguir casada hasta que Jamie se graduara en el instituto. Al fin y al cabo, sólo quedaban dos años. Podría aguantar dos años más, si la alternativa era perder a mi hijo. Y quizás, ahora que Gavin había admitido que nuestro hijo tenía un problema, accedería a concertar una cita con la doctora Emory.

De todos modos, me aferraba todavía a la idea de volver con Jamie a la cabaña para pasar el resto del verano. Me imaginé negociando con Gavin: si me concedía ese tiempo a solas con mi hijo, yo accedería a volver a casa en otoño. Le prepararía la cena y sonreiría en las funciones de caridad. Incluso le haría la maleta cuando se fuera a los inevitables «congresos» de los fines de semana. Seguiría haciendo lo que había aprendido a hacer tan bien: fingiría ser una esposa. Fingiría que éramos la familia perfecta.

Estaba muy orgullosa de los rápidos progresos que había hecho en la cabaña. Armada con tan sólo mi antigua colección de productos de limpieza, algunos útiles de carpintería adquiridos en la ciudad, y mi energía maníaca, había conseguido que la casa recuperara su estado habitable en tan sólo dos días. El único obstáculo real a mi plan era el techo. Había descubierto las numerosas goteras la primera noche, cuando una tormenta reveló una bastante grande justo encima de mi cabeza. El tablón de anuncios de la tienda me ayudó a localizar un techador. Incluso accedió a comprobar la seguridad estructural de la cabaña y a documentarla, cosa que frustraría una de las objeciones de Gavin, al menos. El único problema consistía en que el techador no podría ocuparse de la cabaña hasta el siguiente viernes por la tarde, lo cual significaba que debería quedarme dos días más.

Sabía que el retraso frustraría a Jamie, pero cuando viera lo que había descubierto en el tablón de anuncios, olvidaría enseguida su decepción. Mirándome desde un anuncio había la fotografía de un pequeño perro, cuyos ojos reflejaban dolor y valor por igual. Reconocí de inmediato un alma gemela. Las palabras del anuncio eran crípticas y concisas:

PERRO ENCONTRADO CERCA DE SHOOTFLYING HILL
ABANDONADO Y MALTRATADO
BUSCA UN NUEVO HOGAR

¿Cómo no iba a marcar el número? Aquella noche, mientras Jamie deambulaba por la casa, hablé con él por mediación del contestador automático, con voz forzadamente optimista.

—Hola, Jamie. No te vas a creer lo que he traído a casa hoy. Un perro. *Skyler* es el terrier más mono que has visto en tu vida. Está horriblemente esquelético, y le iría bien un buen baño, pero parece muy listo. ¿Jamie? Jamie, ¿estás ahí?

Me decepcionó que no descolgara, pero sonreí cuando imaginé la reacción de mi maniático marido al saber que volvería a casa con un chucho lleno de pulgas.

El día siguiente era jueves, el primer día verdaderamente caluroso del verano. Como no había traído traje de baño, nadé desnuda en el riachuelo aislado por primera vez en mi vida. El agua fría entumeció mi piel, pero una vez aclimatada, sentí un símbolo tangible de mi libertad recuperada. Mientras flotaba de espaldas, *Skyler* ladraba desde la orilla. Había llevado una pastilla de jabón, con la esperanza de atraerle al agua y darle un buen baño, pero el perro no quiso saber nada de ello.

Estaba pensando con tal concentración en mi hijo mientras volvía a la cabaña que cuando oí el campanilleo de mi móvil empecé a correr, gritando su nombre como si pudiera oírme. Al notar mi emoción, *Skyler* ladró y corrió con más rapidez. Había llegado a la puerta mosquitera cuando el teléfono enmudeció. La voz del mensaje sonaba tan exhausta y asustada que al principio no reconocí a Ali.

«Escucha, Jeanne, sé que no quieres hablar conmigo. Y no puedo culparte. La forma como solté aquello de buenas a primeras la otra noche es imperdonable. Pero no te llamo por eso. —Exhaló un profundo suspiro antes de continuar—. Ha ocurrido algo, Jeanne. Algo grave. Haz el favor de llamarme ahora mismo. No quiero dejarlo grabado en el buzón de voz.»

Mientras la puerta seguía abierta y el perro me miraba expectante, me quedé petrificada por las palabras que se habían infiltrado en mi mundo particular, y por mis propios temores. Temor por Ali, claro está, pero sobre todo temor por mi hijo. ¿Era posible que hubiera reanudado las incursiones? Dios mío, ¿la estaba acosando Jamie de nuevo? ¿Y por qué? Ali nunca le había hecho nada, ni dicho nada hiriente, al menos que yo supiera. Una vez más, las acusaciones de mi marido invadieron mi mente como un gas ponzoñoso. Me había apresurado a culpar a Jamie de todo, pero ¿era posible que Gavin tuviera razón? ¿Que Ali hubiera atraído a mi hijo a un juego mortífero por razones que sólo ella conocía? ¿Tal vez incluso para «llamar la atención», como insinuaba mi marido?

La llamé aun antes de cerrar la puerta, pero no contestó nadie. Ni siquiera saltó el contestador. Y cuando volví a marcar el número desde el que había llamado, resultó ser de una cabina telefónica anónima. ¿Por qué iba a llamar Ali desde una cabina?, me pregunté. ¿Tenía miedo de quedarse en su propia casa… o lo fingía? ¿Por qué había desconectado el contestador? Me pregunté si habría recibido más mensajes amenazadores, mensajes que ya no podía atribuir a Brian.

Alejé estos pensamientos y marqué mi número, pero tampoco hubo respuesta, y el móvil de Jamie se conectó enseguida con el buzón de voz. Mi primer impulso fue tirar unas cuantas cosas en la bolsa de viaje y regresar a casa de inmediato, pero si hacía eso, todo mi viaje habría sido en balde. Sin una inspección completa y un tejado reparado, no podía esperar que mi hijo me acompañara a la cabaña.

Mientras el perrito ladeaba la cabeza intrigado, volví a escuchar el mensaje de Ali, con el fin de analizar hasta el último matiz sutil de su voz, tratando de oír lo que no decía. Después de escucharlo por tercera vez, me convencí de que había estado sola demasiado tiempo con mis pensamientos: estaba exagerando. ¿Por qué había asumido que el nerviosismo de su voz estaba relacionado con Jamie? La vida de Ali era un drama, por el amor de Dios. Pensé en lo voluble que me había parecido Jack Butterfield la mañana en que le vi discutir con ella ante su casa. Debía ser un problema relacionado con él lo que había provocado la llamada inquieta de mi amiga. Y si la conocía bien, en caso de sentirse amenazada de verdad ya estaría refugiada en casa de George.

Aquella noche preparé tortitas para *Skyler* y para mí. Era una cena que mi madre preparaba en ocasiones, pero sólo en la cabaña, donde las normas del mundo real no contaban. Mientras engullía las tortitas de sabor químico con vino, pensé en lo mucho que mi hermano y yo habíamos disfrutado aquellas cenas improvisadas, y por primera vez me permití algo de entusiasmo por el verano inminente. Me imaginé enseñando a Jamie todos los lugares especiales donde habíamos construido fuertes en el bosque. En los días previos al accidente de mi hermano, nos habíamos levantado temprano, mucho antes que mis padres, preparado un picnic y marchado a pescar al río. Después, cuando nos cansábamos de lanzar el sedal, nos zambullíamos en el agua y nadábamos con los peces que antes habíamos intentado pescar. Pensar en compartir aquellos placeres olvidados con Jamie era casi como recuperar un fragmento de mi infancia. El fragmento más dulce.

Con *Skyler* en mis brazos, me quedé dormida en la vieja tumbona donde mi madre leía revistas al sol. No soñé por primera vez en meses. Habría dormido toda la noche sin moverme, si mi móvil no hubiera sonado a eso de las diez. Primero, una llamada que fue a parar al buzón de voz. Y poco después, la segunda.

Ya había hecho el equipaje, y estaba bañando a *Skyler* en una vieja olla que había encontrado debajo del fregadero, cuando el teléfono sonó a la mañana siguiente. Como la olla estaba oxidada y el agua se colaba por las diminutas perforaciones de la hojalata, trabajé con celeridad mientras el perro, obediente y desdichado, me miraba con ojos suplicantes. Mis manos estaban cubiertas de jabón y me hallaba a cierta distancia del teléfono, pero di un salto para levantarlo. En cuanto lo abrí, la voz de mi marido flotó hacia mí. Esta vez no transmitía súplica ni cólera, sino algo que sonaba como el agotamiento total que yo había experimentado antes de ir a la cabaña.

—Algo terrible ha pasado, Jeanne —empezó.

Permití que el perro saltara al suelo, donde sacudió agua y jabón por todas partes, y sostuve el traicionero aparato con tal fuerza que se me quedaron las manos blancas. Si en aquel momento hubiera podido aplastarlo, lo habría hecho. Habría hecho cualquier cosa para impedir que Gavin continuara.

—Algo terrible —repitió después de tardar un momento en serenarse, mientras yo seguía de pie en mitad de la sala, incapaz de detener sus palabras—. No sé cómo decirte esto sin rodeos. Se trata de tu amiga, Ali. La han asesinado, Jeanne. Encontraron el cadáver esta mañana... ¿Jeanne? ¿Jeanne? ¿Estás ahí?

22

—Nos vamos a casa —dije a *Skyler* cuando entramos en mi calle—. Casa.

El chucho ladeó la cabeza intrigado cuando aminoré la velocidad. Pero en cuanto pronuncié la palabra que *Skyler* desconocía, intenté no pensar en lo que encontraría cuando llegara.

Había sido incapaz de hablar, ni casi de respirar, mientras Gavin había descrito la espeluznante escena que habían encontrado en el cuarto de música de Ali: la feroz pelea que había reducido a astillas su hermoso Stradivarius, las hojas de partituras manchadas de sangre esparcidas por todas partes, varios muebles volcados. El cadáver de Ali estaba en el sofá, como si estuviera reposando en medio del caos. Pero la abundancia de sangre que había brotado de su corazón, empapado la camisa, el pelo, el propio sofá, desmentía su postura plácida. Gavin, que no había querido ahorrarme detalles, me contó que, al parecer, había sido torturada antes de morir. Si bien había muerto a consecuencia de una herida de bala, también había marcas de cuchillo en la garganta y en el pecho. Pero pese a la naturaleza sádica del asesinato, la expresión final de Ali era de sorpresa, no de terror. Muy propio de ella, pensé. Habría creído hasta el final que su encanto disuadiría al asesino. O que saldría ilesa de la pelea, como había salido de tantas otras.

Fue George Mather quien descubrió el cuerpo. Por lo visto, Ali había estado llamándolo durante todo el día anterior, dejando mensajes en su despacho y en el contestador de casa. Mensajes que, al principio, intentaban disimular su miedo, diciendo sólo que necesitaba verle. Y más tarde, palabras que rebosaban terror. Por teléfono, Ali había dicho a su marido que sabía quién la había estado acosando. Y que el acosador estaba cada vez más desesperado. Tenía algunos recados que hacer por la tarde, pero estaría en casa a la hora de la cena. ¿Se pasaría George? Quería que la aconsejara sobre lo que debía hacer. Le escucharía antes de acudir a la policía. Posteriores mensajes, dejados por la noche, evidenciaban todavía más pánico.

Por desgracia, George había estado fuera de la ciudad todo el día, y después había ido a cenar con un amigo del departamento de filosofía. Cuando llegó por fin a casa, era tarde y estaba agotado. Ni siquiera entró en el estudio, donde la luz del contestador parpadeaba con las últimas llamadas de auxilio de Ali, que nadie había escuchado. No había escuchado los mensajes hasta la mañana siguiente. Por supuesto, no los escuchó todos hasta mucho después. Cuando Ali admitió por primera vez que tenía miedo, George había marcado su número. A continuación, mientras el contestador automático continuaba transmitiendo su creciente terror, escuchó los timbrazos en la casa vacía.

Antes de que terminara la grabación de los mensajes, George se había vestido a toda prisa y salido con el corazón acelerado. Al acercarse a casa de su esposa, observó una serie de señales cada vez más alarmantes: una puerta abierta, un jarrón derribado en la sala de estar, el siniestro silencio que le recibió en lugar de la música que solía sonar en la casa. No hubo respuesta cuando llamó a su mujer, aunque la bici de Ali estaba en el camino de entrada, y las luces incapaces de alejar el terror nocturno continuaban encendidas. Pero lo más desconcertante de todo era la sencilla belleza del día. George sabía que Ali nunca habría estado durmiendo en una mañana tan radiante.

Aun así, nada habría podido prepararlo para lo que encontró en el cuarto de música. Y pese a sus conocimientos profesionales, había violado todas las reglas del sentido común en lo tocante a la escena de un crimen. Levantó y manoseó el Stradivarius roto, el atril. Toqueteó varias hojas de partitura dispersas por la habitación. Y lo peor de todo, se sintió atraído de nuevo fatalmente hacia la belleza que había arruinado su vida. Indiferente a que se estuviera empapando de la sangre de la víctima, se acercó al sofá y tomó a su esposa muerta en brazos, sepultó la cara en su pelo e inhaló por última vez el perfume a lirios que se aferraba a su cuerpo pese al acre olor de la sangre. Haciendo gala de la misma temeridad que le había impulsado a casarse con Ali y seguir siéndole leal pese a sus continuas infidelidades, George no pensó ni por un momento en cómo iba a explicar las huellas dactilares ensangrentadas que estaba dejando. No se preocupó por los pelos y las fibras que se encontrarían en el cadáver de Ali.

Una hora después, cubierto con la sangre de su esposa, llamó a la policía desde una cabina cuando descubrió que la línea telefónica de la casa de Ali estaba cortada. Ya se había calmado, una calma anormal, según el agente que recibió la llamada. Y pese a la forma en que lo incriminaba la escena del crimen, George Mather se hallaba en posesión de un objetivo que definía de nuevo su vida: encontrar a la persona que había hecho aquello a su mujer. Con independencia de lo que le costara en tiempo, recursos o dolor, lograría que el asesino de su hermosa Ali no se saliera con la suya.

Mientras Gavin narraba la historia a través de la línea crepitante de mi móvil, las lágrimas resbalaban en silencio por mis mejillas. No sólo por Ali, sino por el amor que George sentía por su esposa. Era un amor excesivo e inmerecido (tal vez incluso el amor de un idiota), pero nadie podía negar su profundidad o autenticidad. Estaba presente en los ojos de George cuando mencionaba a Ali, una luz brillante que nada, ni siquiera la muerte, podría apagar. Era la clase de amor que Gavin y yo no podríamos siquiera fingir comprender, la clase de amor de la que nos habíamos burlado con nuestro matrimonio sin sentido. Así, incluso nuestro dolor por Ali y George estaba contaminado por el egoísmo de nuestros remordimientos y pérdidas.

Después, al finalizar nuestra conversación, todavía sin fuerzas por la horripilante historia que acababa de relatar, Gavin me impidió colgar.

—Jeanne, no quiero que vuelvas a casa sólo por esta crisis. Quiero que vuelvas a mí. Que concedas otra oportunidad a nuestro matrimonio. Lo que Ali te contó, lo que encontraste en mi escritorio... Espero que sepas que no significa nada. —Hizo una pausa, como si esperara una respuesta, pero como no se me ocurrió nada que decir, continuó—. En cualquier caso, lo siento. Siento lo sucedido. Y siento que lo descubrieras así. Pero, una vez más, déjame asegurarte que no significaba nada.

De alguna manera, Gavin había logrado que una disculpa sonara como una orden. Experimenté la sensación de que me ordenaba creerle, me ordenaba borrar de mi mente su traición insignificante. Esta vez, no sacó a relucir la amenaza de apartar a Jamie de mí si intentaba abandonarle, pero estaba presente, por supuesto. Siempre había estado presente.

En cualquier caso, yo estaba demasiado estupefacta y afectada para pensar en mi matrimonio.

—Hablaremos cuando llegue —musité. Entonces, sin ni siquiera un adiós de cortesía, colgué.

Menos de diez minutos después, dejé la cabaña donde me había engañado unos cuantos días pensando que iba a iniciar una nueva vida. Sin llevarme nada más que a *Skyler*, mi tarjeta de crédito que me había fundido sin escrúpulos y un par de barras de caramelo que me habían estado alimentando, subí al coche, donde mi amistad con Ali había nacido al ritmo de las canciones de la radio. Una vez dentro, sentí su presencia como si estuviera a mi lado. Conduje con los ojos anegados en lágrimas, y más tarde no recordaría nada del viaje. Nada, salvo la sensación de que Ali estaba conmigo. Siempre estaría conmigo.

Lo primero que observé cuando mi casa apareció a la vista fue que Gavin estaba en el camino de entrada. Con la vista clavada en la calle, vio el todoterreno al mismo tiempo que yo le veía a él. Me pregunté cuánto rato llevaría esperando a que recorriera mi trayecto de dos horas desde Nueva Hampshire. Al ver su rostro familiar, con su dureza y sus temores ocultos, sentí que algo se encogía en mi interior. ¿Estaba preparada para plantar cara a Gavin, para afrontar la verdad de mi matrimonio y el asesinato de Ali al mismo tiempo? Estaba tan concentrada en el hombre del camino de entrada que al principio no me fijé en el coche aparcado delante de casa. Pero cuando Gavin se dirigió hacia mí, y sus ojos me revelaron una nueva angustia, miré con más detenimiento, y vi los colores azul y blanco de un coche de la policía.

Y así, las primeras palabras que Gavin me dirigió no fueron de reconciliación, sino que tenían que ver con el asunto que iba a ocupar nuestras vidas durante los meses siguientes.

—El agente McCarty está dentro con Jamie —dijo, y torció los labios como hacía cuando estaba nervioso o encolerizado—. Chuck Harrison me ayudó a encontrar un abogado, una joven llamada Courtney Rice. —Consultó su reloj, nervioso—. Tendría que haber llegado hace media hora.

Por lo tanto, no me estaba esperando a mí, sino a la abogada. No me sentí sorprendida, ni tampoco decepcionada.

Por primera vez desde que Ali me había contado lo de Marcus, Gavin y yo estábamos tan cerca que podíamos estudiar cada una de nuestras arrugas y pecas. Nos miramos con franqueza a los ojos, y lo que vi fue un oscuro reflejo de nuestros mutuos temores por nuestro hijo. Era evidente que no estaba más sorprendido que yo por el hecho de que Jamie fuera el principal sospechoso.

23

El chico que estaba sentado a la mesa con el detective McCarty se parecía a Jamie, pero no era el mismo chico que yo había dejado hacía un par de días, el hijo cariñoso y vulnerable, de pie en el jardín, que me seguía con la mirada. No, Jamie se había endurecido, una nueva desconfianza se leía en sus ojos, en su rigidez, en la rapidez con que volvió la cabeza cuando entré. Hasta su higiene habitual se había deteriorado. Su pelo, por lo general reluciente, caía sobre sus ojos, lacio y grasiento. Cuando le besé en la cabeza, percibí un olor que me recordó a la manteca de cocina avejentada.

—¿No vas a a decir hola a tu madre? —preguntó el detective McCarty.

Pese a la sencillez de la pregunta, tuve la inquietante sensación de que ese hombre nos estaba estudiando. A partir de ese momento, no cupo duda de que nuestras más ínfimas interacciones familiares serían transformadas en «pistas». El detective estaba tomando una taza de café, como si se hubiera dejado caer por casa para saludarnos. Hasta tuvo la osadía de sonreírme, revelando una hilera desigual de dientes amarillentos.

—Hola, mamá —dijo Jamie, pero siguió esquivando mi mirada.

Lo que más necesitaba yo era estar a solas con mi hijo, pero estaba claro que McCarty no nos lo iba a permitir. Si a alguno de ambos se le iba a escapar algún comentario acusador, él quería oírlo.

—No te preocupes, cariño —dije con mi voz más enérgica, y apreté el brazo de Jamie en mi afán de tranquilizarle—. Pronto se aclarará la situación. Muy pronto.

Pero él siguió en silencio, con la vista gacha.

El detective me contemplaba con avidez mientras yo estudiaba a mi hijo.

—Da la impresión de que necesita sentarse, señora Cross. Esto no puede ser fácil para usted —dijo—. Por lo que tengo entendido, usted y la víctima eran muy buenas amigas.

En aquel momento, ya me sentía muy irritada con McCarty, quien intentaba arrancarme información con descaro antes de que llegara nuestra abogada. Le dirigí una mirada inflexible, sin contestar.

Al advertir mi irritación, McCarty se apartó de la mesa con movimientos laboriosos. Un panzudo cincuentón, le habrían nombrado detective porque ya era incapaz de seguir el ritmo, pensé con cinismo. No por su sutileza al formular preguntas.

—Bien, disculpe que la haya molestado, señora Cross. Sé que desea estar un rato a solas con su familia. —Consultó el reloj de pared. Eran casi las dos—. ¿Le importa que utilice el teléfono?

Por supuesto que me importaba, pero no tuve otra alternativa que señalar la pared de la que colgaba el aparato. No tardé en darme cuenta de que estaba llamando a la comisaría.

—La abogada aún no ha llegado. No, no la conozco, una cría recién salida de la facultad. Una chica.

Consultó el reloj de nuevo, como si hubiera transcurrido mucho tiempo desde la última vez que lo había mirado.

Aunque Jamie fingía no escuchar, vi que se ponía rígido mientras el agente hablaba. Pero cuando toqué su hombro, no reaccionó. En su estado pasivo, ¿cómo iba Jamie a defenderse contra McCarty y sus secuaces? ¿Lo iba a intentar? Por un instante, sentí que me escocían los ojos a causa de las lágrimas, pero entonces desvié la atención hacia el policía apoyado contra la pared de mi cocina.

—Sí, eso estaba pensando —concluyó McCarty. Cabeceaba mientras hablaba, lo cual provocaba que sus mejillas se sacudieran—. Eso haré. Concederemos a la chica otro cuarto de hora, y si no ha llegado, llevaré al muchacho a comisaría, y que se encuentre allí con nosotros. De acuerdo, Jim.

Después de colgar, se acercó a la ventana y apartó la cortina para ver la escena que tenía lugar en el patio delantero. Gavin estaba conversando con varios vecinos. Atraídos sin duda por el coche de policía aparcado delante de casa y la noticia que se habría propagado por radio y televisión, formaban un semicírculo casi perfecto. Venían a echar un vistazo a nuestra desdicha, pensé con amargura. Por suerte, los años de fingimiento rendían sus frutos. Mi marido estaba interpretando el papel de Gavin el Maravilloso a la perfección. Sus facciones componían la mezcla apropiada de preocupación y seguridad en sí mismo. Le imaginé contando a nuestros vecinos fisgones que la policía había venido para hablar conmigo. Al fin y al cabo, Ali y yo éramos amigas íntimas. La policía sólo quería saber si Ali había dicho algo que pudiera servir de ayuda.

Y ahora que lo pensaba, ¿por qué el detective McCarty no me había formulado las preguntas lógicas, en lugar de fisgonear con astucia en mi vida familiar? Si quería una lista de gente que detestara a Ali, incluso de gente que tuviera buenos motivos para agredirla, yo podría proporcionarle nombres suficientes para mantener ocupado a un ejército de detectives.

Pero el detective McCarty sólo me interrogó sobre el diario de Ali.

—Nos hemos enterado de que la señora Mather llevaba un diario. ¿Lo vio alguna vez, señora Cross?

Mi mente viajó en el tiempo, hasta el día en que había entrado en casa de Ali cuando ella no estaba. Hasta la violenta letra inclinada que llenaba la página, y el párrafo en que mencionaba mi nombre varias veces. Me estremecí por dentro cuando recordé haber leído las palabras que ella había escrito en mayúsculas: DIOS MÍO, ¿QUÉ LE PASA?

—Un par de veces. —Me encogí de hombros y serené mi cara—. Lo llevaba al instituto a principios de curso, pero luego dejó de hacerlo. La gente sentía cierta curiosidad por él y...

—¿Tiene idea de lo que escribía en él? —me interrumpió impaciente McCarty.

—Usted debe saber más de eso que yo, detective —repliqué—. Estoy segura de que, a estas alturas, lo habrá leído de cabo a rabo.

—Ojalá estuviera en lo cierto, señora Cross, pero por desgracia, el diario de la víctima ha desaparecido. Por lo que sabemos, es lo único que el asesino robó en su casa.

Reprimí los temblores que me asaltaban. No sabía qué me inquietaba más: si el recuerdo de una caja de zapatos llena de objetos robados, o que llamara a Ali «la víctima».

—¿Cómo lo sabe? Tal vez lo tiró. Tal vez lo quemó. Como ya le he dicho, no he visto el diario desde...

Una vez más, McCarty me interrumpió con una brusca sacudida de cabeza.

—No. Una vecina de la señora Mather pasó por su casa la noche antes para entregarle unas cartas que habían llegado a su poder por error, y la vio escribiendo en su mesa. La vecina dijo que parecía muy preocupada.

Nora Bell, pensé con creciente furia. Debió llamar por teléfono en cuanto descubrieron el cadáver para informar de todo cuanto sabía sobre la vida de Ali.

—Bien, quizá debería preguntar a la vecina qué estaba escribiendo Ali en su diario o quién lo robó. Yo no lo sé.

Pensar en la entrometida Nora Bell me irritó hasta tal punto que mi gazmoñería debió resultar muy convincente. El detective consultó su reloj. Al parecer, había terminado conmigo.

Cuando McCarty pidió permiso para utilizar el baño, tomé la mano de Jamie. Había esperado que el detective se fuera para poder estar a solas un momento con mi hijo, pero él continuó con la cabeza gacha. Quería decirle tantas cosas, quería hacerle tantas preguntas. Pero con el detective McCarty delante, lo único que podía hacer era acercarme a él y apretarle la mano.

—Limítate a decir la verdad, pregunte lo que pregunte —susurré—. A la larga, se dará cuenta de su equivocación.

Jamie me miró con expresión desdichada, y después se apartó el pelo grasiento de la cara.

—¿Quieres decir que no crees que yo lo hice? ¿Después de todo lo que encontraste en mi habitación?

Lancé una mirada nerviosa en dirección al cuarto de baño.

—Sé que no lo hiciste. Puede que hayas merodeado en las cercanías de casa de Ali algunas veces. Incluso puede que hayas robado un par de cosas, pero eso no significa que seas capaz de matar a nadie —dije en un susurro.

—Sólo quería asustarla —comentó Jamie—. Pero juro que yo no la maté, mamá. Aunque nadie va a creerme.

Se hundió en su silla con los ojos vidriosos. Era como si su máscara de estudiante popular del instituto se hubiera borrado por fin, revelando al verdadero Jamie: un chico que acosaba a Ali por motivos desconocidos, y que merodeaba por su casa cuando ella estaba ausente.

—Da igual lo que diga McCarty o lo que pase hoy. Piensa sólo en una cosa: la verdad saldrá a la luz. Tal vez hoy no, ni mañana, pero saldrá. Y la verdad es que eres inocente.

Jamie estaba a punto de decir algo, pero entonces oí que McCarty se acercaba y me llevé un dedo a los labios. Su compañero se había reunido con él, y estaban conversando.

—¿Papá te habló del perro que recogí en Nueva Hampshire? —dije en voz más alta, mirando de soslayo a McCarty—. Un pequeño terrier abandonado que vagaba por el pueblo y estuvo alimentándose de los cubos de basura durante meses. El tipo que lo encontró lo llamaba *Hobo**, pero yo pensé que merecía un nombre mejor. Algo más digno.

Un brillo de interés alumbró en los ojos de Jamie.

—¿Por ejemplo?

—*Skyler*. ¿Quieres conocerlo?

—¿Quieres decir que está aquí? —preguntó él, casi como si volviera a ser el mismo de siempre.

—Lo he dejado en el coche. Con la ventanilla un poco abierta, por supuesto. Quería esperar a que fuera el momento adecuado

* En inglés, vagabundo. *(N. del T.)*

para presentarlo en sociedad, cuando toda la confusión se hubiera disipado, pero si quieres verlo...

No sé si devuelto a su anterior estado de ánimo por la palabra «confusión», o debido a la presencia opresiva de los detectives, Jamie me interrumpió, disipado su anterior entusiasmo.

—Olvídalo. Lo último que necesito ahora es un perro sarnoso —dijo.

—¿Qué voy a hacer con él, pues? —pregunté, asombrada por la reacción de un chico que había estado suplicando un perro desde que sabía hablar—. Lo he traído para ti, Jamie.

—Llévalo a la perrera —replicó, como si hubiera olvidado la presencia de McCarty—. O si sabe cuidar tan bien de sí mismo, déjalo en libertad. Ha de ser mejor que vivir con esta familia. —Después del estallido, se volvió hacia el detective—. ¿Por qué hemos de esperar a esa estúpida abogada? Estoy dispuesto a hablar ahora mismo.

—¡Jamie! —exclamé con más pánico en la voz de la que deseaba que percibiera McCarty.

Con los ojos inyectados en sangre brillantes de triunfo, McCarty paseó la mirada entre mi hijo y yo. Por suerte, ninguno de los dos tuvimos la oportunidad de provocar más estragos. Gavin irrumpió en la habitación, seguido de una joven que, a primera vista, aparentaba unos catorce años. Con apenas metro y medio de estatura y lo bastante delgada como para utilizar ropa infantil, parecía una niña al lado de Gavin. El pelo largo que había ceñido en una trenza de colegiala y las pecas que adornaban su nariz aumentaban la impresión de que se trataba de Pipi Calzaslargas, en lugar de la agresiva abogada que yo esperaba. Por un momento, dejé que mi antagonismo hacia Gavin estallara. Con todos sus contactos, ¿no había podido encontrar un abogado mejor?

Pero había algo en los modales seguros de Courtney que no tardaron en renovar mi confianza, aunque el detective McCarty no se dio cuenta. Cuando ella le extendió la mano, diciendo «¿Detective

McCarty? Soy Courtney Rice, la abogada de Jamie», juro que vi la insinuación de una sonrisa en sus ojos.

—Encantado de conocerla, señorita Rice —dijo, y me lanzó una mirada astuta.

El resto de la tarde fue una continuación de la pesadilla desdibujada que había empezado con la llamada telefónica de Gavin. Por primera vez desde que éramos novios, nos tomamos de la mano al salir de casa. Un grupo de vecinos había salido a sus jardines para vernos partir. Me apretó la mano con tanta fuerza como si quisiera triturármela, pero no le pedí que me soltara. Y durante gran parte de aquella tarde y aquella noche, nos aferramos el uno al otro como nunca lo habíamos hecho, obligados de repente a admitir que, nos gustara o no, estábamos en esto juntos. Éramos una familia unida.

En cuanto a Jamie, no sólo rechazó nuestros gestos de consuelo, sino cualquier esfuerzo de entablar conversación. Al final, Gavin y yo desistimos de nuestro empeño, con la sensación de que cada intento sólo servía para destacar aún más su hostilidad, lo cual no dejaría de despertar las suspicacias del siempre vigilante McCarty.

Pese a una voz susurrante que hacía juego con su corta estatura y la trenza que había empezado a recordarme penosamente la forma en que Ali se recogía el pelo en ocasiones, Courtney Rice demostró ser una abogada agresiva cuando McCarty y otro agente sometieron a un duro interrogatorio a Jamie durante casi tres horas. Gavin y yo, que nos sentíamos más impotentes que nunca, contemplábamos el rostro de nuestro hijo, el rostro sobre el que nos habíamos agachado en la cuna para besarlo, el rostro que nos sonreía por toda la casa en una sucesión de fotografías escolares que documentaban tanto su crecimiento como su enorme aumento de peso. El rostro que contenía todas nuestras esperanzas y sueños, lo único positivo surgido de nuestro matrimonio. Seguíamos tomados de las manos, que apretábamos más en los momentos de tensión, mientras contemplábamos al joven taciturno sentado ante nosotros. El hijo que, de pronto, se había convertido en un extraño. Aun así, fortalecidos mutuamente, manteníamos una expresión neutra.

Las primeras preguntas fueron las más sencillas y traicioneras al mismo tiempo. ¿Conocía Jamie a la víctima? ¿Desde cuándo la conocía? ¿Se acordaba del día que se conocieron? ¿Qué sabía del diario? ¿Sabía que la mujer escribía uno? ¿Lo había visto alguna vez? Jamie contestaba sobre todo a base de gruñidos, encogimientos de hombros y monosílabos. Sí, conocía a la señora Mather. Bien, más o menos. No, no recordaba cuándo se habían conocido ni si habían hablado en privado. Nunca la había tenido de profesora. Estas preguntas las formulaba casi siempre el detective más joven, Anderson, un hombre alto de rostro franco. Varias veces, Courtney tuvo que recordar a Jamie que alzara la voz, que dijera sí o no, que hablara sólo con el agente.

Sólo las preguntas sobre el diario recibieron una respuesta apasionada. Cuando le preguntaron si había visto alguna vez el diario de tapa roja de Ali, Jamie musitó un veloz no. Después se contradijo enseguida.

—No sé por qué están tan interesados en esa estupidez —añadió—. No es más que un libro lleno de mentiras.

El detective Anderson permitió con destreza que sus palabras persistieran en el estupefacto silencio que siguió.

—¿Así que lo has leído? —preguntó por fin.

—Ya le he dicho que nunca lo había visto, ¿verdad? —replicó Jamie, sumido de nuevo en su comportamiento hosco.

—Entonces, ¿cómo sabes que no era veraz?

—Porque todo lo relativo a esa señora era mentira. Todo —dijo airado.

El detective Anderson se limitó a asentir, y concedió tiempo a todos los presentes para tomar nota del estallido de Jamie. Una vez más, Jamie agachó la cabeza y clavó la vista en el suelo. No cabía duda de que no iba a decir nada más sobre el diario desaparecido.

¿Era Ali una profesora popular?, quiso saber el detective McCarty cuando le llegó el turno. Le habían dicho que sus clases estaban muy solicitadas, que los estudiantes la esperaban después de clase, y que muchos hasta la llamaban a casa. Pero Jamie sólo se encogió de hombros. No lo sabía...

—¿Y tú, Jamie? ¿Cuál era tu opinión sobre la señora Mather..., o Ali, como tú la llamabas? ¿Pensabas que era una profesora agradable?

—Yo no la llamaba de ninguna manera —dijo Jamie, y su voz se elevó de tal forma que Gavin me apretó la mano casi sin darse cuenta—. Tampoco opinaba nada sobre ella. Ya se lo he dicho, ni siquiera conocía a esa señora.

—Vamos, por lo que me han dicho, la señora Mather destacaba en el instituto. Era una especie de celebridad. Una compositora e intérprete de verdad. Y bonita, además. Me han dicho que algunos estudiantes estaban colados por ella. ¿Pensabas que la señora Mather era guapa?

Jamie se encogió de hombros una vez más.

—Era vieja —dijo—. Pero nunca me fijé demasiado en ella. No la veía mucho. Como ya he dicho, no iba a su clase.

—Vamos, Jamie, la señora Mather no sólo era una profesora de tu instituto. Vivía a pocas manzanas de tu casa, ¿verdad? Y por lo que me han dicho, ella y tu madre eran amigas íntimas. Tú la conocías, por supuesto.

El agente me miró como para confirmar sus palabras, pero mi cara siguió imperturbable.

Jamie volvió a encogerse de hombros y se hundió en el asiento.

—Bien, ahora sí que me has desconcertado, chico —dijo el detective con fingida inocencia—. ¿Tu madre y la señora Mather eran amigas sí o no?

—Supongo que sí —dijo Jamie con voz hosca—. No lo sé.

—¿No lo sabes? ¿La señora Mather no llamaba mucho a tu casa? ¿No iban tu madre y ella juntas al instituto en coche? ¿Tus padres no frecuentaban en alguna ocasión a los señores Mather? ¿No fueron a alguno de sus conciertos?

Cuando Courtney interrumpió para preguntar qué se proponían los detectives con aquellas preguntas, McCarty reculó. Se levantó para tomar una taza de café y ofreció a Jamie un refresco. Hasta sonrió cuando le sirvió la Coca-Cola. Pero cuando volvió a hablar, el tono del detective era más implacable que nunca.

—¿Alguna vez has mirado lo que nosotros llamamos revistas de chicas, Jamie? Ya sabes, *Playboy*, *Penthouse*, todo eso.

Nuestro hijo nos miró un momento a su padre y a mí con las mejillas púrpura.

—Las he visto un par de veces. Hay chicos del instituto que tienen. No puedo decir que las lea.

McCarty lanzó una risita, como si fuera un viejo amigo. Un colega.

—Creo que nadie lee esas cosas, Jamie —dijo.

Él sonrió con cautela.

—Salen unas chicas estupendas en esas páginas, ¿verdad, Jamie?

Se encogió de hombros.

—Supongo.

—Vamos, Jamie. ¿No reconoces a una chica guapa cuando la ves? Primero me dices que no sabes si la señora Mather era guapa. Y ahora dices que no sabes si esas modelos de *Playboy* son atractivas. ¿Qué te gustan? ¿Los chicos?

Jamie levantó la vista al instante.

—¡No! —dijo con vehemencia, pero McCarty ya estaba presionando.

—Por lo que me han dicho, los chicos del instituto pensaban que la señora Mather estaba muy buena con aquellos tejanos ceñidos que llevaba, aquellas faldas cortas. Pero tú no piensas eso, ¿eh? ¿Ni siquiera te fijabas?

—Estaba bien para su edad, supongo. Sí, o sea, era guapa. Pero ¿y qué? ¿A qué viene eso?

Miró desesperado en mi dirección.

—Si quieres saber la verdad, Jamie, está relacionado con el asesinato. Porque, a juzgar por lo que sabemos de este crimen, el asesino estaba obsesionado con la señora Mather. ¿Sabes lo que es una obsesión, Jamie?

—La verdad es que no —murmuró él.

—Es como una especie de enamoramiento. ¿Te has enamorado alguna vez de alguien, Jamie? ¿De una chica que no te deja dormir por las noches, una chica que parece tan perfecta, tan especial, que no te la puedes quitar de la cabeza?

—Mmm... —dijo él, al mismo tiempo que lanzaba una mirada furtiva en nuestra dirección.

—Tienes... ¿cuántos? ¿Dieciséis años? ¿Y nunca te has enamorado? ¿Nunca has visto una chica en el instituto que te llamara mucho la atención?

—Yo... no he dicho eso... —tartamudeó Jamie—. O sea, sí, supongo que sí.

—Eso pensaba —declaró McCarty con satisfacción—. Bien, pues, tal vez puedas comprender lo que es una obsesión. Una obsesión no es más que un enamoramiento descontrolado. No sólo piensas en la persona todo el tiempo, sino que empiezas a seguirla por todas partes. Tal vez incluso hasta su casa, cuando no está. Te llevas algunas cosas para mirarlas en la intimidad de tu habitación. Parece una locura, ¿verdad, Jamie?

—Sí —murmuró él con escasa convicción, mientras yo pedía ayuda en silencio desesperada a Courtney Rice. ¿Por qué no hacía algo? Tenía que haber una forma de detener a McCarty. Pero la abogada estaba mirando a Jamie como si deseara saber la respuesta.

—¿Te has enamorado así alguna vez, Jamie? —insistió McCarty. Había acercado su silla a la de él, y estaba inclinado casi sobre la cara de mi hijo—. ¿De la señora Mather, por ejemplo? ¿No estabas un poco obsesionado con la profesora de música?

—Ya se lo he dicho. ¡Ali era vieja, vieja y fea, con el pelo largo como una bruja! —estalló Jamie—. Y también era mala. Oh, sí, fingía ser simpática, pero le daba igual hacer daño a quien fuera. La única razón de que le gustara a la gente o se enamoraran de ella era porque los engañaba. ¡Hasta engañó a mi madre!

Después del estallido de Jamie, el detective McCarty permitió que el silencio se hiciera en la habitación, para subrayar el sorprendente apasionamiento de las palabras de mi hijo. Y supongo que también estaba esperando a que Jamie siguiera hablando, o a que Gavin y yo saltáramos con algo acusador en los labios. Pero cuando intenté denunciar lo injustas que eran las preguntas, mi marido apretó mi mano en señal de advertencia y miró en dirección a nuestra abogada.

Una vez más, Courtney habló con calma.

—Bien, acaba de demostrar que Jamie, como la mayoría de estudiantes de instituto, sostienen opiniones muy firmes sobre sus profesores. ¿Adónde nos conducen estas preguntas, detective?

—Estoy intentando demostrar lo que el joven señor Cross sentía por la víctima. Ésa es mi intención —dijo McCarty.

Hizo una pausa para beber café antes de volverse hacia Jamie, con voz sinuosa, de repente baja y serena.

—Da la impresión de que tus sentimientos hacia la señora Mather eran muy fuertes, Jamie. ¿O debería llamarla Ali? ¿No la llamabas así?

Aunque el detective continuó insistiendo unos minutos más, Jamie adoptó de nuevo su anterior comportamiento impasible. Por más cebos que le echaba McCarty, no obtenía otra cosa más que gruñidos, encogimientos de hombros y algún «supongo que sí» ocasional. Pero daba igual. Cuando Gavin y yo intercambiamos una mirada en un momento de descuido, ambos admitimos en silencio que el daño ya estaba hecho. Jamie había revelado sentimientos muy fuertes e inapropiados hacia la víctima del asesinato.

Cuando pensábamos que el interrogatorio había terminado y podríamos irnos a casa para reagruparnos antes de la siguiente fase de esta pesadilla, el detective Anderson intervino, y nos sobresaltó con una nueva línea de interrogatorio. Había desaparecido su anterior comportamiento tranquilo y relajado. Esta vez, también él acercó la cara a la de Jamie, y le bombardeó con una serie de preguntas en rapidísima sucesión. ¿Le interesaban a Jamie las navajas? ¿Tenía una? Él volvió a encogerse de hombros. El detective vaciló, a la espera de que dijera algo más. Bien, tenía una de los Boy Scouts. Pero eso fue hace años. Hacía mucho tiempo que no la veía. ¿Cómo era la navaja?, preguntó con frialdad el detective Anderson. ¿Se acordaba lo bastante bien para describirla? Jamie calculó a ojo el tamaño con las manos. ¿De qué color era?, preguntó el agente. Cuando Jamie se encogió de hombros, insistió.

—Vamos, la navaja de explorador de un chico es algo importante. Estoy seguro de que recuerdas cómo era. Debía tener alguna señal característica.

—Creo que tenía el mango rojo —añadió Jamie—, pero no estoy seguro. Como ya he dicho, hace mucho tiempo que no la veo.

—¿Desde... la excursión que hiciste con la familia Breen... hace poco? ¿No llevabas la navaja entonces?

Jamie paseó la vista a su alrededor como un animal acorralado, sin saber de dónde procedería la siguiente traición.

—¿Quién le ha dicho eso, Toby? ¿Toby vino aquí a decir eso?

—Da igual quién nos lo dijo. Te lo estamos preguntando a ti. ¿No tenías la navaja hace un mes, cuando fuiste de camping con los Breen?

Los ojos del detective Anderson poseían un brillo excepcional cuando dio media vuelta y se paró detrás del escritorio.

—Llevaba una navaja, sí, pero no estoy seguro de si era la misma.

El agente Anderson se calzó un par de guantes, abrió el cajón y, con un movimiento sorprendente, extrajo una bolsa de plástico que abrió con sumo cuidado, para revelar la conocida navaja de mango rojo. Un objeto normal de la infancia de Jamie que yo había visto docenas de veces en su cuarto.

—Bien, voy a refrescarte la memoria un poco, Jamie. ¿No es ésta la navaja que te llevaste a la excursión que hiciste con los Breen? ¿La misma navaja que llevabas cada vez que ibas a casa de la profesora de música? ¿La navaja que utilizaste para herir a Ali Mather anoche?

Todos esperábamos que Jamie lo negaría, por supuesto. Pero daba la impresión de estar hipnotizado por la navaja reluciente que el detective Anderson sostenía en sus manos enguantadas. La contempló durante un largo momento.

—¿Dónde la ha encontrado? —preguntó.

Pero antes de que el detective tuviera tiempo de contestar, ya sabíamos la respuesta. La conocida navaja, que había visto en el cuarto de Jamie tantas veces, había sido encontrada en el lugar del crimen. Estaba manchada de sangre seca.

24

Me puse pantalones negros y zapatos sin tacón la noche del velatorio de Ali. Sin maquillaje. Con mi hijo en la cárcel y mi mejor amiga de cuerpo presente en la funeraria Ruskin, mis normas acerca de «presentar siempre el mejor aspecto» se me antojaban absurdas. Terminé una copa bien cargada mientras me sujetaba el pelo en la nuca con una horquilla. La mujer de rostro vulgar del espejo me pareció más desconocida que nunca. Durante los últimos meses, había bebido más que en todos los años anteriores, cosa que en otras circunstancias habría sido causa de preocupación. Pero ahora lo único que importaba era la supervivencia. No tenía ni idea de cómo acogería la multitud congregada en el velatorio a la madre del chico que había sido acusado del asesinato de Ali. Pero cuando hube terminado mi bebida hasta el último cubito de hielo, la única persona a la que tenía miedo de ver era a Ali.

Cuando pasé ante el cuarto de estar, donde Gavin estaba sentado acunando su particular escapatoria líquida, se levantó y caminó hacia la puerta. Era la primera vez que estábamos solos en los dos días transcurridos desde la detención de Jamie, la primera vez que Courtney o los numerosos amigos que invadían nuestra casa para aportar apoyo o guisos, o sólo para echar un vistazo a nuestra pesadilla, nos habían dejado frente a frente.

Con su bebida en la mano, Gavin habló vacilante, como lo hacía desde que yo había vuelto de la cabaña, pero nada podía disimular la creciente alarma de su tono.

—Jeanne, espero que no se te ocurra ir al velatorio de Ali. Ya sabes lo que dijo Courtney. Teniendo en cuenta las circunstancias, no quedaría bien que nadie de nuestra familia…

Le dirigí una mirada sombría.

—Voy a ir, Gavin. Tal vez si esta familia hubiera pensado más en la realidad de la situación, y menos en la opinión de los demás, no nos encontraríamos en esta situación.

Engulló su bebida.

—Por Dios, Jeanne, hablas como si creyeras que Jamie hubiera cometido este crimen horrible. Y como si nosotros fuéramos culpables por intentar mantener la familia unida.

—Jamie no lo hizo, por supuesto —repliqué con furia.

Ante mi perplejidad, Gavin se hundió en el sofá y apoyó la cabeza en las manos.

—Ojalá pudiera compartir tu certidumbre —dijo—, pero ya viste cómo reaccionó en la comisaría de policía. Ni siquiera lo negó. Y las pruebas...

—El chico tiene dieciséis años y le acusan de asesinato. ¿No te sentirías tú también confuso? Y en cuanto a las pruebas, pueden explicarse. Se explicarán.

Hablaba en tono seguro, pero aun así debía admitir que las pruebas eran abrumadoras. Habían encontrado la vieja navaja de *boy scout* de Jamie entre la casa de Ali y la nuestra, todavía manchada de su sangre. Después estaban las pruebas materiales halladas en el lugar de los hechos, los pelos y huellas dactilares que coincidían con los de Jamie. Por si eso no fuera suficiente, la acusación contaba con un testigo ocular: la siempre vigilante Nora Bell estaba dispuesta a testificar que había visto a un chico alto y gordo salir corriendo de la casa la noche del asesinato. Aunque estaba oscuro y era corta de vista, estaba casi segura de que era Jamie Cross.

Gavin sacudió la cabeza.

—¿Esperas que se lo crea alguien, aunque sea su padre? Vamos, Jeanne, una persona inocente acusada de asesinato no se queda sentada sin hacer nada, como un zombi. Jamie se quedó callado incluso cuando presentaron las pruebas.

—Lo negó. Más tarde, cuando Courtney le preguntó. No lo habrás olvidado —dije—. Le contó que había ido a casa de Ali para preguntarle si sabía algo de mí. Después, cuando descubrió el cadáver, salió corriendo.

—Has de admitir que eso es muy endeble —dijo Gavin—. Piénsalo desde la perspectiva de la policía. O sea, si Jamie se tropezó con el cadáver como afirma, ¿por qué no acudió a mí? ¿Por qué no llamó a la policía? ¿Y cómo explicas las pruebas? La navaja, por ejemplo. ¡El puto ADN de Jamie!

—Admitió que estuvo allí, pero también estuvo George Mather —dije—. Eso no significa que alguno de los dos la matara. —Sentía pena por Gavin y su evidente tormento, pero estaba decidida a no perderme el velatorio—. Sé que esto es importante, pero ya lo hablaremos más tarde.

Ante mi sorpresa, Gavin se levantó de repente y bloqueó la puerta.

—Tú no vas a ningún sitio, Jeanne. No permitiré que sabotees a Jamie así.

Sabotear a Jamie: una de sus frases favoritas, extraída del montón que utilizaba para silenciarme. No sé si debido al alcohol, a la gravedad de la situación, o sólo a la erupción de años de silencio y frustración acumulados, estallé.

—Esto ya no te va a funcionar, Gavin. Los chantajes emocionales se han terminado. Cállate por el bien de Jamie. Finjamos ser la familia perfecta por el bien de Jamie. Finge ser una mujer satisfecha, realizada y feliz por el bien de Jamie. Se ha terminado. Iré al velatorio, digas lo que digas. Quiero ver a Ali.

Le miré a los ojos. Sentía su fuerte pecho contra el mío, y estaba dispuesta a empujarle a un lado si era necesario, convencida de que la descarga de adrenalina que experimentaba me aportaría las fuerzas necesarias. Pero no tuve que recurrir a eso. Algo, tal vez la desesperación de mi voz, le obligó a apartarse.

—¿Quieres ver a Ali? —preguntó con frialdad—. Hablas como si fueras a dejarte caer por su casa para tomar una copa de vino y charlar.

No podría haber dicho algo que me llegara más al fondo. Una copa de vino y charlar. Nada más normal que eso. Y nada que definiera mejor el significado de morir: nunca más.

Pese a la arrogante inclinación de la cabeza de Gavin, percibí la vulnerabilidad que intentaba disimular con tantos esfuerzos. El miedo. En aquel momento, vislumbré lo que los años de mentiras y fingimientos le habían costado. Supongo que, si no hubiera arruinado mi vida de paso y perjudicado gravemente la de mi hijo, habría sentido pena por él. Pero más fuerte que el impulso de quedarme con Gavin y hablar era la necesidad de ver a Ali una vez más. Tenía que despedirme de ella y reconciliarme con el hecho de que se había ido definitivamente, de que ya no habría más vino y conversaciones, ni siquiera la posibilidad de disculparme por tantas cosas en las que le había fallado. Después de mirar a mi marido un breve momento, di media vuelta y me dirigí hacia la puerta.

Había tanta gente en el velatorio de Ali que el aparcamiento de la funeraria Ruskin ya estaba lleno cuando llegué. Grupos de estudiantes lloraban de pena, pero también por la dramática muerte de Ali, se abrazaban o murmuraban palabras de consuelo. Cuando llegué a la puerta, descubrí que la gente hacía cola para acceder al interior. Aunque esperaba ver a profesores y estudiantes del instituto, y a los músicos que había conocido en sus conciertos, casi todos los asistentes eran desconocidos para mí. Mientras miraba las caras, me pregunté cuál sería su relación con Ali y cómo osaban impedirme la entrada.

La multitud estaba tan apretujada que, por un momento, confié en que nadie se fijaría en mí, un ser apenado más en el ejército de gente que quería a Ali Mather. Cuanto más esperaba en la cola, más segura estaba de que los temores expresados por Gavin y Courtney habían sido infundados. Fui entrando poco a poco, con la cabeza gacha, y dejé que el pelo suelto de la horquilla me ocultara la cara. Pero justo cuando pensaba que iba a pasar desapercibida, alguien pronunció mi nombre en voz alta.

—Jeanne… ¡Jeanne Cross!

Aunque era un saludo, nada me ahorró el sobresalto de escuchar la voz de Nora Bell. Al sonar el nombre que se me antojaba tan vulgar, pero que ahora parecía una acusación, un murmullo recorrió la sala. Docenas de rostros, conocidos y no, siguieron la mirada de Nora hasta el lugar donde yo me encontraba. Pero cuando la multitud se movió para verme mejor, dejó un pasillo libre. Un pasillo por el que pude ver el ataúd con toda claridad, y descansando dentro, sobre un lecho de raso blanco a mi amiga Ali. El aroma de lirios, que tanto me recordaba su perfume, transformado ahora en un dulzor repugnante, era abrumador. Atraída hacia ella como siempre, atravesé la sala, ajena a todo y a todos cuantos me rodeaban.

Sorprendida sin duda por mi osadía, la multitud me dejó pasar, y los susurros aumentaron de intensidad cuando me acerqué al cadáver de Ali. Me arrodillé ante ella y contemplé la máscara maquillada de mi amiga. Su rostro, dulce y plácido, no traicionaba su vida tumultuosa, o la lucha que la había conducido a su violento fin. Estaba tan sereno como la música que extraía de su violín, tan sereno como el movimiento final de *Paradise Suite*, que oía en mi cabeza mientras contemplaba su rostro. Sus labios estaban algo fruncidos, como si estuviera a punto de susurrarme algo, un secreto final que no compartiría con nadie más. Acerqué mi oído y toque la mano marmórea que había arrancado una música tan poderosa de su instrumento. Besé su mejilla, y me fijé en la marca de lápiz de labios color ciruela que había dejado. Por lo visto, había olvidado las oraciones de rigor, o lo que había querido decir a Ali cuando la vi. Lo único que acudió a mi mente fue su nombre, que recité una y otra vez. Era mi oración, caí en la cuenta... Ali... Ali... Deseaba decirle tantas cosas, pero ahora que estaba arrodillada junto a su cuerpo, las palabras se disolvían. Pero daba igual. Ali, quien había escuchado con tanta comprensión a todos cuantos la necesitaban, no podía oírme.

Empecé a sollozar por lo bajo, casi olvidando dónde me encontraba o la muchedumbre apretujada detrás de mí, cuando sentí una fuerte mano sobre mi hombro. Me volví y vi los ojos profundos y torvos de George Mather. Aunque estaban secos, jamás había visto un dolor tan grande.

—Jeanne —dijo, y me abrazó. Sólo eso. Mi nombre, pronunciado con tal intensidad que esa sola sílaba adquirió un poder curativo. Detrás de nosotros, se alzaron murmullos, pero yo sólo oía la respiración de George en mi oído. Sólo sentía el calor de su presencia, el primer consuelo auténtico que había recibido desde el asesinato de Ali. Si había albergado alguna duda sobre cómo reaccionaría el marido de Ali ante mi presencia, ya tenía la respuesta.

Al cabo de un largo momento, George me soltó.

—Esto debe de ser doblemente horrible para ti, Jeanne. Primero pierdes a Ali, y después te arrojan a la cara esas acusaciones.

Silenció con tacto el nombre de Jamie, evitó las frías palabras que nos veíamos obligados a leer en el periódico, oír en las noticias y en la sala del tribunal: ADOLESCENTE ACUSADO DE ASESINATO.

Cerré los ojos y asentí en silencio.

Me tomó por el codo, como había hecho aquella tarde en Giovanna's.

—Ven —dijo—. Quiero presentarte a la familia de Ali.

Al principio, me mostré reacia. Pero al recordar que Ali nunca se había acobardado, imaginé que era lo menos que podía hacer por ella. Y tal vez lo mejor que podía hacer por Jamie era pasar entre aquella multitud de curiosos con la cabeza bien alta, proyectando una absoluta seguridad sobre su inocencia. Extendí la mano a las dos mujeres que se encontraban cerca del ataúd, saludando a la cola de amigos y conocidos.

—Soy Jeanne Cross —dije antes de que George pudiera presentarnos—. Ali y yo éramos amigas íntimas.

La madre y la hermana de Ali intercambiaron una breve mirada inquisitiva, antes de que esta última me estrechara la mano.

—George nos ha hablado mucho de ti. Gracias por venir. Sé que Alice lo agradecería.

Alice. Era la primera vez que oía a alguien referirse a mi difunta amiga con ese nombre, y al mirar a los ojos de la hermana, me formé una nueva imagen de Ali. Su hermana, que dijo llamarse Kathleen, era una versión más trasnochada de Ali. Ali con caderas anchas y pelo gris corto. Ali sin el beneficio de las lentillas o la chispa que alegraba enseguida una sala, un violín, los ojos de un hombre. Ambas mujeres tenían los ojos secos, eran prudentes, quizá severas. Sin embargo, su mirada se suavizó bastante cuando miraron a George. Kathleen hasta le besó en la mejilla.

—Era una persona única y maravillosa —dije, buscando las palabras adecuadas—. Habrá sido un golpe terrible para ustedes. Lo siento muchísimo.

—Si quieres que te diga la verdad, no ha sido tan terrible —dijo Kathleen con sequedad—. Siempre había imaginado que mi hermana moriría de una manera violenta. O en un accidente de coche, o incluso... Bien, así. Desde que era pequeña, Alice era un imán para los problemas.

Apenas podía creer que hablara con tal crudeza. Miré un momento a George, y me pregunté si Kathleen sabía quién era yo.

Su madre, una versión más vieja de Kathleen vestida con falda y blusa sencillas, se secó un momento los ojos, pero no contradijo las duras palabras de su hija.

Estupefacta, paseé la vista por la sala.

—Había mucha gente que la quería.

En cuanto lo dije, me di cuenta de lo raro que debía sonar en labios de la mujer cuyo hijo había sido acusado del asesinato. Pero no lo pude evitar. Pensé que alguien debía defender a Ali del cruel juicio de su hermana.

—Y otra tanta que la odiaba —replicó impasible Kathleen.

En aquel momento, su madre me sorprendió cuando tomó mi mano.

—Si eso va a conseguir que te sientas mejor, Jeanne, no creemos que tu hijo lo hiciera. En cuanto le vimos en la televisión, supimos que no era él. Se puede leer la inocencia en sus ojos.

De repente, me sentí ahogada por las lágrimas.

—Ojalá más gente opinara como usted y yo —dije cuando pude hablar de nuevo.

—Nosotras lo vemos como madres, ¿verdad, Jeanne? —dijo la mujer, y sus ojos se desviaron un instante hacia Ali, antes de volverse de nuevo hacia mí con una triste sonrisa—. Y las madres ven cosas que los demás no.

Kathleen frunció el ceño.

—¿Por qué no están investigando a su novio? Si quieres saber mi opinión, es el sospechoso más obvio. —Dirigió una mirada de disculpa a su cuñado, que se removió incómodo a mi lado—. Lo siento, George, pero lo sabes tan bien como yo.

Apretó el brazo de su cuñado.

—¿Te imaginas estar casada con un santo como George y andar correteando por ahí con tipos como ése?

Sus ojos, del color topacio de Ali, pero carentes de su brillo, escrutaron desde detrás de sus gafas a Jack Butterfield, que se estaba abriendo paso entre la muchedumbre como un político.

Con su espeso pelo rubio peinado hacia atrás con fijador, y su físico imponente, parecía un actor de cine que se estuviera abriendo paso entre un grupo de admiradores, con cuidado de dar a cada uno lo que debía. Aunque nunca había confiado en hombres como Jack, tuve que admirar el excelente corte de su traje, los huecos que se formaban en sus mejillas cuando intentaba sonreír. Sin embargo, cuando se acercó al ataúd en el que yacía Ali, con las manos enlazadas recatadamente sobre su regazo como nunca había hecho en vida, el color se retiró del hermoso rostro de Jack Butterfield. Casi dio la impresión de haber olvidado para qué había venido, y ahora, ante el cuerpo inerte de su amante, revivía de nuevo el impacto de su muerte.

Mientras la multitud observaba con la mayor discreción posible, caminó hacia el reclinatorio.

—Oh, Ali —gimió, mientras pugnaba por reprimir las lágrimas.

Kathleen puso los ojos en blanco, mientras el gentío contemplaba como hipnotizado aquella súbita explosión de dolor viril.

Durante varios minutos, Jack luchó con sus sentimientos, mientras acariciaba el pelo y la mejilla de Ali. Ni siquiera fingió que rezaba. Cuando alguien apoyó una mano sobre su brazo, él enderezó los hombros, se sonó con un pañuelo que había sacado del bolsillo de su elegante traje y se puso en pie. Se mantuvo erguido delante de Ali un largo momento, consciente de los ojos de la multitud clavados en él. Después extrajo algo del bolsillo y lo depositó sobre el ataúd. Sólo cuando se alejó pude ver que era un enorme anillo de diamantes. Destellaba en el dedo de Ali.

Después de dejar atrás la cola, Jack se abrazó a una conocida que había sido testigo de su dramático gesto.

—Ali y yo esperábamos casarnos en cuanto le concedieran el divorcio —explicó mientras contenía las lágrimas. Después, miró hacia el ataúd—. Pensaba regalarle el anillo el día de su cumpleaños —añadió.

—¿De qué divorcio habla? —intervino Kathleen, al tiempo que se interponía entre Jack y la mujer a la que estaba hablando en voz alta para que todo el mundo se enterara—. Mi hermana no tenía la menor intención de divorciarse de George. Por lo que yo sé, era de usted de quien estaba harta.

Por segunda vez en media hora, el color abandonó el rostro de Jack. Después se recuperó enseguida, miró un momento a George y afrontó los ojos penetrantes de Kathleen.

—Estoy seguro de que a algunas personas les gustaría creer eso, pero la verdad es que Ali y yo nunca nos habíamos sentido más unidos. Íbamos...

—Por favor, señor Butterfield, ahórrenos los detalles —dijo Kathleen con voz acerada como una navaja—. Mi hermana terminó su relación pocos días antes de morir. Lo sé porque hablé con ella la noche que la asesinaron. —Su voz se elevó, haciendo gala de ciertas dotes para la interpretación como su hermana, mientras reclamaba la atención de todos los presentes—. Alice me confesó lo asustada que estaba aquella noche, señor Butterfield. Y no estaba asustada de un crío de dieciséis años. Me dijo que usted era incapaz de aceptar que todo había terminado. Se presentaba en plena noche algunas veces, golpeaba su puerta, y cuando ella no contestaba, aporreaba la ventana de su habitación.

Mientras la multitud lanzaba una exclamación de horror, Jack Butterfield se abrió paso por el estrecho pasillo y salió por la puerta.

Más tarde, cuando me arrodillé para contemplar la cara de Ali por última vez, observé que el anillo había desaparecido. No estaba segura de a quién debía decírselo, ni de si debía decírselo a alguien, pero era evidente que, durante el tumulto ocurrido tras la salida de Jack, alguna persona había robado la costosa joya del dedo de la difunta.

25

Sentada a una mesa de Giovanna's, me sentí desagradablemente transportada a la primera comida que había compartido con George Mather. El aroma del ajo, la oscuridad de la sala, que impedía la entrada del transparente día de verano con sus pesadas cortinas, o el vetusto ambiente del local me recordaron mi intranquilidad cuando George me había servido vino en repetidas ocasiones, para luego acosarme con preguntas sobre Jamie. Consulté mi reloj y vi que llegaría con retraso. Aún tenía tiempo de cambiar de opinión y salir disparada, antes de que se me escapara algo que pudiera ser utilizado contra mi hijo. Imaginaba cómo reaccionarían Courtney y Gavin si se enteraran de que había ido a comer con el marido de Ali. El marido que había anunciado en público que no descansaría hasta ver encarcelado al asesino de de su esposa.

Pero a pesar de mis recelos y del asesoramiento legal que estábamos pagando, no pude marcharme. Lo que ni Gavin ni Courtney (ni tampoco George) sabían era que yo ya no era el ingenuo peón que había compartido un *antipasto* con el marido de Ali la primera vez. En esta ocasión, no permitiría que me condujeran a una incómoda discusión sobre psicología adolescente. Esta vez, yo llevaría las riendas.

Había pedido un capuchino y me lo estaba bebiendo poco a poco, cuando George apareció. Se disculpó por su tardanza, y explicó que le habían retenido en la universidad. Por lo visto, un estudiante había acudido a él por problemas personales. Aunque estaba claro que deseaba explayarse más, le interrumpí al instante. No iba a permitir que utilizara otro drama como estratagema para averiguar mis opiniones, como había sucedido la primera vez.

—Me da igual por qué has llegado tarde —dije. Si bien habíamos estado unidos en el velatorio de Ali, ahora consideraba a

George un enemigo—. Lo que quiero saber es por qué me has estado llamando dejando mensajes en el contestador automático. Tarde o temprano, mi marido será quien los escuche.

Una mujer sentada en la mesa de al lado se volvió para mirar.

George sonrió, pero su expresión estaba teñida de tristeza.

—Hablas como si se tratara de una relación clandestina. No intento ocultar nada a Gavin. De hecho, dejé claro que podía venir a comer con nosotros.

Hizo una seña a la camarera e indicó la barra. Como si ya supiera lo que quería, ella regresó al instante con una jarra de chianti y dos copas.

Sin embargo, cuando intentó dejar una copa delante de mí, la rechacé con un ademán.

—Yo no quiero vino, gracias. Esta vez, bastará con el capuchino.

Dije esto último mirando a George.

Después de que la camarera nos dejara la carta, carraspeé.

—Ya sabías que Gavin no vendría —dije—. Mi marido tiene la sensatez de seguir los consejos de nuestra abogada.

George tomó un sorbo de vino.

—Hablas como si no confiaras en mí, Jeanne —dijo al tiempo que me dedicaba aquella sonrisa dolida—. Me siento ofendido.

—¿Debería confiar en ti?

—Depende de lo que desees. Si deseas lo mismo que yo, justicia para Ali, puedes confiar en mí a pies juntillas. Si deseas que el culpable salga en libertad, considérame tu peor enemigo.

Sus ojos, de un azul tan profundo que parecían pardos a la tenue luz, me miraron con intensidad. Una vez más, experimenté la sensación de haber entrado en la sala de los tribunales donde las aptitudes de George Mather habían sido legendarias.

Empujé hacia atrás la silla, con tal ruido que todo el mundo se volvió a mirar.

—Creo que mi marido tiene razón. Me he equivocado al venir.

Cuando George se levantó para detenerme, un tono de súplica se insinuó en su voz.

—Por favor, Jeanne. Eres la única persona con la que puedo hablar... La única que la amaba, aparte de mí.

Sus ojos se humedecieron de repente.

Volví a sentarme, resignada.

—Vi a mucha gente llorando la noche del velatorio, George. Sus estudiantes. Gente que admiraba su música. Tú y yo no éramos los únicos...

—Sí, pero ¿cuántos conocían de verdad a Ali, cuántos la conocían como tú y yo, y la querían pese a todo?

Le miré en silencio, incapaz de dar con un nombre.

—Mi esposa era una mujer espléndida —dijo George con los ojos todavía brillantes—. Y un auténtico coñazo. Nadie lo sabe mejor que yo... o que tú. Tal vez se podría decir que la queríamos pese a todo.

—A veces, era tan egoísta que casi la odiaba —admití—. Pero también podía ser más comprensiva que nadie, y siempre original. No había nadie en el mundo como Ali.

En aquel momento, la camarera apareció y se dispuso a tomar nota.

Sin consultarme, George pidió un *antipasto* para los dos. Después de que la camarera se alejara, tomó mi mano.

—Por eso quería que vinieras. Porque nadie más comprende mi dolor, del mismo modo que nadie más comprendía a Ali. —Cerró un momento los ojos, y cuando los abrió, mostraban un regocijo sorprendente—. Además, te he traído un pequeño regalo. Una pequeña demostración de mi estima.

Buscó en el bolsillo. Después, sin dejar de sonreír, extrajo un pequeño objeto encerrado en su mano, conservando todavía el secreto.

—Bien, ¿lo quieres o no?

—No estoy de humor para jueguecitos —dije, agradecida por la aparición de la camarera, que parloteó animadamente mientras dejaba nuestro *antipasto*. Como estábamos mirándonos fijamente, creo que ninguno de los dos oyó ni una de sus palabras.

—Bien, les dejo solos. Que disfruten de su comida —dijo por fin la camarera, confundiendo nuestros ojos entrelazados con una señal de fascinación romántica.

George mantuvo los puños cerrados como un niño en el patio del recreo.

—Adelante, Jeanne. Elige una mano.

Algo irritada, di un golpecito sobre su puño derecho. El objeto que albergaba cayó sobre la mesa ante mí. A la luz refractada que penetraba por la ventana de atrás, brilló y destelló como lo había hecho en el dedo sin vida de Ali una semana antes.

—¿Tú? ¿Fuiste tú quien lo robó aquella noche? —exclamé. Levanté la enorme joya y le di vueltas a la luz.

—No te lo tomes tan a pecho, Jeanne. No es más que un anillo. No obstante, debo admitir que fue un gesto asombroso por parte del señor Butterfield.

Deslicé el anillo en mi dedo y lo alcé a la luz de nuevo. Después me lo quité y lo dejé encima de la mesa entre ambos, donde se quedó como una pregunta sin respuesta. George sirvió el *antipasto*, y recordó que me encantaban las alcachofas, pero no demasiado las carnes grasientas.

Durante los siguientes quince minutos, comimos en un silencio amigable, y sólo lanzamos miradas ocasionales al objeto ampuloso que descansaba en el centro de la mesa. Casi nos habíamos olvidado de él, cuando la camarera se acercó a ver si necesitábamos algo más. Se iba a llevar la jarra vacía de George, cuando se fijó en el anillo.

—¡Oh, Dios mío, felicidades! —exclamó—. Supe que estaban enamorados en cuanto les vi.

Guiñó el ojo y retrocedió, paseando la vista entre George y yo. Tras su sonrisa, percibí que estaba analizando la situación. Un hombre lo bastante mayor para ser mi padre… La piedra de buen tamaño. Volvió a felicitarnos, con la esperanza de que la estúpida generosidad del hombre se reflejaría en la propina.

—Caramba, gracias —dijo George, y después me sonrió—. Somos muy felices.

Paseé la vista por el comedor y fui consciente de que habíamos atraído la atención. Interpretábamos para los presentes como Jack Butterfield la noche que había ofrecido el anillo a la mujer muerta. George tomó mi mano y la acarició con afecto.

Pese al hecho de que sólo estaba actuando, sentí una oleada de calor. Una corriente casi eléctrica había pasado entre nosotros. Retiré la mano de inmediato.

—Bien, ¿no vas a decirme por qué? —pregunté cuando volvimos a estar solos.

—No estoy seguro de qué estás preguntando. ¿Por qué Jack regaló el anillo a mi mujer? ¿Por qué lo cogí? ¿O quizá quieres saber por qué te lo he dado a ti? Bien, en el caso de que quieras saber si mis intenciones son honorables, te aseguro que…

—Basta de bromas, George. Esto es serio. Mi hijo está en la cárcel de la ciudad, acusado de un asesinato que no cometió. No tengo tiempo para…

De pronto, su mirada se tornó seria y, por primera vez desde que le conocía, colérica.

—Sí, Jeanne, tu hijo está en una celda. Y mi mujer en el cementerio. ¿De veras crees que te llamé para entretenerte, o para entretener a la camarera?

—Entonces, ¿por qué? —pregunté, esta vez con más suavidad.

—Ya te lo he dicho antes. Sé precisa. ¿Por qué qué?

Hablaba como el abogado que yo deseaba para Jamie, en lugar de la diminuta Courtney, quien en dos semanas aún no había logrado arrancar una historia coherente a mi hijo.

—Muy bien, ¿por qué cogiste el anillo, para empezar? ¿Quieres añadir una acusación de hurto mayor a tus problemas?

La camarera se acercó con la cafetera, pero al percibir la tensión de la mesa se alejó.

George se encogió de hombros.

—No creo que el señor Butterfield me denuncie, teniendo en cuenta que se fue de la funeraria con el rabo entre las piernas. Y aunque lo hiciera, ¿crees de verdad que algo podría hacerme daño en este momento? ¿Inhabilitación? ¿Humillación? ¿Encarcelamiento? En ese sentido, perder lo único que te importa es la liberación definitiva. Nada me asusta ya, Jeanne.

Su dolor era palpable. Se hallaba tan próximo y era tan abrumador que tuve miedo de asfixiarme.

—Aún no me has dicho por qué lo cogiste —dije en voz baja—. O por qué crees que Jack se lo dio. Al fin y al cabo, ese hombre no es millonario, sino vendedor de coches. ¿Por qué iba a tirar el dinero de esa forma?

George se encogió de hombros, de una forma que me recordó dolorosamente a Jamie cuando le interrogaron los detectives.

—Contestaré a tu primera pregunta con otra. ¿Creías de veras que iba a permitir que mi mujer se fuera a la tumba con el anillo chabacano de ese sinvergüenza? No se me ocurre una parodia mayor.

—¿Estás diciendo que crees que la hermana de Ali tenía razón, que Jack la asesinó? —pregunté, avergonzada por el tono esperanzado de mi voz—. ¿Crees que le dio el anillo porque se sentía culpable?

George sacudió la cabeza con aire pensativo, mientras acababa el vino de su copa.

—Estás pensando en la conversación que, en teoría, Kathleen y Ali mantuvieron la noche del crimen —dijo con la voz teñida de una tristeza inconfundible—. Bien, temo que no puedas depositar grandes esperanzas en eso. Para empezar, mi cuñada me es muy leal. Según su madre y ella, yo era lo mejor que le había podido pasar a la desenfrenada Alice. El señor Butterfield, por su parte, es la encarnación de todo lo que ellas detestaban en la vida de Ali: es demasiado sexual para su gusto. Admítelo, Jeanne. Tú también piensas que es atractivo. Te vi mirándole la noche del velatorio.

Contra mi voluntad, sentí que mis mejillas se teñían de púrpura.

—De hecho, no es mi tipo —murmuré.

—Bien, puede que no, pero era el tipo de Ali —dijo George con tristeza, y levantó el anillo de la mesa con aire ausente.

—Ali y Jack no tenían nada en común —dije—. Ella misma me lo dijo. Me confesó que pensaba dejarle, como afirmó su hermana.

George asintió con tristeza, apenas consolado por mi revelación.

—Al final de todo siempre surgía la misma conclusión, la de que era el bueno de George quien compartía su amor por la música y la filosofía, los buenos vinos y el teatro. Pero se sentía atraída hacia hombres como Butterfield una y otra vez, porque sí tenía algo en común con ellos, algo que jamás podría compartir conmigo. Llámalo pasión por la vida, la necesidad de arriesgarse...

Llámalo deseo insaciable de llamar la atención, pensé, y me pregunté al instante de dónde había surgido eso. Ali era mi mejor amiga, y estaba muerta, por el amor de Dios. Era absurdo analizar su carácter ahora. Tomé uno de los *cannoli** que George había pedido con discreción y cambié de tema.

—Dime una cosa: ¿crees que Jack la mató?

Él levantó su taza de café y contempló el oscuro brebaje como si contuviera respuestas, antes de mirarme a los ojos.

—Permíteme que sea brutalmente sincero contigo, Jeanne. Las pruebas contra Jamie son muy concluyentes. En esta encrucijada, debo decir que me siento inclinado a dar la razón al fiscal del distrito. Y si tu hijo asesinó a Ali, lucharé con todas mis fuerzas para que reciba el castigo merecido.

Bajé el *cannolo* y cogí el bolso.

—¿Para eso me has pedido que viniera? —pregunté encolerizada—. ¿Para apretar mi mano y fingir que comprendes lo que estoy sufriendo, con la esperanza de tenderme una trampa para que acuse a mi propio hijo?

—No me estás escuchando, Jeanne. He dicho que creo que tu hijo lo hizo. No he dicho que estuviera convencido. Y cuando dicten la sentencia de la persona acusada del asesinato de Ali, he de estar convencido por completo.

* Dulce típico de Sicilia. *(N. del T.)*

Sin soltar el bolso y preparada para huir, ladeé la cabeza.

—Si crees que las pruebas son tan concluyentes, ¿qué te retiene? ¿Por qué no estás con el fiscal del distrito, luchando para ver a Jamie en un tribunal de adultos, en lugar de estar aquí comiendo *cannoli* con su madre?

George mordisqueó el dulce, y después se secó los labios con la servilleta, mientras yo esperaba su contestación.

—Está el problema bastante complicado del móvil, para empezar. Un chico sin historial de violencia sale de casa la noche de autos y asesina a la mejor amiga de su madre, torturándola con la punta de la navaja antes de pasar a mayores. Como estudiante de filosofía, mi primera pregunta es por qué. Y hasta el momento, no he recibido ninguna respuesta plausible.

—¿Es lo que esperabas obtener de mí? —pregunté—. ¿Una respuesta a tus complicadas preguntas, para poder ir a por mi hijo en paz?

Una vez más, George sacudió la cabeza con tristeza. Después tomó mi mano entre las suyas.

—Me creas o no, yo no te haría eso, Jeanne. Tal vez antes, cuando Ali sospechaba que era Jamie quien entraba en su casa, intenté arrancarte información. Pero ahora que tu hijo ha sido acusado de asesinato, no te utilizaría así. Espero que me conozcas lo bastante para creerme.

Continué escrutando sus ojos de profundas ojeras, mientras él seguía hablando.

—Y más todavía, Jeanne, espero que no fuera Jamie. Para empezar, te aprecio demasiado. Y desde un punto de vista egoísta, quiero a un auténtico villano. Alguien en quien pueda descargar toda la rabia que siento por la pérdida de Ali. Un chico problemático no encaja en la descripción.

Solté mi mano.

—Aún no me has dicho por qué me pediste que viniera. Dame un... ¿Cómo lo llamarías tú? Un motivo plausible.

George rió.

—Por favor, Jeanne, no me hagas de abogada. Ya hay suficientes. ¿No te basta si te digo que disfruto de tu compañía? ¿Que sólo quería hablar con una amiga?

Crucé los brazos sobre el pecho.

—¿En una palabra? No. En esta situación, no. Es demasiado compleja para todo eso, y tú lo sabes.

Una vez más, George echó la cabeza hacia atrás y lanzó una carcajada, olvidando por un momento su dolor opresivo. Pero cuando volvió a mirarme, sus ojos estaban serios.

—De acuerdo, Jeanne, si quieres saberlo, te pedí que vinieras porque creo que habrían debido investigar a otras personas, cosa que no han hecho. He confeccionado una lista.

Introdujo la mano en el bolsillo de su chaqueta deportiva y sacó una hoja de papel doblada por la mitad. A juzgar por las manchas de café y las abundantes arrugas, era evidente que había sido doblada y desdoblada muchas veces.

—¿No deberías llevar la lista a la policía? —pregunté, aunque miraba con curiosidad los nombres todavía ocultos—. ¿Qué puedo hacer yo?

—En cuanto la policía se convenza de que tiene a su hombre, la investigación habrá terminado. No les interesan las sospechas privadas de un marido apenado.

George y yo estábamos tan cerca el uno del otro que la camarera, provista de nuestra cuenta, volvió a alejarse.

—Te pregunto una vez más, ¿por qué has acudido a mí?

—¿Quién está más interesado en que atrapen al verdadero asesino? En el caso de que haya otra persona implicada, aparte de tu hijo.

Cuando empecé a comprender las intenciones de George, me sentí mareada, casi como la noche del concierto de Ali en que me había desmayado.

—¿Qué quieres que haga? ¿Que juegue a ser detective privado? ¿De veras crees que sabría...?

—Eres una madre que intenta salvar a su hijo. Puedes hacer

todo cuanto consideres necesario —dijo George, y se acercó más a mí—. Además, eres más lista de lo que aparentas, Jeanne. Hay una faceta de tu personalidad que muy poca gente ha visto. Alice la vio, por supuesto, pero aparte de ella...

—Dame la lista —interrumpí impaciente, impulsada más por la curiosidad que por otra cosa. Sin embargo, cuando tomé la hoja de papel, descubrí que mi mano temblaba. Vacilé un momento, temerosa de su contenido.

Los cuatro nombres estaban numerados y escritos como las respuestas a cuatro preguntas de un examen, o como un recordatorio de cosas que había que comprar en la tienda. La lista sólo contenía nombres:

1. BETH
2. JACK
3. KATHLEEN
4. GAVIN

—¿Kathleen? —pregunté con incredulidad—. Estaba en Minnesota. ¿Cómo puedes sospechar de la hermana de Ali?

—Tengo mis motivos —dijo George, enigmático—. Motivos que te contaré en cuanto haya descubierto algo más.

Guardamos silencio un momento.

—Debo admitir que estoy un poco sorprendido por tu exagerada reacción al ver el nombre de Kathleen —dijo a continuación—. Cosa que no ha pasado con el último nombre.

Doblé el papel y lo dejé en mitad de la mesa con el anillo. Después, sostuve la mirada de George. Y aunque tardé en hablar, creo que él leyó bien mi mirada, leyó algo que yo intentaba ocultarle con desesperación.

—Si quieres saber mi opinión, tu lista de sospechosos es muy obvia. Cualquiera habría podido llegar a la misma conclusión.

—No estamos en un telefilm, Jeanne. En la vida real, el asesino se halla entre los sospechosos obvios.

—En la vida real, el asesino suele ser el marido. Mucha gente diría que un marido abandonado, que dejó huellas por toda la escena del crimen, es el principal sospechoso.

George rió de nuevo.

—¿Ves? Ya lo estás pillando. Por desgracia, este principal sospechoso tiene una coartada a prueba de balas. Pero eso es el tipo de cosas que quiero que averigües. ¿Dónde estaban aquella noche estas personas y con quién? ¿Cuándo fue la última vez que vieron a Ali y cuál fue la naturaleza de su encuentro? Mi plan es que te ocupes de los dos hombres de la lista. Yo hablaré con Beth y Kathleen.

—Pero yo no tengo ni idea de…

—Pues claro que sí —interrumpió George—. Finge que estás de su parte, utiliza tu ira contra Ali, lo que me dijiste antes acerca de su egoísmo. Después, cuando los tengas donde quieres, insiste un poco más. Ya viste cómo interrogó McCarty a tu hijo.

—Sí, pero al contrario que McCarty, no puedo llamarles para interrogarles. Con Gavin, bien, tal vez consiga que hable, aunque no he tenido mucha suerte con la comunicación durante los últimos diecisiete años. Pero Jack Butterfield… ¿Cómo demonios esperas que le tire de la lengua? Ni siquiera le conozco.

George consultó su reloj, lo cual me recordó que tenía clase dentro de media hora, y pidió la cuenta.

—Tengo fe en ti, Jeanne —dijo, y me dio unos golpecitos en el hombro mientras se levantaba—. Ya se te ocurrirá algo.

Accedí, pero no albergaba la menor intención de hablar con Jack. ¿Por qué iba a hacerlo, cuando ya sabía que no era el asesino?

Después de pagar a la camarera y dejarle una generosa propina, George cabeceó en mi dirección y se encaminó hacia la puerta. Estaba a mitad de camino cuando, como si hubiera olvidado algo, volvió a la mesa y tomó su sobada lista de sospechosos.

—No olvides el anillo —dijo, y me guiñó el ojo antes de salir, con el paso vivo de un hombre mucho más joven.

Levanté el anillo que Jack había querido regalar a Ali y lo examiné durante varios minutos. Brillaba tanto que daba la impresión de lanzar chispas de electricidad en la palma de mi mano. Después lo guardé en el bolsillo con el movimiento furtivo de una ladrona nata y me fui.

26

En los días posteriores a mi comida con George, Ali me acompañó constantemente. Hasta entonces, no me había dado cuenta de lo profunda que era su amistad. Había sabido desde el primer momento (o al menos desde hacía un tiempo) que Jamie era quien la acosaba. Pero para protegerme de más traumas, se había negado a acudir a la policía. A la larga, su lealtad le había costado la vida. Si Jack Butterfield era en parte culpable por haberle regalado la pistola que se había vuelto contra ella, yo también había contribuido a la peligrosa mezcla con mis años de no querer reconocer la verdad.

Incapaz de dormir, iba a dar peligrosos paseos nocturnos, aventurándome en calles oscuras y lluviosas, en ocasiones hasta Paradise Park, donde Ali y yo habíamos ido una vez de picnic. Pero en plena noche, el amistoso parque se transformaba en un lugar aterrador, un lugar propiedad de los animales, del olor húmedo de la tierra, gobernado por las mismas fuerzas misteriosas que se habían cerrado de repente alrededor de Ali. Pensaba en ella una y otra vez, de una forma casi morbosa; en ella, enterrada dentro de la caja forrada de raso. Bajo tierra. Bajo nuestros pies. Bajo la oscuridad.

Cuando iba y venía del Centro de Detención Somers, donde Jamie estaba encarcelado, ponía la música de Ali en el coche. Por mediación de su violín, me continuaba hablando. Sus hábiles dedos, y la fiebre interior que la espoleaba hacia la creatividad y la locura, llenaban el coche. En algunos momentos, su música era iracunda y apenada. En otros, serena, henchida de una compasión tan absoluta que me daba ganas de llorar. En ocasiones, sentía su presencia tan vívida que juraba que me había hablado, y su mensaje era siempre el mismo, un comunicado de tres palabras desde más allá de la tumba: *Todo va bien*. Cuando estaba abrumada de dolor y pena por su pérdida, oía el mensaje resonar en mi interior. Y cuando casi estaba loca de miedo por lo que le estaba sucediendo a mi hijo, oía de nuevo la voz suave de Ali, más tranquilizadora que nunca: *Todo va bien, Jeanne. Todo saldrá bien.*

No sabía qué visitas a Jamie eran las peores, si aquellas en las que me ignoraba por completo, cuando miraba por la ventana a la espera de que me marchara, o aquellas en que me miraba esperanzado, como convencido de que yo podría acabar con aquella pesadilla, del mismo modo que había expulsado al hombre del saco con una lamparilla y una taza de chocolate caliente cuando era pequeño. Aunque necesitábamos hablar de manera apremiante de lo sucedido la noche del asesinato, casi siempre nos sentábamos juntos como desconocidos en una terminal de autobús. Cuando me marchaba, siempre le daba una lata de *brownies* caseros o de galletas de chocolate.

Me atormentaban los «ojalás». Ojalá hubiera plantado cara a Gavin cuando anuló la cita con la doctora Emory. Ojalá hubiera obligado a Jamie a buscar ayuda psicológica cuando me di cuenta de que, al igual que su padre, se refugiaba en una vida secreta turbadora y misteriosa. Ojalá no hubiera abandonado a Jamie para huir a la cabaña. Ojalá no hubiera estado tan ciega y atemorizada y hubiera plantado cara a Gavin mucho tiempo atrás. En tal caso, quizá no habríamos criado a Jamie en los engaños que le habían envenenado.

En ocasiones, sentía una nueva rabia que remolineaba en mi interior, el tipo de rabia que mi hijo había alimentado en silencio en su habitación durante todos aquellos años. Rabia contra Jamie por cerrarse a mí, rabia contra su silencioso y colérico padre, y rabia contra mí por ser demasiado timorata para afrontar la verdad. Y a veces sentía un estallido de mi antigua rabia contra Ali, quien representaba toda la libertad y sinceridad de las que carecía nuestra familia.

Sin embargo, si la furia de Jamie flotaba en libertad y solía descargarse contra víctimas inapropiadas como Ali, la mía estaba concentrada como un láser. En mi mente, había un claro culpable del desastre que eran nuestras vidas, y vivía en mi casa. Si bien Gavin se mostraba más considerado y comunicativo que en todos los años de nuestro matrimonio, yo rechazaba todos sus esfuerzos de reconciliación.

Siguiendo el consejo de Courtney de que aparentáramos ser una familia sólida, me había quedado en casa, pero había sacado todas mis cosas del dormitorio que compartía con Gavin desde hacía diecisiete años. La primera noche dormí en el cuarto de invitados, y después me trasladé a la habitación de Jamie. Me consolaban sus carteles de baloncesto, y hasta me negué a recoger del suelo un viejo calcetín hecho una bola. Verlo me llevaba a creer que mi hijo regresaría a casa en cualquier momento. No tardaría en oír sonar el teléfono, como sucedía casi sin cesar cuando estaba en casa. Hasta *Skyler* parecía más a gusto, aovillado a mis pies en la cama de Jamie cada noche. Y si bien aceptaba la necesidad de compartir una casa con Gavin, eso no significaba que tuviera que hablar con él. Después de nuestra breve discusión la noche del velatorio de Ali, le evitaba siempre que podía. Incluso cuando sugirió que fuéramos a ver juntos a Jamie, rechacé su ofrecimiento.

—¿Por qué? ¿Para volver a representar la comedia de la familia feliz? ¿Crees que Jamie se lo traga? ¿Crees que alguna vez se lo ha tragado?

Yo estaba en la cocina, comiendo una patata al horno cubierta de queso fundido, de pie ante la encimera. Era la clase de comida improvisada de la que me alimentaba desde la detención de Jamie. En cuanto a Gavin, subsistía a base de comida para llevar de DiOrio, pero ni una vez se había quejado de que hubiera dejado de cocinar para él, de lavarle la ropa, de entrar en la habitación donde habíamos dormido, silenciosos y alejados durante diecisiete años.

Pero en esta ocasión concreta, la paciencia de Gavin se agotó. Cuando habló, arrastró un poco las palabras. Desde el asesinato, al igual que yo, bebía más, pero estaba claro que aquella noche había cruzado alguna línea invisible.

—Escucha, Jeanne, te guste o no, tenemos un hijo. Un hijo que nos necesita más que nunca. Y yo, por mi parte, no voy a anteponer mis sentimientos personales a las necesidades de mi hijo.

Borracho, la postura pretenciosa que asumía en la puerta era casi ridícula.

—Eso es, hazte el santurrón hasta el final. Será de gran ayuda para Jamie —dije, y tiré la patata a la basura—. Me voy.

—Y por lo visto —resopló Gavin— no sientes la necesidad de decir a tu marido dónde.

Cuando fui a buscar mi chaqueta, *Skyler* apareció a mis pies, con la esperanza de que le sacara a pasear.

—Ninguna en absoluto. Pero anímate, al menos muestro cierto respeto hacia ti al no mentir. Como tú has hecho durante tantos años con tus congresos y consultas en otras ciudades.

Gavin frunció el ceño.

—¿Ahora quién se está haciendo la santurrona, Jeanne?

Giré en redondo con tal rapidez que volqué el plato que había dejado sobre la encimera. Se rompió en el suelo.

—¿No crees que tengo derecho a un poco de indignación? ¿Después de diecisiete años de traiciones?

Se acercó para recoger el plato, pero yo me interpuse entre él y la porcelana rota que sembraba el suelo.

—Déjalo —ordené—. No necesito que limpies en mi lugar.

Suspiró.

—De acuerdo —dijo—. Lo dejo, pero no me eches la culpa si te cortas el pie la próxima vez que entres descalza en la cocina.

Se quedó inmóvil con la escoba y el recogedor en la mano.

—Te echaré la culpa —dije en tono desafiante—. Del mismo modo que te echo la culpa de los problemas de Jamie, y de la muerte de Ali, y de...

Gavin se llevó los dedos a los labios.

—Por el amor de Dios, Jeanne. Las ventanas están abiertas. Estás admitiendo que consideras culpable a Jamie.

—He dicho que te echaría la culpa a ti, no a Jamie. A ti, con tus habitaciones cerradas con llave y las puertas cerradas con llave. —Frustrada y horrorizada por las palabras que estaba a punto de pronunciar, rebusqué en mi bolso—. No sé si podré seguir viviendo en esta casa, diga lo que diga Courtney.

Gavin se movió con celeridad y me asió por los dos brazos. Sus ojos estaban más sombríos que nunca.

—Tú no vas a ningún sitio, Jeanne —dijo. Aunque intentaba hablar como una persona normal, nada podía disimular la amenaza de su voz—. Quítate la chaqueta y ve a darte un baño, como cada día.

—Acabo de darme cuenta de por qué odiabas tanto a Ali —dije—. La odiabas porque decía la verdad, y la verdad es lo único que eres incapaz de afrontar.

Agotado de repente, soltó mis brazos. Sabía que ya no necesitaba la fuerza para obligarme a permanecer en casa. No podía huir de él, no podía escapar del laberinto de mentiras y evasivas que era nuestro matrimonio, nuestra familia.

Se puso a cortar una lima. Se sirvió un buen chorro de la botella de ginebra que había dejado sobre la encimera, sin ni siquiera molestarse en añadir tónica. Después de tomar un sorbo, se volvió hacia mí.

—Ali no habría reconocido la verdad aunque la hubiera pisado —dijo—. Esa mujer iba por ahí haciéndose llamar señora de George Mather, mientras se tiraba a todos los tíos de la ciudad. ¿Ése es tu dechado de sinceridad?

Meneó la cabeza asqueado.

—Tú no eres quién para juzgarla —respondí.

—No lo he hecho —replicó, y sus ojos echaron chispas—. Yo no fui el que se metió en la vida de los demás, obligando a ver mi noble «verdad» a una esposa que no deseba saberla.

Le seguí hasta el salón y me senté ante él por primera vez desde hacía años.

—¿Eso crees? ¿Que no quería saberla?

Dio un sorbo a su bebida.

—Bien, ¿querías? —preguntó. Ladeó la barbilla en dirección a su estudio, la habitación que volvía a estar cerrada con llave—. Porque si hubieras querido, estoy seguro de que habrías podido llevar a cabo tu pequeña investigación hace años. Afróntalo, Jeanne. A tu modo, has sido tan deshonesta como yo.

Estaba temblando cuando me levanté para servirme una copa de coñac, y una vez más me sumé a Gavin en la búsqueda de olvido. Con su brusquedad habitual, había verbalizado los pensamientos que más me atormentaban: que siempre había sabido más de lo que me había permitido admitir, que había visto cosas y no las había aceptado. ¿No había dicho lo mismo Ali la última vez que habíamos hablado? Me estremecí involuntariamente al pensar en aquella conversación. La conversación que había borrado casi por completo de mi mente.

—Puede que tengas razón —dije por fin, al tiempo que dejaba el coñac sobre la mesa—. Puede que me haya hecho la tonta a propósito. Y esto ha costado caro a la familia, a Jamie. Pero ya no, Gavin. No voy a protegerte nunca más.

Me dirigí hacia la puerta una vez más. Y una vez más él se levantó para detenerme.

—Temo que es demasiado tarde, Jeanne. Estás demasiado bebida. Los dos lo estamos. ¿Por qué no haces lo que te he sugerido? Sube a bañarte. Toma tu pastilla para dormir, como haces todas las noches.

Su voz era suave, pero no había forma de pasar por alto la amenaza velada.

Por primera vez, comprendí cuánto había temido a mi marido. Le había temido durante años, sin jamás admitirlo. Pero ya no. ¿Qué había dicho George Mather? *Cuando pierdes lo que más amas, accedes a la libertad definitiva*. Y en cierto sentido, yo había perdido a la única persona que había amado de verdad: al hijo silencioso y estoico encerrado en el reformatorio de delincuentes juveniles del estado, que no revelaba a nadie su secreto.

Agaché la cabeza y empecé a subir la escalera. Gavin debió pensar que seguía siendo la misma esposa simplona, fácil de intimidar, que había aprendido a controlar tan bien. Pero esta vez todo era diferente. Esta vez no rechazaría las oscuras verdades que estaban amaneciendo en mi interior, que exigían luz, aire y un final. No podría. Esta vez lo que no había querido escuchar la noche del asesinato me alcanzó con la fuerza de un tren que surcara la oscuridad.

A la mañana siguiente me levanté antes de amanecer, con la esperanza de salir de casa antes de que Gavin me oyera. Sabía que debería proceder con celeridad. Él estaba levantado y vestido con su atuendo de *jogging* cada mañana a las seis, tan predecible como la aurora. Con la única luz de una lamparilla, me puse unos pantalones cortos y un *top*. En el cuarto de baño, me ceñí el pelo en una veloz coleta, me cepillé los dientes y bajé la escalera con sigilo. Me detuve un momento al pie de la escalera, pero no se oía nada en la habitación de Gavin.

Aún estaba oscuro cuando paré en Ryan's para comprar un café americano. Pensé en la mañana en que me había encontrado con Brian Shagaury a una hora similar. Yo era otra persona entonces. Pero esta vez, mientras pagaba y volvía al coche, pensé que el destino de Brian era preferible al mío. Como Ali, estaba a salvo bajo tierra, a salvo de las constantes exigencias de la verdad.

El Centro de Detención Somers estaba casi a oscuras cuando llegué. Sólo una luz brillaba en una pequeña ventana. Sin duda, donde el guardia de servicio veía la televisión o dormitaba hasta que llegara el turno de la mañana. Estuve sentada fuera alrededor de una hora, bebiendo los posos de mi café helado, mientras la luz se congregaba poco a poco a mi alrededor. Vi llegar el turno de la mañana. El personal del turno de noche, con aspecto cansado y ansioso por dormir, se dirigió hacia sus coches. Esperé hasta estar segura de que el desayuno había terminado, y de que los cuarenta chicos encerrados en el edificio habían iniciado sus rutinas diarias.

Me alegré de ver a Glenn en la oficina. Un negro alto y delgado, era el único miembro del personal al que había visto sonreír, el único que me llamaba por el apellido.

—Hola, Glenn —dije procurando que mi voz sonara serena—. Sé que no es hora de visita, pero he de ver a Jamie. He de hablar con él de algo.

—Hola, señora Cross. Me gustaría ayudarla, pero las horas de visita son inamovibles. —Me miró compasivo—. A menos que se trate de alguna urgencia.

—Así es. Una muerte en la familia. Mi hermano. El tío de Jamie —tartamudeé—. Un accidente de coche en la ruta dos anoche. No sé si lo ha oído por la radio.

—No, desde que llevo el nuevo reproductor de cedés en el coche ya no oigo las noticias. —Glenn se levantó y me abrazó con torpeza—. Lo siento, señora Cross.

Me aparté, y noté que las lágrimas se agolpaban en mis ojos.

—Gracias —susurré. No estaba segura de si lloraba por la antigua pérdida de mi hermano o por mi hijo—. ¿Cree que podría ver a Jamie? Sólo unos minutos. No quiero que se entere por la radio.

Glenn me examinó un momento, conmovido sin duda por mis lágrimas. Después descolgó el teléfono y marcó el número de una extensión.

—Hola, Sherman —dijo con los ojos clavados en mí todo el rato—. ¿Qué está haciendo Jamie Cross en este momento? —Siguió una breve pausa, y asintió—. Bien. ¿Crees que me lo podrías enviar aquí arriba? He de hablar con él. —Volvió a cabecear—. Sí, ahora mismo. Estupendo. Gracias, Sherman.

Después de colgar, me explicó lo que había acordado.

—Sólo unos minutos. Sé que es duro darle la noticia al chico y después tener que marcharse, pero, como ya he dicho, son muy estrictos con las horas de visita. Me despedirían si se enteraran de que he hecho una excepción.

Después de decirle cuánto agradecía su compasión, Glenn y yo estuvimos sentados unos embarazosos momentos, hasta que oímos un golpe casi imperceptible en la puerta. Sin esperar la respuesta, Jamie abrió y, al instante, su cuerpo llenó el umbral.

Un destello de sorpresa apareció en su rostro cuando me vio, pero después recuperó la expresión impasible que había exhibido desde la noche del asesinato.

—Tu madre quiere hablar contigo de algo —dijo Glenn al tiempo que tocaba el brazo de Jamie—. Os voy a dejar solos. —Camino de la puerta, añadió—: Esperaré fuera. Sólo unos minutos, ¿de acuerdo, señora Cross?

Asentí, pero cuando la puerta se cerró de golpe y me quedé a solas con mi hijo, experimenté una oleada de pánico. ¿Qué pretendía decir a Jamie? Aunque había mentido con facilidad al carcelero, ¿qué urgencia podía inventar para mi hijo? Era evidente que sólo podía decir la verdad.

Una vez más, el rostro de Jamie registró una leve curiosidad.

—¿Qué sucede, mamá? No le habrá pasado nada al perro, ¿verdad?

No pude reprimir una sonrisa. Su preocupación por el vagabundo *Skyler* era muy propia de mi Jamie. El Jamie que había sido, antes de que el tiempo y las mentiras le transformaran en el joven confuso erguido ante mí.

—*Skyler* está bien.

Asintió, intrigado.

—He estado durmiendo en tu cuarto desde que te fuiste —dije con torpeza—. Así me siento más cerca de ti.

A la mención de su casa, el semblante de Jamie cambió por completo. Caminó hacia la ventana y contempló el día de verano que alumbraba detrás de los muros.

—¿Es eso lo que has venido a decirme, mamá? ¿Ésa es la gran urgencia?

—No... Yo... tenía que verte. Tenía que saber que estabas bien —tartamudeé.

Se volvió hacia mí.

—Bien, aquí me tienes —dijo—. Estoy de coña. Supongo que eso era lo que querías comprobar.

Se dirigió hacia la puerta, y aunque deseaba con desesperación decir algo que le detuviera, no se me ocurría nada. Oí que Glenn carraspeaba en el pasillo, para indicar que nuestra visita ilegal debía concluir pronto.

Al final, Jamie y yo dijimos nuestros mutuos nombres al unísono. *¿Jamie? ¿Mamá?*

Reímos un momento, y después él habló con brusquedad.

—No duermas en ese cuarto, mamá. Odio esa habitación. Preferiría estar encerrado aquí el resto de mi vida antes que volver allí.

Ya no había manera de dar marcha atrás.

—¿Por qué, Jamie? —Mi voz se había convertido en un susurro, pero nada podía disimular la fuerza de mi pregunta—. ¿Qué pasó en esa habitación?

Una vez más, se acercó a la ventana y miró fuera. Cuando se volvió hacia mí, rodaban lágrimas por sus mejillas.

—Lo sabes, mamá. No me obligues a decirlo. Lo sabes.

Cerré los ojos y vi la imagen de Marcus. Marcus, que me había mirado un momento durante el concierto de Ali, con ojos enormes y vulnerables. Y por primera vez comprendí, comprendí de veras, lo que Gavin había deseado de él. Era la vulnerabilidad. No practicar el sexo con otro hombre, como había supuesto al principio, sino ejercer el poder sobre un muchacho. El mismo poder que había tenido sobre mí, cuando yo también había sido ingenua y vulnerable. El mismo poder que había tenido sobre el muchacho encantador que estaba de pie ante mí.

Y después imaginé mi móvil en la cabaña, el día en el que no quería volver a pensar. El último día de la vida de Ali. Después de caer dormida temprano en el porche aquella noche, había despertado y estaba caminando dando tumbos hacia el cuarto de baño en la oscuridad, cuando me detuve y lo levanté. Rodeada de la oscuridad en estado puro que sólo se puede experimentar en el bosque, había apretado el botón de reproducción. Después, aferrada al perrito, había escuchado uno de los últimos mensajes, el que había materializado a mi alrededor todo el horror oculto de mi vida.

En la claustrofóbica oficina de Glenn, casi pude oler el aroma a pinos de la cabaña, casi pude oír los lloriqueos de *Skyler*, que pedía comida, y fuera, el río susurrante, cuando apreté el botón de reproducción y la voz de Jamie invadió el angosto espacio y me partió el corazón con el miedo que transmitía. Debía ser el mensaje más breve del contestador, unas pocas palabras que ni siquiera iban precedidas por un hola. «Por favor, mamá, has de volver a casa. No puedes abandonarme aquí... con él.» Aunque las dos últimas palabras eran casi incomprensibles, casi pronunciadas contra su voluntad, fueron las que hicieron mella en mi corazón.

Había llamado a casa de inmediato, por supuesto, pero lo único que obtuve al otro extremo de la línea fue la frialdad de la voz de Gavin. Mi marido había contestado al teléfono aquella noche con su habitual formalidad, pero cuando se dio cuenta de que era yo, había empezado a echar pestes. Jamie no estaba en casa, dijo. No tenía ni idea de dónde estaba. Si yo fuera una madre de verdad, estaría en casa. Nada de esto estaría sucediendo. Al darme cuenta de que Gavin estaba borracho, le había colgado.

Ahora, igual que entonces, sentí que empezaba a temblar. En su momento, no estaba segura de a qué se refería Jamie. No me permití saber por qué tenía tanto miedo de quedarse solo con su padre. De hecho, no había asimilado por completo lo que intentaba decirme aquella noche hasta este preciso momento. Pero, por supuesto, Jamie tenía razón: en cierto sentido, yo lo sabía. Y mi conocimiento conseguía que fuera incluso más culpable que Gavin.

—Oh, Jamie, lo siento muchísimo —dije, y me precipité hacia mi hijo. Los dos nos pusimos a llorar. Era él quien me consolaba, y me repetía una y otra vez: «No fue culpa tuya, mamá. No fue culpa tuya».

Durante el momento quizá más sincero que mi hijo había compartido conmigo en años, Jamie y yo nos miramos. En aquel instante, le vi como sólo una madre podía hacerlo, vi el caparazón hinchado de su cuerpo y el niño pequeño oculto en su interior. Vi la ternura y la rabia acumuladas que se enmarañaban en su pecho cada día, los años de dolor que había intentado expulsar con tabletas de chocolate y una sonrisa fácil. Por primera vez comprendí lo valiente que había sido mi hijo. Había mil preguntas que deseaba y no deseaba hacer en aquel momento. *¿Qué le había hecho exactamente Gavin en aquella habitación? ¿Y desde cuándo sucedía?* Cerré los ojos y cerré las puertas al horror.

Entonces Glenn entró de repente en la habitación.

—Lo siento, señora Cross, pero Jamie ha de volver a su unidad antes de que yo deba dar explicaciones.

Con los ojos clavados en mi hijo, asentí. Pero cuando los cerré un instante, Jamie había desaparecido, y sólo Glenn y yo estábamos en la habitación.

—Parece un poco afectada, señora Cross —dijo. Tuve la impresión de que su voz llegaba desde muy lejos—. ¿Quiere que llame a alguien para que venga a buscarla?

Sequé las lágrimas que resbalaban por mis mejillas.

—Ése es el problema, Glenn. No hay nadie a quien llamar —dije, asombrada por la brusquedad de mis palabras—. Nunca lo ha habido. Nadie, salvo Jamie y yo.

Mientras el confuso guardia me seguía mirando, abrí la puerta y salí a la luz del sol.

27

A la mañana siguiente, el teléfono sonó temprano. Avancé de puntillas hasta la puerta del cuarto de Jamie, donde había estado esperando a que Gavin se fuera a trabajar, y la entreabrí con la esperanza de averiguar quién llamaba a una hora tan intempestiva. Desde la puerta, oí a mi marido hablar por teléfono al pie de la escalera.

—¿De qué necesita hablar con Jeanne? —preguntó a quien llamaba. Pese a la abrumadora curiosidad (y al miedo) que las palabras todavía despertaron en mí, mi deseo de esquivar a Gavin era todavía más fuerte.

Desde que había afrontado la verdad de lo que había hecho a Jamie, me había quedado en el cuarto de mi hijo siempre que Gavin estaba en casa. Se me antojaba una cárcel, la aterradora y solitaria celda que habría sido para Jamie toda su vida. Poco a poco, veía apagarse la luz cada noche, dejándome cada vez más sola, más y más asustada, mientras me obligaba a plantar cara a la pesadilla que era la vida de mi hijo de la forma más visceral posible. Y cada mañana despertaba más nerviosa, más aislada, más desesperada. El sonido del teléfono a una hora tan temprana sólo sirvió para aumentar mi inquietud.

—Escucha, George, creo que sabes cuánto lamentamos Jeanne y yo la muerte de Ali, pero teniendo en cuenta la situación… —dijo Gavin. Vaciló un largo momento—. La verdad, considero extraño que llames aquí. Estamos en bandos opuestos, George, nos guste o no. Jeanne no tiene nada que decirte, ni tampoco los demás.

Después de un áspero adiós, colgó el teléfono.

Tuve ganas de bajar corriendo la escalera y preguntarle cómo se atrevía a hablar en mi nombre, pero mi aversión a verle era más fuerte que mi indignación. Y en cierto sentido, tal vez tenía miedo de verle. Miedo de lo que pudiera hacer.

Esperé a que se marchara para bajar la escalera y prepararme café bien fuerte. Y aunque él no lo supiera, tenía razón: George Mather era la última persona con la que yo quería hablar. Sus ojos penetrantes eran lo último que deseaba ver. Sin embargo, pese a esa aversión, marqué el número de su despacho. Tal como sospechaba, me saludó un mensaje grabado. Por lo visto, esta vez George me había llamado desde su casa, lejos de los oídos curiosos de su despacho, de los estudiantes que le esperaban con la esperanza de sondear su mente erudita y perspicaz, al igual que los músicos en ciernes se habían congregado alrededor de su esposa. Al imaginarle en albornoz, un hombre cansado y envejecido, devastado por el dolor, sentí una punzada de culpabilidad cuando empecé a hablar al contestador.

—Lo siento, George, pero no podré comer contigo hoy tal como habíamos quedado. He de ir a Nueva Hampshire. Nada grave, pero debo pagar una multa por exceso de velocidad. En cualquier caso, tengo la sensación de que me conviene mantenerme alejada un par de días, de modo que es probable que no vuelva hasta el viernes para asistir a la vista. Si puedo, te llamaré cuando regrese.

Entonces, antes de que George, Courtney o quien fuera tuviera la oportunidad de llamarme para decir que abandonar la ciudad no era una buena idea, tiré a toda prisa unas cuantas cosas en mi bolsa de viaje. *Skyler* me miraba con la cabeza ladeada.

—Volvemos a casa, colega —dije al perrito mientras me seguía de habitación en habitación—. A la cabaña.

¿Eran imaginaciones mías, o el perro me estaba mirando con tristeza, y sus ojos parecían recordarme que ninguno de los dos teníamos casa? Ni casa, ni familia, ni siquiera un amigo íntimo que me protegiera de mí misma. Después de vestirme apresuradamente con pantalones cortos y un *top*, me serví una taza de café para ponerme en acción. Inspeccioné la cocina desde la puerta. Había derramado café sobre la encimera y dejado fuera la crema, transgresiones graves según el código de limpieza de Gavin. Pero no me paré a limpiar. Ni tampoco me molesté en dejar una nota para decir adónde había ido y cuándo volvería. ¿Qué iba a hacer Gavin? ¿Denunciarme a la policía?

Skyler durmió a mi lado, en el asiento delantero del coche, durante casi todo el trayecto. Pero en cuanto el paisaje cambió y aparecieron las montañas, se incorporó vigilante. Y cuando paré en el centro del pueblo donde había interpretado el papel de vagabundo de la ciudad, ladró entusiasmado, pues por lo visto prefería los peligros e incertidumbres de su vida anterior al entorno opresivo de mi casa. Le tiré un hueso.

—Lo siento, colega, sé que quieres que te suelte, pero no puedo. Todavía no le conoces, pero hay un chico que te necesita mucho. Y has de volver con él.

Al darme cuenta de que lo mismo podía decirse de mí, me apresuré a pagar la multa por exceso de velocidad, después compré un par de barras de caramelo y una botella de agua en la tienda. El empleado me miró con suspicacia. Era evidente que la noticia del asesinato de Ali (y la relación de mi hijo con él) había llegado hasta aquí, donde yo había creído de manera errónea que encontraría la bendición del anonimato. Aunque me habría gustado alejarme de mi casa, de la habitación que Jamie había considerado un lugar malvado, durante unos días, y aunque mi hijo no parecía muy entusiasmado por mis visitas, sabía que más de un día lejos del centro de detención de menores sería excesivo.

Mientras subía por la carretera de montaña, *Skyler* empezó a gimotear emocionado. En cuanto a mí, experimentaba una sensación de paz que no conocía desde el asesinato, la tranquilidad de conducir hasta la casa de mi infancia, como si pudiera recuperar la inocencia perdida de aquel tiempo con sólo tomar una carretera determinada y entrar en una casa determinada. Pero también tenía un motivo secreto para volver, un motivo que justificaba abandonar a Jamie y subir hasta aquí en un momento tan complicado. Era el recuerdo de aquel móvil que sonaba, y del mensaje de Jamie: «Mamá, por favor, no me dejes solo... con él». Sólo de pensar en ello, estuve a punto de dar un volantazo en la sinuosa carretera. Sí, estaba muy preocupada cuando me fui de la cabaña, pero ¿cómo podía haberme dejado el móvil? *Skyler* me miró, como preguntándose si podía confiar en aquella humana que controlaba su destino.

—He de encontrar ese teléfono —dije en voz alta, hablando para mí, aunque el perrito ladeó la cabeza intrigado, como si tratara de comprender. Desde que había recordado las palabras, y el tono, del mensaje de Jamie, comprendí que, si caía en manos indebidas, podría ser utilizado como prueba de su estado mental la noche del asesinato. No, tenía que borrar la velada admisión de su horrible secreto antes de que pudiera perjudicar más a mi hijo.

Faltaban unos cuatrocientos metros para la cabaña cuando vi que la puerta estaba abierta de par en par. Aunque sólo era una puerta abierta, al verla se me encogió el corazón, cuando recordé la descripción de Gavin de cómo habían encontrado la casa de Ali cuando descubrieron que había sido asesinada. Según George, la primera señal de que algo iba muy mal no era nada más ominoso que una puerta abierta. Me esforcé en recobrar la compostura. Al fin y al cabo, ¿de qué tenía miedo? No habría ninguna víctima de asesinato en la cabaña. No, tenía que existir una explicación lógica. El día después del asesinato, presa del pánico, ¿habría dejado la puerta así?, me pregunté. Pero no, recordaba con claridad haber cerrado la casa como hacía siempre mi padre al acabar la temporada, protegiendo las ventanas con postigos cerrados y asegurando la puerta con un candado. Un pánico casi irracional se apoderó de mí cuando me acerqué.

Intenté decirme que habrían sido unos gamberros, chicos que habían utilizado la cabaña para ir a beber, o quizá para algún lance amoroso. O tal vez un grupo de adolescentes que habían abierto la puerta guiados simplemente por su curiosidad rebelde. Pero ninguno de mis razonamientos resultaba convincente. Aparqué el coche de través en la carretera de tierra y abrí la puerta. *Skyler* saltó al instante del coche y se internó en el bosque a la caza de una ardilla. Pero yo no podía preocuparme por el perro. Ahora no. Corrí hacia la cabaña. En cuanto entré en la querida casa que se inclinaba levemente hacia un lado, lancé una exclamación ahogada.

Había sido registrada de arriba abajo. Habían sacado los libros de los estantes que mi padre había construido, vaciado los cajones, volcado la cama. Hasta los productos mohosos que había dejado en la nevera se estaban pudriendo encima de la encimera, y su hedor impregnaba la cabaña.

Pero nada de eso importaba. Ni la violación de mi mundo particular, ni la posterior destrucción de la cabaña. Ni lo que los vándalos hubieran podido robar. Lo único que importaba era mi teléfono. Mis ojos se desviaron de inmediato hacia la mesa de la cocina, a la que había estado sentada cuando oí la terrible noticia de labios de Gavin. La mesa, como todo lo demás, había sido registrada por una mano ávida. Un jarrón lleno de flores silvestres que yo había recogido, con la esperanza de convertir la casa en un lugar acogedor para mi hijo, estaba hecho trizas en el suelo entre los demás restos. Los registré en busca del teléfono plateado, indiferente a si me cortaba la mano con los cristales. Pero no había ni rastro de él. Por lo que pude ver, el móvil era lo único que había desaparecido de la cabaña. Incapaz de respirar, salí fuera y me mesé el pelo. Después volví al interior e inicié una búsqueda más serena y sistemática. Olvidé el hambre, olvidé al perrito que había dejado fuera y ya se habría extraviado, me olvidé de todo, salvo de mi deseo obsesivo de encontrar aquel teléfono.

Al cabo de una hora había investigado a fondo hasta el último rincón de la cabaña, y algunas zonas se encontraban en un estado más caótico que después del paso de los vándalos. Cuando terminé, estaba claro que el aparato cuya búsqueda me había llevado a Nueva Hampshire había desaparecido. ¿El ladrón lo había cogido al azar, sólo porque quería un móvil? Al fin y al cabo, era el único objeto de valor de la cabaña. ¿O, como yo, había ido en busca de la prueba guardada dentro del pequeño aparato plateado? Pero ¿quién más sabía que el buzón de voz contenía el secreto del destino de mi hijo? ¿Y qué pensaba hacer con él?

Fuera, no vi ni rastro de *Skyler*. Le llamé durante media hora, como mínimo, hasta que al final me rendí. El eco desesperado que resonaba en las montañas parecía reflejar mi estado mental. La pequeña etiqueta con su nombre que había sujeto al collar no serviría de nada aquí. ¿Quién le iba a encontrar? Pero no tenía tiempo para buscar al perro, ahora no, con el teléfono desaparecido y el futuro de mi hijo en peligro.

Aquella noche, desde la habitación de un motel situado a mitad de distancia entre mi casa y la cabaña, marqué el número de Courtney Rice. Estaba tan ensimismada en mi drama que no me di cuenta de que pasaban de las doce hasta que oí la voz adormilada de la abogada al otro extremo de la línea. Durante un breve momento, pensé en colgar, antes de que supiera quién había turbado su sueño. Pero justo antes de colgar, la exigencia de mi pregunta me obligó a hablar.

—Espera, Courtney, he de hablar contigo. He de preguntarte algo.

Se hizo el silencio al otro extremo de la línea, donde imaginé a Courtney pasándose los dedos por su largo pelo rojo, mientras intentaba despejarse.

—¿Jeanne? ¿Eres tú? —preguntó por fin—. ¿Va todo bien? No le habrá pasado nada a Jamie, ¿verdad?

—Jamie está bien —dije—. Al menos, tan bien como cualquier chico a quien sus padres han estropeado durante dieciséis años y se enfrenta ahora a una acusación que se condena con la pena de muerte.

—Es tarde, Jeanne —dijo Courtney, animándome a ir al grano al estilo de los abogados—. ¿Qué pasa?

Respiré hondo.

—¿Qué sucedería si Jamie fuera condenado por esto, pero el tribunal decidiera que existían factores atenuantes? Problemas emocionales graves, por ejemplo. ¿Conseguiría la ayuda que necesita? —Después, antes de que Courtney pudiera contestar a mis preguntas, solté otra—. Aun en el peor de los casos, no seguiría encarcelado después de cumplir veintiún años, ¿verdad?

—Ya lo hemos hablado —suspiró la abogada—. Siempre que el caso no salga del tribunal de menores, Jamie acabará probablemente en un centro terapéutico hasta que cumpla veintiún años. Pero aún no sé por qué me llamas. ¿Hay algo que deba saber, Jeanne? ¿Alguna nueva información sobre Jamie, quizá?

—No, no, por supuesto que no —dije—. Ya sabes que te lo hemos contado todo.

Después carraspeé, pedí disculpas a Courtney por haberla molestado y colgué el receptor en su horquilla con tanta delicadeza como si estuviera hecho de cristal.

28

La mañana de la vista, me vestí como Courtney me había aconsejado. Con un vestido oscuro que rozaba la rodilla, zapatos caros y el pelo peinado con elegancia, volví a representar el papel que había interpretado durante años: la recatada esposa del doctor Cross. Cuando me miré en el espejo, casi reí de lo mucho que me había distanciado de aquella imagen benévola.

Cuando había ido a ver a Jamie a primera hora de la mañana, antes de salir hacia el palacio de justicia, estaba extrañamente jubiloso, más alegre que nunca desde el día de su detención. Con sus pantalones chinos y un polo azul marino, y el pelo recién cortado, casi parecía el de antes.

—Fíjate —dijo—. Estamos igual que cuando íbamos a la iglesia los domingos. La familia perfecta va a los tribunales.

Paseó la vista entre Gavin y yo. Era la primera vez que íbamos a verle juntos desde el día de su detención, y había asumido su antiguo papel, fingiendo que todo iba bien como un experto. Pero en su mirada, Jamie daba la impresión de calcular la distancia entre su padre y yo.

—El sarcasmo no va a ayudar a tu causa, hijo —dijo Gavin con sequedad.

—No estoy preocupado por mi causa, papá. Antes he hablado con Courtney. Dice que no existen posibilidades de que trasladen el caso a un tribunal de adultos. Y aún menos de que me condenen. Además, en el caso de que me condenaran siendo menor de edad, me caerán como máximo cinco años en un lugar parecido a éste. No será como estar en la cárcel. O sea, muy mal no puede salir.

Pese a su falso optimismo, me di cuenta por primera vez de lo asustado que estaba nuestro hijo. Tomé su mano derecha, en tanto Gavin apoyaba la mano sobre el hombro izquierdo de Jamie. Cuando éste rechazó la caricia de su padre, Gavin apartó la mano al instante, y yo me estremecí por dentro. ¿Cuántas veces había presenciado escenas similares entre padre e hijo, pero había sido incapaz de comprender lo que sucedía, o no había querido hacerlo? Sólo la necesidad de aparecer en el tribunal como una familia unida me impidió agredir a Gavin cuando tocó a nuestro hijo.

—¿Cómo está *Skyler*, mamá? ¿Aún duerme en mi cama? —preguntó Jamie, al tiempo que se soltaba la mano. Hacía semanas le había dicho que *Skyler* dormía todas las noches al pie de la cama, y cada día se sentaba ante la ventana, como si esperara a que su nuevo amo volviera a casa.

—Está bien. Se siente un poco solo, pero está bien —mentí, pues no deseaba contarle que había perdido el perro en Nueva Hampshire. Como en tantas otras cosas, tendría que encontrar una manera de congraciarme con mi hijo cuando estuviera libre. Antes de que se lo llevaran, apreté su mano. Y él me respondió del mismo modo. Durante horas noté el tacto de aquella mano fofa y sudorosa en la mía, la vacilación de su apretón, el miedo.

Pese al optimismo de Jamie, la vista fue más dura de lo que habíamos imaginado. Al entrar en la sala del tribunal, nos sentimos alentados por la gran cantidad de amigos y partidarios de Jamie que habían hecho acto de presencia. Courtney presentó una impresionante avalancha de testigos: el antiguo líder de los exploradores de Jamie, nuestro párroco, dos ex profesores, incluido Tom Boyle, del instituto, quien me miró de soslayo cuando bajó del estrado, con los ojos henchidos de tal compasión que giré la cara de inmediato.

Todos dijeron lo mismo, que Jamie era un adolescente normal en todos los sentidos, respetuoso, trabajador en el instituto pese a sus dificultades de aprendizaje, responsable, popular. Cuando se les formularon preguntas sobre nuestra familia, los testigos se apresuraron a destacar nuestro carácter ejemplar. Se mencionó la excelente reputación del doctor Cross en la comunidad, nuestra asistencia regular a la iglesia, mi implicación en la asociación de padres de alumnos y los *Cub Scouts** cuando Jamie era pequeño. Habíamos trabajado tan bien la fachada, y durante tanto tiempo, que todos los testigos parecían dispuestos a jugarse la vida por su veracidad. De hecho, antes de que conociera a Ali y ella empezara a obligarme a ver la verdad, yo también me habría jugado la mía. Era horroroso pensarlo, pero me pregunté si habría creído en la veracidad de las acusaciones indirectas de Jamie contra Gavin si la amistad con Ali no me hubiera transformado. ¿Tal vez las habría desechado como algo que yo había malinterpretado, algo en lo que ya pensaría más tarde?

Cuando los adultos hubieron terminado, tres amigos de Jamie dieron fe de su famoso sentido del humor, su frecuente papel de pacificador entre su grupo de amigos y, sobre todo, de su normalidad.

—¿Expresó Jamie alguna vez excesivo interés por la señora Mather? —les preguntaron uno por uno. Con la cara limpia y sincera, Matt Dauber y Brad Simmons se apresuraron a negarlo. Jamás habían oído a Jamie hablar de la señora Mather, salvo quizá para mencionar que era amiga de su madre.

La tensión en la sala se rompió unos momentos cuando Brad testificó que la única obsesión de Jamie eran los bombones de mantequilla de cacahuete.

Cuando Toby Breen subió al estrado, Courtney parecía casi aburrida de preguntar lo mismo. Como los demás, Toby testificó que Jamie era un adolescente normal en todos los sentidos, excepcional sólo por su popularidad. Pero cuando le preguntó si Jamie había mostrado alguna vez un interés especial por Ali, Toby toqueteó su corbata y miró nervioso a Jamie antes de contestar.

—Yo no diría que estaba interesado por ella, pero se quedó un par de veces después de clase para hablar con la profesora, a principios de curso —dijo con la vista gacha—. Le esperé, pero tardó tanto que me fui.

* Rama infantil de los *Boy Scouts*. *(N. del T.)*

—¿Para qué fue a verla? —preguntó Courtney, sorprendida por aquel testimonio inesperado—. Tal vez Jamie tenía algún problema en clase. ¿Le interesaba la música?

El fiscal se puso en pie de un salto para señalar que Courtney estaba dirigiendo al testigo, pero Toby ya estaba negando con la cabeza.

—Jamie no iba a su clase. Y odiaba la música, al menos la que tocaba la señora Mather.

—Entonces, ¿de qué hablaban? —preguntó Courtney. Más tarde me confesaría que había cometido la equivocación más garrafal de un abogado, formular una pregunta cuya respuesta se desconoce. Pero, una vez más, dio igual. Toby se encogió de hombros.

—Se lo pregunté —dijo, perplejo—, pero Jamie no me lo dijo.

Al final, el testimonio de Toby no fue perjudicial. Al fin y al cabo, no era infrecuente que un estudiante se quedara después de clase para hablar con un profesor, sobre todo si era tan popular como Ali Mather. Pero para mí la noticia de que Jamie se había encontrado en privado con Ali para hablar de un asunto desconocido me fulminó como un rayo. Al contrario que el juez, quien no pareció muy impresionado por aquella información, yo conocía a mi hijo. No era la clase de chico que sostenía largas conversaciones íntimas con nadie, y mucho menos con un profesor. Me pregunté por qué no me había hablado de sus encuentros con Ali. Y por qué, después de hacernos amigas, ella tampoco me había hablado de ellos.

Después, sentada en aquel duro banco, el pasado empezó a reordenarse en mi mente: recordé que Ali me había llamado de repente para pedirme que la acompañara al instituto. En aquel momento, me pregunté por qué me había elegido a mí, pero ahora me daba cuenta de que la inesperada llamada debía haberse producido justo después de aquellas visitas de Jamie. ¿Se hallaban relacionados los dos incidentes? ¿Por eso había formulado aquellas preguntas tan agudas sobre nuestra familia?

Volví a prestar atención cuando la última testigo de Courtney, Elise Winchester, una chica de catorce años que vivía en la acera de enfrente, terminó de contar al juez que, horas antes del asesinato, estaba patinando en la acera, justo delante de nuestra casa. Y cuando se había caído y arañado la rodilla, Jamie había salido corriendo a ayudarla a levantarse.

—Me puso una tirita, y me dio un refresco —dijo Elise, y sonrió con timidez en dirección a Jamie.

—¿Fue un comportamiento poco habitual por parte de Jamie? —preguntó Courtney.

—No —respondió con énfasis Elise, que sin duda había ensayado su declaración aunque fuera sincera—. Jamie siempre está ayudando a la gente. Él es así.

Tras la declaración de Elise, Courtney descansó.

El fiscal, por supuesto, había contraatacado con la extrema crueldad del crimen, y llamó a declarar a una serie de detectives y médicos para confirmar que Ali no sólo había sido asesinada, sino torturada metódicamente. La furiosa batalla entre la víctima y el atacante previa al asesinato fue plasmada con todo detalle. Salió a relucir el Stradivarius destrozado. Pero, por supuesto, se puso el mayor énfasis en los cortes superficiales de la garganta.

—Utilizando la punta de la navaja, el asesino apenas perforó la superficie de la piel —declaró el médico forense.

—¿Cuál cree usted que era la intención de esos cortes? —preguntó el fiscal.

—Es evidente que el atacante deseaba aterrorizar a la señora Mather. Tal vez la obligó a suplicar por su vida —replicó el anciano médico.

Incapaz de reprimirme, me volví hacia la familia de Ali, congregada al fondo. Su madre aferraba la mano de George y lloraba en silencio, mientras se comentaban los detalles del crimen. Pero la cara de Kathleen revelaba una severa fascinación… y algo más. ¿Era tal vez una leve señal de triunfo por la humillación de la rival de toda su vida? Cuando se dio cuenta de que me había vuelto para mirar a la familia de Ali, atrayendo de esta manera la atención de los curiosos, Gavin me dio un codazo.

De inmediato devolví mi atención a lo que estaba sucediendo en la sala, pero era demasiado tarde. Ya me había quedado grabado en la memoria el dolor que había leído en los ojos de George, un dolor que era un reflejo del mío. *Éramos los únicos que la querían de verdad*, había dicho, y en aquel momento, sentí la verdad de aquellas palabras. La única diferencia entre nosotros consistía en que, mientras George quería justicia para Ali, yo sólo deseaba lo mejor para Jamie: terapia, una oportunidad de superar la rabia contenida en su interior durante tantos años, un motivo para la esperanza persistente que leía en sus ojos.

Cuando un psiquiatra de la acusación testificó que, teniendo en cuenta la naturaleza del crimen y la ausencia de remordimientos de Jamie, mi hijo jamás podría rehabilitarse, tuve ganas de levantarme y chillar. ¿Qué sabía de Jamie después de tres horas de entrevistas? Si era tan brillante, ¿por qué no había descubierto la vergüenza secreta que motivaba los actos de mi hijo hasta tal punto? Pero tal como Courtney me había instruido, seguí sentada con expresión inescrutable. En la parte más difícil de las declaraciones, cuando el detective McCarty había testificado, afirmando que Jamie se había mostrado «hosco» y «emocionalmente ausente» después de la detención, noté que empezaba a temblar. Tal como Courtney había temido, el detective describió el estallido de Jamie en la comisaría como una especie de confesión.

—Sometido a presión —dijo McCarty, mirando a Jamie a los ojos—, el acusado admitió que odiaba a la señora Mather. «Una bruja», la llamó. «Una bruja que se llevó su merecido.» Si quieren saber mi opinión, estaba a punto de confesar cuando su abogada se lo impidió.

Por supuesto, Courtney protestó al instante. Pero daba igual. No sólo el juez lo había oído, sino la persona presente en la sala cuyo veredicto yo temía más que el del hombre encargado de dictar sentencia.

Cuando abandonamos la sala para esperar la decisión del juez (una decisión que significaba la diferencia entre que Jamie consiguiera la ayuda que necesitaba, o enfrentarse a la posibilidad de pasar el resto de su vida en el mundo insoportable de una prisión para adultos), Gavin intentó tomar mi mano, pero yo la retiré como si su contacto me hubiera quemado y empecé a abrirme paso entre la multitud en busca de George. Sin embargo, cuando llegué a la zona donde se había sentado la familia de Ali, se había ido.

En lugar de sus penetrantes ojos azul oscuro, me encontré cara a cara con el rostro tenso de la mujer que tantas veces me había encontrado en circunstancias normales. Se me antojaba que había sido en otra vida cuando Beth Shagaury y yo habíamos hablado de fútbol o de los elevados precios de los cereales para niños en los pasillos del Shop n' Save. Perdida dentro de las ropas oscuras y sosas que le iban demasiado grandes desde hacía meses, con la piel tensa sobre los pómulos salientes, poco se parecía a la agobiada madre joven que yo conocía. Dio la impresión de que mi rostro la asombraba tanto como a mí el de ella. Sin embargo, antes de que pudiera dirigirle la palabra, Beth agachó la cabeza, dio media vuelta con brusquedad y se perdió entre la multitud.

Cuando volví con Gavin y Courtney, vi a mi marido conversando con un amigo de Jamie. Al ver lo cerca que estaba del vulnerable muchacho, un niño, me estremecí. Mientras me abría paso entre el gentío, nunca me había sentido más sola en la vida. O más fuerte. Mientras las cabezas se volvían o los reporteros pugnaban por acercarse, con la esperanza de arrancar un comentario de la madre del acusado, levanté la cabeza y me encaminé hacia la calle, sin preocuparme de lo que pensara la gente de que dejara solo a Gavin. Ya no me preocupaba nada, salvo aquello escurridizo que Ali había insistido en que afrontara: la verdad.

29

La siguiente vez que nos reunimos en la sala, yo temblaba tanto que tuve miedo de montar una escena y desmayarme, como había sucedido en el concierto de Ali. Cuando condujeron a Jamie al interior, exhibió una breve y pálida sonrisa, y paseó la vista entre su padre y yo. El juez entró en la sala un minuto después, pero yo seguí con la vista clavada en los hombros erguidos de Jamie, en su cabeza alzada con valentía.

Mientras el juez removía sus papeles y se servía un vaso de agua, sentí una vez más el impulso casi abrumador de volverme para mirar a George Mather. Habían transcurrido varias semanas desde nuestra extraña comida en Giovanna's. Y si bien habíamos prometido volver a reunirnos para comentar los resultados de nuestra labor detectivesca de aficionados, no lo habíamos hecho. De hecho, después de que George me llamara la mañana anterior a mi desplazamiento a Nueva Hampshire, no había vuelto a saber nada de él. Tampoco había contestado a los diversos mensajes que le había dejado en su despacho y en el contestador automático de su casa. Mientras escuchaba su voz lenta y comedida en la cinta cuando llamé la noche anterior, casi estaba segura de que se encontraba en casa. Era evidente que me estaba evitando. La única pregunta era por qué. ¿Había decidido que yo estaba demasiado comprometida con el caso para ser objetiva sobre cualquier cosa que pudiera averiguar? ¿O él había descubierto algo que no quería que yo supiera? ¿Sus investigaciones personales le habían conducido a la creencia de que él y yo militábamos en bandos opuestos? Mis ojos se desviaron con una mirada protectora hacia Jamie cuando el juez carraspeó, a punto de decidir el futuro de mi hijo.

En aquel momento, mi corazón estaba martilleando con tal insistencia que apenas comprendí su larga exposición. Cuando se demoró unos momentos en la gravedad del crimen, estuve casi convencida de que iba a enviar a Jamie a un tribunal de adultos. Y si eso ocurría, yo estaba dispuesta a ponerme en pie y decirle exactamente por qué eso no debía suceder nunca. Sin embargo, justo cuando empezaba a inclinarme hacia adelante, preparada para llevar a cabo el acto más dramático de mi vida, su tono cambió. Si bien Ali había sido cruelmente atacada con la punta del cuchillo antes del asesinato, no creía que el atacante hubiera intentado matarla. En ese caso, ¿no habría usado su arma? No, el disparo aparentaba ser un acto precipitado. No existían pruebas de premeditación. Debido a esa precipitación, los sólidos lazos familiares de Jamie y los vínculos con la comunidad, el juez creía que era un excelente candidato para la rehabilitación si era condenado por este crimen: la corte había decidido que fuera juzgado por un tribunal de menores.

Mientras los amigos de Jamie lanzaban hurras y eran expulsados de la sala, sentí que los músculos de mi cuerpo, preparados para entrar en acción, se relajaban. El revuelo producido cuando sacaron de la sala a Toby y Brad me concedió la oportunidad de volverme para mirar hacia el punto donde la familia de Ali había estado sentada durante toda la vista, con la esperanza de ver la reacción de George. Ante mi asombro, el asiento que el marido de Ali había ocupado durante la vista estaba vacío. En la fila donde sus tres parientes más cercanos se habían congregado, Kathleen y su madre estaban solas. Al ver la decepción pintada en su rostro, me apresuré a volver la cabeza.

Cuando el juez salió de la sala y los guardias se llevaron a Jamie, me sentí asaltada por los sentimientos aprisionados dentro de la sala. Me abrazaron varias veces, Courtney, que estaba a mi derecha, con auténtico sentimiento, y Gavin con cierto distanciamiento, como si hubiera recordado nuestro alejamiento ahora que el momento de tensión había pasado. Y después fueron otras personas, la sólida comunidad que el juez había citado cuando tomó su decisión. La esposa de nuestro párroco, cuya colonia me recordó dolorosamente a la de Ali. Los padres de Toby, Sharon y Walt Breen, ambos con lágrimas en los ojos, acercaron sus rostros al mío, diciendo que apoyaban a Jamie al cien por cien, como siempre. Hubo más, toda una cola: los profesores que habían trabajado conmigo en el instituto, los amigos y colegas de Gavin, así como sus padres, que habían llegado el día anterior, vecinos, gente junto a la cual me había sentado en la iglesia durante años, pero nunca había llegado a conocer bien.

Aunque sabía que su apoyo se dirigía a la falsa familia que habíamos fingido ser, su presencia me conmovió de una manera increíble. Mientras me secaba las lágrimas de las mejillas, me pregunté cuántos habrían venido de haber sabido quiénes éramos en realidad. De todos modos, agradecí la barrera protectora que formaban a nuestro alrededor, separándonos de la ira del otro bando: los fiscales, quienes ya estaban jurando apelar, los amigos músicos de Ali y, con aspecto aislado y agraviado, su madre y su hermana, cuyos rostros surcados de lágrimas revelaban su sensación de haber sido escarnecidas de nuevo.

Una vez más, busqué a George entre la multitud, pero no vi ni rastro de él. Tampoco estaba presente Jack Butterfield, en busca de justicia para la mujer a la que se refería como su «prometida». ¿Era posible que sus hombres la hubieran abandonado ahora que ya no podía deslumbrarles con los encantos de su presencia física?

Sin embargo, mientras buscaba alguna señal de que los amantes a los que había dedicado tanto tiempo y atenciones todavía no la habían olvidado, vi de nuevo la figura solitaria de Beth Shagaury, que se encaminaba a la salida. Una vez más, con la cabeza gacha, de manera que no pude ver su expresión. De toda la gente que había aparcado sus responsabilidades durante una hora porque sentían la necesidad de apoyar a alguien a quien apreciaban, ya fuera Jamie o Ali, la presencia de Beth era la más misteriosa. ¿Cuál sería el motivo de que la joven viuda con tres hijos y escasos recursos contratara a una canguro y apareciera en el juicio una y otra vez?, me pregunté. ¿Cuál era su interés? Sabía que odiaba a Ali, pero también me despreciaba a mí. En una sala dividida en dos bandos, Beth Shagaury debía ser la única persona presente que no se había decantado por ninguno. ¿Había venido por Jamie y por mí, tal vez convencida de su culpabilidad y considerándole el vengador de su agravio personal? ¿O había cambiado de opinión acerca de Ali, como tanta gente desde que la violinista se había reunido con los muertos? Pensé en el velatorio, donde los colegas del instituto que nunca habían mencionado el nombre de la profesora de música sin añadir algún chisme malicioso habían recordado entre lágrimas su estrecha amistad. ¿Había experimentado Beth un cambio de opinión similar? ¿O ella, como el resto de la multitud dividida, se había marcado sus propias prioridades?

Mientras estas preguntas desfilaban por mi mente, Beth Shagaury desapareció de mi vista, pero cuando torcí el cuello para seguirla con la mirada, mi suegra tiró de mi manga.

—Vamos, Jeanne —dijo—. En cuanto escapemos de estos periodistas, Gavin nos llevará a comer.

—No puedo ir —respondí, antes de tener tiempo de pensar en las palabras—. He de hacer algo ahora mismo.

Me solté, agarré mi bolso y me abrí paso entre el gentío, dejando estupefactos a Courtney, mis suegros y Gavin.

30

George Mather abrió la puerta del apartamento incluso antes de que yo tuviera la oportunidad de llamar. A juzgar por la aureola de pelo alrededor de la cabeza y su ropa arrugada, sospeché que le había despertado de la siesta. Cuando me vio en el umbral, se alisó el pelo con la palma de la mano y carraspeó.

—Entra, Jeanne —dijo, y se hizo a un lado—. Da la impresión de que necesitas sentarte.

Me tomó solícito por el brazo y me guió hasta el interior del pequeño apartamento que había alquilado después de que Ali y él se separaran. Cuando entré, parpadeé. Todas las persianas estaban bajadas, y tardé unos momentos en adaptarme a la penumbra del lugar. Me pregunté si éste sería el modo normal de vivir de George, o sólo un reflejo de la profunda depresión en que se había hundido desde la muerte de Ali. De inmediato, empezó a despejar superficies y descubrió un lugar para que me sentara.

—Ay, la triste verdad sobre el macho de la especie sale a la luz por fin, ¿verdad, Jeanne? Bajo todas nuestras baladronadas, las tareas sencillas son superiores a nosotros —dijo sin dejar de observarme. Sacó una taza de café que parecía llevar semanas donde estaba. Después conectó un pequeño ventilador, que expulsó el calor de la sala cerrada, y empezó a subir persianas. Mientras el polvo giraba en los rayos del sol, George desapareció en la cocina. Al cabo de un momento regresó con una copa de coñac.

Algo ofendida por este reconocimiento de lo mucho que había llegado a depender del alcohol, alcé la mano en señal de protesta.

—Son las once de la mañana, George. No quiero coñac.

—¿Una taza de té, pues? ¿No es lo que Ali y tú tomabais a veces?

Sonrió con ternura, como disfrutando del recuerdo de las dos aovilladas como sujetalibros en el sofá mientras bebíamos té y compartíamos secretos. Pero como siempre que pronunciaba el nombre de su esposa, una sombra de dolor cruzó su cara. Observé que, cuando entró en la cocina para preparar el té, dejó el coñac sobre la mesa, por si cambiaba de opinión.

Mientras George removía cosas en la cocina como un hombre perdido en su propia casa, paseé la vista a mi alrededor. El apartamento era pequeño y estrecho, y no había hecho el menor esfuerzo por embellecerlo. Además de las librerías rebosantes, que forraban todas las paredes, casi no había muebles que mitigaran el aspecto espartano de la sala. Nada, salvo el desvencijado sofá en el que estaba sentada y una mesita auxiliar abollada. A juzgar por los restos que ocupaban la pequeña mesa rectangular, hacía las veces de mesa de comedor y de escritorio.

Pensé en George recorriendo la solitaria trayectoria entre su despacho y este apartamento oscuro y desaliñado, y por un momento experimenté una oleada de ira contra Ali. ¿Cómo podía haber abandonado a un hombre como él a un destino semejante? ¿Por qué no se había dado cuenta de lo afortunada que era? Si hubiera tenido la sensatez de quedarse con George, hoy estaría viva. Sí, en muchos sentidos su hermana Kathleen tenía razón: Ali había estado coqueteando con la muerte y el peligro durante muchos años, tal vez durante toda su vida.

Como me sentía angustiada por mis pensamientos, así como por los sentimientos agitados que se habían vivido en la sala del tribunal, tomé un sorbo de coñac. Me quemó la garganta, pero al instante me sentí invadida por un calor relajante. Cuando George regresó con el té, ya me había terminado la copa.

Él miró la copa vacía y sonrió.

—Tu semblante ha mejorado mucho —dijo en tono de aprobación—. ¿Aún quieres té?

—No he venido a por té —dije, envalentonada por el licor—, sino a por información. ¿Por qué no me has devuelto mis llamadas? ¿Por qué no has aparecido en la sala del tribunal esta mañana?

Mi voz sonó acusatoria, casi colérica.

—Quería llamarte, Jeanne. De hecho, he marcado tu número más veces de las que recuerdo. —Hizo una breve pausa—. Pero cada vez colgaba antes de que el timbre empezara a sonar. Pensaba que era mejor esperar a que tuviera más cosas que contarte.

Se estaba refiriendo sin duda a su investigación particular del asesinato de Ali. Por un momento, George frunció el ceño, abismado en sus preocupaciones. Después se sacudió de encima la soledad que se había apoderado de él desde la muerte de Ali, y pareció recordar que yo estaba presente. Sonrió con tristeza y nos sirvió té.

—Estaba segura de que querrías escuchar la decisión del juez —dije—. A Kathleen y a su madre les hubiera convenido tu apoyo.

—Sí, estoy seguro, pero creo que no soy yo quien se lo dará. —Frunció el ceño de una manera misteriosa, pensando en sus parientes políticos problemáticos—. Dime, ¿qué ha decidido el juez?

—¿Quieres decir que ni siquiera te has tomado la molestia de encender la radio?

—Es evidente que no. —George se pasó la mano por el pelo desordenado—. ¿Quieres que espere al periódico de la mañana?

—El juez decidió que Jamie es un excelente candidato para rehabilitación —dije, sofocada de repente por una emoción que aún no había tenido tiempo de sentir—. Será juzgado por un tribunal de menores.

George apretó mi mano al instante, con los ojos llenos de aquella sinceridad que siempre me daba ganas de llorar.

—Debes sentirte muy tranquilizada, Jeanne —dijo—. Me alegro por ti.

Aunque había jurado que el asesino de Ali pagaría durante el resto de su vida, parecía muy compasivo con la persona acusada de su asesinato. Tal vez había descubierto alguna pista.

Me levanté con brusquedad, y casi volqué el té que había dejado en el borde de la mesa. Empecé a pasear de un lado a otro de la sala, desgarrada entre emociones contradictorias.

—Si quieres saber la verdad, no estoy tranquila. No estaré tranquila hasta que esto haya terminado. Cuando mi hijo y yo estemos muy lejos de aquí, lejos de cualquiera que sepa algo de esta desagradable historia. Y cuando Jamie consiga la ayuda que necesita —solté.

—Hablas casi como si creyeras que es culpable —dijo George. Sus ojos se tornaron de un azul más profundo, como ocurría siempre que escuchaba con suma atención.

—Por supuesto que no —repliqué—, pero eso no significa que Jamie no necesite algún tipo de terapia..., sobre todo después de esto.

George se levantó de repente y fue a la cocina. Cuando volvió, lo hizo con la botella de coñac y otra copa para él.

—Si quieres que te sea sincero, nunca me ha gustado mucho el té. —Después de llenar las copas, se acercó al estéreo y puso un cedé—. El otro día encontré esto entre sus cosas. Nunca lo había oído —explicó.

Al principio, me sobresaltó la presencia de Ali a través de su música, pero a medida que el sonido hipnótico de su violín invadía la habitación, cerré los ojos y me entregué a él. Era casi como si una puerta se hubiera abierto y ella hubiera entrado, como si estuviera sentada en el sofá a mi lado y me acariciara el pelo.

George guardó silencio unos instantes, y cuando le miré vi que resbalaban lágrimas por sus mejillas. Si bien había permanecido sereno durante el funeral y el velatorio, por lo visto el sonido de la música de Ali despertaba sentimientos que la visión de su cuerpo inerte no había logrado.

—Lo siento —dijo, cuando se dio cuenta de que le estaba mirando, pero no hizo el menor intento de secar las lágrimas.

—He querido escuchar muchas veces alguna de sus piezas, pero me daba miedo ponerlas —admití, reclinada en el sofá con la copa en la mano. Tomé un lento sorbo de licor.

—Es una parte de Ali que ni siquiera el asesino nos ha podido arrebatar —dijo George—. Una parte de ella que estará siempre con nosotros. Y hay más de lo que había imaginado. He estado escuchando algunos de sus cedés últimamente, con la esperanza de hacer copias para los amigos.

—¿Y la familia? ¿Has hecho copias para su madre y Kathleen?

Al sacar a relucir el anterior comentario hostil de George sobre sus parientes políticos, confiaba en desviar la conversación hacia aquel tema.

Él resopló.

—Lo único que le interesa a la familia de la música de Ali es el dinero que pueda generar. ¿Sabes lo que me dijo Kathleen hace unos días? «Supongo que los derechos de autor los cobrarás tú.» Es increíble. Como si yo quisiera el dinero de Ali.

George contempló el estéreo con una extraña amargura en su cara.

—Tengo la sensación de que Ali y su familia no estaban muy unidas —dije—. De hecho, sólo me habló de su madre una vez. Y jamás me enteré de la existencia de Kathleen.

—Como mucha gente, no comprendían a Ali —dijo George, al parecer concentrado más en la música que en mi presencia—. Era muy diferente de ellos.

—¿Por eso Kathleen la odiaba? ¿Porque era diferente? ¿O era un simple caso de envidia?

George pareció impresionado por la palabra «odiaba», pero no lo negó.

—Es evidente que Ali se llevó todo el talento y belleza de la familia. Pero hay más.

Mientras su música se derramaba sobre mí, olvidé mis problemas de nuevo y me perdí en el misterio más profundo de la vida de mi mejor amiga fallecida. Tan sólo un mes antes, creía saberlo todo sobre ella, pero estaba empezando a preguntarme si había llegado a conocer a Ali. Desde su muerte, ya había averiguado que se reunía en secreto con mi hijo. Y ahora estaba descubriendo que la mujer que no toleraba secretos a los demás tenía un montón.

—Ali era una persona incapaz de mentir. Como ya sabes, me torturaba con su sinceridad sobre Butterfield... y los demás. No perdonaba a quienes la rodeaban de engaños.

Mientras hacía una pausa para beber, George parecía muy apenado por aquellos recuerdos de la sinceridad implacable de Ali.

Pero yo no me fijaba mucho. Estaba pensando en la forma en que ella me había obligado a afrontar la verdad de mi matrimonio, e incluso de Jamie. No estaba segura de sentirme agradecida por su intervención. Ni siquiera ahora.

—A veces la verdad puede ser muy cruel —dije.

—Así ocurrió en la familia de Ali —dijo George. Era como si su espíritu, desencadenado por su música le hubiera contagiado, y estuviera revelando cosas que, en otras circunstancias, habría callado.

Cuando le miré con curiosidad, sonrió con tristeza.

—Has dicho que Ali hablaba muy poco de su madre, y nunca de Kathleen. Pero ¿y de su padre, Alvin? El hombre que interpretaba conciertos de violín por todo el mundo. El que la enseñó a tocar... Supongo que Ali nunca te habló de él.

—Pues sí —dije—. Me dijo que era un músico brillante, y que murió cuando ella era muy joven. Demasiado joven para recordarle bien.

George sacudió la cabeza con pesadumbre.

—Hasta nuestra Ali tenía secretos, ¿verdad? Incluso para ella, había temas a los que quitaba importancia o tapaba con mentiras a medias.

—Pero tú mismo has dicho que era un violinista de talento —dije, cada vez más confusa—. ¿Cuál es la mentira? ¿Quieres decir que no está muerto?

—Oh, el hijo de puta murió, ya lo creo. Pero no antes de dejar a su hija recuerdos suficientes para perdurar toda una vida. Ali tenía dieciséis años la noche que su padre entró en su cuarto de música y se puso una pistola en la boca. —George me miró—. Nunca me había dado cuenta de la coincidencia, pero es irónico que tanto padre como hija murieran de manera violenta en su cuarto de música.

Sin embargo, en aquel momento, yo no estaba pensando en la coincidencia de sus muertes. Ni siquiera estaba concentrada en la revelación de que el padre de Ali se había suicidado cuando ella se hallaba en una edad tan crítica: dieciséis años, igual que Jamie. No, lo que más me impresionó fue la oscuridad contenida en sus últimas palabras: *dejó a su hija recuerdos suficientes para perdurar toda una vida.*

—¿Qué estás diciendo, George? —barboté.

—Alvin era un hombre muy egoísta. Un hombre que tiranizaba a su mujer y reprendía sin piedad a Kathleen por sus deficiencias, la comparaba cruel e incesantemente con su hermana, más hermosa y dotada de talento. Las dos sufrieron tantos años de malos tratos constantes que acabaron creyendo en la verdad de sus insultos.

—¿Y Ali? —repetí—. Has dicho que era su favorita.

George desvió la vista un momento. Después se volvió hacia mí.

—Ya conoces la historia —dijo de manera enigmática—. Ali era su favorita. Y, por lo tanto, la persona en la que su padre había depositado todos sus sueños y esperanzas. La persona a la que casi destruyó en nombre del amor.

Yo había empezado a temblar con tal violencia que casi no podía sostener mi bebida.

—Siempre pensé que por ese motivo Ali huía de quienes la amaban —continuó George—. Debido a sus tempranas experiencias con un monstruo. Los... ahora la gente los llama malos tratos, se prolongaron durante años. Pero no fue hasta el día en que cumplió dieciséis años cuando Ali se lo contó a su madre. Y aquella noche, mientras Kathleen estaba cubriendo su tarta de cumpleaños de glaseado rosa, Alvin fue a su cuarto de música con una pistola, dejándolas a todas, sobre todo a Ali, con un legado de culpa y rabia que nunca consiguió superar.

Pensé en el llanto amargo de Ali después del suicidio de Brian, y en que por teléfono había explicado entre sollozos a su marido que el incidente «lo había revivido todo». Comprendí por fin. Mientras George me miraba a los ojos, me di cuenta de que la música había terminado y un silencio absoluto reinaba en la sala.

Por primera vez, percibí la intensidad de la relación entre Ali y Jamie con la misma fuerza que había sentido su presencia en la sala cuando empezó a sonar el concierto. Se comprendían de una forma que sólo las víctimas podían compartir. De alguna forma que yo no podía describir ni entender, estaba segura de que habían reconocido mutuamente su lugar oscuro interior.

Me puse en pie con brusquedad y cogí el bolso.

—He de ir a ver a mi hijo —dije, y me sorprendí a mí misma con la perentoriedad de mis palabras. Aunque sabía que debía estar aumentando las sospechas de George acerca de Jamie, era incapaz de controlarme. Sólo deseaba salir del asfixiante apartamento del viudo, lejos del oscuro conocimiento de sus ojos.

—¿Vas a ver a Jamie ahora? —preguntó George, como estupefacto.

—Si me dejan pasar —dije—. He de preguntarle algo.

Me acompañó hasta la puerta y me siguió con la mirada. Estaba a mitad del pasillo, cuando me llamó.

—Dile algo al chico de mi parte, Jeanne.

Me volví, y parpadeé debido al sol de un día radiante.

—Dile que no se preocupe —continuó George—. Este caso nunca irá a juicio.

Avancé un paso hacia él, sin saber qué debía preguntar primero. ¿A qué se refería? ¿Esperaba que Jamie confesara? ¿O conocía la identidad del verdadero asesino?

—¿Qué…?

Pero George ya había empezado a cerrar la puerta.

—Ojalá pudiera contarte más, Jeanne. Pero no puedo. Todavía no.

Y entonces, antes de que pudiera detenerle, cerró la puerta entre nosotros. Por si el mensaje no era lo bastante claro, oí que pasaba el pestillo. Sopesé la posibilidad de llamar con los nudillos, sin querer marcharme hasta que me dijera de dónde había sacado aquella información, pero me di cuenta de que sería inútil. Era evidente que George, al igual que Ali, e incluso Jamie, estaba decidido a guardar su secreto hasta que decidiera que había llegado el momento adecuado de hablar, y por más que yo le coaccionara no lograría hacerle cambiar de opinión.

31

Una vez más, me sentí aliviada al ver que Glenn estaba de servicio en Somers. De todos los guardias, parecía el más compasivo, tal vez porque, como me había contado una vez, había pasado una temporada en un establecimiento similar cuando tenía la edad de Jamie.

—No tiene por qué ser el fin del mundo —me dijo en una ocasión, al verme llorar mientras se llevaban a Jamie—. Algunos chicos lo superan.

Pero aunque sus palabras querían consolarme, no fue así. Lo único que oí fue «algunos» chicos. Sí, algunos chicos como Glenn eran capaces de cambiar y recuperarse del tiempo pasado entre rejas, pero ¿qué era de los demás?

Sin embargo, cuando trajo a Jamie, dejé a un lado mis temores al instante. Por primera vez desde su detención y, para ser sincera, desde meses antes de eso, mi hijo sonrió cuando me vio.

—Vienes sola —dijo con evidente alivio en su cara, una cara bastante más delgada que hacía un mes. Y sus pantalones de uniforme caqui se veían más abolsados que nunca.

—Estamos solos tú y yo, chaval —dije, procurando reprimir las lágrimas al ver al chico que había sido arrojado a un tormento adulto antes de tiempo. *Como Ali.*

Me volví hacia Glenn, que se había acomodado en una silla en la esquina de la habitación.

—¿Cree que Jamie y yo podríamos quedarnos a solas un ratito? —pregunté—. Prometo que no llevo una lima en el bolso.

El hombre vaciló un momento, pero después de pasear la vista entre Jamie y yo cedió.

—Es contrario a las normas, pero si quiere que le diga la verdad, no lo veo mal. Aprovecharé para ir a fumar. —Abrió la puerta para marcharse, y después se volvió—. Estaré fuera por si necesitan algo —añadió, una forma de advertirnos de que no intentáramos nada.

—¿De qué va el rollo? —preguntó Jamie al tiempo que se sentaba nervioso en su silla—. ¿Por qué le has pedido que saliera?

Su expresión de felicidad al verme había desaparecido. Casi parecía asustado de mí. O tal vez sólo tenía miedo de quedarse a solas con cualquier adulto.

Me encogí de hombros.

—Has perdido peso —dije con la esperanza de empezar por un tema neutral—. Supongo que estaba tan obsesionada con la vista que acabo de darme cuenta ahora.

—La comida de aquí es horrible —sonrió Jamie—. Y no hay bombones de mantequilla de cacahuete.

—Bien, no puedo decir que te haya perjudicado. Tienes buen aspecto.

Era cierto. Aunque no me había fijado en la pérdida gradual de peso, un apuesto joven había empezado a surgir de debajo de las capas de carne, un joven con mis ojos y la sólida estructura ósea de Gavin. Me apenó pensar que, aunque prohibiera a Gavin volver a ver a Jamie, seguiría presente. En las líneas del rostro de mi hijo. Aunque había comprado una bolsa de bombones de mantequilla de cacahuete, no la saqué. Lo último que necesitaba mi hijo era empapuzarse de más falsa dulzura.

Nos miramos sin hablar un par de minutos, como si nos viéramos por primera vez, y después Jamie se levantó con brusquedad. La silla metálica hizo un ruido estrepitoso sobre el suelo de linóleo.

—¿No crees que deberíamos llamar a Glenn? Igual piensa que estamos planeando mi fuga.

Pero me limité a negar con la cabeza.

—Dentro de un rato. Quiero hacerte un par de preguntas, Jamie. Y no quiero que Glenn, ni nadie, nos escuche.

—¿No crees que ya me has hecho bastantes preguntas? —preguntó nervioso. Se acercó a la única ventana de la habitación y miró a la calle, ansioso por escapar.

Me compadecí de su miedo, pero insistí.

—¿Por qué fuiste a ver a Ali después de clase aquellas veces, Jamie? Dímelo, y llamaremos a Glenn.

Respiró hondo, nervioso. Después dio un puñetazo en la pared.

—¿Qué quieres de mí, mamá? O sea, ¿de qué sirve hablar de este rollo? No va a cambiar lo sucedido.

Tenía los dientes apretados mientras hablaba cada vez en voz más alta. Yo tenía miedo de que Glenn le oyera desde el pasillo y regresara antes de que pudiera obtener respuestas.

—Tienes razón. No cambiará el pasado. No cambiará lo que te hizo tu padre, ni devolverá la vida a Ali, pero puede que cambie el futuro. Por favor, Jamie, sólo dime por qué fuiste a verla, ella era para ti una desconocida que ni siquiera te daba clases. Cuéntamelo, y después, lo dejaremos correr.

Jamie volvió a su asiento poco a poco. Meneó la cabeza como si discutiera consigo mismo, y se pasó la mano por el pelo varias veces antes de hablar.

—¿De veras quieres saberlo? —preguntó con aspecto de niño pequeño cuando me miró.

—No, no estoy segura —dije—, pero soy tu madre, Jamie. He de saberlo.

—De acuerdo.

Volvió a ponerse en pie. Convirtió la pequeña sala de visitas en una jaula cuando se puso a pasear de un lado a otro, y regresó mentalmente al edificio del instituto la primera vez que Ali había entrado para cambiarlo todo, en el caso de ella y de Jamie.

—Fue la segunda semana de curso —dijo poco a poco—. Y la señora Mather, Ali, entró en nuestra clase de educación sanitaria para dar una conferencia. Era una conferencia sobre... malos tratos. —Apartó la vista cuando pronunció aquellas palabras—. En cualquier caso, no fue una de esas conferencias insustanciales de costumbre. Habló de cosas reales que le habían sucedido. Cosas que le hizo su padre. Para ser sincero, fue asqueroso. Escuché hasta que no pude aguantar más, y entonces me levanté y salí corriendo del aula.

Ni siquiera sabía lo que hacía, mamá. Creo que dije algo estúpido como «Perdone, señora Mather, pero creo que voy a vomitar». No estaba mintiendo. Pensaba que iba a hacerlo.

—¿Y lo hiciste? —pregunté mientras pensaba que Jamie estaba muy pálido en aquel momento—. ¿Vomitaste?

—Apenas conseguí llegar al lavabo de chicos antes de vomitar la comida. Allí estaba yo, vomitando en el retrete, notando el olor de aquel desinfectante que utiliza el conserje, cuando de repente me doy cuenta de que hay alguien más en el lavabo. Y no está utilizando los urinarios ni nada por el estilo. Está mirando cómo saco hasta las tripas. Bien, nunca adivinarías quién era.

—Ali —dije, y cerré los ojos al imaginar a la amiga que jamás permitiría que el letrero del lavabo de hombres, o la perspectiva de sorprender a un chico en un urinario, la alejaran de un crío con problemas.

—Estaba sosteniendo unas toallas de papel húmedas. «¿Te encuentras mejor?», preguntó. En cuanto la miré, comprendí que lo sabía... Lo sabía todo. De haber podido, juro que habría huido del instituto para no volver jamás, pero ella me impedía salir. Ya sabía que, a partir de aquel momento, iba a convertir mi vida en un infierno.

—No fue Ali quien convirtió tu vida en un infierno, Jamie, sino...

Me interrumpió con sorprendente ferocidad.

—¡Tendría que haberse mantenido al margen, mamá! ¿Qué le importaba a ella? O sea, si ella quería ir por ahí aireando su asquerosa historia, estupendo. Pero ¿qué derecho tenía a entrometerse en mi vida?

—¡Sólo quería ayudarte, Jamie!

—Bien, ya ves cómo hemos terminado los dos. Ella, a dos palmos bajo tierra, y yo, encerrado hasta que cumpla veintiún años, si consigo salir entonces.

La voz de Jamie comunicaba una amargura que jamás había oído.

—Fue entonces cuando le pediste verla después de clase... —deduje.

—No es que yo quisiera ir, mamá, pero no tenía muchas alternativas. Tenía miedo de que, si no aparecía, fuera a hablar con mi tutor. O peor todavía, contigo. Aquel día ya empecé a experimentar la sensación de que mis profesores me miraban de una manera rara. Como si lo supieran. Como si todo el mundo lo supiera. Sabía que no, pero yo lo sentía así. Como si aquella cosa asquerosa fuera algo que pudiera verse con toda claridad, como un grano en la nariz o algo por el estilo. No pensaba contarle nada. Pensaba mentir como siempre. Pero de alguna manera (creo que fueron sus ojos, sobre todo) era como si ya lo supiera..., y me lo sacó.

—Eso ocurrió la primera vez que fuiste a verla... —dije mientras empezaba a ensamblar las piezas y recordaba el comportamiento extraño de Jamie aquellas primeras semanas de curso. Gavin y yo lo habíamos hablado, y habíamos decidido que debía ser un problema con otro estudiante o con alguna asignatura—. Pero, por incómodo que te resultara, volviste una segunda vez.

—Una vez más, no es que tuviera muchas opciones. Estaba en la puerta, intentando salir de aquella habitación sin ponerme a farfullar como un niño pequeño, y me dio la paliza de nuevo. ¿Sabes lo que me dijo?

Hablaba en tono de incredulidad.

Negué con la cabeza.

—Dijo: «Bien, ahora que sabemos la verdad, tendremos que decidir qué vamos a hacer al respecto». ¿Qué vamos a hacer al respecto? —repitió Jamie mientras se mesaba el pelo frenéticamente—. Como si fuera posible hacer algo al respecto. O sea, ¿qué vas a hacer, rebobinar, retroceder en el tiempo y cambiar el pasado? Porque, aparte de eso, sólo conseguirás empeorar la situación...

—Así que fuiste a verla otra vez —dije, animándole a que continuara, mientras Glenn carraspeaba impaciente al otro lado de la puerta.

—Sí, y esa vez fue todavía peor —dijo Jamie, al tiempo que se sentaba frente a mí y hablaba en un susurro—. Esa vez me dijo que papá había cometido un delito, y que merecía ser castigado por ello. No te lo pierdas: ¡quería que llamara a la policía y denunciara a mi padre! Peor todavía, quería que te lo contara a ti... Bien, hasta ahí llegué. Me fui y le dije dónde podía ir y qué debía hacer cuando llegara. Que se lo diga al tutor, pensé. Peor no puede ir...

—¿Y así terminó todo? —pregunté. Yo también había empezado a hablar en susurros sin darme cuenta.

Al oír esa pregunta, Jamie se puso en pie de un salto.

—¡Pues claro que no terminó ahí, mamá! No terminó hasta que Ali cayó muerta en su sofá.

Me llevé un dedo a los labios al instante, temiendo que si Glenn, u otra persona, escuchaba lo que Jamie acababa de decir, podrían considerarlo una confesión.

Pero él no me hizo caso. Volvió a abundar en sus quejas contra Ali. Le impelían de un lado a otro de la habitación, mientras se daba puñetazos en una mano.

—De lo siguiente que me entero es de que te llamó para que la acompañaras al instituto. Tal como yo la veo, esa mujer intentaba torturarme, porque me pasaba preocupado día y noche pensando en lo que te decía en el coche cada día.

—Así que decidiste torturarla a su vez —dije, y de repente descubrí un nuevo significado en los objetos que Jamie había robado en casa de Ali, en la partitura pintarrajeada, en las sutiles amenazas. Incluso las veces que le había sorprendido escuchando en el teléfono adquirieron un nuevo significado.

—Exacto —dijo sonriendo al pensar en su particular campaña de terror—. Pero por desgracia no se asustaba con facilidad. Siempre que la veía en el instituto, me miraba sin pestañear, como aquel día en el lavabo. Y cuando se armó la gorda y te marchaste a Nueva Hampshire, empezó a llamarme... Es increíble.

—¿Qué quería? —pregunté mientras revivía el sentimiento de culpa que me embargaba siempre que pensaba en los días pasados en la cabaña, mientras mi hijo se quedaba solo en casa con su torturador.

—Decía que no debía estar solo en casa con papá. Hasta se ofreció a alojarme en su casa. Ni en un millón de años hubiera ido. Y cuando le dije que me dejara en paz, que se mantuviera al margen, dijo que si no plantaba cara a la situación, ella lo haría.

—Pero ¿cómo? —pregunté.

—Dijo que acudiría a la policía. Tendrías que haberla oído, mamá. Dijo que era su responsabilidad como profesora. Qué chorrada. —La cara de Jamie estaba roja de ira—. Fue cuando decidí matarla —dijo en voz baja—. No quería, pero no me dejaba otra alternativa. Tal vez te parezca una locura, pero yo lo consideraba defensa propia. O sea, ¿te imaginas a papá abriendo la puerta y viendo a un par de polis con una orden de detención?

—No digas nada más, Jamie —le supliqué mientras paseaba la vista a mi alrededor con suspicacia y me preguntaba si habría micrófonos ocultos. ¿En qué trampa había hecho caer a mi hijo esta vez?

Pero liberado al fin de su cárcel de silencio, Jamie no iba a permitir que le detuvieran.

—Pero yo no lo hice, mamá —dijo—. Yo no la maté. Eso es lo más asombroso. Sí, fui a su casa con esa intención. Llevaba mi estúpida navaja, y me dio un subidón de adrenalina. Juro que estaba dispuesto. Y Ali era tan estúpida, me facilitó las cosas. Incluso después de todo lo que le había hecho, dejaba la puerta sin cerrar con llave. Ni siquiera tuve que forzarla. Después, no te lo pierdas: entro con la navaja en la mano, enloquecido. Y ella se queda tumbada en el sofá. Como si no me tuviera miedo. Hasta que no me acerqué y le apoyé la navaja en la garganta no se dio cuenta de que iba en serio. Y que era fuerte. Creo que hasta aquel momento me consideraba un niño pequeño dentro del cuerpo de un hombre. Pero entonces se dio cuenta de que no era un niño…

Cerré los ojos, mientras riachuelos de lágrimas rodaban por mis mejillas.

—Pero no pudiste hacerlo. No lo llevas dentro, Jamie. Incluso entonces, presionado al máximo, no pudiste hacerlo.

Jamie bajó la cabeza y la sacudió, como decepcionado consigo mismo.

—Habría podido, creo que habría podido. Cuando destrocé su violín, me sentí muy bien, pensé que sería capaz de destruir el mundo. Pero cuando le hice los cortes, la miré a los ojos y vi que estaba muy asustada. Yo sabía lo que era estar asustado así... Era como despertar de una pesadilla y decir, oh, Dios mío, ¿qué estoy haciendo aquí? Salí corriendo de la casa y la dejé en el sofá. Aterrorizada y con algunos cortes, sí, pero viva. Ali estaba viva cuando la dejé aquella noche, mamá. Te lo juro, estaba viva.

Era la primera vez que Jamie contaba toda la historia de lo sucedido aquella noche, la primera vez que confesaba la vergüenza de haber estado a punto de cometer un crimen.

—Lo sé, Jamie. Y voy a prometerte algo: no serás castigado por un crimen que no cometiste. Ni un solo día.

—Pero ¿por qué estás tan segura, mamá? Ya oíste a papá: las pruebas acumuladas contra mí son abrumadoras. Hasta él cree que yo lo hice. Y aunque sólo pase cinco años en un penal de menores, quedaré señalado como asesino para el resto de mi vida.

Tomé sus manos y le comuniqué la misteriosa promesa de George, justo cuando la puerta se abría y Glenn entraba. Mis ojos se enfocaron borrosos en los de Jamie, y hablé con voz enérgica, para añadir un temerario colofón a la promesa que el marido de Ali me había hecho.

—Prométeme que no te preocuparás —dije asiendo las manos de Jamie—. Porque este caso nunca irá a juicio.

—Pero ¿cómo lo sabes? —preguntó Jamie, indiferente a la presencia de Glenn en la sala, al igual que yo—. ¿Cómo puedes saberlo?

—Porque la persona que mató a Ali está a punto de ser descubierta —contesté con una seguridad en mí misma que sólo habría podido ser descrita como demencial.

Aquella noche, cuando volví a casa, me sentí aliviada al encontrar la casa vacía. Por lo visto, Gavin había salido con sus padres a cenar. Pero no era probable que los viera antes de que volvieran a casa. Ahora que mi marido era consciente de lo que yo sabía, haría lo posible por impedir que dijera nada a mis suegros.

Cuando entré en el salón, vi que parpadeaba la luz del contestador automático. Oprimí el botón con cierto nerviosismo, y oí una voz desconocida que se identificaba como agente de control de animales en Towers, Nueva Hampshire.

«Este mensaje es para Jeanne Cross —decía—. Sólo quería informarla de que hemos encontrado a su perrito. Un poco hambriento y sucio, pero parece que se repondrá sin problemas.»

No sé por qué, pero cuando oí aquellas palabras dejé escapar todas las lágrimas que había reprimido en la sala de visitas. Por lo que fuera, la imagen del pequeño superviviente me aportó tanta esperanza que me descubrí llorando y riendo al mismo tiempo.

32

Cuando Katie Breen abrió la puerta, reprimió una exclamación ahogada. Sólo entonces caí en la cuenta del aspecto que debía presentar ante la hermana de Toby, de trece años, parada en la puerta con sus pantalones de franela y una camiseta, el pelo largo caído sobre los ojos.

—Hola, Katie —conseguí farfullar. Como si mi aparición en su puerta en plena tormenta, con un perro empapado y desnutrido en los brazos, fuera normal. Como si mi vida en los últimos meses hubiera sido normal. Después de dejar a Jamie la noche anterior, había ido a Nueva Hampshire, donde había recogido a *Skyler* y regresado a casa. Parada en la puerta, me di cuenta de que no había comido nada durante las últimas veinticuatro horas, aparte de un par de donuts. Con el pelo aplastado sobre la cabeza a causa de la lluvia, y una expresión de desesperación en la cara, abrazada a un chucho desaliñado, no me extrañaba que la adolescente apenas hubiera reconocido a su vecina. Me enderecé, eché atrás el pelo mojado y forcé una sonrisa.

—Oh, señora Cross —dijo Katie al tiempo que se hacía a un lado—. Entre.

Estaba avergonzada por no haberme reconocido.

Pisé con cautela el felpudo de bienvenida, pero me negué a avanzar más.

—No quiero mojaros el suelo —dije, y extendí los brazos para mostrar hasta qué punto la lluvia había traspasado mi cazadora—. ¡Mírame! Estoy empapada —añadí, y forcé una carcajada.

Después de aparcar el todoterreno en mi camino de entrada, había recorrido las dos manzanas que distaba la casa de los Breen guiada por un impulso, indiferente a la lluvia que me azotaba. Del mismo modo, el estoico perrito, acostumbrado a las veleidades de la naturaleza, no había protestado cuando lo había expuesto al tiempo inmisericorde. No obstante, una vez nos encontramos entre las confortables paredes de los Breen, *Skyler* se removió en mis brazos, ansioso por corretear en libertad. Los interiores de las casas, como ambos sabíamos, pueden ser peligrosos. Una trampa de la peor especie.

A esas alturas, Katie ya había dejado de mirarme y concentraba su atención en el chucho.

—Oh, Dios mío, qué mono es. ¿Cómo se llama? —preguntó, y se acercó impaciente al perro.

Pero en aquel momento *Skyler* saltó de mis brazos y empezó a ladrar en dirección a la puerta, lo cual provocó una reacción en cadena en la casa. Primero, Sharon gritó desde la cocina.

—¿Quién hay ahí, Katie?

Y después Toby apareció en lo alto de la escalera. Indiferente a mi apariencia, miró al perro, que ya había abandonado la idea de escapar y estaba lamiendo la mano de Katie.

El chico dirigió sus primeras palabras al animal.

—¡*Skyler!* Ven aquí, muchacho. —Después se vovió hacia su hermana—. Es el perro de Jamie —explicó—. Me ha escrito sobre él desde, mmm…, desde ese lugar en el que está.

El rostro franco del adolescente se ensombreció un momento cuando mencionó «ese lugar», y después se volvió hacia mí.

—Hola, señora Cross.

Desvió la vista enseguida al estilo adolescente, en dirección al perrito que se estaba retorciendo en brazos de su hermana.

En aquel momento, Sharon Breen salió por la puerta de la cocina, mientras se secaba las manos con un paño.

—Jeanne, ¿qué haces en la puerta? Entra. ¡Dios mío, vaya pinta! Estás empapada. Voy a prepararte una bebida caliente. —Sus ojos se desviaron hacia las huellas de patas que atravesaban sus brillantes suelos de madera como copos de nieve oscuros. Pero después apartó la vista cortésmente y me sonrió—. Será mejor que te quites la chaqueta antes de que pilles una pulmonía.

Ya estaba a mi lado, tirando de la chaqueta.

Pero rechacé su oferta.

—No puedo quedarme, Sharon —dije.

Intenté hablar en tono alegre, interpretar el papel de la vecina que había sacado a pasear el perro y un chubasco inesperado la había sorprendido, pero no lo conseguí.

Sharon percibió la desesperación en mi voz. Se volvió hacia sus hijos.

—¿Por qué no lleváis a *Skyler* a la cocina y le secáis las patas? —dijo—. Hay trapos debajo del fregadero. Hasta puede que encontréis una caja de galletas de *Sam* en la alacena.

Sam era el viejo golden retriever que habían sacrificado tan sólo unas semanas antes. Por primera vez los niños no se sintieron devueltos al oscuro recuerdo de aquel día cuando se mencionó el nombre de *Sam*. Toda su atención estaba concentrada en el desastrado y necesitado *Skyler*.

—Ven, chico, ¿quieres una galleta? —dijo Katie con su voz cantarina, mientras Toby engatusaba al perro para que les siguiera.

—¿Estás segura de que no quieres beber algo? —preguntó Sharon cuando estuvimos a solas—. Podría preparar un poco de café. ¿Te apetece un chocolate caliente?

Sus ojos eran del mismo color azul resuelto que había visto en todas las sesiones de la vista de Jamie. Cuando los miré, casi tuve ganas de llorar de gratitud. Nunca había hecho nada para merecer tal lealtad.

Negué con la cabeza y cayeron gotas al suelo.

—Como ya he dicho, he de pedirte un favor. Enorme, así que no debes contestarme enseguida. Tómate un par de días para pensarlo bien.

—Lo que quieras, Jeanne —dijo Sharon, vestida con su uniforme habitual de tejanos y camiseta. Casi nunca la había visto vestida de otra manera—. Ya te lo he dicho antes. Lo que esté en mi mano...

—Se trata del perro —dije, y miré en dirección a la cocina, donde los mimos de Katie se mezclaban con los alaridos de Toby y los ocasionales ladridos de *Skyler*, mientras los adolescentes intentaban adecentarlo—. Significa mucho para Jamie. Sólo la idea de salir y saber que algo le está esperando, algo alegre, inocente y ajeno a todo el caos que nos creamos los humanos…

Hice una pausa, y me estremecí un poco cuando el frío de la lluvia penetró mi piel.

—Creo que es maravilloso que hayas comprado el perro para Jamie. El regalo perfecto en un momento como éste —dijo Sharon, y ladeó la cabeza como perpleja—. Pero ¿qué quieres que hagamos?

—No puedo quedármelo, Sharon —dije de sopetón. Abrí la boca para añadir algo más, una explicación del enorme favor que estaba solicitando, pero me quedé muda.

Los ojos de Sharon formularon la pregunta obvia: ¿por qué? Pero no dijo nada. Durante un momento, guardamos silencio, mientras ella asimilaba todo lo que yo había dicho y, sobre todo, lo que había callado.

—¿Quieres que cuidemos de *Skyler*? —preguntó.

Asentí.

—Pero ¿desde cuándo? ¿Y durante cuánto tiempo?

Una vez más, Sharon ladeó la cabeza de manera socarrona, lo cual me recordó una expresión que había visto a menudo en la cara de Toby cuando Jamie y él disfrutaban de una sesión de videojuegos en nuestro salón. Daba la impresión de que aquellos tiempos de inocencia habían tenido lugar siglos atrás, en una familia que no era la mía.

—Bien, cuando quieras. Voy a llevar a *Skyler* a la residencia canina Rider hasta que encuentre a alguien que lo adopte.

—¿Lo vas a llevar a una residencia canina… hoy? Pero ¿por qué, Jeanne? ¿Es por Gavin? ¿Tiene alergia a los perros?

Me limité a agachar la cabeza, y dejé que las gotas de lluvia caídas de mi pelo mancillaran los pulidos suelos de madera de Sharon. Las dos teníamos claro que yo no pensaba, o no podía, añadir nada más. Siguió un largo silencio, durante el cual mantuve la vista clavada en el suelo, mientras notaba el peso de la mirada de Sharon clavada en mí y ponía a prueba, una vez más, la lealtad de unos vecinos que creían conocer a nuestra familia.

—¿Cuánto tiempo necesitas que lo cuidemos? —preguntó por fin.

—Temo que eso tampoco lo sé, Sharon —dije, y la miré—. Al menos, hasta que Jamie salga. Quizá más tiempo.

Me miró a los ojos. Los de ella eran claros como el agua, e igual de transparentes. Sabía que le estaba pidiendo algo más que cuidar de un perrito. Nos miramos con una franqueza que no necesitaba palabras.

Y después, con toda la generosidad que la había hecho famosa en el barrio, Sharon avanzó y me abrazó, dejando que el agua de lluvia pegada a mi chaqueta la mojara.

—Lo cuidaremos, Jeanne, por supuesto. No hace falta que lo lleves a la residencia canina. Nos lo quedaremos esta noche, ahora, si eso es lo que deseas. Durante todo el tiempo que necesites.

La abracé con más fuerza, porque me había quedado sin palabras.

—Debería irme... —dije.

—¿Estás segura? —preguntó al tiempo que retrocedía para mirarme a la cara—. Acabo de preparar una olla enorme de salsa napolitana. La cena es de lo más vulgar: un poco de pasta y ensalada, quizá un poco de pan de ajo, pero Walt llegará a casa dentro de una media hora, y nos encantaría que te quedaras.

Incluso antes de que terminara de formular la invitación, yo ya estaba negando con la cabeza.

—Gracias, Sharon..., por todo. Pero Gavin me está esperando.

Cuando pronuncié el nombre de mi marido, sentí que algo se endurecía en mi interior. Algo al parecer visible, porque una fugaz expresión de alarma apareció en el rostro de Sharon. Me miró como si intuyera que me había convertido en una mujer peligrosa.

—¿Hay algo más de lo que quieras hablar, Jeanne? Sé que nunca he sido tan amiga tuya como Ali, pero espero que sepas que cualquier cosa que me digas no saldrá de estas paredes.

Busqué la respuesta fácil para escapar del momento. Era la tensión del juicio, mi preocupación por Jamie. Podría haber dicho un sinnúmero de cosas, pero no me salió nada. En cambio, me limité a sacudir la cabeza y di media vuelta.

Cuando salí de la casa, oí a *Skyler* lanzar ladridos de protesta. Aunque había demostrado ser un fracaso como ama, aún quería quedarse conmigo. Mientras volvía a casa, noté su ausencia en mis brazos, el suave calor que me decía que no estaba sola. Agradecí que la tormenta aún no hubiera cesado. La sal de las lágrimas se mezcló con la lluvia que caía sobre mi cara cuando entré en mi calle.

33

Cuando me acerqué a pie, la casa, resplandeciente de luces, casi parecía estar viva. Una parodia de bienvenida y calidez, pensé, mientras ascendía poco a poco la colina. Pese a la lluvia torrencial, caminaba con parsimonia, pues no tenía prisa por ver a mis suegros. Ni a Gavin. Me quité las botas y la chaqueta empapadas en el vestíbulo, y después recorrí la casa con el sigilo de un ladrón. Había vivido en ella durante diecisiete años, pero ya no la consideraba mi hogar. Tal vez no lo había sido nunca. Sin embargo, en cuanto entré en la cocina, una oleada de silencio me dijo que algo había cambiado.

El coche de Gavin estaba en el camino de entrada, pero no se veía ni rastro de él. Ni de sus padres, que habían dejado pequeños rastros por toda la casa durante su estancia. Las botellas de vino tinto que mi suegro trasegaba durante la cena, diciendo que era bueno para el corazón mientras se volvía a llenar la copa, habían desaparecido de la encimera. Y las revistas de mi suegra, esas que constituyen una mezcla contradictoria de recetas que engordan y estrategias para perder peso, compradas pensando en Jamie, ya no estaban dispersas sobre la mesa de la cocina, donde solía dejarlas como una insinuación dirigida a mí. Cuando miré en el ropero del vestíbulo, no vi ni rastro de sus abrigos. Por lo visto, mi comportamiento errático había convencido a Gavin de que ya no necesitaba el apoyo de sus padres tanto como él había afirmado. No podía ni imaginar qué les había dicho para conseguir que cambiaran el vuelo y se marcharan tres semanas antes de lo planeado. Durante un breve momento me pregunté si se habría ido con ellos. Pero no iba a abandonar a Jamie hasta que el juicio terminara, por supuesto. Aunque sólo fuera por lo que pensarían la legión de amigos y conocidos que todavía le consideraban el Maravilloso Doctor Cross.

Sin embargo, el revelador olor a lima, un aroma que me provocó un estremecimiento, me informó de que mi marido había estado en la cocina hacía poco. Me volví y vi sus zapatos alineados detrás de la puerta. En cuanto reconocí su agresiva pulcritud, me recorrió un escalofrío que no era producto de la fría lluvia.

—¿Gavin? —llamé, mientras pasaba de una habitación vacía a otra. No estaba en el salón, donde solía refugiarse a aquella hora. Ni tampoco en el comedor, donde tomaba sus comidas para llevar a solas cuando no había nadie más en casa.

Sin embargo, cuando escudriñé el pasillo, observé que la puerta de su estudio estaba entreabierta. La habitación en la que yo no había entrado desde mi audaz registro se hallaba inundada de luz. En la mayoría de casas, la luz creaba una sensación de seguridad, pero en la nuestra, las luces que brillaban en las habitaciones desiertas eran siniestras. Avancé con cautela hacia el estudio, mientras llamaba a Gavin. Pero, una vez más, sólo el silencio me respondió.

Me paré ante la puerta del estudio, vacilante, frenada por algo indefinible. Tal vez el recuerdo de la primera, última y única vez que había entrado en el refugio de mi marido. Pensándolo bien, todo cuanto nos había sucedido tenía su origen en el momento en que había llamado al cerrajero y empezado a exhumar los secretos de Gavin. Mi huida a Nueva Hampshire. El asesinato de Ali. La detención de Jamie. Si pudiera retroceder en el tiempo y volver a guardar la factura de la Visa que me había conducido a la mortífera verdad sobre mi marido, mi hijo y yo misma, ¿podría haber detenido todas las cosas que estaban ocurriendo? Pero sabía que era imposible, por supuesto. Las raíces de nuestra tragedia eran mucho más profundas que los sencillos acontecimientos de una noche.

Deseché mis estériles pensamientos y me alejé de la puerta. No se oía nada en el estudio, ni un movimiento, ni el crujido de papeles. Si Gavin estaba dentro (como yo sospechaba), se habría dormido. El que mi marido se durmiera en el estudio o en el salón se había convertido en algo habitual en nuestra casa. Pero su alcoholismo, anterior en varios años a mi uso del alcohol como gran sanador, era otra faceta de nuestro matrimonio que yo, con mucho tacto, había logrado soslayar.

Esto podía ser más fácil de lo que había previsto, pensé mientras me alejaba de la puerta. Tal vez mis duras palabras de antes, la amenaza de que contaría la verdad a sus padres, y la implicación de que ya no callaría sus secretos, habían sido suficientes para mantener a Gavin alejado de mí. Pero entonces recordé lo que debía hacer. Tenía que verle, aunque fuera por última vez.

Subí la escalera con paso decidido, y de vez en cuando me paraba a llamarle. Pero en la casa iluminada sólo brillaba la ausencia. No estaba en la habitación de Jamie cuando asomé la cabeza y eché una última mirada al cuarto en el que mi hijo me había aconsejado que no entrara, porque era un lugar malo. Me estremecí un poco y apagué las luces. Después fui a la habitación de invitados, que los padres de Gavin acababan de abandonar, y también apagué las luces.

Antes de entrar en el dormitorio principal, respiré hondo. «¿Gavin?», llamé una vez más, pero mi voz era débil, apagada por la fatiga. Como en todas las demás habitaciones de nuestra casa, reinaba una pulcritud absoluta, y una vaciedad total. Consciente ahora de que me marchaba, paseé la vista por la habitación que había compartido con mi marido durante tantos años, y me pregunté cómo lo había soportado. En mi lado de la cama estaba la mesita de noche donde guardaba las novelas que leía de manera obsesiva, desesperada por investigar otras vidas. Y en el lado de Gavin estaban las cosas que yo nunca miraba, la agenda en la que planificaba rigurosamente sus días, el despertador que señalaba el número de horas que debería pasar en la habitación que era una prisión para él tanto como para mí. Durante diecisiete años, ambos habíamos sido rehenes de las mentiras. Las mentiras mutuas. Pero sobre todo de nuestros miedos. Durante un breve momento, casi sentí pena por él. Después pensé en Jamie y una oleada de náuseas me invadió. Saqué una maleta del ropero. Sin embargo, después de abrirla y verla vacía, me di cuenta de que no necesitaba una maleta tan grande. Con una bolsa de viaje sería suficiente.

Pero cuando saqué la bolsa de viaje y empecé a pensar en lo que debía llevarme (¿una muda y un camisón? ¿El cepillo de dientes? ¿La última novela que estaba leyendo?), todos los accesorios de mi antigua vida, todo lo que antes se me había antojado esencial, me eran indiferentes. Contemplé mi cómoda, donde algunas fotos enmarcadas de mi familia formaban un semicírculo. Estaban mis padres posando delante de la cabaña, mi hermano exhibiendo una pequeña trucha que había pescado en el río por la mañana. Y una instantánea de Gavin, Jamie y yo en Cape Cod. Había sido una de mis fotografías favoritas. Con el viento azotando nuestros rostros y el mar como fondo de nuestro drama familiar, estábamos acuclillados juntos en la playa, sonriendo como idiotas a la cámara. Jamie debía tener unos cuatro años. Al mirar la foto, casi sentí los últimos vestigios del bebé que ya no era. Casi pude oler el mar. Después de contemplarla durante un largo momento, la saqué del lugar que había ocupado sobre la cómoda durante una década, como mínimo, y la arrojé contra la pared.

Después levanté el ejemplar más reciente de mi colección. Era una foto que había tomado de Ali una tarde en Paradise Pond. Estaba caminando con la cabeza gacha, los ojos cerrados, y su pelo, como el de la falsa familia junto al mar, estaba revuelto por el viento. Pero lo que más me gustaba era su sonrisa secreta. Estaba sonriendo por algo que acababa de decirme, sin duda. Después de sacar el frasco de pastillas que guardaba debajo de la almohada, apagué la luz y salí de la habitación, dejando las fotos de mis pocos seres queridos encima de la cómoda. ¿De qué me servían las fotografías si sus rostros habían quedado grabados para siempre en mi mente? Después, guiada por un impulso, de pie en el pasillo, me di cuenta de que ya no necesitaría las pastillas. Tiré el frasco al lado de la cama de Gavin.

—Quizá te vayan bien —dije al espacio vacío que había llenado con sus mentiras.

Mientras me preparaba para volver al estudio y afrontar el careo final, iba apagando las luces a medida que andaba. Apagué la luz del pasillo de arriba, del comedor, del pasillo de abajo, de la sala de estar, del baño de abajo. Aunque sabía que tendría que orientarme en la oscuridad para salir, apagué las luces de la cocina y el recibidor. Había apoyado la mano en el interruptor del salón, cuando me sobresaltó el sonido de un movimiento en el estudio. Pegué un bote, pero después me serené y apagué la luz. La única fuente de iluminación que quedaba en la casa brotaba del refugio de Gavin.

Me había quedado inmóvil por completo cuando apareció mi marido.

—¿Vas a algún sitio, Jeanne? —preguntó, de pie en el umbral. A juzgar por el aspecto manchado de su piel y sus ojos legañosos, era evidente que había bebido más de lo habitual. También daba la impresión de que había llorado.

Retrocedí un paso y me adentré más en la oscuridad que había creado en la casa. Aunque sabía que debía decir algo para calmar la tensión del momento, me quedé petrificada, incapaz de moverme.

Gavin lanzó una risita.

—Me dejas, ¿verdad? Y sin ni siquiera la cortesía de una despedida como Dios manda. La verdad, Jeanne, pensaba que eras más educada.

Sabía que debía salir de la casa cuanto antes, mientras todavía pudiera, pero tenía que seguirle la corriente.

—Ya ves adónde nos ha llevado tanta buena educación.

Di la vuelta para irme, pero con sorprendente agilidad para estar borracho, Gavin me asió el brazo. Se cernió sobre mí, alto y tan apuesto como siempre.

—¿Tienes idea de lo que he sufrido para que este matrimonio funcionara? —preguntó con los dientes apretados.

Aferraba mi brazo con tal fuerza que pensé que me lo iba a romper. Sabía que lo más prudente era no decir nada. Quedarme quieta hasta que terminara de hablar. Pero una vez más fui incapaz de guardar silencio. Ya no.

—¿Y yo, qué? ¿No he sufrido yo? ¿Y Jamie?

Mi voz me traicionó cuando pronuncié el nombre de mi hijo. *Jamie. ¿Y Jamie?*, repetí en mi mente, pero ya no podía hablar.

Sin embargo, ante mi gran sorpresa, Gavin también pareció desinflarse cuando oyó el nombre de nuestro hijo. Me soltó y volvió a entrar en el estudio. La lámpara fluorescente que era la única iluminación de la casa subrayaba el aspecto sombrío de su rostro, las cavernas que habían aparecido de la noche a la mañana. Cerró los ojos y, por un momento, pensé que el invencible doctor Cross iba a derrumbarse delante de mis ojos.

Inexorablemente arrastrada hacia el final del drama, le seguí hasta su habitación secreta, pero en cuanto entré, cerró la puerta de golpe y pasó el pestillo que había utilizado para mantenerme alejada. Mientras intentaba disimular mi creciente pánico, se apoyó contra el escritorio y me miró con los ojos más torturados que había visto en mi vida.

—Bien, Jeanne, ahora que lo sabes, ¿qué piensas hacer al respecto? —preguntó.

Aunque yo seguía mojada y tenía frío, sentí una corriente eléctrica atravesar mi cuerpo cuando me di cuenta de que no hablaba solamente de lo que había hecho a Jamie. Gavin suponía que yo sabía algo más.

34

—He de irme —dije al tiempo que me colgaba el bolso del hombro. Estaba desgarrada entre el deseo de oír lo que Gavin tenía que decir y el temor de que, en cuanto lo supiera, no me dejaría marchar con su secreto. Abrí con destreza la puerta del estudio, y procuré hablar en tono indiferente y actuar como si no estuviera muerta de pánico.

—¿Qué quieres decir con eso de «he de irme»? Estás en casa, Jeanne. Para bien o para mal, esto es lo que has elegido. No hay ningún sitio adonde ir. Para ninguno de nosotros. ¿Todavía no lo sabes?

La voz de Gavin transmitía la habitual mofa hiriente. Y de repente, se abalanzó sobre mí, con la amenaza implícita presente desde el primer momento, que era de hecho el principio gobernante de nuestro matrimonio, expuesta a la luz al fin. Me arrebató el bolso. Vi impotente que su contenido se desparramaba en el centro de la habitación, donde mi colorete se partió en dos. Aunque fue un torpe gesto de borracho, el colorete roto y el sonido metálico de las monedas lo dotaron de un aire de violencia.

—Yo... he quedado con alguien —dije—. Si llego tarde, vendrá a buscarme.

Vi mis llaves en mitad de los objetos esparcidos por el suelo y alargué la mano hacia ellas. El bolso con el permiso de conducir y las tarjetas de crédito, el maquillaje y los vales del súper que en otro tiempo había considerado esenciales podían quedarse. Lo único que quería ahora era mi medio de escapar: el pequeño llavero.

Pero justo antes de cogerlo Gavin volvió a agarrarme el brazo.

—¿Y quién es? —preguntó en tono burlón—. Ambos sabemos que Ali era tu única amiga.

Le miré fijamente, mientras intentaba analizar si estaba muy borracho. Teniendo en cuenta sus ojos enrojecidos y su forma de hablar algo precipitada, calculé qué sería necesario para hacerle perder el equilibrio un instante, lo justo para apoderarme de las llaves y huir.

Gavin me acercó más a él.

—Lo mínimo que podrías hacer es tomar una copa conmigo. Tomemos una copa y tengamos una agradable charla. ¿No es lo que siempre querías hacer, Jeanne? ¿Hablar? De hecho, apuesto a que eso fue lo que la brillante Ali te recomendó como solución para nuestros problemas matrimoniales, ¿verdad? «Ambos necesitáis hablar más» —dijo, imitando la voz de Ali.

Experimenté una oleada de la valentía de mi amiga fallecida y me solté.

—Ali me dijo que te dejara —repliqué con furia—. Ojalá le hubiera hecho caso.

Gavin sonrió.

—Esta noche sí que estamos peleones —dijo mientras cogía las llaves y las guardaba en el bolsillo. Entró en la cocina y se puso a preparar dos *gin-tonics*. Aunque intentaba aparentar calma, percibí la tensión en sus hombros, el esfuerzo que le costaba disimular la borrachera. Una copa más, y perdería el sentido. Después, tal vez podría sacar las llaves de su bolsillo.

Me quité la chaqueta con fingida resignación, acepté la bebida y entré en el salón. Me senté en el confidente blanco que había elegido pese a que era muy poco práctico. Como me sentaba muy pocas veces en el salón, y nunca cuando lo ocupaba Gavin, me sentía como una invitada. Paseé la vista a mi alrededor, tomé nota de la decoración de buen gusto, las alfombras orientales, los excelentes muebles de cerezo, los originales que colgaban en las paredes. Lo único que veía era el dolor enmascarado por aquellos símbolos de confort.

—¿De qué quieres hablar?

Gavin removió su bebida mientras me observaba.

—Ya te lo he dicho. Quiero saber qué piensas hacer respecto a lo que ya sabes.

Tomé un veloz sorbo de mi bebida, confusa.

—¿Lo que ya sé? —repetí con voz ronca a causa de la ginebra. Miré a Gavin a los ojos, y por primera vez leí no sólo crueldad, sino también dolor. Y miedo. Nos miramos durante lo que se me antojó un momento eterno. Intenté levantarme, pero me sentí mareada y continué sentada—. ¿Qué estás diciendo exactamente, Gavin? —pregunté en el tono más normal y razonable posible—. ¿Sabes quién mató a Ali?

—Por supuesto. Sé quién mató a esa zorra. Y tú también —replicó con su proverbial impaciencia—. ¿No crees que ya es hora de decirlo en voz alta?

Gavin tomó un largo sorbo de su bebida. Después acercó la botella de ginebra y añadió un poco más.

—De acuerdo, Jeanne, si no tienes redaños para decirlo, yo lo haré. Jamie asesinó a Ali. Nuestro hijo. Tú lo sabes y yo lo sé, pero eso no significa que sea responsable del todo. Tendría que haberte hecho caso cuando decías que Jamie tenía problemas graves.

Sacudí la cabeza como para despejarla.

—O tal vez podríamos hablar al tribunal de los años de malos tratos emocionales y sexuales que Jamie ha sufrido —fue lo único que se me ocurrió decir, estupefacta—. Del incesto. Tal vez lo considerarían un factor atenuante —dije con voz henchida de emoción.

Estaba preparada para una negativa airada, pero después de la sorpresa inicial, Gavin apoyó la cabeza en las manos y se puso a llorar.

—Te juro, Jeanne, que aquella noche estaba borracho —dijo cuando levantó la vista—. Borracho como una cuba. Y fue esa única noche, un solo error consecuencia de la borrachera. Si no me crees, pregúntaselo a Jamie.

—De hecho, no te creo —dije, y mi voz se fue alzando con cada palabra—. Tampoco importa. Tanto si fue una vez como mil, infligiste una vida de dolor a Jamie. Y no, no se lo voy a preguntar. Casi le mató hablar de ello la primera vez. No quiero que vuelva a pasar por eso. —De pronto nuestras normas habían cambiado y yo me cernía sobre él, mientras le veía llorar impotente—. Entrégate si de veras quieres ayudar a Jamie —añadí—. Ve a la policía y confiesa lo que le has hecho a tu hijo.

—¿Y renunciar a todo por lo que he trabajado? No seas absurda, Jeanne. Eso nos perjudicaría a todos.

Cerré los ojos y negué con la cabeza.

—Aún no lo entiendes, ¿verdad? No hables en plural, Gavin. No somos una familia, y nunca lo hemos sido.

De alguna manera, después de pronunciar aquellas palabras, me sentí purificada, liberada, como si todos los falsos hombres del saco que yo había creado en mi mente hubieran disminuido de tamaño. De pie delante de Gavin, extendí la mano.

—Dame las llaves.

Vaciló un momento, pero después exhaló un profundo suspiro e introdujo la mano en el bolsillo.

—¿Eso es lo único que vas a decirme, «dame las llaves»?

Después de agarrar con firmeza el llavero, me volví hacia la puerta.

—No, eso no es todo —dije desde el umbral—. Hay algo más.

Gavin ladeó la barbilla con una pizca de la antigua arrogancia, lo cual me reveló que sobreviviría.

—Te escucho.

—Nunca has conocido a Jamie. Tantos años criticándole, reprendiéndole por no ser el hijo que deseabas, y nunca llegaste a conocer a tu hijo. ¿Y sabes una cosa, Gavin? Tú te lo pierdes, porque mi hijo Jamie es fantástico. Lo triste es que todo el mundo en la ciudad lo sabe, excepto tú.

—Conozco al chico, por supuesto. Sólo porque intenté que se esforzara un poco más en el instituto, que perdiera unos cuantos…

Fue entonces cuando le interrumpí. No estaba dispuesta a escuchar a Gavin recitar la conocida lista de defectos de Jamie. Esta vez no, ni nunca más.

—Si le conocieras, sabrías que no mató a Ali. Que es incapaz.

—Vamos, Jeanne. Todos somos capaces si nos presionan lo suficiente. Puedes negarlo todo cuanto quieras, pero Jamie es como los demás. Es humano.

Me encogí de hombros.

—Puede que tengas razón. Puede que Jamie sea capaz de asesinar. Puede que, como tú dices, todos lo seamos. Pero ¿cómo puedes mirar a los ojos a tu hijo y no saber que está diciendo la verdad?

Gavin me miró mientras yo contestaba a mi propia pregunta.

—Porque no lo conoces. No le ves. Si le vieras, jamás habrías podido hacerle lo que le has hecho durante todos estos años. Y si le conocieras de verdad, sabrías que está diciendo la verdad.

Tenía la mano apoyada sobre la puerta principal, una salida que casi nunca utilizaba, cuando vi un sobre acolchado sobre la mesa del vestíbulo. La letra, trazada con gruesa tinta negra de rotulador, era grande e inclinada. Daba la impresión de que habían garabateado mi nombre a toda prisa, tal vez antes de que quien lo había escrito cambiara de opinión.

—Esto es para mí —dije, y levanté el sobre con curiosidad. No había remitente en la esquina.

—Iba a dártelo —dijo Gavin a la defensiva.

—Por supuesto. Pero sólo después de examinarlo antes.

Aunque mis palabras eran cáusticas, mi voz delataba agotamiento.

Pero Gavin reaccionó tan sólo a la amargura.

—Pensaba que el final de nuestro matrimonio era más importante que el correo. Lamento no haber comprendido las prioridades.

Toqué el sobre con cautela, tomé nota del tamaño y la forma del objeto que contenía. Ya sabía qué era. Y también sabía, quién lo enviaba. ¿Cómo podía decirle a Gavin que el contenido del paquete era mucho más importante que la disolución de nuestro matrimonio? ¿Que la mentira que le había dicho antes se había convertido en realidad? Iba a encontrarme con alguien, y pronto. Eché un vistazo al reloj del vídeo: eran casi las siete, la hora en que mi cita iría al lugar predecible.

—He de irme —dije, incapaz de disimular el cansancio de mi voz.

—¿Ahora? —preguntó Gavin—. ¿Así que has quedado con alguien?

Por un momento, me quedé quieta en el umbral y examiné su rostro familiar. Un rostro que había amado y temido alternativamente, del que había dependido y había odiado. Tendría que haber dicho algo profundo, algún resumen de nuestros diecisiete años de convivencia. Pero cuando le miré a los ojos, me di cuenta de que no debía nada a Gavin. Al final, me limité a repetir la misma frase. «He de irme.» Era el mismo mensaje que podías transmitirle a un pesado por teléfono, o a un conocido con quien te encontrabas en el súper.

Al intuir que había agotado todas las armas de su arsenal, y que ya no podía inmovilizarme delante de él como un escudo contra el mundo, Gavin se puso a temblar.

—Al menos, contéstame a una pregunta antes de marcharte, Jeanne.

Continué mirándole.

—Dime qué debería hacer —dijo.

Debimos estar allí de pie menos de un minuto, pero me pareció mucho más. La pregunta colgó entre nosotros, en nuestra sala decorada con tanto gusto y llena de todas las cosas que no habían conseguido procurarnos la felicidad.

—No lo sé —dije por fin—. Y si quieres que te diga la verdad, tampoco me importa.

Con estas palabras, di media vuelta y dejé que la casa a oscuras le engullera.

35

Salí y me alegré de comprobar que la lluvia se había transformado en una leve llovizna. Había salido de de la que había sido mi vida hasta entonces sin llevarme otra cosa que las llaves del coche y el sobre de papel manila de la mesita del vestíbulo. No tenía ni idea de dónde dormiría esa noche, o qué giro daría el resto de mi vida. Pero no tenía miedo. Nunca volvería a tener miedo. Caminé con paso decidido, como alguien que ha salido a hacer ejercicio después del largo chubasco. Pensé con nostalgia en que Ali se sentiría orgullosa de mí.

No estaba lejos de su casa. Nunca había estado tan lejos como había creído en aquel otro mundo en el que ella vivía, un mundo de música y viajes, de aventura y sinceridad valiente. Era una de las cosas que había aprendido de mi amiga: que las cosas que crees que nunca podrás obtener se hallan al otro lado de una barricada erigida por tu mente. En cuanto doblé la esquina de la calle, vi su acogedora casita silueteada en las sombras. En contraste con mi casa de estilo colonial, la de Ali se hallaba sumida en una oscuridad absoluta. Incluso desde lejos podías presentir su vaciedad. Su silencio. Dentro, ya no sonaría la música de su violín, no habría calidez, ni fragantes teteras. A través de la ventana, no la vería cepillándose el pelo o deambulando como una bailarina por sus habitaciones.

Cuando oí el sonido de los pesados pasos de George en la acera, percibí la desolación que proyectaba. Atravesaba la niebla, se filtraba por mi ropa mojada. Aunque nunca me había dicho que cada día volvía a su casa a las siete de la tarde, fiel a su cita ritual, como si esperara que ella apareciera en el porche y le tomara del brazo para ir a dar un paseo, yo sabía que estaría allí. Fiel hasta el final.

El rostro de George, cuando al final surgió de la oscuridad, estaba sombrío y triste, pero no demostró sorpresa. Tomó mi brazo sin palabras, como el galante caballero anticuado que era. Cuando cerró los ojos y me lo apretó con sutileza, tuve la sensación de que me había transformado en un fantasma para él. Me había convertido en Ali, que había regresado para dar una última vuelta a la manzana. Caminamos en silencio hasta el final de la calle, y después, sin necesidad de pronunciar ni una palabra, dimos media vuelta. Pero esta vez, George retiró el brazo y hundió las manos en los bolsillos.

—¿Por qué lo haces solo? —pregunté—. ¿Por qué vuelves aquí todavía? ¿No es demasiado doloroso?

Se encogió de hombros.

—Hay cosas peores que el dolor —dijo—. Olvidar, para empezar. O el atontamiento. Para mí, estas cosas son mucho peores que el dolor. —Caminamos algunos pasos más—. Y también supongo que es una especie de penitencia —añadió.

—¿Penitencia? ¿Por qué?

Suspiró.

—Por no haberla amado lo suficiente, por no haber sido capaz de hacerla feliz. Si yo hubiera estado aquí aquella noche... Bien, supongo que estos remordimientos son absurdos, ¿verdad?

Aunque yo sabía que nadie podía haber amado a Ali más que George, y sabía que nadie habría podido aplacar sus demonios, no contesté. En cambio, introduje la mano en el bolsillo y saqué el sobre, el cual abrí, sin romper el paso.

Del sobre extraje el delgado móvil que habían robado de mi cabaña de Nueva Hampshire. Lo había robado George Mather, quien, en un repentino ataque de rabia y desesperación, había registrado de arriba abajo la casa. Salvo por ese pequeño objeto, el sobre estaba vacío. No había nota de explicación, amenazas ni exigencias. Sólo el teléfono. Cuando lo levanté, destelló bajo la farola. George me miró sin curiosidad.

—¿Te apetece un café? —preguntó de repente sin mirarme a la cara. Me di cuenta de que no me había mirado desde que nos habíamos encontrado en la calle. ¿Todavía alimentaba la fantasía de que yo era Ali? Recordé haberla oído decir que solían rematar sus paseos nocturnos con un café en el Starbucks.

—Siempre que invites tú —dije—. Porque en este momento voy algo corta de dinero. ¿Podemos ir a Ryan's? —pregunté con la esperanza de que las luces brillantes de la cafetería le recordarían con quién estaba exactamente.

Sin contestar, George tomó de nuevo mi brazo y paseamos en silencioso acuerdo hacia Ryan's. Yo aún sostenía el teléfono en la mano.

A través de las ventanas vimos que la tienda estaba vacía, y que un solitario empleado ya estaba fregando el suelo.

—Parece que van a cerrar —dije.

George consultó su reloj bajo la luz de la farola.

—Sólo son las siete y media —anunció—. Nos queda media hora.

Media hora. ¿Podía decirse todo lo que había que decir en media hora? Por lo visto, George opinaba que sí. Abrió la puerta y sonó una campanilla. La intrusión irritó al adolescente encargado de la fregona.

—Vamos a cerrar —anunció iracundo. Aunque debía tener un par de años más que Jamie, su cara me sonaba. Estaba casi segura de que le había visto jugar a baloncesto en nuestro camino de entrada. Y ahora que me veía mejor, él también pareció reconocerme. El hecho de que el color de sus ojos aumentara de intensidad anunció que sabía que era la madre de Jamie. La madre de un acusado de asesinato.

—¿Señora Cross? —soltó—. Soy Roger Stewart. ¿No se acuerda de mí? Sólo quería decirle que creo en Jamie. Todos creemos en el.

—Si lo dices en serio —dije mirándole a los ojos—, pronto se demostrará que tienes razón.

George carraspeó.

—Sólo queremos unos cafés, jovencito. Y tal vez un par de esos famosos donuts de limón, si queda alguno. —Sacó un billete de veinte dólares de la cartera—: Tú a lo tuyo, y después ya limpiaremos nosotros.

Cuando George le dijo que se quedara el cambio, el larguirucho muchacho sonrió, se guardó el dinero en el bolsillo y desapareció en la cocina.

—Considérense en su casa, ¿vale? He de limpiar ahí detrás.

—Gracias —dijo George. Llevó la pequeña bandeja a una mesa del rincón.

En cuanto nos sentamos, comprendí que haber ido a Ryan's había sido un error. Las luces eran demasiado brillantes, para empezar. En esa sala iluminada en exceso, no había forma de escapar de la mirada penetrante de George. Ni del dolor de aquellos ojos de párpados caídos.

Después de prepararnos el café, saqué de nuevo el móvil del bolsillo y lo dejé encima de la mesa, entre nosotros.

—Supongo que grabaste el mensaje —dije con la mayor indiferencia posible.

Ante mi sorpresa, George negó con la cabeza.

—Confío en que hagas lo que debes, Jeanne. Como hizo Ali.

Cerré los ojos y tragué saliva. Pensé que no habría podido decir algo más demoledor. Cuando abrí los ojos y lo miré, descubrí que su rostro había cambiado de una forma asombrosa. Pero aún reflejaba la misma pasmosa paciencia que siempre tenía, con su mujer infiel y conmigo. No había ira o animadversión en aquella cara.

—¿Cómo lo descubriste? —pregunté con voz ronca de repente.

Me miró durante un largo momento y dejó que mis palabras flotaran en el aire de la cafetería, donde había compartido tantos momentos inocentes con mis padres, y más tarde con mi familia. *¿Cómo lo descubriste?* ¿Cuánta culpabilidad contenían aquellas tres inocuas palabras?

Se encogió de hombros.

—De la misma forma que Ali sabía cosas —contestó—. Por intuición.

Se hizo de nuevo un tenso silencio, durante el cual los dos bebimos café y permitimos que la luz implacable sondeara nuestros rostros.

—Pero no me concedas demasiado mérito. Al principio, hice lo que todos. Culpar al sospechoso más evidente. Más que nada, empecé a investigar porque deseaba condenar a Jamie en mi mente. Quería estar absolutamente seguro.

—¿Recuerdas aquel día en Giovanna's, cuando me entregaste la lista de posibles culpables? ¿Ya sospechabas de mí entonces?

—No habría jugado contigo de esa manera, Jeanne. No, creía con toda sinceridad que tenía que ser alguna persona de esa lista. Pero después de hablar con cada una de ellas me convencí de que aquellas pistas no llevaban a ninguna parte. Fue entonces cuando solicité permiso para ver a tu hijo.

—¿Fuiste a ver a Jamie? Pero ¿cuándo? Él nunca me dijo...

—Hará cosa de un mes. Justo antes de que te dejara de llamar. Fue doloroso para él hablar de la noche del asesinato, pero supongo que se sentía en deuda conmigo —dijo George. Dio un mordisco a su donut, y después se secó el azúcar de su boca con la servilleta.

De pronto se me ocurrió una idea aterradora, que Jamie había sabido desde el primer momento lo que yo había hecho, y que me había estado protegiendo.

—¿Te dijo Jamie que yo...?

—¡No! —se apresuró a decir George—. Estoy convencido de que no lo sabe. Y aunque lo supiera, creo que jamás te habría acusado. Tienes un hijo estupendo, Jeanne.

De repente aparecieron lágrimas en mis ojos.

—Adelante, dilo... Al contrario que su madre, que permitió que culparan a su hijo del crimen.

—Nadie ha culpado a nadie todavía. Tampoco se ha condenado a nadie. Y yo sabía que tú jamás lo permitirías. Lo supe antes que tú, Jeanne.

Me ofreció una servilleta.

—¿Qué dijo Jamie para que cambiaras de opinión?

Me sequé los ojos.

—Dijo que él no lo había hecho. Lo mismo que cualquier otro acusado. La única diferencia es que le creí. Supongo que el mayor talento de un viejo abogado es aprender a calar a la gente. Hay que saber lo que es material de Hollywood y lo que no.

—¿Y decidiste que Jamie no lo era?

—Es probable que el chico sea incapaz de decir una mentira convincente sobre un deber de clase extraviado, no digamos ya sobre un asesinato. Dejé el centro de detención absolutamente convencido de que era inocente.

—Pero si Jamie no lo sabía, y yo ni siquiera constaba en tu lista de sospechosos, ¿qué te condujo hasta mí?

George bebió el café que había empezado a enfriarse.

—Ali —dijo—. Después de dejar a Jamie aquella tarde, me fui directo a su casa. Como tú has hecho hoy. Paseé de un lado a otro durante una hora, reviviendo los acontecimientos que tu hijo me había descrito. Aquella fisgona vecina de Ali, no me acuerdo de su nombre, se trasladaba de ventana a ventana mientras yo paseaba, me seguía con los ojos. Cuando terminé, debía tener tortícolis.

—Nora Bell —dije—. ¿Fue entonces cuando lo descubriste?

—No exactamente. En aquel momento, ni siquiera estaba pensando en el asesinato. Estaba pensando en lo que sucedió aquella noche después de que Jamie se marchara. Pensé en Ali, con la garganta llena de los cortes que le había hecho Jamie con la punta de la navaja…, no lo suficientemente graves como para hacerle daño de verdad, pero sí para asustarla. Estaba seguro de que el siguiente paso había sido descolgar el teléfono…

—Pero Jamie había cortado los cables y cogido su móvil —aduje.

—Sí, de modo que Ali no tuvo otra alternativa que conducir hasta una tienda abierta toda la noche, situada a un par de manzanas de distancia, y hacer una llamada. La imaginé con un discreto pañuelo alrededor del cuello, sin querer llamar la atención. Sin querer incriminar al chico al que quería ayudar. Todavía no, al menos… La única pregunta era: ¿a quién llamó? Cualquier otra persona habría pensado en primer lugar en su seguridad y habría llamado a la policía. O a mí, al menos. Incluso a Butterfield, por el amor de Dios. Pero estamos hablando de Ali…

Para entonces, las lágrimas brotaban a borbotones de mis ojos. George me las secó varias veces con toda la ternura que habría demostrado a Ali aquella noche, si ella hubiera marcado el número que debía. Si hubiera acudido a él en lugar de a mí. Roger había salido de la cocina y merodeaba cerca del mostrador, escuchando sin disimulos nuestra conversación.

—¿Quieres irte? —preguntó George—. Podríamos ir a otro sitio.

Negué con la cabeza.

—Da igual. Roger será el primero en saber que está en lo cierto al creer en Jamie.

Cuando oyó su nombre, Roger enrojeció violentamente y empezó a limpiar el mostrador, ya reluciente.

—¿Fue entonces cuando lo supiste? —pregunté cuando George y yo nos quedamos solos.

—Sabía que Ali te llamaría antes de hacer otra cosa. No querría que te llevaras una sorpresa tan desagradable. Pero eso era todo cuanto yo sabía. Me resistía a pensar que habías sido tú.

—Entonces te acordaste de mi móvil.

Estábamos contemplando el móvil plateado acusador que aún albergaba la voz de Ali de aquella noche. Si bien sólo había oído el inconexo mensaje una vez, se había grabado a fuego en mi mente, igual que en la de George. Mientras lo contemplábamos, ambos volvimos a oír el último mensaje de Ali. Todas las palabras desesperadas. No había dicho gran cosa, ni siquiera había explicado lo sucedido, pero el tono de súplica desacostumbrado en su voz me había dicho que la situación era grave. *¡Por el amor de Dios, Jeanne, he de hablar contigo! Se trata de Jamie... Ha hecho algo. Si no me llamas ahora mismo, tendré que ir a la policía... ¡Por favor, Jeanne!*

George meneó la cabeza, como si intentara olvidar la voz que le atormentaba.

—Mi siguiente pregunta, por supuesto, fue: ¿cuándo habías oído su mensaje? ¿Fue aquella noche, con tiempo suficiente para subir al coche e ir a su casa? Confiaba en que no lo hubieras oído porque estabas dormida, claro. En que lo hubieras oído a la mañana siguiente, cuando ya era demasiado tarde.

Le miré intrigada, a la espera de que explicara cómo había descubierto la verdad.

—Entonces recordé que habías dicho algo acerca de una multa por exceso de velocidad que te habían puesto en Nueva Hampshire. Como sabía que habías pasado la mayor parte del tiempo sola en aquella cabaña, y no habías utilizado la autopista, me pregunté cuándo habrían podido pararte.

—¿La multa me delató al final?

—Estabas a escasos kilómetros de la frontera con Massachusetts cuando la policía estatal te paró aquella noche.

George suspiró, y la inevitable conclusión colgó en el aire.

En el silencio que siguió, oímos a Roger trajinar en la diminuta cocina, fingiendo que no escuchaba. George consultó su reloj.

—Son las ocho menos cuarto —anunció.

Aunque daba la sensación de que llevábamos sentados horas bajo el resplandor de las luces fluorescentes, sólo había transcurrido un cuarto de hora. Y quedaba otro cuarto de hora del tiempo que se nos había permitido. Un cuarto de hora para contar mi historia, y para tratar de conseguir que George comprendiera cómo, en un momento de precipitación, había destruido a casi todos mis seres queridos.

36

—Puede que no te lo creas, pero no he pensado en aquella noche, o en lo sucedido en casa de Ali, desde que ocurrió. No fue sólo el asesinato, sino todo lo ocurrido entre ella y yo, las palabras intercambiadas, tan mortíferas como balas... Casi conseguí bloquearlo todo. De hecho, cuando Gavin me llamó por la mañana para decirme que Ali había muerto, me llevé una auténtica sorpresa. Y cuanto más fingía no saber nada al respecto, más irreal se me antojaba. En los escasos momentos en que mi mente retrocedía a aquella noche en la casa, desconectaba de inmediato, como una película de serie B mala que no quisiera ver. Y cuando me hablaste de tu lista de sospechosos aquel día en Giovanna's, me pregunté con sinceridad si estabas en lo cierto. ¿Podría haberlo hecho Jack? ¿Y Beth Shagaury? Tenía motivos de peso. Había momentos en que la verdad se me aparecía, por supuesto, pero me decía enseguida que había soñado aquella noche horrible. Yo no había matado a Ali. Yo no, su mejor amiga. Tú mismo lo dijiste: éramos los únicos que la queríamos de verdad. ¿Cómo podría haberla asesinado? Supongo que esa forma de engañarme a mí misma te parece increíble, la excusa desesperada de una madre que dejó encerrar a su hijo en un centro de detención por un crimen que no había cometido. La única que lo comprendió de verdad fue Ali, que conocía el alcance de las mentiras que me creído durante años. Las mentiras que, de hecho, constituían toda mi vida.

»En cualquier caso, me había sumido en un sueño inquieto a primera hora de aquella noche. Había sido un mal día, que había puesto a prueba sin cesar mi delgada capa de cordura. Primero, había recibido una serie de llamadas inquietantes desde casa. Y cuando escuché la voz tensa de Gavin, sentí que mi angustia aumentaba casi hasta extremos intolerables. Y después, por supuesto, Jamie llamó y supe que todo había terminado. Tenía que volver a casa y enfrentarme a la verdad de mi matrimonio. La verdad de mi vida, una verdad más oscura todavía que la que Ali me había revelado al hablarme de Marcus.

»Debió ser después de medianoche cuando sonó el teléfono. Como estaba durmiendo en el porche, no lo oí enseguida, pero cuando lo hice me levanté de un brinco para contestar. Estaba harta de esconderme de mi familia y de mis amigos. Pero, como ya he dicho, estaba sumida en un sueño profundo y el timbre del teléfono no penetró en mi conciencia hasta que Ali ya estaba dejando un mensaje en mi buzón de voz. Grabando su mensaje final. Y por si su mensaje no era lo bastante alarmante, cuando la llamé descubrí que su teléfono estaba fuera de servicio.

»Supe enseguida que Jamie debía haber cortado los cables. Bien, ya te puedes imaginar el estado en que me encontraba aquella noche cuando volví a Massachusetts. Para colmo, estaba lloviendo. Llovían balas, como si Dios estuviera castigando a la tierra, como hoy a primera hora de la mañana. No tenía ni idea de la velocidad a la que conducía. Era lo último en lo que pensaba. Si hubiera podido conseguir que el coche volara, lo habría hecho. Y cuando me pararon, no llevaba nada. Ni siquiera había cogido la cartera, de modo que no llevaba el permiso de conducir, nada. Para empeorar las cosas, el policía era un machista. «Debería detenerla», dijo cuando descubrió que no tenía documentos de identificación. ¿Sabes cuántas veces me he dicho: ojalá lo hubiera hecho? En fin, es una de tantas cosas de aquella noche de las que me arrepiento.

»Cuando llegué a casa de Ali, tenía los nervios a flor de piel. Como ella no contestó enseguida, golpeé la puerta como una loca. Gritaba tanto que me sorprendió que Nora Bell no se levantara y encendiera las luces de su casa. Pero, claro, supongo que la fisgona del barrio ha de dormir alguna vez. No sé cuánto tiempo estuve bajo la lluvia torrencial, pero estaba empapada cuando Ali acudió a la puerta. «¿Quién es?» , preguntó desde detrás de la puerta, todavía cerrada. Una vez más, capté el miedo que traslucía su voz por teléfono.

»Pero cuando por fin abrió, vi que el terror no había hecho otra cosa que resaltar su belleza. Llevaba el pelo suelto y flotando, y todo el nerviosismo de la noche había dotado a sus ojos, a su piel, de una especie de resplandor. Y sí, tenías razón, se había anudado un pañuelo alrededor del cuello, para ocultar lo que Jamie había hecho. Al ver que era yo, se arrojó en mis brazos y sentí que la intrépida Ali temblaba debajo de su ropa.

»—¡Jeanne! Sabía que vendrías —dijo, como si hubiera demostrado su fe en mí—. Gracias por venir.

»Pero mientras pronunciaba aquellas apasionadas palabras sentí algo duro contra mis costillas. Cuando retrocedí y toqué aquel punto, Ali lanzó una carcajada nerviosa. Después sacó la pequeña pistola plateada que Jack Butterfield le había regalado cuando empezaron los acosos.

»—Por favor, quítame esta cosa absurda —dijo—. Nunca he disparado un arma en mi vida. Podría hacerme daño por llevarla encima.

»Sus palabras fueron proféticas, pero ninguna de las dos lo sabía en aquel momento. Como yo no tenía más experiencia con armas que ella, dejé la pistola sobre la mesa, entre nosotras. Era tan pequeña, como un juguete, que me costaba tomarla en serio.

»—Dime qué ha pasado —pedí. Era la primera vez que yo hablaba—. En tu mensaje, decías...

»Pero entonces enmudecí. Soy incapaz de repetir las palabras que dijo sobre Jamie. En aquel momento, el pañuelo resbaló, y cuando vi la herida de la garganta, lancé una exclamación ahogada. De pronto la habitación empezó a dar vueltas a mi alrededor, y por segunda vez en pocos meses, pensé que iba a desmayarme.

»Pero Ali estaba tan concentrada en lo que quería decir, que no pareció darse cuenta.

»—¿Recuerdas la primera vez que te llamé para que me acompañaras al instituto? —preguntó al tiempo que se apretaba el pañuelo contra la garganta como si pudiera protegerla de daños posteriores—. Te dije que me había lesionado la rodilla.

»Aunque me pareció un momento extraño para recordar aquello, asentí hundida en el sofá, ansiosa por regresar a lo que se me antojaba una época más inocente.

»—Te lesionaste la rodilla. Vi...

»Pero Ali ya estaba negando con la cabeza.

»—Me puse una venda elástica para dar el pego, pero la verdad es que no te llamé porque sí. Y no tenía nada que ver con ninguna lesión. Te llamé porque necesitaba decirte algo.

»Intrigada, me levanté y me serví una copa del coñac de Ali, que acabé enseguida.

»—No recuerdo que hablaras mucho cuando empezaste a acompañarme —dije. Todavía de pie ante el bar, llené la copa de nuevo—. De hecho, según creo recordar, el ambiente en el coche la primera semana era bastante incómodo.

»—Porque sabía que no me creerías. Lo veía en tu porte, en tu sonrisa tensa. Aunque te lo hubiera explicado con el lenguaje más sencillo posible, habrías encontrado una forma de negarlo. De poner en duda mis palabras... y, de paso, el comportamiento de Jamie.

»Al oír el nombre de mi hijo, me sentí nerviosa, incómoda. Habría hecho cualquier cosa por escapar de aquella habitación. Por escapar de la verdad que ella intentaba obligarme a ver desde que la había conocido. Pero como no había forma de escapar de Ali, terminé la copa y me levanté para servirme otra.

»—¿Estás diciendo que nuestra amistad ha sido una farsa? No lo entiendo.

»En aquel momento, Ali apoyó una mano sobre mi brazo.

»—Jeanne, sabes que eso no es verdad. Tal vez al principio tenía un motivo oculto para entablar amistad contigo, pero durante todos estos meses te has convertido en mi mejor amiga, la que nunca tuve. Siempre he estado muy ocupada con mi música, y nunca tuve tiempo cuando era joven. Y después... Bien, supongo que no confiaba en las mujeres.

»En aquel momento, sus ojos se ensombrecieron. Aún sujetaba mi brazo, y a través de la delgada tela de mi camisa, noté que se estremecía de manera casi imperceptible.

»Una vez más, me serví otra copa, mi única vía de escape de la tensión casi insoportable que recorría mi cuerpo.

»—¿Alguna vez conseguiste decirme lo que querías? —pregunté con voz distendida—. ¿O resultó ser tan carente de importancia que te olvidaste por completo?

»—Como ya he dicho, quería asegurarme de que estuvieras preparada. Asegurarme de que reaccionarías. Porque si no lo hacías, si todavía intentabas negarlo, sería peor que no saberlo. Pero ahora... Después de lo que ha pasado, ya no puedo esperar más.

»*Todavía.* Aquella palabra otra vez. Aquella palabra que utilizó cuando habló de Marcus, con la implicación de que yo sabía algo, de que siempre lo había sabido de alguna manera, pero no me permitía afrontarlo.

»Cerré los ojos y noté el efecto de las tres copas que había consumido en rapidísima sucesión. Sentía la cabeza a punto de estallar.

»—Por favor, Ali, sea lo que sea, creo que deberíamos hablarlo mañana. Voy a casa a ver a Jamie. Hasta es posible que intente dormir.

»Al oír eso, Ali alzó la voz irritada.

»—¿Es que no comprendes ni una palabra de lo que estoy diciendo, Jeanne? Ya he esperado demasiado. Ambas hemos esperado demasiado —dijo, y se quitó el pañuelo con un gesto melodramático. Estiró su largo cuello para revelar la incisión superficial que Jamie había hecho con la navaja. Después, al ver el terror en mi cara, se olvidó de sí misma una vez más—. Lo siento. Tendría que haberte preparado. No es tan grave como parece. —Contempló mi cara pálida—. Dios mío, Jeanne. Tienes el mismo aspecto de aquella noche en el Cabo. ¿Te encuentras bien?

»Mientras Ali iba a la cocina a buscarme un vaso de agua, me encaminé hacia la puerta. Aunque había recorrido ciento veinte kilómetros en una hora, sin parar desde Nueva Hampshire, desesperada por saber lo que Ali tenía que decirme, ahora estaba dispuesta a casi todo para evitarlo. Mi mente obnubilada por el alcohol estaba empezando a comprender que había sacrificado los mejores años de mi vida, incluso sacrificado a Jamie, con tal de evitar la verdad. La verdad oculta en el centro de mi matrimonio.

»Me levanté y caminé hacia la puerta, con la esperanza de escapar antes de que Ali hiciera o dijera algo que destrozara mi vida. Parece una locura, pero experimentaba la sensación de estar escapando de un edificio en llamas. Y casi lo conseguí. Ya tenía la mano sobre el pomo de la puerta, pero entonces pensé en la pistola, la pistola que Ali había sacado para protegerse de Jamie. Se suscitó la pregunta evidente, por supuesto: ¿y si mi hijo volvía? Aunque Ali no quisiera disparar contra él, debido a su falta de experiencia podía ser presa del pánico y apretar el gatillo. No podía dejar la pequeña pistola plateada encima de la mesa, pues podría utilizarla contra mi hijo. Decidí confiscarla, sólo durante esa noche, por supuesto. Cuando las cosas se calmaran, cuando hubiéramos dejado atrás toda aquella pesadilla, se la devolvería a Jack Butterfield.

»Pero justo después de deslizar la pistola en mi bolsillo, Ali apareció en la puerta. A juzgar por su expresión algo alarmada, pensé que había presenciado mi pequeño hurto, pero no era en la pistola en lo que pensaba.

»—Es inútil intentar huir, Jeanne —dijo con voz cansada—. Yo te seguiré.

»Cuando dejó el vaso de agua sobre la mesa, pensé de nuevo que repararía en la ausencia de la pistola, pero confiaba en mí hasta tal punto que había olvidado el arma letal. Yo seguía con la mano en el bolsillo, tocando el metal, por si hablaba del arma. Si lo hacía, pensaba explicarle por qué la había cogido, por supuesto. Pero como no se dio cuenta, seguí sujetándola.

»En cualquier caso, Ali tenía otras cosas en la cabeza. Tomó mi mano libre con las de ella y me miró a los ojos. En los suyos, de color topacio, brillaban lágrimas.

»—Antes de que digamos ni una palabra, quiero que me prometas algo —dijo.

»La miré sin comprender.

»Pero mi falta de respuesta no la detuvo.

»—Prométeme que nunca más volverás a dejar a Jamie solo con Gavin.

»Solté mi mano y me puse en pie al instante. Era la misma promesa que Jamie me había obligado a hacer cuando había concertado la cita con la doctora Emory. Sin embargo, él se había limitado a decir: "No me dejes solo". Pero ahora, por primera vez, comprendía que estar a solas con su padre era lo que más temía. Por primera vez, me di cuenta de que había roto mi promesa de una forma trágica y total.

»—Eso es ridículo, Ali. Gavin es el padre de Jamie —dije, llevando la contraria tanto a mis sospechas como a Ali. Después, cuando el pánico se insinuó en mi voz, miré hacia la puerta.

»—Tu hijo ha venido esta noche con la intención de matarme, Jeanne. No se trata de un pequeño problema del que podemos hablar un día de éstos. Has de afrontarlo, y lo harás ahora.

»Retrocedí un paso, con la sensación de que Ali me había abofeteado.

»—Siempre tienes un trauma en la chistera —dije con voz suplicante—. Primero me dices que mi marido, con el que llevo casada diecisiete años, es gay. Ahora, me vienes con una nueva revelación.

»—¿Gay? ¿Es eso lo que te has dicho, que Gavin es gay?

»Retrocedí un paso hacia la puerta, con la mano en el bolsillo donde había guardado la pistola, casi como si intentara protegerme de lo que Ali quería decirme.

»—¿No dijiste eso, que Gavin estaba enamorado de Marcus?

»—No, nunca utilicé la palabra "enamorado". Ni lo que ocurrió entre Gavin y Marcus convierte a tu marido en gay. Los hombres gays buscan a otros hombres, Jeanne, no a chicos. Por el amor de Dios, Marcus tiene poco más de dieciocho años, y está confundido acerca de su sexualidad. Lo que Gavin hizo a ese muchacho fueron malos tratos, no tuvo nada que ver con el amor.

»Cuando apoyé la cabeza en las manos, sentí que la habitación daba vueltas a mi alrededor. Todos sus alegres colores se confundieron en un vívido rojo.

»—Por favor, Ali, hablemos de esto mañana. ¿Qué quieres de mí?

»Pero ella sólo estaba preocupada por Jamie en aquel momento.

»Acabo de decirte lo que quiero. Quiero estar segura de que nunca más dejarás a Jamie solo con Gavin. Prométeme que nunca dejarás plantado a ese chico como hiciste el otro día. O juro que descolgaré el teléfono y llamaré a la policía. No pararé hasta que le separen de vosotros dos.

»Al sentirme acorralada, me volví hacia ella.

»—Nadie te creerá —grité—. Ni yo tampoco. Todo el mundo en esta ciudad sabe que harías cualquier cosa con tal de llamar la atención. Por lo que yo sé, tú misma te has hecho esa herida y quieres cargarle las culpas a Jamie.

»—A Jamie no, Jeanne. Ha sido él quien me ha amenazado con una navaja esta noche, pero él no es la persona peligrosa. Es Gavin. ¡Y tú también! Dios mío, Jeanne, la gente como tú, como mi madre, es la gente más peligrosa de la tierra. Sois las buenas mujeres. Las mujeres sacrificadas. Las que construyen un nido para el mal, y después hacen lo que pueden a escondidas para protegerlo.

»Nunca la había visto tan enfadada. Era como si su ira fuera una fuerza física que hubiera irrumpido en la sala, empujándome hacia atrás. Era la clase de ira, la clase de confrontación, que yo siempre había evitado a toda costa.

»—Yo... no tengo ni idea de lo que estás hablando —tartamudeé—, pero no tengo por qué escuchar esto. Y no pienso permitir...

»Pero entonces Ali avanzó y sujetó mis hombros con sorprendente violencia.

»—Vas a escuchar, Jeanne. Esta vez no tienes alternativa. Y después vas a actuar. No puedes seguir refugiándote en la cobardía. Sin oír. Sin ver. Sin saber. Dios, Jeanne, ¿tienes idea de lo mucho que te desprecio?

»Ali estaba tan cerca de mí que no podía escapar de sus ojos. Ojos temerosos y enfurecidos. E increíblemente valientes. Por primera vez comprendí que no sólo me estaba obligando a plantar cara a mis demonios, sino que se estaba enfrentando a los suyos. Si bien estaba hablando por el bien de Jamie, también estaba librando una antigua batalla propia, diciéndome cosas que, sin duda, había deseado decir a su madre tantos años antes.

»Juro que, cuando la miré a los ojos en aquel momento, la admiré más que nunca. O la temí. Comprendí que Ali poseía el poder de destruirlo todo, todas las fantasías y mentiras que yo me había dedicado años a proteger. Y no temía utilizarlo. De hecho, no descansaría hasta hacerlo. Juro que no quería matarla. Tenía que silenciarla. No podía permitir que contara a todo el mundo que le había fallado a mi hijo. Y, sobre todo, no podía soportar oírlo... Tenía que detenerla, ¿comprendes?

En aquel momento de mi confesión, desperté como de un largo sueño y paseé la vista a mi alrededor. Durante la media hora que había estado hablando, había perdido la noción del tiempo, y había olvidado dónde estaba, había olvidado incluso con quién hablaba. Estaba tan inmersa en aquella terrible noche que me había puesto en pie sin darme cuenta y había empezado a pasear de un lado a otro de la iluminada cafetería. Me detuve y paseé la vista a mi alrededor como una sonámbula, examiné las cortinas a cuadros amarillas, las losas negras y blancas de linóleo, las limpias paredes blancas. De todos los lugares donde confesar un asesinato, ese escenario de mis placeres infantiles más inocentes se me antojaba el más improbable.

Al darme cuenta de que tenía la cara mojada de lágrimas, busqué una servilleta en el mostrador, y después me volví hacia mi público: un afligido marido que acababa de revivir la muerte de su esposa y un desgarbado adolescente amigo de Jamie, que me estaba mirando con una mezcla de terror y fascinación en los ojos. Me volví hacia George.

—Sucedió en un abrir y cerrar de ojos —dije—. Estaba ciega y sorda de pánico cuando saqué aquella pistola. Y cuando me di cuenta de lo que estaba haciendo, ya era demasiado tarde.

—He de saber una cosa, Jeanne. ¿Sufrió? —preguntó George. Su rostro, un catálogo de sentimientos humanos mientras relataba mi historia, estaba cubierto de lágrimas.

Negué con la cabeza.

—Pareció más sorprendida que otra cosa. No aparentó dolor. Después buscó mi mano, como si la bala nos hubiera arrancado del terrible drama que estábamos representando y nos recordara nuestra amistad. Lo mucho que nos queríamos. Al principio, pensé que había fallado. Que volveríamos al sofá y tomaríamos las copas que ella había servido. Terminaríamos aquella horrible conversación y estaríamos juntas como siempre. Pero entonces se derrumbó en el sofá y vi la sangre. Vi sus ojos. Me quedé sentada y vi que todo cuanto era Ali desaparecía de aquellos ojos. —Hice una pausa, y después continué—. Pero luego se volvieron a enfocar y apretó mi mano. Hasta me susurró algo, George.

El hombre me miró, tal vez con la esperanza de oír que sus palabras finales habían sido un mensaje dirigido a él. Pero Ali no había muerto pensando en ella, o en alguno de los hombres que amaba, en ocasiones infiel y veleidosa, en otras con una pasión y una entrega que la convertían en alguien inolvidable. No, las últimas palabras de Ali fueron de preocupación por el muchacho en quien tanto se veía reflejada.

—«Prométemelo, Jeanne», dijo con voz ronca. Sólo eso: «Prométemelo». Y lo hice, por supuesto. Se lo prometí, aunque no estoy segura de que Ali me oyera.

Un silencio estremecedor se hizo de nuevo en la cafetería. Sólo se oía el zumbido rítmico del lavavajillas en la cocina.

—Por eso no podías decir la verdad —sugirió George—. Porque tenías que cumplir tu promesa. No podías entregarte e ir a la cárcel, porque eso significaría dejar solo a Jamie con Gavin para siempre.

Asentí.

—Créeme, habría sido más fácil para mí ir a la cárcel que ver a mi hijo en aquel lugar día tras día, ver el efecto que estaba obrando en él. Pero antes de que me encerraran, tenía que asegurarme de que Jamie estaría a salvo. El problema era que no sabía muy bien de qué estaba protegiéndolo. Era evidente, por supuesto, pero me negaba a establecer las relaciones pertinentes. Me había negado durante años. Incluso después de descubrirlo, no estaba segura de cómo utilizar la información para mantener a Gavin alejado de Jamie. Habría podido llamar a la policía, por supuesto, pero en ese caso mi hijo tendría que testificar contra su padre, algo que no haría jamás. Y la única otra persona que habría podido testificar a favor de Jamie de una manera convincente era Ali. Con ella muerta, tenía que encontrar una forma de que Gavin se incriminara. Y tenía que hallar un nuevo hogar para Jamie.

—Antes de encontrarnos esta noche, habrás imaginado una solución —dijo George.

Me senté frente a él una vez más y asentí. Hundí la mano en el bolsillo del impermeable y saqué una pequeña grabadora. Después de rebobinar la cinta que había grabado en el estudio con Gavin aquella noche, apreté nerviosa el botón de reproducción. Era una antigua grabadora de Jamie. ¿Habría conseguido grabar la confesión de Gavin borracho, cuando le había seguido por toda la casa? ¿Habría grabado su noble promesa de entregarse, una promesa que jamás cumpliría?

Al principio, las voces que se oyeron en la cafetería (Gavin y yo, dos voces desagradables trabadas en una batalla de casi dos décadas de duración) eran apagadas y confusas. Pero después, por lo visto, yo me había acercado bastante a él, y nuestras palabras cortantes resonaron en la sala. Toda la amargura acumulada. Todos los reproches. Todas las confesiones terribles. Todo cuanto yo necesitaba para mantener a Gavin alejado de Jamie para siempre. Cuando terminé de reproducir la cinta, se la entregué a George para que la guardara. El reloj de pared indicaba que eran casi las nueve, casi una hora después de que el local tuviera que estar cerrado. Me volví hacia Roger y le pedí disculpas por haberle retrasado.

—Será mejor que cierres. Tus padres estarán preocupados por ti —dije con calma, siempre la madre solícita.

George me miró con unos ojos tan profundos que eran casi negros.

—¿Estás preparada para marchar? —preguntó. Sólo eso. Palabras de lo más normal. Pero que sellaban mi destino. El mío y el de mi familia.

Tomé su brazo sin decir palabra.

Epílogo

Había pasado en la cárcel casi un año cuando fui a ver a una joven psiquiatra de la prisión llamada Kerry. Un intento de suicidio patético, con uno de los utensilios disponibles en una cárcel (un cuchillo de mantequilla de plástico), me había conducido a su despacho el primer aniversario de la muerte de Ali. Con un instrumento tan poco afilado, había necesitado una intensa combinación de paciencia, rabia y odio contra mí misma con el fin de extraer unas gotas de sangre de la vena. Pero en cuanto vi el vívido color rojo de mi vida empapando la manga, supe que deseaba vivir. El único enigma era por qué.

No esperaba gran cosa de la psicóloga de la cárcel. Como todos los demás integrantes del sistema, casi todos los colaboradores profesionales que había conocido en el penal estaban hastiados de lo que habían visto y oído. Pero con el título recién obtenido y su entusiasmo todavía virgen, Kerry era diferente.

Al principio, me asedió con las preguntas rutinarias de los psiquiatras que yo ya había llegado a saber de memoria, pero sólo contesté a una: *¿Piensas intentarlo otra vez?*

—Manténganme alejada de los cubiertos de plástico —dije al tiempo que me levantaba de la silla. Cada vez más, me descubría interpretando el papel de la presa hosca que la gente esperaba encontrar.

—Dichas restricciones ya se han dictado —dijo impasible Kerry mientras se apartaba un mechón de pelo rubio de la mejilla—. Haz el favor de volver a sentarte. Aún no hemos terminado.

Me recordó la forma que utilizaban algunos profesores para hablar con los estudiantes problemáticos en mi antigua vida. Me enfurecí y continué de pie.

—Tal vez usted no, pero…

—Jeanne, he examinado tu historial, y tu caso es muy… complejo —me interrumpió la psiquiatra—. Creo que deberías empezar a escribir un diario.

Abrió el escritorio y sacó una de las libretas azules que utilizaban para los trabajos del instituto.

—Tu tarea consistirá en llenar una de éstas cada semana.

—¿Con qué? —pregunté—. ¿Con mis impulsos suicidas?

Kerry se encogió de hombros.

—Si ése es el tema sobre el que te gusta escribir. O quizá podrías contar tu historia. Un capítulo cada vez.

—Lo último que deseo es pensar en lo que pasó —dije.

—En el día en que asesinaste a Alice Mather —corrigió Kerry sin apartar la vista de mí—. No es «lo que pasó». Es lo que hiciste.

—Nadie la llamaba Alice —dije en voz baja, y noté que algo en mi interior empezaba a resquebrajarse—. Al menos, nadie que yo conociera.

—Entonces empieza contando cómo la llamaban. O empieza con el día en que os conocisteis.

Y aquella noche, sola en mi celda, lo hice. Jamás habría podido levantar mi pluma sin imaginar el diario de Ali. El hermoso libro forrado de seda roja que había visto por primera vez en el salón de los profesores, y por última cuando lo tiré al río, cerca de la cabaña de Nueva Hampshire la noche de su asesinato. Lo imaginé empapado de agua, y la tinta, la pasión de las palabras y la vida de Ali, borrada poco a poco, hasta desaparecer de la página. Su historia y la mía disueltas por el tiempo y la naturaleza.

Al cabo de seis meses, tenía una pila de libretas azules, y las sesiones de terapia que había empezado a anhelar habían terminado. Kerry estaba tan orgullosa de mí que dejó de lado su conducta profesional y me abrazó. Olía tan bien y tan joven que casi lloré. Pero cuando mi mejilla rozó la de ella, me di cuenta de que yo no era la única conmovida por las horas que habíamos compartido. Y por mis progresos. Después carraspeó y regresó a su silla. Se sentaba en la misma silla cada semana, cuando nos encontrábamos en la sala de visitas.

Al principio, la miraba expectante, a la espera de alabanzas por mis denodados esfuerzos, como siempre había recibido de mis profesores. Pero Kerry no estaba concentrada en mi gramática, mi vocabulario o mi estilo. Al igual que Ali, me machacaba con mis evasivas, las verdades que me negaba a afrontar, incluso en mi propio diario. La primera vez que escribí acerca del día del asesinato de Ali, Kerry había arrojado encolerizada la libreta sobre la mesa.

—Acabo de leer varias páginas sobre bañar al perro, comer barras de caramelo, escuchar mensajes en tu móvil. Ésa es la noche en que asesinaste a tu mejor amiga, Jeanne. ¿No es eso lo bastante importante para dar el salto?

—Sé lo que pasó —repliqué al tiempo que me levantaba de la silla y buscaba una vía de escape, como siempre—. Pero eso no significa que desee volver a revivirlo. Eres mi terapeuta, por el amor de Dios. Pensaba que tu trabajo consistía en conseguir que me sintiera mejor.

—En realidad, mi trabajo consiste en conseguir que te conviertas en una persona más sana. No en una enferma que se sienta mejor consigo misma.

—Bien, si estar sana significa regodearme en el peor momento de mi vida, no, gracias —dije, y apreté el botón para llamar al guardia—. Estas reuniones se han terminado.

—Como quieras, Jeanne —dijo Kerry, y recogió sus cosas con frialdad. Ninguna de las dos recogió el diario. En realidad, yo ya estaba fuera de la sala, y mi libreta azul más reciente corría el peligro de acabar en la basura y perderse para siempre, cuando se apoderó de mí el tipo de pánico que experimenté en las galerías comerciales cuando Jamie se extravió y no podía encontrarle.

—¡Espere, he olvidado algo! —advertí al guardia.

Por suerte, era uno de los guardias más benévolos, de lo contrario la manoseada libreta, a la que me aferraba como a un salvavidas, se habría extraviado. Casi lloré cuando la vi sobre la mesa donde la había abandonado. Juré esforzarme más, pero aquella semana tampoco pude escribir sobre Ali. Escribir sobre aquella noche.

Ni Kerry ni yo nos quedamos sorprendidas cuando ambas aparecimos al mismo tiempo la semana siguiente, como si nuestra escenita jamás hubiera tenido lugar. Mis compañeras sospechaban que continuaba mi terapia porque confiaba en que Kerry testificaría en mi favor ante la junta de libertad provisional. Pero la verdad es que tenía miedo de que me pusieran en libertad. Tenía miedo de interactuar con mi hijo en el mundo exterior. Y como estaba claro que, a la larga, saldría libre, quería convertirme en la sana Jeanne que Kerry imaginaba. Aunque yo dijera lo contrario.

Y al final, llegó el día que no pude evitar. El día en que ya no pude huir de la verdad. Después de leer el capítulo que detallaba la confesión a George, Kerry empujó la libreta hacia mí.

—Léelo en voz alta —dijo.

Me negué, por supuesto, pero ya sabía que ella no iba a ceder hasta que yo obedeciera. Con las manos temblorosas, abrí la libreta por las últimas páginas. Y entonces Kerry añadió el epílogo definitivo.

—Léelo como si estuvieras hablando con Ali.

Y de alguna manera, ante mi infinito asombro, lo hice.

En la cárcel, donde todo tu mundo está definido por muros, te identificas por la forma en que llenas el espacio vacío contiguo a tu cama. Muchos presos, entregados a su religión recién abrazada, cuelgan crucifijos u otros símbolos religiosos. Otros prefieren caer dormidos con la imagen de un símbolo sexual sobre sus cabezas. Pero en la unidad de mujeres los lugares más destacados se dedican casi siempre a los niños. Las fotos de los hijos que has tenido que abandonar te sonríen desde casi todas las celdas. Hay pulcras fotografías escolares con el pelo bien peinado, e instantáneas granulosas de bebés que celebran sus interminables cumpleaños o santos sin la presencia de madres que enciendan las velas o adornen la sala de estar.

Mi pared no es diferente. Cinco años de fotografías documentan los años de la vida de mi hijo que me he perdido. Son instantáneas tomadas en el centro de detención de menores donde pasó casi un año, después de que fuera condenado por atacar a Ali la noche de su asesinato. Por suerte, le descontaron las semanas que pasó en el centro antes de mi confesión. Si bien sonríe con valentía en todas las fotos (tomadas por lo general en alguna actividad de rehabilitación, como tallar madera o manualidades), percibo una soledad palpable proyectada desde el lustroso papel fotográfico. Y la vergüenza. No sólo vergüenza por su delito. Sino por la carga adicional de los delitos de Gavin. Y los míos. A veces, he pensado en ocultar esas fotos, embutirlas en un cajón, pero algo me detiene siempre, tal vez porque incluso en esas patéticas fotos veo la creciente fortaleza de Jamie. Veo señales del hombre en que se está transformando. El hombre valiente y honrado que Ali reconoció mucho antes que nadie.

Pero son las fotos más recientes las que miro por la mañana, antes de ir a dormir por la noche, y en las horas en las que no puedo soportar ni un momento más de mi vida. Hay instantáneas tomadas por Sharon Breen durante el año que Jamie pasó en su casa, una que muestra a un delgado Jamie en bañador, junto a la piscina de los Breen, otra de los chicos con la toga de graduados, juntos como hermanos, el dolor de su pasado casi borrado por una sonrisa cegadora. Cuántas veces he sostenido esa fotografía, preguntándome si todo ha terminado para Jamie. Si ha sido capaz de olvidar. Las pruebas afirman que, en muchos aspectos significativos, así ha sido. Sus notas del instituto, aunque no tan estelares como las de Toby, fueron lo bastante buenas como para matricularse en una pequeña universidad de California, donde ha obtenido un notable de nota media y ha hecho un montón de amigos nuevos.

Aunque nunca lo hemos hablado, estoy segura de que su decisión de ir a una universidad lejana se basó en un deseo de ser definido por algo más que aquel día sensacional en que su madre y su padre fueron detenidos por delitos distintos. Por supuesto, echo de menos nuestras visitas regulares de antes, pero saber que Jamie está madurando en un lugar donde nada puede recordarle su pasado me proporciona más placer que la alegría de su compañía.

Mis fotografías más recientes plasman a Jamie con su novia, Julianne, el día que cumplió veintiún años. Es mi foto favorita, la foto de un joven alto y guapo que mira con desparpajo a la cámara, a un futuro que ya no ha de temer. Aún no encaja en la definición social de delgado (y es probable que nunca lo haga), pero alejado de las incesantes críticas de Gavin, por fin se encuentra a gusto en su pellejo. Y sin que yo esté cerca para alimentar su adicción a comer, es mucho menos compulsivo en ese aspecto.

Guardo sus cartas, por supuesto, las leo y releo hasta que las páginas acaban arrugadas y manchadas de anhelo. Desde que ingresé en la cárcel, he recibido poco correo. No tengo más familia que Jamie, y el secretismo de mi vida anterior impidió que entablara muchas amistades. Recibo escasas tarjetas de felicitación, al contrario que mi compañera de celda, que las exhibe durante meses después del acontecimiento. Sólo Sharon Breen se acuerda siempre de mis días especiales. También he guardado sus tarjetas. Aunque son las típicas que se compran en las papelerías, las miro cuando me siento desfallecer. Esta vecina, que me ha dado mucho más de lo que yo merecía, me recuerda la bondad y generosidad esenciales que anidan en todos nosotros.

De vez en cuando, Sharon incluye un recorte de periódico que considera interesante para mí. Un breve artículo en la *Gazette*, por ejemplo, informa a los residentes de Bridgeway de que George Mather ha vuelto a abrir su bufete. Por qué ha regresado a la profesión que abandonó hace años, lo ignoro, pero sospecho que, después de la muerte de Ali y mi posterior juicio, decidió que, en ocasiones, la búsqueda de la verdad y la sabiduría se llevaba a cabo con más eficacia en el mundo descarnado y con frecuencia injusto de una sala de tribunal que en una oficina sofocante de un departamento de filosofía.

Y George no fue el único hombre cuya vida se vio alterada por la muerte de Ali. Pocos meses después de que él volviera al trabajo para el que estaba tan dotado, el banco ejecutó la hipoteca del negocio de Jack Butterfield, y éste abandonó Bridgeway. Me pregunté qué habría hecho con el anillo de compromiso que había regalado a Ali, y que yo había introducido en un sobre y dejado en su buzón poco después de que George me lo entregara. El artículo del periódico que Sharon me facilitó aportaba escasos detalles sobre su ruina, pero yo ya conocía la historia. La había leído en sus ojos la noche del velatorio, había visto el dolor que daba vueltas sobre sí mismo, y a cada vuelta devoraba un poco más de su alma.

A veces me preguntaba qué pensaría Ali si pudiera ver hasta qué punto había cambiado su muerte al apuesto hombre de negocios, conocido hasta entonces por su seguridad en sí mismo y fácil sonrisa. Desde un punto de vista intelectual, ella sabía que los hombres de su vida la amaban, pero la mayor tragedia de su vida era que, en el fondo, no lo creía.

Pero las noticias que más anhelaba eran las anécdotas banales del paso de la vida: antiguos amigos de Jamie, o estudiantes que yo conocía del instituto que habían logrado becas escolares, terminado el entrenamiento básico en los *marines*, contraído matrimonio o tenido un hijo con un nombre nuevo de sonido optimista. Cuando examinaba la sección de matrimonios, me asombraba ver una cara conocida que me miraba. Si bien había pensado con frecuencia en la novia de la fotografía, parecía tan feliz que tardé un momento en reconocer a Beth Shagaury. Supongo que la historia no tiene nada de extraordinario: una viuda deja atrás un pasado doloroso y vuelve a casarse. Pero contemplo ese recorte a menudo, como si pudiera decirme algo. Como si aquel momento de felicidad radiante de Beth Shagaury contuviera alguna promesa, más profunda que los votos matrimoniales.

Al principio, también recibí cartas amenazadoras, desagradables e incoherentes, de los numerosos estudiantes que habían idolatrado a mi víctima. Como no existía forma de hacerles comprender que yo echaba de menos a Ali tanto como ellos, o más, no respondí a ninguna. También recibí una misiva particularmente ofensiva de la madre de Gavin, en la que, como era de esperar, me echaba la culpa de todo, no sólo del asesinato de Ali, sino de la debilidad de su hijo por los adolescentes. Después de leer su carta con más tristeza que rabia, la rompí en mil pedazos.

Y, en efecto, de vez en cuando recibo noticias de Gavin. Al principio, las cartas estaban henchidas de la misma furia fría que me había llevado a temerle durante años. Estaba furioso por la confesión grabada que dio como resultado una condena por violación. Además, me culpó cuando otros chicos le denunciaron, chicos con los que Gavin el Maravilloso había entablado amistad y después abusado de ellos, cuando era entrenador de su equipo de béisbol o les daba clase en la escuela dominical. Según las primeras cartas de Gavin, todas aquellas acusaciones eran culpa mía. Le había convertido en objetivo de todos los chicos de la ciudad que deseaban llamar la atención, o que deseaban cargar la culpa de sus inaceptables fantasías en otra persona.

Por suerte, un jurado interpretó las cosas de una forma diferente. Por sus delitos, Gavin recibió una larga sentencia. No podrá solicitar la libertad condicional hasta después de que cumpla cincuenta años. Durante los últimos meses, ha iniciado el difícil pero curativo proceso de afrontar la verdad. No sólo ha admitido que las acusaciones eran ciertas, sino que ha dejado de culpar de su pedofilia a la vaciedad de nuestro matrimonio. Sus terapeutas afirman que está realizando verdaderos progresos.

La pasada Navidad Gavin informó exultante de que había recibido una felicitación de Jamie, la primera comunicación entre ambos en casi cinco años. Y si bien tal gesto me habría horrorizado en el pasado, acepté ahora que era una parte necesaria de la curación de Jamie. Gavin y Jamie jamás sostendrán una relación padre-hijo normal, pero me alegro de que Jamie sea lo bastante fuerte para empezar a perdonar. Fue algo que Ali nunca tuvo la oportunidad de hacer con su difunto padre, y creo que le costó más de lo que ella admitió.

Sin embargo, la única carta que anhelo más (además de las de Jamie, por supuesto) nunca la he recibido. Empecé a escribir a George Mather después de pasar aquí un año, más o menos. Cuando recordé que, durante aquella larga y atropellada confesión que había hecho en la cafetería, nunca le había pedido perdón por lo que había hecho, le escribí. Creía que era lo menos que podía hacer, después de todo cuanto le había arrebatado. Supongo que no tengo derecho a esperar nada a cambio, pero cada día, desde que escribí aquella primera carta, he mirado el correo en busca de una respuesta que nunca llega.

Por qué George no me ha contestado, sólo lo sabe él. Lo único que puedo decir es que el silencio no es fruto de una imposibilidad de perdonar. Leí perdón en sus ojos aquella noche, bajo la áspera luz del local de Ryan, incluso cuando se esforzaba por asimilar los detalles de los últimos momentos de Ali. Su rostro también expresaba perdón durante mi juicio, al que asistió cada día. Y el día de mi sentencia, cuando se levantó para leer una declaración impactante como víctima, de tal manera que el tribunal sintió la presencia de la compositora dotada, la profesora inspiradora y la mujer fascinante a la que yo había asesinado cuando disparé impulsivamente contra Ali Mather, sorprendió a todo el mundo, sobre todo a mí, cuando terminó con una petición de clemencia. Intenté darle las gracias, por supuesto, cuando pasó a mi lado, pero George sólo dijo una cosa: lo había hecho por Ali.

En cualquier caso, debido sobre todo a los magnánimos comentarios de George, fui condenada por homicidio, no por asesinato. Eso significa que se me concederá la posibilidad de solicitar la libertad condicional dentro de cinco años. A veces, tiemblo cuando imagino empezar una nueva vida a los cuarenta y siete años. Y sí, cuando me pongan en libertad, tendré la misma edad de Ali. A medida que se acerca la fecha, y me pregunto adónde iré o qué haré con la libertad que nunca he conocido, saco la pequeña fotografía que guardo dentro de mi cajón. Es la foto que tomé aquel día en Paradise Park. Ali con el pelo retirado de la cara a causa del viento, los ojos cerrados de una manera misteriosa. Pese a los tormentos de su pasado, o al fuerte viento que soplaba sobre el estanque aquel día, sonreía. Es esa sonrisa la que me sostiene.

[illegible]

Todos los escritores deberían tener una agente como Alice Tasman. Aporto su capacidad y asombrosa atención a los detalles durante todo el proceso. [illegible]

[illegible]

Tres comunidades del ciberespacio presentaron este sistema [illegible] escritores auténticos y amigos [illegible] todas ellas a Lindsay [illegible] a los escritores de la comunidad [illegible]

[illegible]

Agradecimientos

Todos los escritores deberían tener una agente como Alice Tasman. Aportó fe, tenacidad y asombrosa atención a los detalles durante todo el proceso. Su compromiso absoluto con mis personajes y mi obra han sido fundamentales, tanto en la novela como en mi vida.

También estoy agradecida a Mollie Glick y Jennifer Weltz, de la Jean V. Naggar Literary Agency, quienes leyeron mi manuscrito en momentos clave y me ofrecieron sugerencias y apoyo.

Mi correctora de estilo, Laurie Chittenden, tuvo una capacidad casi sobrenatural para obligarme a repensar todo un personaje, gracias a tachar algunos adjetivos y formular alguna pregunta esencial. Cada vez que acercaba el bolígrafo al manuscrito, la novela adquiría más fuerza, profundidad y veracidad. He tenido la inmensa suerte de trabajar con ella.

Mi suerte se mantuvo cuando Julie Doughty tomó las riendas. Su entusiasmo y cariño la convirtieron en una formidable campeona del libro, y ha procurado en todo momento calmar las angustias de un escritor novel.

Gracias a Nellie Lukac y Stacy Francis por leer tempranas versiones de esta historia, por sus críticas meditadas e incisivas, y su cariñoso apoyo.

Tres comunidades del ciberespacio presentaron esta solitaria escribidora a escritores auténticos y amigos asombrosos: doy las gracias a Readerville, a los escritores de la comunidad de Publisher's Marketplace, y a los amigos de mis blogs, *I'm Really Not a Waitress* y *Simple Wait*, por su consejo, camaradería y mucho más.

Más cercanas, las amigas que he conocido trabajando de camarera han apoyado mi trabajo en muchos sentidos. Leyeron manuscritos y han ofrecido sugerencias, ayudado en la investigación, preparado té los días malos y descorchado botellas en los buenos, cubierto turnos cuando necesitaba escribir, y comprado comida cuando estaba arruinada. Siempre creyeron en mí. Gracias a Gina Cacciapaglia, Aileen Duarte, Patricia Howe, Rona Laban, Janet Linehan, Laura Mysliewiec, y a todas mis amigas de New Seabury y el Sheraton.

Gracias a mi *cugina*, Alison Larkin Kouskhi, por toda una vida de perspicacia, inspiración y aventuras compartidas.

Hace veinticinco años, un joven llamado Ted Lukac se sentó a una de las mesas y cambió mi vida. Pese a las escasas pruebas, creyó en mí cuando le dije que era escritora, y nunca dejó de creerlo. Fue el primer lector de este manuscrito y lo siguió durante incontables borradores. Sus sugerencias fueron de valor incalculable. Su amor y apoyo, todo.

847 - 242 3000

— ALONDRA —